나가시노長篠 전투(1575) 병풍도 앞부분.
오다 · 도쿠가와 연합군이 타케다 군을 공격하는 모습.

센고쿠戰國 시대의 군웅할거도

에이로쿠永祿 3년(1560)경

오키

츠시마

소 요시시게

이즈모

호키

이키

하타노 치카시

나가토

오우치 요시타카

이와미

아마코 하루히사

이나바

타지마

탄바

미마사카

아마나 우지마사

모리 모토나리

스오

빈고

빗츄

우키타 나오이에

치쿠젠

부젠

비젠

하리마

호소카

류조지 타카노부

치쿠고

코노 미치나오

사누키

아와지

미요시

이즈미

히젠

오무라 스미타다

아소 코레마사

오토모 요시시게

이요

우츠노미야 사다츠나

미요시 나가하루

아와

초소카베 모토치카

이즈미

키이

분고

토사

히고

사가라 요시아키

이토 요시스케

마츠나가 히

시마즈 타카히사

휴가

사츠마

오스미

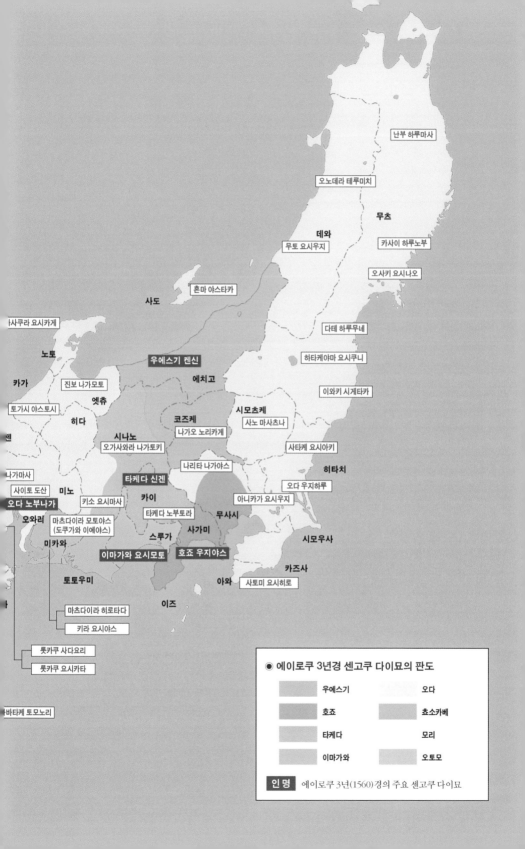

난부 하루마사

오노데라 테루미치

무츠

데와
무토 요시우지

카사이 하루노부

오사키 요시나오

혼마 야스타카

사도

사쿠라 요시카게

노토

다테 하루무네

우에스기 켄신

에치고

하타케야마 요시쿠니

카가

진보 나가모토

엣츄

이와키 시게타카

토가시 야스토시

히다

코즈케

시모츠케

시나노

나가오 노리카게

사노 마사츠나

오가사와라 나가토키

나리타 나가야스

사타케 요시아키

나가마사

타케다 신겐

히타치

사이토 도산

오다 우지하루

오다 노부나가

미노

키소 요시마사

카이

무사시

아니카가 요시우지

오와리

마츠다이라 모토야스
(도쿠가와 이에야스)

타케다 노부토라

사가미

미카와

스루가

시모우사

이마가와 요시모토

호죠 우지야스

카즈사

토토우미

아와

사토미 요시히로

이즈

마츠다이라 히로타다

키라 요시야스

롯카쿠 사다요리

롯카쿠 요시카타

바타케 토모노리

● 에이로쿠 3년경 센고쿠 다이묘의 판도

우에스기   오다

호죠   쵸소카베

타케다   모리

이마가와   오토모

인명 에이로쿠 3년(1560)경의 주요 센고쿠 다이묘

德川家康

도쿠가와 이에야스

1부 대망 大望

1 출생의 비밀

德川家康

1부 대망 大望

1 출생의 비밀

도쿠가와 이에야스

야마오카 소하치 대하소설 이길진 옮김

솔

『도쿠가와 이에야스』를 바로 읽기 위해

일본의 대표적 역사 소설 『도쿠가와 이에야스德川家康』는 수준 높은 문학 작품일 뿐만 아니라 일본의 역사, 문화, 사회, 전통 생활, 정신 세계 등 일본을 총체적으로 이해하는 데 훌륭한 길잡이 역할을 할 것입니다. 따라서 이 한국어판은 일본 센고쿠戰國 시대의 갖가지 용어, 인명 및 고유어들을 의역하거나 가감하지 않고 원문에 충실하게 번역하여, 그 단어들이 간직한 문화적인 맛과 역사적 내용을 고스란히 살리려 노력했습니다.

편집자는 이 책에서 한국 독자들에게 다소 낯설고 복잡하게 느껴질 용어, 인명 및 고유어 등을 가려뽑아 일일이 설명하고 이를 부록으로 각권의 책 뒤에 붙였습니다. 이 책의 독자들을 위해 다음과 같이 일러둡니다.

1. 본문 중 °표시가 된 용어는 책 뒤에 풀이를 실었다.

2. 인명과 지명은 원음 표기를 원칙으로 하며, 된소리를 피하고 거센소리로 표기하였다. 단 도쿠가와와 도요토미만은 원음과 차이가 있지만 일반인에게 익숙한 이름이기에 외래어 표기법에 따랐다. 장음은 생략하였다.

3. 인명, 지명 및 고유명사는 처음 나올 때 원어를 병기하였으며, 강과 산, 고개, 골짜기 등과 같은 지명 역시 현지 음대로 카와(가와), 야마(잔, 산), 사카(자카), 타니(다니) 등으로 표기하였다.

4. 성과 이름 중간에 나오는 것은 대부분 관직명과 서열을 나타내는 것인데, 그 당시의 관습에 따라 이름과 혼용하여 쓰이는 경우도 있다. 각 관청 및 관직에 대해서는 부록에서 설명하였다.
    ex) 히라테 나카츠카사노타유 마사히데 → 히라테 마사히데(이름) + 나카츠카사노타유 (나카츠카사의 장관), 아마노 아키노카미 카게츠라 → 아마노 카게츠라(이름) + 아키노카미(아키 지방의 장관)

5. 시간과 도량형은 센고쿠 시대에 쓰던 것을 그대로 따랐으며, 역시 부록에서 설명하였다.

"인간은 생명이라는 큰 나무의 가지와 잎이다."

이번에 제 아버지인 야마오카 소하치가 쓰신 『도쿠가와 이에야스德 川家康』의 한국어판이 솔출판사에서 간행되게 된 점을 매우 기쁘게 생 각합니다.

『도쿠가와 이에야스』는 아버지의 수많은 소설 작품 중에서도 일본 에서 가장 많은 독자들에게 사랑받고 있는 작품입니다. 때로는 문학 작 품이라는 범주를 뛰어넘어 경영자로부터 현장 근로자에 이르기까지, 모든 계층의 비즈니스맨에게 경영·처세의 지침서로서 읽히기도 했습 니다.

역사에 이름을 남긴 한 인물의 생애를 통해, 아버지는 인간의 존엄성 을 그리려고 했을 것입니다. 그것은 "인간은 생명이라는 큰 나무의 가 지와 잎이다"라는 말에 상징적으로 나타나 있다고 생각합니다. 그런 작품이 시대를 넘어, 그리고 이번 경우와 같이 국경을 넘어 읽힌다는 것은 아버지가 생각하고 계셨던 꿈과 이상이 올바르게 독자에게 전달 되고 있다는 것을 확신할 수 있는 증거일 것입니다.

그런 연유로 작가인 야마오카 소하치의 딸이라는 것에 대해 저는 대단한 긍지와 자부심을 갖고 있습니다. 그리고 동시에 이번의 번역 출판이 앞으로의 한일 관계에 훌륭한 가교가 되기를 진심으로 바랍니다.

또 이번의 『도쿠가와 이에야스』 한국어판은 정식 저작권 허락하에 번역 출판된 정규판正規版입니다. 공들여 만들어진, 이 최초의 정규판을 한국의 독자 여러분께 드릴 수 있다는 것은 저에게 있어서 다시없는 행운이자 기쁨이라고 생각합니다.

2000년 깊은 가을
야마오카 와카코
山岡稚子

평화를 갈구하며

제2차 세계대전이 종식되었을 때만큼 역사라는 것이 이상한 무게로 나를 억누르고, 나를 채찍질한 적은 없었다. 나는 약 1년 정도 호구糊口를 위한 붓을 던져버리고, 태어나서 처음으로 맞이하는 점령군의 모습과, 시책施策, 변해가는 풍속 등을 바라보며 시간을 보냈다.

대부분은 시나가와品川의 바다에 낚싯줄을 드리우고 세월을 낚으며 보냈는데, 그때 문득 내 머리에 떠오른 것은 전쟁은 끝났지만 '평화'는 아직 그 편린조차 지상에 모습을 드러내지 않았다는 지극히 평범한, 그러나 엄연한 사실이었다.

이것은 종전이 아니라 좀 더 참혹한 미래의 전개를 위한 휴지기는 아닐까. 문명이 갖는 성격에서도, 사람들의 두뇌를 지배하고 있는 철학에서도, 현실 속에서 끊임없이 움직이고 있는 정치로부터도 평화와 연결되는 그 어떤 것도 찾아볼 수 없었고, 만인의 회구와는 정반대인 피비린내만이 나를 감싸고 있었다.

나는 생각했다. 인류는 여전히 싸우지 않고는 달리 어쩔 수 없는 조건들만이 온통 뒤덮인 전국戰國의 세계 속에서 목이 터져라 그림의 떡인 평화를 갈구하고 있는 것에 지나지 않는다고. 그렇게 생각하고 새삼 우리들을 지배하고 있는 문명의 모습을 바라보며, 점령하의, 일상의 현상을 응시해보니 내 마음에 감당할 수 없는 초조감의 형태로 격렬하게 일렁이는 것이 있었다.

나는 낚싯대를 버렸다. 책상에 앉아 안타깝게 공전空轉하고 있는 내 자신의 절망과 상대했다. 그래서 처음에 쓴 것이 『원자폭탄』이라는 단편이었고, 그 다음에 준비에 들어간 것이 이 『도쿠가와 이에야스德川家康』였다.

나는 도쿠가와 이에야스라는 한 인간을 파고드는 것보다도, 그와 그를 둘러싼 주위의 흐름 속에서 도대체 무엇이 '오닌應仁의 난' 이래의 전란에 종지부를 찍게 한 것인지를 대중과 함께 생각하고, 함께 찾아보고 싶었다.

물론 그것은 이에야스 한 사람의 힘으로 된 것은 아니다. 불세출의 천재 노부나가信長와 노부나가의 업적을 계승한 히데요시秀吉가 있었고, 더구나 그 배후에 요즘 사람들도 충분히 동감할 수 있는 전쟁에 지친 민심이 있었다는 것은 말할 필요도 없을 것이다.

그러나 그 배경을 이룬 민심의 흐름은 노부나가, 히데요시의 시대에도 같았음에도 불구하고, 그것이 이에야스의 손에 의해 완성되었다는 것도 역시 사실이다.

다행히 『도쿠가와 이에야스』는 신문 석간의 부활과 함께 발표의 기회를 얻었다. 처음 독자에게서 받은 투서 중에는 당시의 신흥 세력인 오다織田 가를 소련에 비유하고, 쿄토京都 문화를 동경하고 있는 이마가와今川 가를 미국에 비유하며, 약소국인 미카와三河를 일본으로 그리고 있는 것은 아닌가 하는, 작가의 의도를 묻는 내용이 있었다. 나는 그럴지도 모른다고 대답했다. 같은 폭풍우 속에 살고 있는 작가는 독자와 같이 오늘의 눈으로 생각하고, 오늘의 감정으로 생활하고 있다. 그러나 나는 이 독자의 목소리에 한 가지를 더 추가하고 싶었다. 그 오다도 도요토미豊臣도 결국 이마가와와 마찬가지로 붕괴의 씨앗을 안고 있었다. 실은 작가가 그리고 싶은 것 중 하나는 그것에도 있었다고.

작가가 소설의 목표를 미리 독자에게 밝히는 것은 어쩌면 현명하지 못한 처사인지도 모른다. 그렇지만 나에게 굳이 그 어리석은 다변多辯을 요구하는 자가 있다면 난 이렇게 대답할 것이다.

인간 세계에 과연 만인이 바라마지않는 평화가 있을 수 있는지. 만약 있다면, 그것은 도대체 어떤 조건하에 있는 것인지. 아니 그보다도 우선 그 평화를 방해하고 있는 것의 정체를 밝혀, 그것을 인간 세계에서 추방할 수 있는지 없는지의 한계를 찾아보고 싶었다.

이것은 아마 나 혼자만의 바람은 아닐 것이다. 적든 많은 현대를 살아가고 있는 사람들의 관심사일 것이다. 아니 현대뿐만 아니라, 과거의 모든 시대에 걸친 관심사이기도 했다. 전쟁이 없는 세계를 만들기 위해서는 우선 문명의 개혁이 이루어져야 하고, 문명의 개혁이 이루어지려면 그 척추가 되는 철학의 탄생이 있어야만 한다. 새로운 철학에 의해 인간 혁명이 이루어지고, 혁명된 인간에 의해 사회와 정치, 경제가 개조되었을 때 비로소 원자 과학은 '평화'로운 차세대 인류의 문화재로 바뀌게 된다. 그렇게 꿈꾸는 작가가 『도쿠가와 이에야스』를 구실로, 인간 혁명의 가능 한계를 그리려 기를 쓰고 있다는 것이 이 소설의 배경에 대한 솔직한 심정이다.

물론 사실史實의 근간을 왜곡하려고는 하지 않았고, 독자를 싫증나게 하지 않으려는 노력도 게을리하지 않았다. 그러나 이것은 여느 역사 소설과는 조금 달리, 작가의 공상을 자유롭게 구사한 이른바 낭만 소설은 물론 아니다.

말하자면 나의 『전쟁과 평화』이고, 지금의 내 그림자이며, 과거의 인

간 군상을 그림으로써 다음 세대의 빛을 모색해가는 '이상理想 소설'
이라고도 말하고 싶다.

1953년 9월 24일

야마오카 소하치

山岡莊八

차례

≪ 마츠다이라 일족과 미카와 지역의 호족 분포 ≫

미 노

○ 키요스
○ 모리야마
○ 세토
아하기가와
서카모
○ 나고야
북시타라
○ 야쿠사(니스 씨)
○ 아스케
오 와 리
○ 아츠타
○ 사나게
○ 아스케가와
동카모
○ 나루미
○ 오타카
코로모
(츄죠 씨)
○ 슈텐
● 마츠다이라 고
● 오규 마츠다이라
헤이카이
타키와키 마츠다이라
○ 카리야(미즈노 씨)
● 이와츠
미 카 와
○ 후카마 마츠다이라
사쿠라이 마츠다이라
● 노미 마츠다이라
남시타라
○ 아구이(히사마츠 씨)
(후에 히사마츠 마츠다이라)
후지이 마츠다이라
오카자키
누카타
○ 노다(토미나가 씨)
(다이구지 일족)
사이죠(키라 씨)
○ 미키 마츠다이라
오히라가와
● 타케타니 마츠다이라
● 오쿠사 마츠다이라
● 나가사와 마츠다이라
○ 토미오카
(우리 씨)
○ 이마가와
후카보리 마츠다이라
● 고이 마츠다이라
호이군
○ 마키노
이시키
토죠(키라 씨)
(후에 토죠 마츠다이라)
니시고리
하즈
(마키노 씨 발상지)
○ 요시다
(마키노 씨)
토토우미
타와라
(토다 씨)
아츠미

● ……… 마츠다이라 일족
○ ……… 미카와 지역의 호족

동트기 전

1

타케다 신겐武田信玄은 스물한 살.

우에스기 켄신上杉謙信은 열두 살.

오다 노부나가織田信長는 여덟 살.

뒷날의 평민 타이코太閤˚, 도요토미 히데요시豊臣秀吉는 말라 주름 투성이에 때낀 얼굴의 여섯 살 난 어린아이였다.

텐분天文 10년(1541) ―

일의대수―衣帶水 바다 건너는 명나라 시대, 유럽에서는 신성로마제국의 칼 5세가 프랑수아 1세에게 선전포고를 하고 프랑스에 침입했으며, 아일랜드 왕위를 차지한 헨리 8세는 스코틀랜드 왕 제임스를 제거하고자 호시탐탐 기회를 노리고 있던 서기 1541년.

동서 가릴 것 없이 모두 전란의 풍운에 휩싸여 있던 16세기 중엽, 산슈三州의 오카자키岡崎 성안 깊숙한 곳이었다.

계절은 겨울. 그러나 이미 해를 넘겨 정월에 접어들어 있었다. 올해 날씨는 여느 해보다 따뜻하여, 이세伊勢의 토죠 모치히로東條持廣에게서 받은 뜰의 감귤나무 열매는 벌써 황금빛으로 물들어 달콤한 향기를 사방에 가득 내뿜고 있었다.

그 향기가 그리워서 찾아온 것일까. 올해는 유난히 뜰에 새가 많았다. 열여섯이 된 젊은 성주 마츠다이라 지로사부로 히로타다松平次郎三郎廣忠는 이 새들에게 쏘는 듯한 시선을 던진 채 벌써 한참 동안이나 침묵을 지키고 있었다.

지난해 복사꽃이 필 무렵에 태어난 장남 칸로쿠勘六가 때때로 양지 쪽에서 무릎 옆으로 살금살금 기어와, 젊은 아버지의 고뇌에 찬 얼굴을 빤히 쳐다보고는 다시 기어갔다.

그럴 때마다 히로타다보다 두 살 위인 오히사於久의 가슴에는 싸늘한 바람이 훑고 지나갔다.

"아직 결심이 서지 않으셨습니까?"

열다섯 살 때 열세 살인 히로타다의 소실로 들어온 오히사는 같은 집안인 마츠다이라 사콘 노리마사松平左近乘正의 딸이었다. 그런데 벌써 자식을 낳고 열여덟 살이 되었다. 흰 동백을 연상시키는 어딘지 모르게 쓸쓸해 보이는 자태였으나, 제법 성숙한 여인네의 기품에 몸종을 물러가게 하고 이렇게 셋이 있는 모습은 자식을 둔 부모라기보다 누나가 동생을 타이르고 있는 장면처럼 보였다.

"성주님이 기꺼이 승낙하지 않으시면 제가 호된 비난을 받게 됩니다. 중신들 사이에는 저의 질투가 성주님의 결심을 방해하는 원인이라는 소문이 파다하게 퍼져 있답니다."

"오히사."

"예."

"그대는 왜 그 소문대로 질투를 하지 않는가? 언젠가는 정실로 삼겠다는 약속을 하고 나와 맺어진 것이 아닌가…… 그대는 그것을 잊었단 말인가?"

"하지만 저는 집안을 위해, 가문을 위해 말씀 드리는 것입니다."

오히사는 그렇게 대답하고 기어오는 아들을 가만히 안아 올렸다.

"그리고 오다이於大 님은 이 일대에서 제일가는 미인이란 풍문이 자자한, 덕망과 재능을 겸비하신 분입니다. 흔쾌히 맞이하셔서 중신들을 안심시키십시오."

히로타다는 오히사를 홱 돌아보았다. 창백하고 갸름한 얼굴에 젊은이다운 분노가 꿈틀거리고 있었다.

"그렇다면 그대도 나에게 적의 딸을 맞아들여 섬기라는 말인가?"

"가문을 위해서입니다."

"듣기 싫소."

히로타다는 자신의 무릎을 힘껏 내리쳤다. 하지만 그 단호한 어조도 잠시뿐 다시 슬픈 침묵이 이어졌다. 어느 틈에 눈시울이 촉촉이 젖어 있었다.

"오다이는 나의 계모 케요인華陽院의 배를 아프게 하고 태어난 딸이 아닌가. 나에게는 적의 딸인 동시에 의붓동생. 아무리 살아남기 위해서라고는 하나 자기 여동생을 아내로 맞이하다니……"

히로타다의 목소리가 낮게 깔렸다.

"모든 것이 다 가문을 위해서입니다."

다시 한 번 감정을 삭인 오히사의 목소리가 조용히 울려퍼졌다.

2

새로 히로타다의 정실로서 혼담이 오가고 있는 오다이는 히로타다가 지난 한 해를 꼬박 전쟁으로 보낸, 오카자키와 국경을 마주하고 있는 카리야刈谷의 성주 미즈노 우에몬다이부 타다마사水野右衛門大夫忠

政의 딸이었다.

나이는 히로타다보다 두 살 아래인 열네 살. 아름다운 그 용모는 이미 부근 일대에 널리 소문이 나 있었다. 그런 만큼 젊은 히로타다도 언젠가 한 번 보았으면 하는 생각이 없지 않았다. 하지만 그것은 어디까지나 계모인 케요인의 뱃속에서 태어난 의붓동생으로서이지, 패전 후 강요당하는 굴욕적인 혼담 상대로서가 아니었다.

"마츠다이라의 아들놈에게 오다이를 주면 무언가 편리하고 유리한 면이 없지 않을 거야."

뚱뚱하게 살찐 미즈노 타다마사의 그 속을 알 수 없는 유들유들한 얼굴이 히로타다의 뇌리에 짜증스럽게 떠올랐다.

"오히사 —"

"예."

"그대는 나의 생모가 세상을 떠난 뒤 계모 케요인이 후취로 들어왔을 때의 풍문을 알고 있나?"

"예…… 아니, 모릅니다."

"알고는 있으나 입밖에 내어 말할 수는 없다…… 그런 뜻이로군. 나는 그게 여간 분하지 않아."

"하지만 그 일은 아주 오래 전의 일이에요."

"그렇지 않아."

히로타다의 눈이 다시 번쩍번쩍 빛났다.

"케요인은 카리야 성에서 미즈노의 자식 다섯을 낳았어. 타다모리忠守, 노부치카信近, 타다와키忠分, 타다시게忠重, 그리고 오다이. 모두 용맹한 자들뿐이지. 왜 그러한 집안의 정실과 남편 타다마사가 헤어졌을까? 그리고 또 어째서 돌아가신 나의 아버지에게 들여보냈을까……"

오히사는 당황하여 히로타다의 무릎에 매달렸다.

"그런 말씀을 하시면 안 됩니다. 그렇게 말씀하시면 저는…… 저는……"

이 혼담으로 가장 큰 타격을 받는 것은 역시 오히사였다. 다섯 아이들에게 어머니와 헤어지게 하고, 사랑하는 아내를 태연히 마츠다이라 가문의 안방에 들여보낸 미즈노 타다마사. 그러한 타다마사의 딸을 맞아들이고 나면, 그 후 이 집안의 맏아들을 낳은 자신은 도대체 어떻게 될 것인가……?

그렇다고 현재로서는 마츠다이라 일족이 미즈노 일족을 적으로 돌릴 수 있는 형편도 아니었다.

원래 마츠다이라 일족과 미즈노 일족은 모두 슨푸駿府의 이마가와今川 가문과 뜻을 같이했다. 그런데 요즘에 와서 오와리尾張의 오다織田 일족인 노부히데信秀의 압박이 날로 더해지고 있어, 히로타다의 종조부뻘인 사쿠라이櫻井의 마츠다이라 나이젠 노부사다松平內膳信定와 같은 사람은 오다 노부히데와 내통하여 오카자키 성을 손에 넣고자 한다는 소문까지 나돌고 있었다.

그런 까닭에 오히사는 오카자키 성의 원로인 아베 오쿠라阿部大藏와 오쿠보 신파치로 타다토시大久保新八郎忠俊에게 입이 마르도록 간청해 왔다.

"모든 것을 참아주십시오. 아직 성주님은 어리시니 여러분께서 잘 일깨워주십시오."

마츠다이라 일족의 존망이 걸린 위기에서 오히사는 슬픈 운명에 처해 있었다. 그런데도 히로타다는 끝내 승낙하려 하지 않는다. 세상을 떠난 아버지 키요야스淸康마저도 미즈노 타다마사의 음모에 농락당해 그의 자식을 다섯이나 낳은 연상의 아내를 강제로 떠맡은 줄로만 알고 있었기 때문이다.

히로타다는 자기 무릎에 쓰러져 울고 있는 오히사와, 또다시 살금살

금 기어와 의아하다는 듯 아버지를 올려다보고 있는 아기를 바라보다
가 다시 말문을 열었다.

"오히사, 좋은 생각이 있는데……"

주위를 둘러보며 나직하게 말하고 나서 가만히 오히사의 귀에 입을
가져다대었다. 무슨 말을 속삭인 것일까?

순간 오히사의 얼굴에서 핏기가 싹 가셨다.

3

"알겠나?"

다시 한 번 주위를 둘러보며 낮은 목소리로 말하는 히로타다에게 오
히사는 눈길을 떼지 않고 매달리듯이 다가앉았다.

"그……그런 가혹한 짓을."

얼굴에 경련이 일고 무릎 위에 겹쳐놓은 손을 떨면서 중얼거렸다.

"가혹한 게 아니야. 이것이야말로 상대방의 간계에 대한 보답이지."

"하지만 오다이 님에게는 아무런 죄도 없습니다."

"죄가 없기는 나도 마찬가지 아닌가. 그런데도 나는 할아버지도 아
버지도 칼에 빼앗겼어. 나 또한 어느 칼에 목숨을 잃게 될지 몰라. 이런
난세에는 죽이지 않는 자는 죽임을 당하게 마련이지. 살아남기 위해서
는 다섯 아이의 어머니까지도 첩자로 들여보내는 세상이니까……"

"쉿."

오히사가 히로타다의 말을 가로막았다. 넓은 복도에서 발소리가 들
렸다. 오히사의 시녀 만万이었다.

"별채에서 케요인 님이 건너오십니다."

두 사람은 깜짝 놀라 서로 얼굴을 마주보았다. 그리고 허둥지둥 히로

타다가 일어서려 할 때였다.

"일어설 건 없어요. 그대로 있어요."

낭랑하고 젊은 목소리와 함께 지금까지 말하고 있던 계모 케요인의 미소 띤 얼굴이 나타났다.

"오, 칸로쿠 도령도 함께 있었군요. 못 보는 사이에 부쩍 컸네. 어디 한 번 이 할미가 안아볼까."

케요인은 히로타다의 아버지 키요야스가 살해된 후 머리를 깎고 이름도 젠오니源應尼라고 바꾸었다. 이미 서른 고개를 훌쩍 넘어서 있었다. 그런데도 잿빛 두건을 쓰고 미소짓는 모습에는 여인의 향기가 물씬 묻어나왔다.

칸로쿠는 할머니가 좋은 모양인지, 바바바 하며 얼굴 가득히 웃음을 띠고 케요인의 무릎으로 기어올랐다.

"참 좋은 날씨예요……"

케요인은 무릎 위의 아기를 어르는 어조로 말을 이었다.

"여기 오면서 사카타니酒谷와 후로타니風呂谷를 둘러보았는데 벌써 꾀꼬리가 울고 있더군요. 매화도 하나둘 피기 시작했고."

"참으로 빠릅니다. 얼마 전까지만 해도 혹독한 추위와 싸우고 있었는데."

히로타다가 흘끗 비꼬는 듯한 눈길을 보냈으나, 케요인은 담백하게 이를 받아넘겼다.

"다름이 아니라, 오늘 아침에 오다이에게서 편지가 왔어요."

그 말에 오히사는 슬며시 거실을 나갔다.

"젊은 아가씨의 편지는 아주 평안하고 한가롭더군요. 무엇보다도 마츠다이라와 미즈노 두 가문이 화해하게 되어 기쁘다, 히로타다 님은 어떤 기질이실까 등등 밝은 꿈을 펼치고 있는 거예요."

"험악한 세상이란 것을 모르기 때문이겠지요."

"험악한 세상이라고 한다면, 히로타다 님도 아직 그것을 모르고 있어요."

그러면서 케요인은 칸로쿠를 높이 쳐들고 소리내어 웃었다.

"칸로쿠야, 아버님은 돌아가신 할아버님에 비해 아직 세상일에 덜 단련되셨단다. 동쪽에는 이마가와, 서쪽에는 오다, 카이甲斐에는 타케다, 오다와라小田原에는 호죠北條. 이런 형세에 마츠다이라와 미즈노가 싸움만 해서는 결국 서로 지쳐서 누군가의 먹이가 되고 말 텐데 말이다. 히로타다 님, 이 혼담은 실은 제가 여러 모로 생각한 끝에 주선한 것이에요. 그런데도 설마 거절하시지는 않겠지요?"

케요인은 부드럽게 말하고 다시 칸로쿠를 높이 쳐들어 그 웃는 얼굴에 뺨을 비볐다.

4

히로타다에게는 자못 의젓한 케요인의 간섭이 여간 거슬리는 게 아니었다. 이 여자의 지모가 남다르다는 것은 아버지도 인정했었다. 그런만큼 세상을 떠난 아버지와 비교해 어리다는 말에는 머리끝까지 화가 치밀었다.

"아, 그렇습니까? 어머님이 배려하신 것이라면 물론 저는 이견이 없습니다."

"그 말을 들으니 저도 안심이군요. 실은 이 일은 돌아가신 아버님의 뜻이기도 했어요."

"뭐, 아버님의……?"

케요인은 그제야 비로소 히로타다를 정면으로 바라보았다.

"히로타다 성주, 여자의 운명이란 남자들이 알지 못하는 아주 슬픈 것, 현세現世의 이합집산은 꿈속의 꿈이랍니다. 두 지아비를 받들고 세 지아비를 섬기며 사는 까닭은 오직 하나, 앞으로 자손이 크게 되는 것을 보고 싶은 일념에서지요."

"그러시면 어머님은 이 오카자키 혈통에 미즈노 가문의 자손을 남기시려는 것입니까?"

"아니, 아버님이 선택하신 이 할미와 그대의 혈통이지요."

"으음ㅡ"

히로타다는 신음했다. 그는 케요인이 아버지에게 재가해온 때의 진상을 전혀 알지 못했다. 케요인이 미즈노 타다마사의 계략에 의해 강제로 아버지의 후처로 들어온 줄로만 알고 있었다. 그러나 사실은 그 반대였다.

당시 아버지 오카자키 사부로 키요야스岡崎三郎淸康는 지금의 상황과는 정반대로 한발한발 미즈노의 카리야 성을 압박하고 있었다. 그러던 어느 날 타다마사를 찾아간 술자리에서였다.

"참으로 아름다운 분이군, 이 여자를 내게 줄 수 없겠소?"

상대가 다섯 아이의 어머니이고 타다마사의 정실이라는 것을 알면서도 한 희롱이었다. 그 희롱이 약자에게는 단지 희롱으로만 끝날 수 없었다. 키요야스의 무력을 두려워한 타다마사는 슬그머니 아내와 헤어졌다. 그리고 키요야스는 그 여자를 아내로 맞아들였다.

그때 케요인이 당한 슬픔을 지금 와서는 아무도 알지 못한다. 마츠다이라 가문과 미즈노 가문의 무력이 역전되었기 때문이다.

케요인은 그런 비극을 방지하기 위해 양가를 굳게 맺어놓고 싶었다. 그러나 싸울 때마다 패색이 짙어가는 히로타다로서는 그것을 순순히 받아들이기가 어려웠다.

"어머님 분부라면 따르겠습니다마는, 만일 오다이 님에게 자식이 없을 경우에는 헤어지겠습니다. 그래도 이의 없으십니까?"

히로타다가 힘주어 말하자 케요인은 웃으면서 고개를 끄덕였다. 그 담담한 반응이 약자의 비뚤어진 마음을 다시 자극했다.

"그리고……"

히로타다는 눈꺼풀에 경련을 일으키며 말을 이어나갔다.

"만일 두 집안이 무력으로 충돌할 경우, 그때는 목숨을 빼앗아도 괴로워하지 않으시겠습니까?"

케요인은 다시 웃었다. 사나이들이 무력으로 모든 것을 해결하려 하는 아수라장과 같은 잔인한 세상이었다. 그런 세상에서 여자가 도대체 무엇을 할 수 있단 말인가. 허용되어 있는 것은 오직 하나. 이 아수라장의 회오리 속에서도 자식을 낳아 대를 잇는 것뿐이었다.

"좋을 대로 하세요."

이 대답에 히로타다는 그만 말문이 막혔다. 아무리 감정이 북받친다고 해도 오히사에게 귀띔한 말만은 입밖에 낼 수 없었다.

'좋다, 오기만 해라. 기회를 보아 반드시 독살하고 말 테다……'

바로 그때 위엄 있는 표정으로 중신들이 들어왔다.

5

"성주님, 카리야 성에서 또 사람을 보내왔습니다."

오쿠보 신파치로가 자리에 앉기가 무섭게 흥분한 어조로 말했다.

"미즈노 타다마사 님은 특별히 이 혼담에 집념이 강하신 것 같아."

바윗덩어리 같은 몸집의 아베 오쿠라는 혼잣말처럼 말하고 시녀 만에게 눈짓을 했다. 만은 그 뜻을 알아차리고 케요인의 손에서 아기를 받아 안고 방을 나갔다.

"어쨌든 지금은 첫째도 인내, 둘째도 인내."

쿠란도藏人°로 있는 숙부 노부타카信孝는 흘끗 케요인의 눈치를 살피고, 푹 한숨을 쉬며 말했다.

"실력을 길러야 하는데……"

"케요인 님께서도 피를 나누신 사이라 모든 면에서 마음놓으실 수 있을 것입니다."

"아니오, 그것은 사소한 일. 좀더 대국大局을 내다보지 않으면 안 되지요."

오쿠보 신파치로는 정면에서 칼로 내려치는 듯한 시선으로 히로타다를 응시했다.

"도대체 앞으로 누가 천하를 잡을 것인가? 이 예측이 모든 행동의 근본이 되어야 할 것입니다."

"옳은 말이오. 헌데 과연 그것이 누구겠소?"

"타케다의 아들 하루노부晴信는 슨푸의 이마가와 일족을 배후에서 치려고 호시탐탐 기회를 노리고 있는 모양입니다. 하지만 이마가와도 강대하고, 오다 노부히데도 욱일승천의 기세로 뻗어나고 있어요. 아시카가足利 일족 역시 아직은 얕볼 수 없지요. 요컨대 이들 큰 세력 사이에 낀 작은 나라들이 서로 싸우는 일만은 절대로 막아야 합니다. 이웃끼리 긴밀하게 결속하여 서로 사정을 알려주며 무슨 수를 써서라도 살아남지 않으면 안 됩니다."

"지당한 말씀이오. 이런 시기에 상대방으로부터 혼담이 왔으니, 이것은 실로 안성맞춤에 마침가락이요, 우리 가문의 경사라고 하지 않을 수 없습니다."

모두의 이야기를 빙긋이 웃으며 듣고 있던 케요인이 이때 비로소 손을 내서었다.

"이제 그런 걱정은 할 필요 없게 됐어요."

"그렇다면 성주님께서?"

"제가 권했지요. 눈 딱 감고 맞아들이시라고. 그렇지 않나요, 히로타다 성주?"

히로타다는 못마땅한 얼굴로 홱 고개를 돌렸다.

"잘 하셨습니다. 정말 경사스러운 일입니다."

"축하 드립니다."

"경하 드립니다."

중신들은 입이라도 맞춘 듯 하하하 하고 소리를 모아 웃었다. 예전의 남녀는 온몸으로 사랑하는 슬프고도 맑은 삶을 살았으나, 지금은 사랑도 여자도 살아남기 위한 일문 일족의 도구로서 그 가치가 바뀌고 말았다. 여자를 보내고 여자를 맞이함으로써 우선은 전쟁을 소강상태로 묶어두고, 내일에는 자기 자손을 적진 속에 퍼뜨리려고 한다.

그것은 한없이 높은 정감의 세계에서 너무도 처참한 이성理性으로의 추락이었다.

젊은 히로타다는 그런 계산이 불결하게 느껴져 견딜 수가 없었다.

"다 알았소. 이제 그만들 웃으시오."

히로타다는 찌푸린 얼굴로 일동을 꾸짖고 다시 한 번 마음속으로 자신의 분노를 확인했다.

'오히사에게 명해 독살하리라고 누가 생각이나 할 것인가. 미즈노의 뜻대로 하다니 당치도……'

그리고는 목소리를 누그러뜨리며 말했다.

"일단 결정했으니 빠를수록 좋소. 모든 것을 어머님과 상의해서 처리히도록 하시오."

"예."

일동은 다시 얼굴을 마주보았다.

누가 먼저였는지 모두 웃고 있었다. 그만큼 그들에게는 이 문제가 큰 의미를 갖는 정략의 성공이었다.

6

카리야 성의 미즈노 타다마사는 오카자키 성에 다녀온 아키모토 텐로쿠秋元天六로부터 마츠다이라 히로타다가 혼인을 승낙했다는 보고를 받았다.

"이젠 됐어, 이것으로 내 평생의 사업은 완성을 보게 된 거야."

지난가을부터 두드러지게 눈에 띄는 백발을 시종에게 빗어올리게 하고 막내딸 오다이를 거실로 불렀다.

"어떠냐, 너도 기쁘냐?"

오다이는 큰 얼굴을 갸웃하며 생긋 웃었다. 탐스러운 볼과 짙은 눈썹은 아버지를 닮았고 투명하고 흰 피부와 살갗의 향기는 어머니를 닮았다. 그 어머니가 있는 성으로 시집가게 된 것이다.

"무엇보다도 어머님을 뵙게 된 것이 기쁩니다."

"그럴 것이다. 그러니…… 나도 기쁘구나."

나무로 깎은 검은 장승을 연상케 하는 미즈노 타다마사는 어머니와 헤어져서 자란 이 막내딸에게 마음이 시릴 정도로 사랑을 느꼈다.

열네 살이란 나이에 비해서는 몸집이 컸다.

눈초리가 길게 찢어져 눈은 갸름하고, 검은 머리 밑으로 드러나 보이는 도톰한 벚꽃빛 귓불이 특히 아름답다. 그러나 목덜미와 둥그스름한 어깨에서 여인다운 자태를 느끼게 하는 외에는 아직도 앳된 티를 벗지 못했다. 그러면서도 성격은 남매들 중에서 가장 복잡하여, 말투가 순진한 것은 하고 싶은 말을 하기 위한 준비로 보였고, 마음의 강인함과 예리함은 부드럽게 미소짓는 얼굴 뒤에 숨겨져 있었다.

아버지에 대한 마음노 오빠나 언니들보다 한결 더 깊었다.

"남들은 일월과 구월 혼사는 꺼린다고들 하지만, 나는 그런 미신 따윈 무시하고 싶다. 정하는 날이 길일이라 하지 않느냐."

"예. 저도 그런 것에는 마음 쓰지 않습니다."

과부족이 없는 딸의 대답에 타다마사는 싱글벙글 웃으며 고개를 끄덕였다.

"준비는 다 되어 있다. 혼수는 술일戌日에 온다더라. 그건 그렇고, 네가 시집가면 다시는 너를 만나기 어렵게 될 거야. 그러니 오늘은 어디 내 어깨나 좀 주물러주려무나."

"예, 그렇게 하겠어요."

오다이는 곧 아버지 등뒤로 돌아갔다. 오늘도 날씨는 맑게 개어 바다에 면한 이 성의 본채에는 솜털같이 부드러운 동풍이 솔솔 불어왔다. 오다이의 손이 가볍게 어깨를 주무르기 시작했다.

"만일을 위해서 묻는다만, 너는 이 혼담을 내가 왜 이렇게 기뻐하는지 알고 있느냐?"

오다이는 아버지 등뒤에서 천진스럽게 고개만 갸웃했다. 알고 있으면서도 아버지 입을 통해 말하게 하려는 영리한 딸의 침묵인 듯했다.

"중신들 사이에서는…… 아니 네 오빠들 중에서도 이번 혼사에 크게 불만을 품은 자가 없지 않다. 너도 그것을 알고 있느냐?"

"예, 조금은……"

"아직 어린 마츠다이라 히로타다, 지금이 그를 무찌를 절호의 기회라고들 하지만, 그것은 혈기에서 하는 소리야."

"저도 그렇게 생각합니다."

"그래, 그럴 것이다. 만약 정면으로 맞붙어 싸운다면 망하는 쪽은 마츠다이라가 아니라 우리 미즈노가 될 거야."

여기서 타다마사는 고개를 왼쪽으로 구부렸다.

"응, 그래. 목 아래쪽을 좀 두드려다오."

그리고는 부드럽게 오른손을 두어 번 쥐었다 폈다 하면서 말을 이어나갔다.

"나는 그 점을 너에게 사과해야겠다. 크게 오산을 했던 게야. 네 어머니를 오카자키 성에 보내고는 그것으로 이긴 줄 알았으나 그건 내 생각이 모자란 데서 온 부끄러운 오산이었다."

한낮의 성안은 쥐 죽은 듯 조용하여 어깨를 두드리는 소리만이 조용히 천장에 메아리쳤다.

지금 타다마사는 적 속으로 보내는 사랑하는 딸에게, 일부러 얼굴은 보지 않은 채 가벼운 어조로 유언을 남기려는 마음이었다.

7

"나는 히로타다의 아버지 키요야스가 네 어머니를 달라고 했을 때, 이 못된 놈이! 하는 분노와 함께 색에 빠지는 상대라면 별것 아니라고 가볍게 보았다. 분통이 터졌지만 이겼다고 생각했지. 다섯 아이를 남기고 떠나는 어머니. 그 어머니가 저쪽 성에 있는 한 미즈노 가문은 안전하다고 생각했다."

타다마사의 어조는 점점 더 열기를 띠어가는데 오다이의 눈은 반대로 촉촉이 젖어들어갔다. 아버지 타다마사가 얼마나 어머니를 사랑했는지는 딸인 오다이도 잘 알고 있었다. 그 때문에 한없이 어머니를 그리워하면서도 결코 아버지를 원망할 수 없는 딸이었다.

"……그 점에서는 내 생각에 잘못이 없었어. 현실적으로 미즈노 집안은 평온하니까. 그러나 어머니를 볼모로 보내놓고 기회를 보아 마츠다이라를 짓밟아버리려던 내 계산은 완전히 빗나가고 말았다. 네 어머니는 덕이 있는 사람이었지. 가신들은 지금도 마음으로부터 흠모하고 있어. 더구나 상대와 맞설 장수들은 모두 그 어머니의 자식들이야. 입으로는 아무리 용맹스런 말을 하더라도 어머니가 있는 성은 절대로 쳐

부수지 못해. 쳐부순다는 것은 공격하는 장수들이 자기를 낳은 생모를 죽이는 꼴이 되니까……"

순간 타다마사는 흠칫했다. 목덜미에 떨어진 오다이의 눈물이 싸늘하게 느껴졌기 때문이다.

"하하하하……"

타다마사는 웃었다.

"울 것 없다. 지난 일이야, 이미 지나간 일이야."

오다이는 계속 손을 움직이면서 고개를 끄덕였다.

"지나간 일이기는 하지…… 하지만 그건 역시 이 아비의 패배였단다. 인정을 무시한 계략은 계략이 될 수 없는 게야. 그 점에 대해서 난 신불神佛로부터 혹독하게 배운 셈이지. 오다이, 네가 그걸 알 수 있을까?"

"예. 저도 어머니가 안 계신 것이 제일 서글펐으니까요."

이번에는 타다마사가 고개를 끄덕였다.

"나도 서글펐다. 마츠다이라 키요야스란 놈이 이 인정의 미묘함을 이용하여 다섯 아이의 어머니를 데려갔다는 것을 생각하면…… 죽고 싶을 정도로 슬펐다……"

"……"

"하지만 그 모든 것이 이제는 활짝 개었다. 이런 난세에는 인간의 얄팍한 책략 따위는 도움이 되지 않아. 무의미한 비탄은 모두 그 얄팍한 책략에 뿌리박고 있다는 것을 알았단다."

오다이는 잠시 손놀림을 멈추었다. 가늘고 긴 눈이 조심스럽게 아버지의 말을 뒤쫓았다.

"그래서 이 아비는 사소한 원한에 구애받지 않고 커다란 진실로 두 가문을 이어 신불의 뜻에 맞는 승리를 거두리라 생각했다. 알겠느냐? 이 타다마사는 평생 잊을 수 없는 정숙한 네 어머니를 적의 손에 넘기고 얼마나 괴로워했는지 모른다. 하지만 이제 원한을 기원으로 바꾸고, 오히려 또 한 사람, 가장 사랑하는 사람을 보내 이번에는 신불의 가호를 받아야겠다."

오다이는 다시 진지하게 고개를 끄덕였다. 아버지의 눈이 뒤에는 없다. 하지만 그 눈앞에 있는 것과 다름없는 마음으로 고개를 끄덕이는 오다이였다.

오다이의 손이 다시 움직이기 시작하자 타다마사는 만족스러운 듯 미소지었다.

"내가 근년에 오카자키와 전쟁을 벌인 것은 상대를 멸망시키기 위해서가 아니라 너를 당당하게 출가시키기 위해서였다…… 너도 그건 알고 있었겠지?"

8

오다이는 오카자키 성에 있는 어머니를 그리워하는 마음과 같은 비중으로 아버지 타다마사를 존경할 수 있었다. 죽이고 죽임을 당하고, 모략하고 모략을 당한다. 그것은 덧없는 힘을 과신하여 한량없는 비탄과 원한을 쌓아올린다.

무간지옥無間地獄이란 바로 이런 것을 가리켜 하는 말이리라.

그 좁은 시야에서 아버지만은 벗어나 있었다. 그런 아버지를 위해서라도 양가를 잇는 좋은 징검다리가 되겠다고 오다이는 생각했다.

"이번에는 허리를 주물러드리겠어요."

오다이는 아버지를 옆으로 눕게 했다. 그리고 열네 살의 티없는 소녀의 말투로 아버지의 마음에 대답했다.

"저는 행복해요. 아직 누구에게도 미움을 받은 적이 없으니까요."

타다마사는 가슴이 확 뜨거워졌다. 이 얼마나 아버지의 불안을 잘 꿰뚫어 본 말인가.

"그래, 그랬었지."

"예. 아버님에게도, 어머님에게도, 오빠들에게도…… 오카자키의 모든 분들에게도 틀림없이 사랑을 받을 거예요. 저는 행복하게 태어났으니까요."

"아, 그래. 너를 미워할 사람은 아무도 없을 게다. 하지만 오다이."

"예."

"단지 사랑을 받는 것만이 아니라 너 자신이 사랑해야 할 사람도 있을 것이다. 그것을 생각하고 하는 말이냐?"

"예. 오카자키의 보배를 제 몸과 같이."

"오카자키의 보배라니?"

"다른 가문에서는 찾아보기 힘든 훌륭한 가신들……이라고 어머님 편지에 씌어 있었어요."

"바로 그거다……"

타다마사는 저도 모르게 벌떡 몸을 일으켰다. 이제 더 이상 할말이 없었다. 타다마사가 전쟁을 오래 끌면 미즈노가 패배한다고 한 것은, 그 훌륭한 가신들을 선망해서 한 말이기도 했다.

"바로 그거야! 오다이, 그 점을 마음에 새겨놓고 절대로 잊지 않도록 해라. 이 타다마사도 너 이상으로 행복하게 태어났다고 생각한다. 좋아, 이것으로 됐어. 하하하하."

이때 칼을 든 차남 노부모토信元가 시종도 거느리지 않고 들어왔다. 그는 들어오면서 흘끗 오다이를 쳐다보고는 거칠게 자리에 앉았다.

"긴히 드릴 말씀이 있습니다."

"오다이, 이제 됐으니 너는 그만 물러가서 쉬어라."

타다마사는 몸을 일으켜 옷깃을 가다듬고 허연 눈썹 밑으로 노부모토를 바라보았다.

"오와리에서 무슨 첩보라도 있었느냐?"

노부모토는 아버지와는 달리 격한 성질을 그대로 드러내며 갑자기 크게 고개를 끄덕였다.

"오다이의 혼담을 그만둘 수 없겠습니까?"

"이제는 어려운 일이다."

"오다 노부히데가 의심하고 있습니다. 우리 가문에 도움이 되지 않습니다."

"염려할 것 없다. 오와리에는 잠들어 있는 히로타다의 목을 베러 보내는 것이라고 전해두어라."

"아버님!"

"왜 또 그러느냐?"

"다시 한 번 말씀 드립니다. 생각을 바꾸십시오. 지금이야말로 오카자키를 무찌를 때입니다."

어깨를 쫙 펴고 다그치는 노부모토. 그 모습은 오카자키에 있는 케요인의 아들이라 할 수 없었다.

타다마사는 노부모토를 지그시 바라보았다. 그러나 감정은 드러내지 않고 여전히 환하게 미소짓고 있었다. 조수가 밀려오는 모양이었다. 성곽 돌담 언저리에서 파도소리가 조용히 들려왔다.

봄을 알리는 새

1

아버지 타다마사가 잠자코 있자 노부모토는 다시 기세등등하게 말했다.

"제 이름 노부모토의 노부信 자를 잊으셨습니까, 오다 노부히데를 꺼린 이 노부란 글자를?"

타다마사는 부드럽게 대답했다.

"이름 자 따위에 구애될 것 없다. 노부모토의 모토元는 이마가와의 맏아들 요시모토義元의 모토를 딴 것이 아니냐."

노부모토는 혀를 찼다.

"그러기에 이 혼사에 찬성할 수 없습니다. 이름에까지 오다를 꺼리고 이마가와를 추종했습니다. 이러한 미즈노 집안이 어째서 기치도 선명하게 이마가와 쪽과 손을 잡은 오카자키 성과 인연을 맺으려는 것인지, 오다 쪽에서 좋아하지 않는 상대를 무엇 때문에 일부러 택하려는 것인지."

"노부모토."

"이 노부모토는 아버님 생각을 도저히 이해할 수 없습니다."

"넌 뭔가를 착각하고 있어."

"착각이…… 아닙니다, 절대로!"

"아니야, 착각하고 있어. 너는 노부모토란 이름이 양가를 꺼리는 것이라 했는데, 그 좁은 소견이 부끄럽지도 않느냐?"

"부끄럽지 않습니다."

"그래? 나 같으면 부끄럽겠다. 노부모토, 나는 추종이나 두려움으로 이름을 짓진 않는다. 오다 노부히데의 담력, 이마가와 요시모토의 지략, 이 두 가지를 지니려고 대범하게 생각하고 긍지를 갖겠다. 오다이에 관해서는 이 아비에게도 생각이 있으니 걱정 말아라. 만약 오와리에서 의심하는 것이 사실이라면 그렇게 하지 않도록 손을 쓰는 것이 마땅할 것이다."

노부모토는 할말을 잃었다. 말이 막히자 칼을 들고 벌떡 일어섰다. 불 같은 눈길이었다.

"어쩔 수 없군요. 아버님 말씀을 따르겠습니다."

그러나 나가는 발걸음은 그의 말과는 맞지 않았다. 심한 불만과 분노가 남아 있는 듯했다. 그 발걸음은 아버지의 거실을 나선 순간 한층 더 거칠어졌다.

긴 복도 안쪽에서 바깥쪽으로, 바깥쪽에서 다시 현관 쪽으로 나감에 따라 걸음은 더욱더 빨라졌다.

"게 누구 없느냐! 말을 끌어오너라!"

본채를 나와 두번째 성곽의 중문에 다다른 노부모토는 터질 듯한 소리로 하인을 불렀다.

하인은 겁에 질려 마구간으로 뛰었다. 그리고 늠름한 밤색 말을 한 필 끌고 와 두려운 표정으로 노부모토에게 고삐를 건넸다.

"뭘 꾸물대고 있어!"

꾸짖으며 노부모토는 고삐를 받았다.

"염전 순시하러 갔다고 해."

카리야 성은 바다를 등지고 둘째 성곽, 셋째 성곽, 큰 성문과 네 겹으로 해자垓字°를 두른 제방이 많은 요새였다. 노부모토는 그 사이를 날렵하게 말을 타고 달렸다.

화창한 봄볕, 부드러운 바닷바람 —

그러나 일단 성밖으로 나가면 거기에는 성안의 고민과는 질이 다른 백성들의 피로가, 그 화창한 봄볕 아래 펼쳐져 있었다.

그들은 언제나 성을 위해 일하는 개미와도 같았고, 올 한 해를 또 어떻게 사느냐 하는 것에 모든 희망을 걸고 있었다.

카리야의 염전은 성의 서쪽에 있었다. 그러나 성문을 나선 노부모토는 말머리를 북으로 돌렸다. 이미 들에 나와 있는 농부들 사이를 뚫고 쏜살같이 달렸다. 모밀잣밤나무 저택에서 콘타이 사金胎寺를 오른쪽으로 꺾어들어, 쿠마무라熊村로 가는 숲으로 빠져나갔다. 이윽고 당당한 성채로 이루어진 집 앞에서 말을 멈추었다.

2

상당한 세도가의 집인 듯했다. 여기도 해자가 둘려 있었다. 어지러운 시대를 경계하듯 도개교跳開橋가 걸려 있고, 그 너머 튼튼한 망루 문이 바람에 퇴색한 채 솟아 있었다.

"이리 오너라."

노부모토는 크게 소리쳐 부르고 나서 말의 목에 흐르는 땀을 손으로 닦았다.

"카리야의 토고藤五다. 노부모토다. 문 열어라."

그 소리에 기세를 세우며 싸움터에서 단련된 밤색 말이 한번 큰소리로 울었다. 그와 때를 같이하여 끼익 하고 둔탁한 소리를 내며 안에서 문이 열렸다.

"어서 오십시오."

안면이 있는 듯, 소매 없는 털가죽 옷을 입은 하인이 나타나 다리를 내리고 노부모토의 손에서 고삐를 받아들었다.

문 안 역시 고색이 짙고 널찍했다. 왼쪽에는 흙벽 곳간이 늘어서고, 오른쪽 외양간 지붕에는 거대한 녹나무가 덮어씌우듯이 가지를 뻗고 있었다.

말을 건네고 난 노부모토는 곁눈질도 하지 않았다. 조밀한 햇볕 속에 한가로이 자리잡고 있는 현관으로 성큼성큼 걸어들어갔다.

"어서 오세요."

역시 고풍스러운 현관 마루에서 두 손을 짚은 채 그를 맞이한 것은 긴 속눈썹에 호리호리한 처녀였다. 부리는 사람은 아닌 듯, 깃이 둥글고 우아한 통소매옷은 카가산加賀産 비단이었다.

"오쿠니於國로군. 오빠는?"

노부모토는 아무렇게나 짚신을 벗어던지고 갑자기 몸을 구부려 처녀를 번쩍 안아올렸다. 처녀는 무어라고 소리를 질렀다. 그러나 그것은 거절하는 몸짓도 말도 아니었다. 얼굴이 빨개져 수줍어하면서도 떨쳐내지 않고 오히려 매달리는 분위기였다.

"음, 나도 만나고 싶었어. 좋아, 오늘은 바쁘니까 내일 밤 해시亥時(오후 10시경)에 서북쪽 문 도개교를 내려놓도록."

"해시에 ―"

"응, 해자 밖에서 기다리게 하면 안 돼."

"예."

노부모토는 마치 인형을 가지고 노는 개구쟁이처럼 거칠게 오쿠니를 내려놓았다. 오쿠니의 뺨은 타는 듯이 붉어졌으나 그 눈은 금방 내리깔렸다.

노부모토는 이미 안으로 성큼성큼 걸어가고 있었다. 걸어가면서 큰 소리로 불렀다.

"나미波, 나미는 어디 있나?"

"여기 있습니다."

서원書院°식으로 꾸민 안쪽 방에서, 노부모토보다 한두 살 아래, 스무 살쯤으로 보이는 건장한 젊은이가 나왔다. 그 역시 우아한 통소매옷에 보랏빛 모토유이元結°로 상투를 매고 있었다. 눈매는 날카롭고 붉은 입술이 그린 듯이 선명했다. 아니, 그뿐이 아니었다. 이 젊은이는 아직 앞머리를 깎지 않고, 윤기도는 검은 머리를 이마에 드리우고 있었다. 늠름한 골격을 뺀다면 무로마치室町 궁전에서 빠져나온 시동으로 착각할 만큼 매혹적인 아름다움을 지니고 있었다.

"아아, 또 여기서 기도 드리고 있었군. 여간 정성이 아니야."

노부모토는 뚜벅뚜벅 방안으로 들어가, 정면에 위엄 있게 내려뜨려진 주렴 쪽을 향해 고개를 한 번 꾸벅 숙이고는 상좌에 앉았다.

"나미, 오늘은 자네에게 부탁할 일이 생겨서 급히 달려왔네."

"이 나미타로波太郎에게……? 그게 무슨 일입니까?"

상대가 물처럼 잔잔하게 되묻자 노부모토는 낯을 찌푸리고 내뱉듯이 말했다.

"아버님이 끝내 오다이를 오카자키에 보내시겠다는 거야. 크게 착각하고 계셔. 절대로 보낼 수 없다네. 그래서 자네한테 부탁하는데, 도중에 오다이를 납치해주게. 그 방법은 말하지 않겠네."

이 말에 젊은이는 빙긋이 웃으며 고개를 끄덕였다.

3

나미타로의 본래 성은 타케노우치竹之內였다. 그러나 아무도 그렇게 부르는 사람은 없었다. 이 부근 농부들은 쿠마熊 도련님이라고 불렀다.

언제부터 이 고장에 정착하게 되었을까. 마을이름을 쿠마무라라 부르는 것을 보면, 혹은 그 이름과 연관이 있는지도 모른다.

어쨌든 선대는 난쵸南朝 이래 키슈紀州의 해적(해군) 하츠쇼지八庄司 후예와 인연을 맺고 있었다. 그리고 선대는 물론 지금의 나미타로도 어느 쪽 세력에 붙어 벼슬하기를 거부하고, 오로지 신을 모시는 데만 전념하고 있는 토호였다.

나미타로가 노부모토에게 말한 바에 따르면, 이 쿠마 집안이야말로 난쵸 정통이 다시 세상에 나서게 될 때를 위해 귀중한 갖가지 고문서와 비보秘寶를 보관하고 있는 타케노우치 스쿠네竹之內宿禰의 후예였다.

"우리 가문엔 목숨을 걸고 대대로 지켜야 하는 것이 있답니다."

오닌應仁의 난° 이래, 어지러운 세상을 외면하고 제단을 마련하여 계속 무언가를 모시고 있었다. 그런데 그들이 도처의 노부시野武士°, 염탐꾼, 뱃사공과 어부에 이르기까지 손아귀에 넣고 바다와 육지에 걸쳐 은근하게 일대 세력을 이루고 있는 것만은 사실이었다.

노부모토는 일찍부터 이같은 나미타로에게 눈독을 들이고 있었다. 아니, 그의 여동생 오쿠니의 용모에 끌려 그녀의 오빠와 친하게 지내고 있다고 해도 좋았다.

"자네 집엔 끊임없이 오다 쪽 사람들이 출입하고 있지 않은가. 그러니 세상이 어떻게 돌아가는지도 잘 알 것일세. 아무튼 나는 아버님의 고루한 머리에는 정말이지 질려버렸네."

나미타로가 오다이의 납치를 승낙하자 노부모토의 말이 웅변조로 변했다.

"아버님은 이마가와 일족이 쇠퇴의 길을 걷고 있다는 것을 알지 못해. 현재까지는 그런대로 버텨왔지만 내일이 안 보여. 지금처럼 어지러운 세상에선 농사꾼과 장사치 모두가 우러러볼 만한 대의명분의 깃발을 쳐들 계책이 있어야 하는데, 이마가와에는 그런 것이 없단 말일세. 이미 시대에 뒤진 조정 대신들의 흉내만 내고 있으니, 그래 가지고서야 어떻게 온 천하에 호령을 할 수 있겠는가. 이에 비해 오다 쪽에서는……"

말하다 말고 노부모토는 나미타로의 눈에 떠오르는 회심의 미소에 그만 웃음을 터뜨리고 말았다.

"이 점에 대해서는 자네도 같은 의견이었지, 하하하하."

같은 의견이라기보다, 실은 노부모토의 말은 그대로 나미타로의 의견을 복습한 것에 지나지 않았다.

나미타로는 차가웠다. 언제나 말수가 적고 조용히 먼 곳을 응시하고는 했다. 그러나 이따금 내뱉는 말속에는 노부모토의 영혼을 흔들어놓는 매력이 있었다.

"나 같으면 세상을 어지럽혀 백성들의 원성을 사는 쇼군將軍°이나 삼관령사직三管領四職°의 흉내는 내지 않겠어요. 그보다 천하에는 꼭 받들어야 할 명분이 있는 법……"

그는 언제나 웃으면서, 그 명분을 깨닫는 자가 천하를 잡는다, 그 밖엔 언급할 필요조차 없다고 가볍게 말하곤 했다. 그리고 누가 그것을 깨닫느냐고 물으면 그는 대답했다.

"문벌이나 지벌地閥을 따지면 과거 지식에 사로잡히게 되지요. 구애받는 것이 있으면 옷자락이 무거워 비약하지 못합니다. 무엇보다 한 점 흐림 없는 눈으로……"

이쯤에서 그는 사려깊게 붉은 입술을 한번 다물었다.

"지地의 이리理, 때[時]의 힘[勢]…… 오다 노부히데는 십이남 칠녀의 자식 부자라서."

그리고는 미소를 지었다. 어느 틈에 그 미소는 노부모토의 가슴에 움직일 수 없는 커다란 낙인으로 새겨진다. 물론 그러한 것은 주군 시바斯波 씨를 대신하는 오다 노부히데의 가공할 무력이 있었기 때문이기는 하지만……

4

"내가 만약 오다 휘하에 있다면, 먼저 명분 잃은 아시카가 일족의 태도를 성토하겠어요."

쿠마 저택의 나미타로는 이렇게도 말했다.

"아시카가 타카우지尊氏는 그나마 호쿠쵸北朝를 세워 명분을 유지했으나 요시미츠義滿에 이르러서는 그마저 산산이 짓밟고 말았죠. 눈앞의 작은 이익에 눈이 멀어 명나라 국왕으로부터 일본 국왕에 봉해져 그에게 신臣이라 칭하는가 하면……"

나미타로는 그런 분별없는 편의주의가 바쿠후幕府°의 권위를 떨어뜨리는 원인이고, 여기에 오다 씨의 치명적인 급소가 있다고 주장해왔다.

민족의 긍지를 팔아먹은 용납할 수 없는 국적國賊, 조정을 받들어 이를 무찔러서 대의명분을 바로 세우겠다고 부르짖는다면 일본의 모든 무장들은 이를 어떻게 받아들일 것인가. 새로운 힘은 여기서 힘차게 솟아날 것이다.

"헛된 당장의 살상과 약탈은 신들이 용납하지 않습니다, 대의명분의 깃발 없이는."

노부모토는 처음에는 나미타로를 방심할 수 없는 야심가……라고 경계했다.

그러나 이 경계심은 자주 이 집을 찾아오는 동안 어느 틈에 이상하게도 친근감과 존경심으로 변해갔다. 그 이유 중 하나는 넘치는 젊음을 못 이겨 그의 여동생 오쿠니를 건드렸는데 나미타로가 전혀 반감을 나타내지 않는 데에도 있었다.

"그래, 오다이 님의 혼인 날짜는 결정되었나요?"

"술일에 혼수가 오기로 되어 있네."

노부모토는 손가락을 꼽아보았다.

"다시 연락하겠지만, 아마 이 달 이십칠, 팔일쯤 될 걸세."

"그런데, 오다이 님을 모셔다가는?"

"자네한테 맡기겠네."

노부모토는 딱 잘라 말했다.

"오다 쪽으로 볼모로 보내도 좋고, 자네가 한동안 숨겨주는 것도 좋겠지……"

나미타로는 문득 눈길을 천장으로 보내며 한숨을 쉬었다. 그러나 희고 단아한 얼굴에는 아무 감정도 드러내지 않은 채 조용히 두 눈을 다시 노부모토에게로 돌렸다.

이때 오쿠니가 수줍은 얼굴로 끓는 물을 들고 들어왔다. 나미타로에게는 그것도 보이지 않는 듯. 노부모토는 그만 눈이 부셨다.

"차라리 오다이를 그냥 자네 아내로 삼으면 어떨까?"

오쿠니는 깜짝 놀라 눈을 크게 뜨고 두 사람을 바라보았다.

"그게 좋겠어, 그게 좋아. 그러면 자네와 나는 처남 매부 사이가 되네. 그리고 이 난세에 새로운 구상으로 마음껏 날개를 펴보는 것도 재미있지 않겠나. 어떤가, 나미?"

나미타로는 그 말에는 대꾸하지 않았다. 단정히 허리에 손을 얹고 물끄러미 노부모토를 바라보고만 있었다.

"설마 거절하지는 않겠지. 하하하하, 이 노부모토는 눈이 멀지 않았어. 자네 마음속에 무슨 생각이 들어 있는지 잘 알고 있지. 못 속의 용이 무엇 때문에 조용히 숨을 죽이고 숨어 있는지를 말일세. 나는 자네의 그 냉정함이 마음에 들어. 풍부한 지식과 신을 받드는 순결성이 좋단 말일세."

노부모토의 말에, 나미타로는 가만히 앉아 있는 오쿠니에게 나직하게 말했다.

"너는 그만 물러가거라."

그런 다음 맑은 목소리로 말을 이었다.

"내가 돕겠다는 것은 아무 죄도 없는 여자를 정략의 도구로 삼는…… 그 난맥상, 가여운 책략에 대한 항의에서죠. 아무튼 오다이 님 납치에 대해서는 이 목숨을 걸고라도."

이 말에는 어딘가 자기 여동생을 걱정하고, 노부모토를 야유하는 듯한 느낌이 있었다.

노부모토는 또다시 호탕하게 웃어젖혔다.

5

오다이가 시집가는 날은 1월 26일로 정해졌다. 오카자키 성에서 마츠다이라의 중신 이시카와 아키노카미石川安芸守와 사카이 우타노스케 마사이에酒井雅樂助正家가 혼수를 가지고 왔을 때, 아버지 타다마사는 그들과 함께 잠시 밀담을 나누고 나서 집안 사람들이 일러야 28일이라 생각하고 있던 예상을 이틀 앞당겼다.

26일에 잔치를 치르려면 24일에는 카리야 성을 떠나야만 한다. 그리고 오다이는 일단 오카자키 성에 있는 사카이 우타노스케의 집으로 가 거기서 이틀을 묵은 뒤 몸치장을 하고 본성으로 들어가게 된다.

카리야 성은 갑자기 바빠졌다. 오다이가 데리고 갈 하녀는 두 사람, 미즈노 일가의 중신 히지카타 누이노스케土方縫殿助의 딸 유리百合와, 스기야마 겐에몬杉山元右衛門의 딸 코자사小笹가 뽑혔다.

유리는 열여덟 살, 코자사는 오다이와 동갑인 열네 살. 두 사람 다 눈썹을 깨끗이 밀고 이를 새까맣게 물들였다. 그들은 오다이의 신상에 무슨 일이 생기면 자신의 몸으로 대신해야 한다.

"오다이 님은 아직 아무것도 모르시니 자고 일어나는 일은 물론, 히로타다 님과의 대화에서부터 화장에 이르기까지 모든 것을 유리 님이 잘 가르쳐드려야 해요. 코자사 님은 몸 시중 드는 일말고도 식사 때 먼저 맛보는 것을 게을리 해서는 안 됩니다. 독이 들었는가 알아보는 검사는 반드시 코자사 님이 하도록, 알았나요?"

로죠老女°모리에森江는 의상준비를 하면서 오다이가 잠시 자리를 뜰 때마다 귀에 못이 박히도록 두 사람에게 이 말을 되풀이했다.

그러나 당사자인 오다이는 전혀 동녀童女의 명랑함을 잃지 않았다.

"이것은 아베 오쿠라에게, 이것은 그의 아우 시로베에四郎兵衛에게, 이것은 오쿠보 신쥬로新十郎에게, 이것은 그 아우 신파치로新八郎에게, 그리고 이것은 이시카와, 이것은 사카이……"

오카자키의 중신들에게 줄 아버지의 선물만은 진지한 표정으로 직접 살폈다. 그러나 나머지 모든 일에 대해서는 천진난만하게 웃는 얼굴이었다.

"어머님은 우타노스케 저택까지 마중을 나와주실까, 응?"

고개를 갸웃하며 로죠에게 묻는 태도는 순진하기 이를 데 없었다.

아버지 타다마사도 몇 번이나 나타나 얼굴을 들이밀고는 했다. 그 역시 웃는 얼굴을 허물어뜨리지 않았다. 그러나 타다마사는 사위 히로타다의 반감을 알고 있고, 자기 아들 노부모토의 마음도 알고 있었다. 믿는 것은 오다이의 생모 케요인. 그리고 또 있었다.

'이마가와와 오다 양가의 틈바구니에 끼여 마츠다이라와 미즈노가 싸운다는 것은 어리석기 짝이 없는 짓.'

진심으로 이렇게 믿고 있는 마츠다이라의 중신들.

이번 혼사준비도 결코 호화로운 것은 아니었다. 하지만 타다마사는 일부러 남만南蠻으로부터 건너온 목화씨와 베틀을 센슈泉州의 사카이堺에서 구입해 혼수 속에 포함시켰다. 어디까지나 먼 장래를 생각해서라는 것을 중신들에게 일깨워주려는 마음에서였다.

"이 솜으로 짠 천은 백성들의 들일 옷으로는 물론이요, 갑옷 안에 받쳐입어도 아주 튼튼할 터이다. 가능하면 네 손으로 먼저 신랑의 옷을 짜주고, 그 다음에 영지 안에 널리 퍼지도록 주선하여라."

마츠다이라의 사자가 오카자키 성으로 돌아간 뒤 짐은 곧바로 카리야를 향해 출발했다.

그리고 마침내 24일 ―

이날은 시집가는 오다이보다 오빠 노부모토가 더 침착성을 잃고 안절부절못했다.

6

"그럼 아버님, 저 가겠습니다."

"오냐, 부디 몸조심해라."

"예, 아버님도……"

그런 다음 오다이는 차례차례 오빠와 언니에게 절을 했다. 현관에 놓인 가마에 들어갈 때는 호수처럼 맑은 눈으로 배웅하는 가신들을 일일이 돌아보았다.

그것은 마음속에 착잡한 감정을 간직한 인간의 눈이 아니라, 시대가

만든 인형의 무심無心함이었다. 우치카케打掛け° 아래 드러나는 금박 띠의 빛이 더욱 그러한 분위기를 돋우었다.

"애처로우셔라……"

한 시녀가 자기도 모르게 옷소매로 눈을 닦으려다 깜짝 놀라 입술을 깨물고 고개를 숙였다. 그것은 분명 어딘가에 스며 있는 쓸쓸함을 감추고 있었다.

"축하합니다."

다른 사람들이 하는 말과는 정반대의 태도였다.

시집간다는 것이, 언제부터인지 '인질'의 뜻을 지니게 되었다. 난세는 사랑을 짓밟고, 여자들은 이미 자유로운 감정의 발로를 가엾게도 봉쇄당하고 있었다.

가마는 옆문이 열린 채로 들어올려졌다. 배웅하는 사람들의 눈은 의논이라도 한 듯 붉어졌으며, 그 가마가 첫째 성곽의 문에 이르기까지 꼼짝도 하지 않았다.

문을 나서자 높다란 돌층계에는 인간들의 일을 외면한 화창한 햇볕이 쏟아져내렸으며, 해자 가까운 나무숲에서 꾀꼬리의 맑은 울음소리가 흘러왔다.

돌층계를 내려왔을 때 오다이는 가만히 성을 돌아보고 나서 매화 향기를 맡았다.

행렬이 둘째 성곽에 이르렀을 때 가마 두 채가 더 붙어났다. 오다이를 따라가는 유리와 코자사의 가마였다.

그곳에서 두 사람의 절을 받고 나서 가마의 문은 닫혔다.

세번째 성곽 중문을 나설 때는 행렬 앞뒤로 무장한 호위대가 20명씩 따라붙었다.

그러나 시대의 어지러움을 말해주는 준비는 그 뒤부터였다.

세번째 성곽에서 직선으로 이어진 중신들의 저택 옆 벚나무 가로수

길을 지나 우람한 정문에 이르렀을 때, 문전에는 가신의 가족들이 성주의 사랑하는 딸의 모습을 보려고 떼를 지어 기다리고 있었다.

"이상하다? 이게 어찌 된 일일까?"

사람들은 저마다 고개를 갸웃거리며 서로 얼굴을 마주보았다.

가마의 문이 닫혀 있을 뿐 아니라, 여기까지 오는 동안에 행렬은 셋으로 나뉘어 있었다.

똑같은 모양의 가마에 똑같은 모습의 호위대가 따르고, 세 행렬의 장비에도 전혀 차이를 찾아볼 수 없었다.

최초 행렬의 총책임자는 코자사의 아버지 스기야마 겐에몬. 사람들은 물론 그것이 오다이의 가마인 줄로만 알고 배웅하고 나서 흩어지려 했다. 그때 다시 벽제소리가 들리면서 두번째 행렬이 나타났다. 그 총책임자는 마키타 이쿠노스케牧田幾之助. 스기야마 겐에몬과는 집안 사이로 무술에서도 호각을 이루는 중신이었다.

"아아, 이건 분명 도중에 발생할지도 모르는 변고에 대비하기 위한 거야. 과연 우리 주군께서는 빈틈없으셔."

사람들이 대관절 어느 행렬에 오다이 님이 있을까 하고 숙덕거리고 있을 때 다시 세번째 행렬이 문을 나왔다. 이 행렬에는 유리의 아버지 히지카타 누이노스케가 근엄한 표정으로 뒤따르고 있었다.

사람들의 얼굴빛이 싹 변했다. 이만큼이나 조심해야 하는 행차에 비로소 가슴이 덜컥 내려앉는 느낌이 든 것이다.

7

쿠마 저택의 타케노우치 나미타로는 카리야에서 북쪽으로 시오리, 치리유池鯉鮒 마을 근처에 있는 아이즈마逢妻 강가의 움막에 숨어서 노부모토로부터 연락이 오기를 기다리고 있었다.

이 부근에서 물줄기는 여러 갈래로 갈라져 그 각각에 거미집 모양의 다리가 놓여 있었다. 흔히 말하는 야츠하시八ッ橋, 지금은 옛날의 모습을 찾아볼 길 없으나 『이세 이야기伊勢物語』˚에 제비붓꽃의 명소로 유명한 물의 고을이었다.

그 다리에서 마른 억새밭으로 이어지는 일대, 다시 억새밭에서 제방 밑으로 하여 거의 100명쯤 되는 사람들이 매복해 있었다. 아니, 이 강가만이 아니었다. 바로 앞에 있는 히토츠키一ッ木의 민가에서부터 강 건너 이마무라今村, 우시다牛田 부근에 이르기까지 빈틈없이 배치되어 있었다.

더군다나 그 민가에 사는 농부들, 강에 배를 띄운 어부들, 밭에서 일하는 사람들까지도 이미 나미타로의 손발이 되어 있다고 해도 과언이 아니었다.

그들은 나미타로가 지시만 내리면 때로는 수군도 되고 도적도 되며, 싸움에 지고 도망친 무사도 찾고, 죽은 병사의 갑옷도 벗기는 노부시들이었다.

나미타로가 숨어 있는 움막에 괭이를 둘러멘 한 농부가 콧노래를 부르면서 다가왔다.

"노부모토 님 전갈입니다."

농부는 움막 앞에 있는 작은 배를, 하얀 이삭 끝이 빛나는 갯버들 가지에서 풀어내면서 파란 하늘이 비친 수면을 향해 혼잣말처럼 중얼거렸다.

"위장행렬 둘이 성에서 나왔습니다. 모두 합하여 셋. 그중 두번째가 진짜입니다."

"두번째라……"

"예."

"알았다, 돌아가거라!"

농부는 아무 일도 없었다는 듯이 배를 저어 건너편 기슭으로 건너갔다. 나미타로는 움막 안에서 모닥불을 지피고 있는 한 늙은이에게 눈짓을 했다. 그러자 그 늙은이는 더러운 헝겊 조각을 집어들어 그것으로 얼굴을 가리고 밖으로 나갔다. 육지로 가는 전령이다.

움막 안에는 나미타로만 남았다. 그 곁에는 대여섯 마리의 새끼붕어가 든 다래끼와 낚싯대가 놓여 있었다.

"그렇구나……"

나미타로는 한마디 툭 내뱉고는 밖으로 나가, 움막 옆 둑에 서 있는 오리나무 가지에 하얀 헝겊을 걸어놓고 돌아왔다. 이 하얀 헝겊은 희게 빛나 넓은 평지 어디에서나 잘 보일 것이다. 그는 낚싯대와 다래끼를 들고 터벅터벅 둑을 내려와 강에 낚싯대를 드리웠다.

첫번째 행렬이 온 것은 나미타로가 두 마리째 붕어를 낚아올렸을 때였다. 그는 별로 행렬 쪽은 보려고도 하지 않았다. 하늘이 비치는 수면을 지그시 바라보고만 있었다.

행렬은 무사히 다리를 지나 건너편 기슭으로 향했다. 그리고 잠시 동안 다리에는 녹아내릴 것 같은 햇볕만이 내리쬐고 있었다.

두번째 행렬이 왔다. 그러나 나미타로는 그것도 보지 않았다. 오로지 낚시에만 열중할 뿐 다른 일에는 관심이 없는 듯 조용히 앉아 수면을 응시하고 있었다.

행렬이 막 다리에 들어서려 할 무렵, 와아 하고 함성이 일었다. 마른 억새풀과 둑 밑에서 뛰쳐나온 노부시 한 무리가 행렬을 에워쌌다.

"무엄한 놈들!"

"가까이 오지 못하게 하라. 물리쳐라!"

"배를 가져와라, 배를 돌려라!"

고요하던 물고을의 정적은 순식간에 벌집을 쑤신 듯 소란해졌다. 그러나 나미타로는 여전히 낚시 찌만 응시하고 있었다.

8

강가는 순식간에 싸움터로 변했다. 쫓는 자와 쫓기는 자, 서로 고함지르며 맞서는 자, 가마 옆에서 칼을 뽑아들고 버티고 선 자.

포위한 자와 포위당한 자들 사이에는 이미 어느 쪽도 마음놓을 수 없는 팽팽한 세력균형이 이루어져 있었다.

"뭐야, 왜 그래, 무슨 일이 일어났어?"

그때 근처 들에 흩어져 있던 농부들이, 자못 호기심 많은 구경꾼들인 양 가마 옆으로 모여들었다. 물 위에서도 20척 가까운 작은 배가 이쪽 기슭을 향해 오고 있었다.

그리고 이들이 일제히 배에 실린 무기를 들고 습격하는 무리와 합류했을 때 이미 승부는 결정났다.

최초의 노부시들이 칼을 휘두르는 바람에 가마를 수행하던 사람들은 새로운 습격자들을 막을 도리가 없었다.

"가마를 내주지 마라, 가마를……"

"가마를 빼앗기느니 차라리 싸워 죽는 편을 택하라!"

한낮의 싸움은 비장한 외침들이 이상하게 생각될 만큼 쉽게 끝나고, 마침내 첫번째 가마가 배 안으로 옮겨졌다. 이어서 두번째와 세번째 가마도.

세번째 가마가 배에 옮겨졌을 때 포위당한 사람들은 기성을 지르며 포위망을 뚫었다. 그중 두 사람은 미친 듯이 물 속으로 뛰어들어 은빛 물보라를 일으키면서 세번째 가마가 실린 배로 다가갔다. 그때 그 배는 벌써 강 한가운데로 미끄러져나가 다른 가마를 실은 두 배와 뒤섞였다.

가마를 실은 배들이 각각 세 방향으로 갈라져 저어가기 시작했을 때
는 세 가마에 모두 멍석이 씌워져 어느 배가 어느 배인지 분간할 수 없
게 되고 말았다.

"놓치지 마라. 뒤쫓아라!"

가마를 수행하던 사람들도 세 방향으로 갈라졌다. 하류 쪽으로 저어
가는 배, 상류 쪽으로 저어가는 배, 그리고 건너편 기슭으로 저어가는
배. 그 뒤를 습격자들이 끈질기게 뒤쫓았다.

이때 비로소 쿠마의 나미타로는 얼굴을 들고 세 채의 가마를 바라보
았다. 그렇다고 별로 성공을 기뻐하는 것 같지는 않고, 그렇다고 애써
침착을 유지하려는 태도도 아니었다.

"가운데 행렬이란 말이지……"

그는 중얼거리며 낚싯줄을 감기 시작했다. 어느 누구라도 그를 이 소
란의 지휘자로는 보지 않으리라. 그는 천천히 둑으로 올라가 오리나무
에 걸어놓은 헝겊을 걷었다.

"오늘은 작은 붕어밖엔 걸리지 않는군……"

나미타로는 아직 여기저기서 무섭게 칼싸움이 계속되고 있는데도
모르는 체 카리야 쪽을 향해 걷기 시작했다.

앞쪽이 훤히 보이는 길이었다. 군데군데 소나무가 자라고 그 밑을 나
그네와 같은 차림의 사나이들이 바삐 오가는 모습이 보였다. 미즈노의
행렬과 행렬 사이의 연락을 맡고 있는 자들임이 틀림없다.

5, 6정쯤 갔을 때 나미타로는 슬며시 걸음을 멈추었다.

앞에 세번째 행렬이 보이기 시작했다. 틀림없이 그 행렬은 야츠하시
에서 벌어진 사건을 알고 있을 텐데도 걸음걸이에서나 시종들의 태도
에서 아무런 동요도 찾아볼 수 없었다.

"속았구나……"

나미타로는 그제야 날카로운 눈빛으로 뒤를 돌아보았다. 세 채의 가

마을 실은 배의 모습은 이미 강 위에 없었고, 사람들도 어느 틈에 추격을 멈추었다.

"과연 우에몬다이부 타다마사답구나. 자기 아들마저 감쪽같이 속이다니……"

나미타로는 세번째 행렬 속에 진짜 오다이가 있다고 직감했다. 하지만 나미타로는 더 이상 쫓으려 하지 않았다. 행렬은 그의 앞을 유유히 지나갔다.

9

첫번째 행렬이 오카자키 바로 앞을 흐르는 야하기가와矢矧川 근처의 야쿠오 사薬王寺에 다다를 무렵, 세번째 행렬은 이미 이마무라를 지나 우토宇頭의 오토리鷲取 신사神社 숲에 접어들려 하고 있었다.

이 행렬의 총책임자 히지카타 누이노스케는 두번째 행렬의 가마가 탈취되었다는 것을 잘 알고 있었다.

"이제 끝났군……"

서쪽으로 기울기 시작한 해를 바라보며 누이노스케는 싱긋 웃었다. 동요의 그림자라곤 전혀 찾아볼 수 없는 그 미소는, 나미타로를 동원시킨 노부모토의 계획이 보기 좋게 빗나갔음을 여실히 증명해주었다.

누이노스케는 이 습격이 노부모토의 지시라고는 생각지 않았다. 기습과 방화는 오다 노부히데의 가장 큰 장기. 거미집 모양으로 갈라진 야츠하시의 수로를 이용하여 추격의 눈을 속이는 수법은 어김없는 노부히데의 소행이었다.

각지에 흩어져 사는 노부시를 불러모아 약탈에 성공하고 일단 해산시키면, 같은 날에 다시 소집한다는 것은 거의 불가능에 가깝다. 그리고 이 일대는 이미 마츠다이라의 영지이기도 했다.

히지카타 누이노스케는 다시 미소를 지으며 세 채의 가마를 바라보았다.

"오다이 님의 얼굴을 알 리가 없지."

지금쯤 오다 노부히데가 가마 안에 타고 있던 사람을 어떤 식으로 맞이하고 있을까 생각하니 얼굴에서 웃음이 사라지지 않았다.

바로 그때였다, 왼쪽 오토리 숲에서 와아 하는 함성이 인 것은.

"뭐야?"

걸음을 멈춘 누이노스케의 귀에 수많은 말발굽소리가 들린 것과, 숲 속에서 30기에 가까운 기마병이 횡대를 이루고 바람을 일으키며 습격해온 것은 거의 동시의 일이었다.

"앗!"

행렬은 일제히 왼쪽으로 방향을 틀어 이를 맞았다. 이번에는 평복 차림의 노부시가 아니라 갑옷으로 무장한 군사들이었다. 이런 군사가 어디서 어떻게 해 이 근처까지 숨어들어와 있었을까?

항상 적의 의표를 찌르고는 의기양양해하는 오다 노부히데. 난세에 걸맞게 태어난 인물이었다. 예상을 허락지 않는 그의 용병술에 누이노스케의 등줄기에는 싸늘한 소름이 끼쳐왔다.

"틀림없이 제이의 계략이 있을 것이다. 전방에만 정신을 팔면 안 된다!"

누이노스케가 큰소리로 외쳤을 때, 그 예감은 이미 적중하고 있었다. 오른쪽으로 이어진 촌락의 집 그늘에서 엄선된 날랜 병사들이 칼을 뽑아들고 무수히 뛰쳐나왔다.

물론 오와리의 영지에서 데려온 자들임이 틀림없었다.

그들은 왼쪽 기마대와 대치하고 있는 행렬의 배후에서 아수라처럼 덤벼들었다. 기마병은 그 혼란을 틈타 우르르 길을 가로질렀다. 그리고

칼을 든 군졸과 기마대가 행렬의 호위대와 십자를 그으며 뒤섞이는가
싶더니 세 채의 가마는 이미 길 위에 없었다.

"빼앗겼다. 놓치지 마라!"

"가마를 쫓아라, 가마를……"

이때까지도 누이노스케는 아직 당황하지 않았다. 이 행렬도 어쩌면
미끼일지 모른다. 칼을 꼬나든 그의 옆얼굴에는 대담한 미소마저 감돌
고 있었다. 바로 그때 홀로 말을 타고 오카자키 쪽에서 쏜살같이 달려
오는 사람이 있었다.

"히지카타 님은 어디 계십니까, 누이노스케 님은? 첫번째 가마가 습
격당했습니다. 야쿠오 사 근처에서 첫번째 가마가……"

이 말에 누이노스케는 쓰러질 듯 비틀거렸다.

"아뿔싸!"

비로소 나직하게 신음을 토해냈다.

10

누이노스케는 초조했다. 칼을 뽑아든 적병 하나가 그의 진퇴를 가로
막고 있었다. 눈 돌릴 겨를도 없는데, 몹시 당황한 첫번째 행렬의 사자
는 다시 큰소리로 외쳤다.

"히지카타 님 어디 계십니까? ……큰일났습니다. 여기는 그대로 두
시고 속히 야쿠오 사에 가세하십시오."

그 외침은 당연히 적과 아군 모두의 귀에 들어갔다.

'그렇다면 첫번째 행렬이구나.'

미묘한 동요가 일어나는 것을 눈치챈 누이노스케는 자신의 명검을
힘차게 휘둘렀다.

"에잇!"

"으앗!"

상대가 한 걸음 물러섰다. 그 순간을 틈타 누이노스케의 몸은 제비처럼 옆으로 날았다.

노여움과 연민이 뒤섞인 눈으로 아직 젊은 말 탄 사자에게로 다가간 누이노스케의 손에서 윙 소리가 나며 칼이 날았다.

"으악!"

말 위의 사자는 고삐를 놓으며 허공을 휘저었다.

주위에서 갑자기 사람들이 흩어진 것은, 왼쪽 가슴에 칼이 꽂힌 채 말에서 떨어진 사자의 둘레를 말이 미친 듯이 날뛰며 한 바퀴 돌았기 때문이다.

"당황하지 마라."

누이노스케는 덤벼들어 말을 붙들었다.

"당황하여 적에게 속아서는 안 된다. 이것은 우리 가마를 빼앗으려는 적의 계략이다. 우리를 여기서 야쿠오 사로 쫓아버릴 계략이란 말이다!"

분노로 머리칼을 곤두세우고 발 밑에 사자를 밟고 선 그의 모습은 그야말로 종규鐘馗°의 모습 그대로였다. 계략이라는 말을 듣고야 비로소 아군의 동요는 가라앉았다. 적도 그 말을 믿는 듯했다. 칼을 뽑아든 무리의 일부가 이미 가마를 에워싸고 서서히 북쪽으로 이동하고 있었다.

적의 기마대가 다시 한 번 이쪽 사람들을 짓밟고 질풍처럼 오토리의 숲으로 돌아간 것은 그로부터 얼마 안 되어서였다. 누이노스케는 초조했다. 물론 그만은 어느 행렬에 오다이가 있는지 잘 알고 있었다.

"쫓지 마라. 이제 됐다, 쫓지 마라."

급히 사람들을 집합시키고 빈사상태에 있는 사자를 돌아보았다.

"누가 남아서 돌봐주어라. 이름 묻는 것을 잊지 말고. 마음이 조급하구나. 나를……"

따르라는 말은 사자에게서 뺏은 말 위에서 터져나왔다.

채찍이 울었다. 사나운 말인 듯했다. 힘껏 앞발을 쳐들고 벌떡 일어섰다가 오카자키 가도 쪽으로 방향을 바꾸어 질풍같이 내달렸다.

그 등에 찰싹 몸을 붙인 누이노스케는 제정신이 아니었다. 이미 마츠다이라의 영내에 들어와 있는데, 여기서 오다이를 뺏겨서야 정말 말이 아니다. 그것도 행렬 하나로 나온 것이 아니다. 지혜를 짜내어 행렬을 셋씩이나 출발시켜놓고서도……

'미즈노 가문의 체통이 서지 않는다!'

그러나 이러한 누이노스케도, 점차 추위를 더해가는 이른봄의 해질녘에 멍청히 서 있는 첫번째 행렬의 시종들을 혼고손本鄕村 대밭 옆에서 발견했을 때는 망연자실하지 않을 수 없었다. 이미 모든 일은 끝장나 있었다.

그곳에서도 갑옷으로 무장한 습격자의 공격을 받아 사방에 부상자가 우글거리고 있을 뿐 가마 셋은 흔적도 없었다.

"아네사키姉崎 쪽으로……"

사람들이 가마가 납치된 방향을 가리키자, 히지카타 누이노스케는 이를 갈면서 저물어가는 저녁 해를 노려보며 눈물을 뚝뚝 떨구었다.

11

오다이를 맞는 오카자키의 중신 사카이 우타노스케 마사이에의 집에는 이미 불이 밝혀져 있었다.

대문에서 현관 마루에 이르는 길은 깨끗이 쓸려 있었고, 하인들은 지금 뜰에서 화톳불을 피우고 있었다.

주인 마사이에가 현관 마루에 나타났다.

"아직도 보이지 않느냐?"

가신이 대답했다.

"곧 도착하실 것입니다."

"케요인 님께서 기다리고 계신다. 문전에 도착하시거든 큰소리로 집 안에 알려라."

이렇게 명령하고, 무인답지 않은 마르고 우아한 몸집의 그는 천천히 서원으로 돌아갔다.

히가시야마東山°풍의 이 서원에는 이미 여덟 자루의 촛대에 불이 켜 져, 향기가 풍기는 듯한 케요인의 모습을 정면으로 비추고 있었다. 마 사이에의 아내를 말벗삼아 이야기를 나누던 케요인은 그의 모습을 보 자 두건 속에서 생긋 웃으면서 말을 건넸다.

"수고하십니다."

"워낙 시끄러운 세상이라서."

마사이에는 근엄한 얼굴로 앉으면서 말했다.

"어쩌면 카리야 성에서도 불만의 소리가 나올지 모릅니다."

"불만은커녕 오히려 기뻐할 거예요. 그러나저러나 야하기가와 강가 에까지 복병을 숨겨두다니 오다 일족은 너무 집요하네요."

케요인은 9년 만에 만나는 딸의 모습을 그리는 듯한 눈빛으로 말을 이었다.

"모두들 이만저만 수고하시는 게 아니라 몸둘 바를 모르겠군요."

마사이에도 그 말에 대한 대답으로 미소를 지어 보였다.

"적을 속이려면 먼저 자기편부터 속여야 하니, 이 모든 것을 다 시절 탓이라 돌리고 용서해주셔야겠습니다."

"오다이도 많이 놀랐겠지요?"

"그런데⋯⋯"

마사이에는 무릎을 탁 치면서 말했다.

"오쿠보 신파치로가 가마의 문을 여니…… 오카자키 가신들이지요. 수고했다고 먼저 말씀하시더랍니다."

"오, 그렇게 현명한 말씀을 하시다니."

"그 말을 듣고 이 우타노스케는 그만 눈물이 핑 돌았습니다. 이번 혼인에는 정말 신의 가호가 있는 것 같습니다."

"정말 그래요. 두 번씩이나 습격을 당하고……"

"그냥 내버려두었더니 세번째는 야하기가와 나루터에서…… 이것도 저희가 예상했던 대로였습니다. 복병들은 이미 습격할 행렬도 없어졌다고 웃으면서 강을 내려갔다더군요."

케요인은 소리내어 웃었다.

"지금쯤 얼마나 당황하고 있을까, 그 얼굴이 눈에 선하군요."

이때 갑자기 문전이 떠들썩해졌다. 얼굴을 마주보는 두 사람의 귀에 활기찬 소리가 들려왔다.

"도착하셨습니다."

마사이에 부부보다 먼저 케요인이 일어났다. 얼굴에는 상기된 빛이 감돌고, 먼 곳을 바라보는 눈이 별처럼 반짝였다.

마사이에 부부는 케요인의 뒤를 따랐다.

현관은 마중하는 사람들로 가득했다. 모두 숨을 죽인 채 밖을 바라보고 있었다. 화톳불로 환한 속에 오쿠보 신파치로의 위엄 있는 얼굴이 맨 먼저 나타났다.

눈에 익은 갑옷으로 차려입고 땀에 젖어 번들거리는 신파치로는 마사이에의 얼굴을 보자 문을 들어서는 가마를 손가락으로 가리키며 고함이라도 지르듯 큰소리로 말했다.

"멋지게 봄을 잡아왔지. 마츠다이라 일족의 봄을. 와하하하."

빗속의 꽃봉오리

1

가마는 곧 현관 마루에 내려졌다. 우타노스케 마사이에가 무릎을 꿇고 다가가 그 문을 열었다. 행동은 공손했으나 표정은 자기 딸을 맞이하듯 부드러웠다.

"무사히 도착하신 것을 이 마사이에는 축하 드립니다."

손을 짚었지만 머리는 조아리지 않았다. 그러면서도 어딘지 모르게 촉촉한 정감이 넘쳐났다.

사람들의 눈은 한결같이 가마 쪽으로 쏠렸다. 아니, 눈만이 아니었다. 앞으로 마츠다이라와 미즈노 양가를 잇는 징검다리가 되려 하는 열네 살의 신부가 오카자키에서 입밖에 내는 첫마디 말을 들으려고 마음의 귀를 기울었다.

"고생들 하셨어요."

아직은 앳된 맑고 투명한 목소리였다.

"무사히 도착하게 되어 저는 기쁘게 생각합니다."

마사이에의 아내가 다가가 가마 안으로 손을 내밀었다. 케요인은 선

채로 꼼짝도 않고 그 모습을 지켜보고 있었다. 서원을 나올 때 어머니로서 느꼈던 흥분은 이미 가시고, 지금은 지나치게 조용할 만큼 침착한 모습으로 돌아와 있었다.

두번째 가마에서 히지카타 누이노스케의 여동생 유리가 내려와 엎드렸다.

갑자기 주위가 환하게 밝아졌다.

마사이에의 아내에게 손을 잡힌 오다이가 가마에서 내려 거기 섰던 것이다.

홍매화빛 바탕에 수놓은 벚꽃 무늬의 금실이 은은하게 빛나고, 흰 비단 아이기間着°에 비친 살갗이 그대로 드러나 보였다. 키는 이미 어른이었지만 눈과 입매는 아직 어린 소녀였다.

이 지방 일대에서 제일 아름답다고 소문이 난 처녀였다. 사람들은 저도 모르게 탄성을 지르며 오다이와 케요인을 번갈아가며 바라보았다. 판에 박은 듯이 닮았다. 그러나 케요인보다는 볼이 약간 더 탐스러웠다. 아버지 타다마사를 닮은 것이리라.

"오다이 ―"

비로소 케요인이 입을 열었다.

"네 가마를 납치하려고 많은 사람들이 매복해 있었다더구나. 무사히 도착한 것은 문중 여러 어른들의 덕이다. 절대로 소홀히 생각해서는 안 된다."

오다이는 이 사람이 자기 어머니라는 것을 온몸으로 느끼고 있었다. 꿈속에서 본 어머니, 한때는 자기를 버렸다고 증오하기도 했던 어머니, 그리고 지금은 엄청난 비극 속에도 훌륭하게 자신을 지켜온 슬픈 여성임을 알게 된 어머니! 그 어머니는 오다이가 상상했던 것보다 더 조용하고 아름다우며 또 젊었다.

오다이는 어머니 품에 안기고 싶었다. 소리내어 울고 싶었다. 그러나 이런 감정의 눈물을 꾹 참고, 케요인을 바라본 채 가만히 고개를 숙이며 말했다.

"소홀히 생각하지 않습니다."

오쿠보 신파치로가 '으음' 하고 신음했다. 보기에 따라 이것은 일상적인 며느리와 시어머니 사이. 겉으로는 어떻든 케요인과 오다이가 지나치게 친밀하면 규중閨中에 가문의 권위를 빼앗기는 듯 쓸쓸함을 느끼는 사람들이다.

오다이는 그것을 본능적으로 알고 있는 듯했다. 오다이 왼쪽으로 유리가 다가섰다. 오른손을 잡고 있던 마사이에의 아내가 이끌었다.

"자아, 어서 마련해놓은 자리로……"

"예."

오다이가 걷기 시작했을 때 케요인은 멀리 떨어져 앞을 걸어가고 있었다. 그것을 바라보고 마사이에와 신파치로는 현관 마루 위아래에서 얼굴을 마주보았다.

"지금쯤은 카리야 사람들도 안심하고 있겠지."

"물론이지, 오카자키에는 지혜로운 사람이 있다고 말일세."

두 사람은 빙긋이 웃었다. 마사이에는 곧 오다이의 뒤를 따랐다.

2

오다이와 마츠다이라 히로타다의 혼례식날 ─

오다이를 납치하려다가 실패한 오빠 미즈노 노부모토는 쓸쓸한 표정으로 쿠마 저택에 있는 오쿠니의 방에 벌렁 드러누워 있었다.

훗날 키진사이凞甚齋라 하여 소금 가마를 굽게 하기도 하고, 오카와緖川에서 바다에 걸쳐 수십 척의 배를 띄워 수많은 등롱을 떠내려보내기도 한 노부모토.

"쿄토에서도 찾아볼 수 없는 풍류객이라니까."

이렇게 성안 사람들을 놀라게 했던 노부모토도, 하나의 계획에 차질을 일으키면 손댈 수 없을 정도로 성질이 거칠어졌다.

원래는 그가 아버지 대신 오카자키 성에 가야 했다.

"기분이 좋지 않습니다."

한마디로 거절하고 이 쿠마 저택에 틀어박혀 있었다. 이렇게 하고 있어도 물론 오카자키에서 일어나는 일은 환히 알고 있었다.

미즈노 가문에서는 동생인 토쿠로 노부치카藤九郎信近가 아버지를 대신하여 떠났다. 노부치카 역시 케요인의 아들이다. 그리고 노부모토의 동복 여동생으로 카타하라形原의 마츠다이라 마타시치로 이에히로 松平又七郎家廣에게 출가한 오센於仙이 함께했으며, 중매인은 오다이의 언니 내외인 마타시치로 부부와 사카이 우타노스케 부부였다.

오다이와 케요인은 사카이 우타노스케의 집에서 정식으로 대면이 끝난 뒤 서로 부둥켜안고 울었다고 한다.

그러한 소식을 들을 때마다 노부모토는 울화가 치밀었다.

"시대를 읽지 못하는 아녀자들은 얼마 안 가서 통곡하게 될 거야."

그리고는 자리에서 벌떡 일어났다.

"염전을 돌아보고 오겠다."

여느 때처럼 불쑥 내뱉고 쿠마의 집으로 왔으나, 여기에서도 불쾌감은 꼬리를 물었다.

"자네답지가 않아. 가짜 가마를 잡다니 말일세."

집주인 나미타로를 복도에서 만나 한마디 쏘아붙였는데, 그는 단아한 얼굴에 아무 동요도 보이지 않았다.

"건네주신 정보대로 두번째 가마를 납치했지 않습니까."

고개도 숙이지 않고 지나가버렸다. 노부모토는 자신의 부주의를 지

적당한 것 같아 속이 뒤집혔다. 오쿠니의 방에 들어가 불쾌한 표정으로 벌렁 드러누웠다.

"어디 두고 보자."

어쩌면 나미타로 녀석이 여동생 오쿠니 때문에 나에게 반감을 품고 있지나 않을까 하고 고개를 갸웃거렸다. 사실 오쿠니를 대하는 노부모토의 태도는 지나치게 대담해져 있었다. 밤에 몰래 숨어들어올 때는 물론, 낮에도 남의 눈을 두려워하지 않고 태연하게 방에 들어가곤 했다. 자기 집 안방에라도 드나드는 듯한 뻔뻔스러운 행동에는 손아래인 나미타로를 가볍게 보는 느낌도 없지 않았다.

방에 오쿠니는 없었다.

'반감 따위를 가져만 봐라. 내가 대를 이으면 용서하지 않을 테다.'

노부모토는 팔베개를 하고 누워 천장을 노려보면서 입을 굳게 다물었다.

모녀가 정답게 이야기하고 있을 오카자키 성에서의 광경이 또다시 머리에 떠올랐다.

케요인, 오다이, 그리고 자기를 대신하여 간 토쿠로 노부치카, 이 세 사람의 혈육이, 손님으로 초대되어온 이마가와 쪽 무장들과 혹시 무슨 이야기를 나눈다면……?

노부모토는 벌떡 일어나며 얼굴을 붉혔다.

"오쿠니가 늦어지는군. 손님이 왔나?"

혀를 차고 책상다리로 고쳐앉았다. 그때 오른쪽 창문이 스르르 열리더니 여덟 살쯤 되어 보이는 장난꾸러기 같은 어린아이의 얼굴이 불쑥 안으로 들어왔다.

"이것 봐, 너 저 새를 잡을 수 있겠어?"

너 ─ 라고 불린 노부모토는 눈을 부릅떴다.

3

"너라니, 나 말이냐?"

노부모토가 거친 말투로 되묻자 아이는 가느다란 눈썹을 잔뜩 치켜 올렸다.

"여기에 너밖에 아무도 없잖아."

그리고는 매섭게 대꾸했다.

"빨리 나와서 저 새 좀 봐."

"뭐라구……?"

노부모토는 이글거리는 눈으로 아이를 노려보았다.

"나는 네 부하가 아니야."

"나도 알아. 자기 부하를 못 알아보는 사람이 어디 있어? 앗, 새가 달아났다!"

콩 하고 땅을 구르면서 불쑥 내뱉었다.

"누구 부하인지는 모르지만 중요할 때는 쓸모가 없겠어."

아이가 창가를 떠나려 하자, 노부모토는 저도 모르게 소리쳤다.

"잠깐!"

"왜 그래?"

"너 이 집 손님이냐?"

"그건 왜 물어?"

"에잇, 버르장머리없는 녀석. 느닷없이 남의 방 창문을 열다니 무례하다고 생각지 않느냐?"

아이는 입술을 왼쪽으로 일그러뜨리고 딱 잘라 대답했다.

"생각지 않아."

그리고는 노부모토를 빤히 쳐다보았다.

어딘지 모르게 이 집 주인 나미타로와 비슷한 느낌이었다. 아니, 나미타로보다 오히려 신경질은 더 심할 것 같았다. 그런 애가 어른 같은 시선으로 빤히 쳐다보며 다시 입을 열었다.

"생각하지 않는다고 했더니 더는 할말이 없는 모양이군. 가엾은 녀석."

심한 조롱에 어른이었지만 노부모토는 그만 자제심을 잃어버렸다. 저도 모르게 칼을 끌어당겼다.

"사과하고 가거라!"

하얀 아이의 볼에 이번에야말로 또렷한 조소가 떠올랐다.

"새는 잡지 못해도 사람은 벨 수 있다는 말이군. 후후후."

"닥쳐! 고얀 놈 같으니라구. 이름을 대고 사과하란 말이다."

"싫다……고 한다면 벨 테냐?"

"뭣이 어째…… 이 녀석이!"

"어쭈, 화났다, 화났어, 난 몰라."

노부모토는 이토록 화를 돋우는 아이를 본 적이 없었다. 긴 무인들의 겉옷을 걸친 차림새로 보아 일반 백성의 자식이 아니라는 것은 알 수 있었지만, 그러나저러나 어쩌면 이렇게도 오만할까…… 위협할 작정으로 창가로 달려갔더니 아이는 나비처럼 가볍게 물러서서 그대로 뒤도 돌아보지 않았다.

이때 —

"아, 킷포시吉法師 님 —"

연못 저쪽 노송나무와 삼나무 그늘에서 오쿠니가 아이 쪽으로 달려 왔다.

"참배하실 준비가 끝났습니다. 자, 어서 가시지요."

노부모토는 깜짝 놀랐다. 킷포시, 그것은 오다 노부히데의 맏아들 (뒷날의 노부나가) 이름이 아니었던가.

'으음, 킷포시……'

노부모토와 시선이 마주치자 오쿠니는 얼굴을 붉히고 절을 했다. 그러나 오쿠니에게 손을 잡힌 킷포시는 이미 노부모토 따위는 잊어버린 듯 가슴을 쫙 펴고 서서 돌아다보지도 않았다.

"저것이 킷포시란 말이지……"

노부모토는 다시 한 번 중얼거리고는, 킷포시를 무엇 때문에 나미타로에게 보냈을까, 노부히데의 저의가 의심스러워 고개를 갸웃했다.

4

킷포시가 오쿠니에게 손을 잡혀 제단이 있는 방으로 들어갈 무렵부터 부슬부슬 비가 내리기 시작했다.

오카자키 성에서는 이미 축하연이 벌어지고 있으리라. 그리고 그곳에서는 마츠다이라와 미즈노 양가가 살아남기 위한 최선의 수단으로, 내심 강한 불만을 품은 히로타다와 운명에 순종하는 오다이를 새로운 출발의 자리에 앉히려 하고 있다. 두 사람은 아마도 붉은 잔에 비치는 앞날의 파란을 조마조마하게 바라보고 있을 것이 틀림없다.

그리고 ―

이 쿠마 저택에서는, 그 양가가 언제 우리를 부수고 나와 날뛸 것인가 하고 두려워하는 맹호 같은 오다 노부히데의 적자가 지금 의관을 단정히 하고 축문을 읽어내려가는 나미타로 앞에 앉아 있다.

도대체 노부히데는 나미타로를 통해 그 적자에게 무엇을 가르치고 무엇을 일깨워주려는 것일까?

축문이 끝나자 나미타로는 그대로 신전 앞에서 난쵸의 키타바타케 치카후사北畠親房가 난리중에 써서 남긴 『신황정통기神皇正統記』를 강의하기 시작했다.

더구나 그 강의는 이 책에 기록된 내용을 훨씬 뛰어넘어, 태고 이래의 우주 모습과 도리를 거역하고 흥망을 거듭하는 세상과 그 전술에 대해서까지 말했다.

　나미타로가 난쵸 때부터 타케노우치의 집안에 전해져왔다고 말하는 비장秘藏의 윤리, 가문의 전통적인 우주관. 그러나 이것은 킷포시가 이해할 수 있는 범위를 벗어나, 그는 가끔 싫증을 내며 콧구멍에 손가락을 찔러넣어 후비곤 했다. 반면 킷포시를 보호하기 위해 따라와 있는 아오야마 산자에몬靑山三左衛門과 나이토 카츠스케內藤勝助는 한 구절도 놓치지 않으려고 두 눈을 부릅뜬 채 귀를 기울이고 있었다.

　"남이 알지 못하는 병법은 남과 다른 학문에 의하지 않고는 생겨나지 않는다. 남과 같은 학문을 닦고 있으면 당장 속이 들여다보이게 된다."

　오다 노부히데는 언제나 남의 의표를 찌르고는 껄껄 웃고는 했다. 물론 신앙과도 같은 근왕勤王 정신이 노부히데에게는 있을 리 없지만, 명나라 문물을 들여다가 마침내 오늘날과 같은 난세를 초래한 아시카가 일족을 대신하기 위해서는 똑같은 것을 가지고서는 싸우기 어렵다는 점만은 알고 있었다.

　그래서, 그는 아들 킷포시에게 독특한 학문을 가르치려고 생각했음이 틀림없다. 그런 의미에서 킷포시는 아버지의 눈에 쏙 드는 기질을 가지고 있었다.

　킷포시 역시 남의 의표 찌르기를 본능적으로 좋아했다.

　오른쪽이라 하면 왼쪽이라고 말했다. 희다고 하면 검다고 했다. 올라가지 말라고 하면 올라가고 부수지 말라면 반드시 부수었다. 만약 이것이 어떤 중심을 가지고 통일된 사상이 된다면, 뛰어난 천성적 혁명가로 발전할 것이 분명하다. 그런 몽상을 하며 노부히데는 이 정체 모를 가학家學을 가진 나미타로에게 킷포시를 보냈을 것이다.

노부모토는 노부히데의 그러한 생각까지는 알지 못했다. 아무튼 오와리를 복종시키고 미노美濃를 괴롭히며, 미카와三河를 치고 스루가駿河를 끊임없이 위협해대는 노부히데의 활동력이 젊은 노부모토에게는 참을 수 없는 매력이었다. 물론 그 배경에는 예측할 수 없는 전술에 대한 공포가 크게 작용하고 있었지만.

노부모토는 다시 벌렁 드러누웠다. 그리고 빗소리와 함께 들려오는 나미타로의 목소리를 무심히 듣고 있을 때 오쿠니가 조용히 들어왔다. 오쿠니는 처음으로 알게 된 남자에 대한 견딜 수 없는 사모의 정에 괴로워하고 있는 처녀였다. 그녀는 누워 있는 노부모토의 옆으로 앉으며 잠자코 그 머리를 끌어안았다. 그리고 자기 무릎에 옮겨놓고는 그 위에 살그머니 뺨을 밀어붙였다.

"노부모토 님……"

5

"노부모토 님, 오빠가 왜 앞머리를 깎지 않는지 아시나요?"

노부모토는 대답하지 않았다. 일부러 굳은 얼굴로 입을 다문 채 오쿠니의 체취를 외면하고 있었다. 이것이 오쿠니에게는, 자기가 늦게 온 것을 나무라는 태도로 비쳤다.

오쿠니는 몸을 굽혀 다시 한 번 사나이의 얼굴로 뺨을 가져갔다.

"오빠가 지금까지 관례冠禮를 올리지 않는 것이 모두 노부모토 님 때문이란 것을 알고 있나요?"

"뭐, 나미가 관례를 않는 것이 나 때문이라고……?"

"예, 신에게 종사하는 몸은 여자여야 하는 것이 전통이에요."

"으음."

"더구나 무녀巫女는 어릴 때부터 신을 섬기고 남자를 알아서는 안 됩니다."

"그런 거라면 언젠가 아츠타熱田의 책에서 읽은 적이 있지."

"하지만 이 오쿠니는 노부모토 님을 알았어요. 그런데도…… 오빠는 꾸짖지 않았죠."

"……"

"네가 행복하다면 내가 대신 신을 섬기겠다면서 앞머리를 깎지 않고 그대로 두고 있어요. 나로서는 그것이 너무나 괴로워요."

노부모토는 얼른 여자를 돌아다보았다.

"이제 그만, 조금만 더 참으면 돼."

그리고는 무뚝뚝하게 내뱉었다.

"곧 성으로 맞아들이도록 할 테니 더 이상 아무 말도 하지 마. 그보다 오늘의 이 집 손님은?"

"킷포시 님 말인가요?"

"킷포시 님은 오래 전부터 이 집에 출입했나?"

"예, 이번이 세번째예요."

"으음."

노부모토는 갑자기 벌떡 일어나 오쿠니를 쏘아보았다. 그것은 평소에 보는 노부모토의 얼굴이 아니었다. 세차고 거칠게 오쿠니를 껴안을 때의 노부모토의 눈도 날카로웠으나, 오늘은 그 이면에 가혹한 사나이의 야심이 꿈틀거리고 있었다. 오쿠니는 그것을 본능적으로 눈치챘다.

"싫어요, 그렇게 무서운 눈은……"

요염하게 교태를 부리며 고개를 흔들었지만 노부모토의 눈빛은 바뀌지 않았다.

"오쿠니!"

"……예."

노부모토는 치밀어오르는 감정을 억누르듯이 말했다.

"비가 내리는군······"

"예, 들매화 꽃봉오리에 따뜻하게, 봄비가 내리고 있어요."

"봄비······ 봄비······"

노부모토의 목소리가 희미하게 떨리기 시작했다.

"오쿠니! 그대는 이 노부모토를 사랑하나?"

대답할 필요조차 없는 일이라 생각하며 오쿠니는 사나이의 무릎에 손을 얹었다. 고개를 갸웃하고 주인을 쳐다보는 강아지처럼 가련하게. 노부모토는 그러는 오쿠니를 다시 한참 물끄러미 바라보고 있었다.

그의 마음속에서는 킷포시의 오만하고 작은 얼굴이 세차게 소용돌이치고 있었다.

그저께까지만 해도 그 어린것의 아버지를 위해 피를 나눈 여동생을 납치하려 했던 노부모토였다. 그러나 그 일이 보기 좋게 실패하자, 이번에는 스스로도 생각지 못했던 다른 상념이 그를 사로잡았다. 노부모토만이 그런 것은 아니었다.

인仁도, 의義도, 도道도, 빛도 없는 세상에서는 사람들 모두 한결같이 충동이 이끄는 대로 행동할 뿐이었다.

"그대는······"

입술을 축이고 나서 노부모토는 말을 이었다.

"내가 만약······ 내가······ 그 킷포시를 납치하라고 명한다면 어떻게 하겠나······?"

6

오쿠니는 퉁겨지듯 얼굴을 들었다. 노부모토가 무슨 생각을 하고 있는지 깨닫는 순간 등줄기에 소름이 쫙 끼쳤다.

"킷포시 님을…… 저더러?"

"쉬잇, 소리를 내면 안 돼."

노부모토는 당황하여 주위를 둘러보았다.

"그 꼬마녀석을 볼모로 잡겠어. 아니, 마츠다이라 일족이 납치한 것처럼 보이게 해도 좋아."

"……"

"떨 것 없어. 사나이의 일이란 언제나 거친 것이니까."

오쿠니는 또다시 노부모토에게 매달렸다. 의지하지 않고는 견딜 수 없을 정도로 두려웠다.

"알겠나? 결코 죽이라는 것은 아니야. 우선 납치하고 나서 이쪽에서 도로 찾는 형식으로 하는 거야……"

"예…… 예……"

"하지만, 저쪽에서 그것을 눈치채면…… 그때는……"

노부모토는 자기 자신에게 다짐하고 있었다. 무섭게 부릅뜬 눈은 어느 틈에 허공을 노려보고 있었으며, 뺨에서 입술 언저리에 걸쳐 잔인한 빛이 떠올라 있었다.

물론 이러한 술책은 살아남을 힘을 갖지 못한 작은 영주의 거품과도 같은 슬픈 발악이라는 것을 알 까닭이 없다.

굶주린 개는 언제나 먹이를 구하기 위해 찰나의 삶을 찾아다닌다. 내일을 모르고 미래를 생각하지 않으며, 때로는 무명無明의 해독마저 지닌다.

"만일 상대가 알아차린다면……"

노부모토는 여전히 허공을 노려보고 있었다.

"그때는 마츠다이라와 상의하여 일전一戰을 벌이는 방법도 있지. 그래, 이것은 놓칠 수 없는 좋은 기회야."

"하지만…… 오빠는 노부히데 님에게."

"이쪽이 우위에 서기만 하면 모든 것이 다 해결돼. 오쿠니, 그대는 말이지……"

"예."

"아름다운 새가 있으니 보러 가자면서 킷포시를 유인해내도록."

"비가…… 비가 내리고 있어요."

"당장 행동하라는 것은 아니야. 오늘은 이미 저물었어. 킷포시는 오늘밤 여기서 묵을 테지?"

"예."

"내일 아침이 좋아. 내일 아침 뜰에서 뒷문으로 살짝 그 아이를 꾀어내도록 해. 그때까지 나는 모든 준비를 끝낼 테니까."

오쿠니는 심하게 입술을 떨었으나, 그것이 소리가 되어 나오지는 않았다.

"싫은가?"

"아니…… 아니에요……"

"대신 오쿠니는 그 길로 성으로 데려가겠어. 나로서는 얻기 어려운 새인 그대를 매〔鷹〕 때문에 상처입게 할 수는 없으니까."

오쿠니는 사내의 무릎에 얼굴을 묻었다. 모든 것을 바친 여자로서 그것은 울 수밖에 없는 하나의 무서운 고문이었다.

노부모토는 회심의 미소를 띠고 오쿠니의 어깨에 손을 얹었다. 그는 멧돼지와 같은 단순성으로 자기 계획에 맞서는, 이 기이한 시대의 용사였다.

그때 ―

복도 밖에서 발소리가 났다.

"오쿠니, 노부모토 님이 네 방에 오시지 않았니?"

침착한 나미타로의 목소리였다.

두 사람은 얼른 떨어졌다. 오쿠니는 급히 눈물을 닦았다.

"예, 여기에……"

오쿠니가 가만히 장지문을 열자, 하인에게 등불을 들린 나미타로가 그 앞에 서 있었다.

바깥은 이미 어둑어둑했다.

7

"오, 나미로군. 손님이 계셔서 망설이고 있었지. 그 일행은 오늘밤 여기서 묵게 되나?"

노부모토가 말을 걸었으나 나미타로는 대꾸를 하지 않았다.

"너는 그만 물러가거라."

등불을 놓은 하인에게 물러가라고 한 뒤 하카마袴° 자락을 펼치며 조용히 앉았다.

"이미 킷포시 님을 만나셨더군요."

"아, 갑자기 창문을 열고 나에게 새를 잡으라고 하더군."

"활달한 기질이라서 종종 돌보는 사람들이 애를 먹지요."

"자네는 대관절 언제부터 킷포시 님의 사부가 되었나?"

"사부가 아닙니다. 참배 오신 거지요."

나미타로는 차분하게 대답했다.

"그런데 약간 난처한 일이 생겼습니다."

"난처한 일이라니, 내가 킷포시 님의 눈에 띄어서 말인가?"

"예, 일행은 오늘밤 여기서 묵기로 했으니 다른 사람을 일체 근접시키지 말라는 청이 있었습니다. 그리고 노부모토 님의 신상에 대한 질문도 있었고."

"카리야의 토고라고 대답했나?"

"말씀 드리지 않을 수가 없지요."

"그래서, 그렇게 말했더니?"

"곧 이 집에서 떠나게 하라고 했습니다."

"누가? 수행원들이?"

노부모토가 눈에 노기를 띠고 반문하는데 나미타로는 천천히 고개를 저었다.

"킷포시 님입니다."

"뭣이, 그 어린것이?"

"예, 마음에 들지 않는다고 하시면서."

노부모토는 '으음' 하고 신음했다. 또다시 불쾌한 생각이 울컥 가슴에 치밀어올랐다. 그러나 마음을 바꾼 듯 태연하게 오쿠니에게로 눈길을 옮겼다.

"와하하하, 그것 참, 여간 밉보인 게 아닌 모양이군. 알겠네, 그럼 곧 물러가도록 하지. 자네들에게 폐를 끼치면 안 되니까."

"하지만, 그것도 어렵게 됐습니다."

"어째서?"

"노부모토 님은 모르시지만, 이 쿠마의 집은 이미 개미 한 마리도 빠져나가지 못하도록 포위되어 있습니다."

"뭣이! 이 저택이 포위당하다니……"

"경계심이 대단한 노부히데 님의 지시로, 킷포시 님이 체재하시는 동안에는 쥐새끼 한 마리 통과시키지 말라, 억지로 통과하려는 자가 있거든 사정없이 베어버리라고…… 노부히데 님의 행위는 언제나 의표를 찌릅니다."

나미타로는 냉담하게 말하고 무릎에 얹은 자기 손의 아름다운 손톱에 시선을 떨구었다.

노부모토는 등줄기에 오싹 한기를 느꼈다. 마치 자기 마음을 환히 들여다보고 있기라도 한 듯한 오다의 치밀성. 하지만 생각해보면 그도 그럴 법했다. 이 난세에 소중한 맏아들의 외출을 그렇게 허술하게 다룰 리가 없었다.

아무튼 여기 갇혀 킷포시로부터는 쫓아내라는 멸시를 당하고, 나가면 목이 떨어지게 되었다. 노부모토는 생각 없이 성을 나온 자신의 경솔한 행동을 나미타로에게 보이게 된 것이 견딜 수 없었다.

"와하하하, 이거 참 묘하게 됐군. 그럼 내가…… 카리야의 토고 노부모토가, 킷포시 님 앞에 나가 사과를 드려야 할 처지가 됐다는 말이군. 이거 참 웃기는 일이야, 와하하하."

나미타로는 그 얼빠진 웃음소리를 듣는지 마는지, 여전히 무릎 위에 놓인 자기 손가락만 물끄러미 내려다보고 있었다.

8

오쿠니는 일어날 수가 없었다. 노부모토가 무엇을 생각하고 있는지 그녀는 잘 알고 있었다. 그러나 방금 나미타로가 한 말로 그것이 어린아이 장난에 지나지 않는 몽상이라는 것을 알았다. 이제는 상대를 납치하기는커녕 노부모토 자신이 어떻게 몸을 무사히 지키느냐 하는 것이 문제였다.

"노부모토 님."

오쿠니는 그를 부르고 나서 매달리는 듯한 눈길을 오빠에게 돌렸다.

"무슨 좋은 방법이 없을까요?"

"여보게, 나미. 내가 나가서 사과하면 그것으로 끝나겠지?"

나미타로는 아직 대답을 하지 않았다. 그러다가 문득 무언가 생각난 듯이 고개를 들며, 오쿠니에게 말했다.

"아마 준비가 되었을 것이다. 너는 나가서 킷포시 님 식사 시중을 들도록 해라."

오쿠니는 불안이 가득한 얼굴로 소리 없이 일어섰다.

"그럼 오라버니……"

나미타로는 오쿠니의 발소리가 사라지기를 기다렸다가 입을 열더니 단호하게 말했다.

"킷포시 님의 짜증을 노부모토 님의 힘으로는 도저히 진정시킬 수 없습니다."

"내가 가서 무릎을 꿇어도 말인가?"

"어린아이의 마음은 마치 신과도 같아, 좋고 나쁨은 그대로 진실을 찌르는 법입니다."

노부모토는 등골이 오싹했다. 나미타로 역시 자신의 마음에 자리잡았던 계략을 똑똑히 간파하고 있었다.

"이렇게 된 이상……"

나미타로는 호수처럼 잔잔한 목소리로 말을 이었다.

"이 나미타로가 말씀 드리는 대로 하시는 게 상책일 듯합니다."

"말하는 대로라니?"

"당신을 우리 집 사위…… 이 나미타로가 노부모토 님을 오쿠니와 함께 안내하여 동생의 신랑이라고 소개하겠습니다. 그러는 길밖에는…… 방법이 없을 것 같습니다마는……"

노부모토는 무서운 눈으로 나미타로를 노려보았다.

"나미! 자네에겐 따로 속셈이 있었군."

"속셈이라고요?"

"킷포시 님 앞에 나를 끌어다놓고, 내 아내는 오쿠니라는 것을 오다 일족에게 확실하게 알릴 작정이지 않아?"

도자기처럼 뽀얀 나미타로의 볼에 비로소 희미한 미소가 떠올랐다.

"킷포시 님은 아직 여덟 살밖에 안 된 아이입니다."

"듣기 싫어. 그를 보호하기 위해 따라온 두 사람은 오다 일족의 기둥이야."

"그러시면 달리 좋은 생각이라도 있으십니까?"

싸늘한 나미타로의 반문은 상대방에게 다른 말을 하지 못하게 했다. 노부모토는 또다시 '으음' 하고 나직이 신음했다.

"이 나미타로에게 오쿠니를 아내로 맞을 수 없다고 말씀하시는 것입니까? 성에서 빠져나와 외간 여자에게 넋을 빼놓고 있는…… 무장으로서, 그와 같은 유례없는 소문이 오다 쪽에 들어가도 괜찮다는 말입니까?"

다그쳐 묻는 바람에 노부모토의 주먹이 무릎 위에서 부들부들 떨었다. 역시 나미타로는 예사사람이 아니었다. 혹시 여동생에 대한 사랑 때문에 일부러 킷포시를 불러들여 일을 꾸민 것은 아닐까? 그렇더라도 지금의 노부모토로서는 나미타로의 말대로 하여 이 자리를 수습하는 수밖에 달리 방도가 없었다.

"와하하하."

노부모토는 다시 웃음으로 얼버무렸다.

"자네가 나와 오쿠니의 일에 대해 입을 다물고 있는 것이 수상했어. 내가 졌네. 나는 오늘부터 오쿠니의 신랑일세. 와하하하."

웃으면서 나미타로를 보니, 자신을 외면하고 있는 나미타로의 눈에 반짝이는 것이 있었다. 그는 역시 여동생이 애처로워 견딜 수 없었던 것이다.

비는 여전히 창가의 꽃봉오리를 가만가만 두드리고 있었다.

봄볕

1

　새벽녘에 비는 그쳤다. 이미 아침 해는 성의 망루 텐슈天守°를 비추고 있을 것이다. 그러나 나가츠보네長局°에서 오다이의 거실에 이르는 복도에는 아직도 어두컴컴한 밤이 깔려 있었다.

　싸늘한 다다미를 밟고 가서 세숫대야를 받쳐들고 안을 향해 물었다.

　"일어나셨습니까?"

　"유리냐? 수고가 많아."

　안에서는 오늘 아침에도 해맑은 오다이의 목소리가 흘러나왔다. 유리는 복도에 대야를 놓고 공손히 장지문을 열었다. 어젯밤에 피운 향냄새가 진하게 풍길 뿐 방안 그 어디에도 히로타다가 다녀간 흔적은 없었다. 카리야 성에서 따라온 유리는 그것이 자기 일인 양 안타까웠다.

　첫만남의 인사와 소개는 이미 끝났다. 아마 오카자키 중신들은, 금실이 좋아 다행이라는 이야기를 나누고 있을 것이다. 부부가 함께 그들과 만날 때의 히로타다는 자못 만족스러운 듯이 보였다. 어쩌면 케요인까지도 오다이가 숫처녀인 채로 있는 줄은 모를지도 모른다.

물론 첫날밤을 같이 지내기는 했다. 잠자리에 들기까지의 히로타다는 누가 보더라도 다정하고 아내를 아끼는 사람으로 비쳤다. 그러나 자리에 든 뒤의 그 차가운 무시를 아는 사람은 없었다. 오다이 자신도 원래 그런 것인 줄로만 알고 아직 의아하게 생각하지 않는 것처럼 유리에게는 보였다.

유리는 옆방에서 그 밤을 지냈다. 그래서 그날 밤 두 사람이 나눈 대화는 모두 그녀의 마음에 새겨져 있었다.

그녀도 물론 남자를 알지 못한다. 카리야의 로죠로부터 그런 경우에 대한 자세한 지시를 받고 온 것은 오다이에게 잘 가르쳐주라는 뜻일 테지만, 도대체 이 일을 어떻게 하면 좋을 것인가?

오다이와 같이 잠자리에 들었을 때 히로타다는 내뱉듯이 말했다.

"피곤하다!"

그런 다음, 오직 한마디를 덧붙였을 뿐이다.

"그대도 피로할 테지. 나도 졸리는군."

이내 잠이 든 듯한 숨소리가 들려왔다. 그리고 아침에는 유리와 코자사가 화장실로 오다이를 인도하여 열심히 몸단장을 돕고 있는 사이 얼른 밖으로 나가버렸다. 내전의 관습은 카리야와 오카자키가 너무 달라, 이 또한 유리를 당황하게 했다. 카리야에서는 안팎의 구분이 엄격하여, 안으로 들어갈 때는 성주라 해도 결코 시동을 데리고 들어가지 않으며, 물론 여자가 밖에 얼굴을 내미는 일도 없었다.

그런데 오카자키에서는 소실인 오히사의 방에까지도 종종 중신이나 시중드는 하인이 찾아왔다. 히로타다 자신도 시동을 데리고 내전에 들어갔고, 내전에서 여자를 시켜 바깥채로 심부름도 보냈다.

그중에서도 가장 유리의 마음에 걸리는 것은 예고도 없이 불쑥 히로타다가 내전에 들어오는 일이었다. 이런 때는 유리도 코자사도 안절부절못했다. 그런데 그 히로타다는 오다이의 방까지는 그대로 지나쳐 오히사의 방으로 얼른 사라져버리고는 했다.

열여덟 살인 유리는 그럴 때마다 찡하니 가슴이 아팠다. 열여섯 살인 히로타다 님과 열네 살인 오다이 님, 아직 어느 쪽도 격의 없이 마음을 터놓을 방법을 알지 못한다고 생각하는 마음 한쪽에서는 하나의 의문이 솟아오르기도 했다. 오히사 쪽에서 오다이 님에게 반발할 생각에서 히로타다 님을 여기에 못 오게 하는 것은 아닐까?

유리는 아침에 오다이의 얼굴을 보기가 괴로웠다.

"세수하시지요."

대야를 그녀 앞으로 들고 가서도 일부러 눈길을 다른 데로 돌린 채 화장실로 물러나고는 했다.

2

오다이의 세수는 잠자리에서 무릎걸음으로 한 걸음 나온 자리에서 이루어진다. 조용한 방안에 방울소리 같은 물소리가 희미하게 들리고 이어 화장실로 나왔다.

코자사도 유리와 나란히 대기하고 있었다. 유리는 평일에 입는 옷과 화장을 담당하고, 코자사는 머리를 매만졌다.

얼마 안 있어 화장실에 나온 오다이를 보니 머리는 물론이고 옷 하나 흐트러져 있지 않았다. 두 사람에게는 그 모습이 더욱 안타까웠다.

유리가 살며시 뒤로 돌아가서 옷에 손을 댔다.

"어젯밤 성주님은?"

밝은 목소리로 오다이가 물었다. 다른 뜻이 있는 것은 아니었다. 그저 아침 인사삼아 묻는 말이지만 질문을 받는 쪽은 가슴이 아팠다.

"바깥채에서 주무셨습니다."

이렇게 대답할 수 있을 때는 차라리 나았다. 하지만 어젯밤엔 바깥채에서도 자지 않았다.

"예, 건넌방에서……"

대답하고 얼른 얼굴을 쳐다보니, 오다이는 인형의 미소를 보는 듯한 티없이 맑은 표정으로 고개를 끄덕이며 말했다.

"오히사에게 잘 전해줘요."

그 순진함은 유리의 마음에 한층 비극의 깊이를 더했다. 옆에 있던 코자사가 끼여들었다.

"성주님께서는 어찌하여 마님에게 오시지 않을까요?"

유리는 가슴이 철렁했다.

'코자사 님, 말조심하세요.'

여느 때 같으면 주의를 주었을 것이지만, 오늘은 왠지 유리의 혀가 움직이지 않았다.

묻는 쪽도 순진하고 질문을 받는 쪽도 순진했다. 오다이가 어떤 말로 대답할 것인가? 그에 대한 흥미도 크게 움직였다.

"글쎄……"

오다이는 고개를 갸웃하고 나서 되물었다.

"코자사는 어떻게 생각하지?"

"예, 저는 여간 분하지 않습니다."

이 처녀는 무슨 생각을 했는지 대담한 말을 했다.

"성주님께 오히사의 방에 너무 자주 드시지 말도록 마님이 단호하게 말씀 드리는 것이 좋겠어요."

오다이는 호호호 하고 입을 가리며 밝게 웃었다.

"하지만 난 분하지 않아."

"그렇다고 그냥 내버려두시면 카리야가 우습게 보입니다."

"코자사, 참 재미있는 말을 하는군. 그러나 말씀 드렸다가 성주께서

나는 그대가 싫다고 하시면 어떻게 하지?"

"설마 그런 말씀이야……"

코자사는 정말 당치도 않다는 듯이 오다이에게서 유리에게로 눈길을 옮겼다.

"마님이 훨씬 더 아름다우십니다."

"알았어, 알았으니까 그만둬, 코자사."

오다이는 아직도 미소를 지우지 않은 채 말했다.

"그런 말은 두 번 다시 하지 말아요. 나는 지금 즐거움으로 가슴이 뿌듯해. 케요인 님을 비롯해서 성안 여러분들이 모두 다 친절하시고, 카리야처럼 바닷바람이 불지 않아 밤에는 편안히 잘 수 있고, 아침마다 꾀꼬리소리에 눈을 떠. 성주님께서 건너오시면 그렇게는 안 될 것 아니겠어? 그대들도 걱정 말고 차근차근 이 성에 익숙해지도록 도와줘."

이 말을 듣고 유리는 뒤쪽에서 옷 위에 엎드러지며 와락 울음을 터뜨렸다. 왜 우는지 몰랐으나 울음도 눈물도 멎지 않았다.

3

유리의 울음소리에 오다이는 깜짝 놀라 뒤를 돌아보았다. 코자사도 비둘기처럼 눈을 동그랗게 뜨고 유리의 등에서 오다이에게로 눈길을 옮겼다. 오다이와 동갑인 열네 살의 이 처녀는 분노는 있었지만 아직 슬픔은 느끼지 못했다.

"유리……"

이윽고 오다이는 살며시 몸을 구부렸다. 윤기 도는 긴 옷자락이 방바닥에 닿아, 옷에 수놓은 벚꽃이 하늘하늘 떨어지는 것처럼 보였다.

"유리, 나 역시 같은 여자 아니겠니? 자, 그만 울어."

"예, 울지 않을게요. 다시는 울지 않겠어요."

유리는 당황하여 소맷자락으로 눈을 누르며 말했다.

"하지만…… 마님께서도 그 웃는 모습을 거둬주세요. 저는 그 모습 때문에 더 마음이 아파요."

오다이는 그 말에 대답하지 않았다. 다시 일어나 유리가 입혀주는 우치카케와 소매가 둥근 옷을 입었다. 주위가 점점 밝아져 거울 속에 비치는 먼 산의 안개가 벗겨지는데도 방안에는 한기가 돌았다. 오다이가 아무 말도 않기 때문일 것이다.

"용서하세요. 코자사가 잘못했습니다."

그러나 오다이는 대답하지 않았다. 코자사가 비쳐주는 거울을 보고 옷깃을 여민 뒤 그대로 산뜻하게 옷자락을 놓았다. 두 걸음, 세 걸음…… 그때서야 겨우 돌아보았다.

"아, 꾀꼬리가 또 우는군. 유리, 코자사, 듣고 있지?"

"예."

두 사람은 귀를 기울이면서 대답했다.

"지불당持佛堂 울타리 밖에서인 듯합니다."

"그래, 그 언저리인 것 같아…… 저 꾀꼬리, 왜 울타리 가까이 오는 걸까?"

"매화가 가득 피어 있기 때문입니다."

"유리 ―"

"예, 마님."

"너는 매화가 꾀꼬리 부르는 소리를 들어봤니?"

유리는 의아한 얼굴로 고개를 가로저었다.

"그럴 거야. 매화는 단지 홀로 피어 있을 뿐…… 굳이 꾀꼬리를 부르려고는 하지 않아. 이 오다이도……"

말을 끊으면서 천진난만하게 고개를 갸웃했다.

"웃어도 괜찮겠지, 유리?"

"마님!"

유리는 와락 오다이의 소맷자락에 매달렸다. 천진한 평온함 속에 헤아릴 길 없이 강한 힘을 지니고 있는 오다이에게 오늘 유리는 훈계를 받았다. 이번에는 코자사도 알아들었다. 몸집이 오다이보다 큰 이 어린 비둘기는 갑자기 두 손을 짚고 엎드리면서 울기 시작했다.

"용서해주십시오, 마님. 버릇없는 말씀을 드렸습니다. 버릇없이 그만......"

"괜찮아. 다 나를 생각해서 한 말. 난 행복하니까 걱정하지 말아요."

투명한 목소리로 말하고 찻상 쪽으로 돌아서는 순간 오다이는 깜짝 놀라 옷자락을 거머쥐었다. 언제 왔는지 문 어귀에 히로타다가 서 있었다. 물론 오히사의 방에서 바깥채로 나가는 길이 틀림없는데, 아까부터 그 자리에서 세 사람의 이야기를 듣고 있었던 모양이다.

시선이 딱 마주쳤다. 오다이가 단아하게 고개를 숙이며 가볍게 절했을 때였다.

"깜찍하군!"

히로타다는 한마디 툭 내뱉고는 매섭게 등을 돌렸다. 그 뒤를 두 소매로 싸안듯 칼을 받쳐든 오히사의 시녀 하나가 바깥채와의 사이에 있는 문까지 따라갔다.

오다이는 그 모습을 밝은 미소로 바라보았다.

4

오다이도 이제는 완전한 봄의 처녀였다. 두 손으로 살짝 가슴을 감싸 안는데 희미하게 질투심이 꿈틀거렸다. 그러나 케요인과의 대화로 오다이는 이미 히로타다를 알고 있었다.

"성주는 아직 젊으시다. 네가 따뜻하게 봄빛으로 감싸드리지 않으면 안 돼."

이 말을 오다이는 한 단계 높은 차원에서 이해하고 싶었다. 여자에게 가혹한 난세는 남자에게도 내일의 생사를 가늠할 수 없는 격심한 아수라장이다.

"사람의 마음속에는 부처님과 악귀가 함께 살고 있어. 악귀뿐인 사람도 없고 부처님뿐인 사람도 없는 게야. 알겠느냐? 상대의 마음속에 있는 악귀와 사귀어서는 안 된다. 그러면 너도 악귀가 될 수밖에 없는 게 이치니까."

여승이 된 어머니의 가르침을 오다이는 한 걸음 깊이 들어간 곳에서 받아들이고 싶었다. 히로타다의 마음에 깃든 악귀를 웃음으로 떨쳐버리고, 그의 불심佛心과 나의 불심이 만날 날을 즐겁게 기다리자. 렌뇨蓮如라는 고승은 마음에서 불심이 떠나려 하면 열심히 아미타불을 암송해 돌아오게 하라고 가르친다 하지 않는가.

암송하는 소리가 천지에 메아리쳐 여자도 남자도 고통을 모르는 열반의 세계가 이루어질 때까지 슬픈 전쟁은 계속된다고, 싸움이 싫거든 용기를 내어 마음속 부처님을 널리 펴라고 가르친다 한다.

오다이는 그러한 용기로 히로타다를 위로하려 마음먹었다. 하지만 그 마음이 때로는 빗속의 꽃처럼 흔들렸다. 때때로 마음속의 각오와는 다른 곳에 무심코 히로타다를 놓곤 했다. 그리고 그 히로타다가 오히사와 같이 있다고 생각하면 안타까운 외로움에 가슴이 쑤셨다.

그날 히로타다는 여섯 점(오후 6시)이 되기도 전에 시종의 배웅을 받으며 오다이의 방으로 왔다. 시동이 사라지고 난 다음 그는 여느 때와 다름없이 어딘가 초조한 빛을 보이면서 우선 유리를 꾸짖었다.

"누가 차를 가져오라고 했느냐, 말하지 않은 것은 내오지 마라."

유리가 황송해하며 날라온 찻잔을 다시 들어올렸다.

"오늘밤은 그대 곁에서 지내겠어, 알겠지?"

마치 오다이를 꾸짖는 듯한 말투였다.

오다이는 예 — 하고 대답은 했으나, 손을 짚어 부복하지는 않았다. 해맑은 동정녀의 눈동자로 가만히 히로타다를 우러러보았다. 그것은 바로 아름다운 것에 넋을 잃는 무심無心에서 나오는 동경의 자세였다. 히로타다는 그 얼굴에 도전하는 듯한 눈길을 보냈다.

"그대는 매화의 무심을 배운다고 했지?"

"예, 부끄럽습니다."

"부끄러워하는 것 같진 않아. 교만한 말이었어."

"황송합니다."

"진정 그대가 매화인지 아닌지……"

말하다 말고 히로타다는 오다이의 무심한 응시로부터 엉겁결에 눈길을 돌리면서 근엄한 자세를 취했다.

"나 역시 꾀꼬리는 꾀꼬리지만 색다른 노래를 부르거든."

그때 로죠 스가須賀를 앞세우고, 떠들썩하게 바깥채에서 마련된 히로타다의 저녁상이 들어왔다.

오히사의 시녀까지 술을 받쳐들고 따라왔다. 그러나 오다이는 그쪽을 보려고도 하지 않았다.

5

히로타다가 내전에서 술잔을 든다는 것은 이례적인 일이었다. 이 젊은 성주는 언제 어디서나 중신들에게 신경을 썼다. 선친 키요야스는 호탕한 기질에 걸맞게 술자리에서 여자들에게 시중들게 하고도 태연했으나, 히로타다가 아버지처럼 관습을 무시하는 일은 지금까지는 없었다.

무장이 여자에게 둘러싸여 술을 마신다. 그것은 이미 용납할 수 없는 유약함이며 가풍의 문란이라고 엄하게 훈계받던 시대였다. 그런데 오늘밤은 신경질적인 표정으로 술을 가져오게 하여 먼저 스가에게 자기 잔에 따르게 하고, 술병을 받쳐든 또 한 사람의 시녀에게 카랑카랑한 소리로 말했다.

"오다이에게도 잔을 주어라."

오다이는 약간 고개를 숙이고 시녀가 내민 잔을 받았다.

그때 오다이 오른쪽에서 코자사가 무릎걸음으로 한 걸음 나앉았다.

"먼저 저에게 맛을 보게 해주십시오."

"뭣이?"

히로타다의 눈이 번뜩였다. 날카롭게 코자사를 쏘아보았다.

"오카자키의 술에 독이 들었다더냐?"

코자사는 전혀 두려워하지 않았다.

"카리야의 관습이옵니다. 마님, 맛을 보겠습니다."

이 소녀에게는 히로타다에 대한 생각보다 자기 임무가 더 소중했다. 한 발도 물러서지 않을 기색을 보고 히로타다의 미간에 살기가 스쳤다.

그 자리에 있던 사람들은 숨을 죽이고 코자사와 히로타다를 바라보았다. 그때였다.

"아, 코자사 —"

오다이의 부드러운 목소리였다.

"그건 약간 순서가 틀렸어. 좋아, 잠시 기다려요."

그런 다음 스가를 돌아보았다.

"성주께서 드실 그 술, 먼저 내가 맛을 보겠어요. 성주님은 잠시만."

스가는 얼른 앞으로 나와 오다이의 잔에 술을 따랐다. 히로타다는 눈도 깜짝하지 않았다.

'방자한 것……'

생각은 그렇게 하면서도 자기를 위해 독이 들었는지 맛을 보려는 오다이에게서 자연스러운 동정녀의 아름다움을 느꼈다.

오다이는 한 모금 마시고 맑은 눈길을 히로타다에게 돌렸다. 쓴맛이 혀를 찔렀는지 약간 다문 입가에 볼우물이 패였다.

"이상 없습니다. 자, 드시지요……"

말했을 때는 그 눈동자도, 입술도, 볼도, 몸도 사랑스러운 미소 속에 녹아 있었다.

히로타다는 당황하여 잔을 입으로 가져갔다.

"자, 그럼, 이번에는 코자사가."

"예."

코자사는 굳은 표정으로 잔을 들었다. 오다이가 맛을 본 술은 이미 히로타다의 잔에 부어졌으나, 이것은 그것과는 술병이 달랐다. 코자사는 심각한 표정으로 가느다란 목을 움직였다. 물론 이상이 있을 리 없었다.

"호호호……"

오다이는 웃고 나서, 코자사를 치하했다.

"수고했어요."

그런 다음 스가에게, 이번에는 열네 살 새 신부답지 않은 근엄한 태도로 말했다.

"잘 기억해두도록 해요. 성주께 올리는 술은 언제나 내가 먼저 맛을 보겠어요. 이것을 내전의 관습으로 삼겠어요."

엄한 말에 스가는 얼른 부복했다. 히로타다는 한 순간 어이가 없다는 표정이었으나 곧 이마에 그려넣은 듯 신경질적인 힘줄이 도드라졌다.

6

히로타다는 오다이의 현명함이 가증스러웠다. 나를 위해 독이 들었는지 맛을 본다면서, 오다이를 위해서 하는 코자사의 행위마저 가풍으로 정하고 있다.

내전에 관한 일은 남편이라도 일체 간섭할 수 없는 것이 관례였다.

'날 함정에 빠뜨렸어!'

이런 마음씀이 어린 소녀들한테서 나올 리 없다. 모든 게 케요인의 지시일 것이다.

'그래, 좋다. 내가 질 줄 아느냐.'

히로타다는 석 잔, 넉 잔, 잠자코 잔을 거듭하더니 갑자기 표정을 허물어뜨렸다.

"오다이, 난 그대가 부러워."

어느덧 주위는 캄캄해지고, 촛대의 불빛이 취기와 함께 오다이를 점점 더 꿈 같은 아름다움으로 채색해나갔다. 화로가 몇 개 더 불어나 있었다.

"코자사라고 했지? 코자사, 이리 좀 가까이 오도록. 그대의 충성심을 기려 잔을 주겠다. 괜찮겠지, 오다이?"

"예, 저도 부탁 드리고 싶어요."

"그럴 테지. 암, 그럴 거야. 코자사, 자 어서."

코자사는 아직 교태를 부릴 줄 몰랐다. 굳은 동작으로 히로타다 앞으로 다가갔다.

"사양할 것 없다. 좀더 가까이 오너라."

히로타다는 코자사의 눈초리가 오히사를 닮았다고 생각하며, 마음속으로 한심하다고 느끼면서도 덥석 코자사의 손을 잡았다.

하나에서 열까지 케요인의 지시대로 움직이는 이 어린 계집들을, 당

황해 아무 말도 못하도록 비웃어주지 않고는 직성이 풀리지 않을 히로
타다였다.

히로타다는 소스라치게 놀라 손을 빼려는 코자사의 어깨에 팔을 감
았다. 그리고는 울음이 터지는 듯한 소리로 웃으면서 코자사의 얼굴을
들여다보았다.

"하하하, 떨고 있군, 떨고 있어!"

상반신을 마구 흔들었다.

"정말 아름다워, 오카자키에서 제일가는 절색이야. 그대 앞에서는
오다이건 오히사건 모란 앞의 들국화만도 못해."

"……농담의 말씀을…… 농담을……"

"농담이 아냐. 난 진심이야. 그렇지, 오다이?"

히로타다는 오다이에게서 얼굴을 돌린 채 말했다.

"이 코자사는 내가 거두겠어. 괜찮겠지? 마음씨도 좋고, 인물도 빼
어나고…… 그래, 코자사는 내가 거두겠어."

열여섯 살의 히로타다는, 그러나 그 이상은 이성을 다루는 방법을 알
지 못했다. 안겨 있는 코자사도 몹시 떨고 있지만, 껴안은 히로타다의
얼굴도 굳어 있었다. 물론 좌중은 조용하기만 했다. 모두 이 갑작스러
운 히로타다의 광기 어린 행동에 두려움을 느끼고 있었다.

"오다이, 괜찮지? 나에게 줄 수 있지?"

"……"

"왜 잠자코 있나? 주지 못하겠다는 것인가?"

모두 숨을 죽였다. 시집온 지 열흘. 아내가 데려온 시녀를 탐낸다 —
이보다 더 가혹하게 오다이에게 상처를 주고 오다이를 아프게 하는 채
찍은 없었다. 대관절 오다이는 무어라 대답할 것인가?

한결같이 숨을 죽이고 있는 가운데 히로타다는 마침내 오다이를 돌
아보았다. 여태까지처럼 무엇을 꺼리고 두려워하는 그런 눈길이 아니

었다. 굳은 의지를 드러내며 번쩍번쩍 인광을 발하는 그 응시.

이번에는 오다이가 그 시선을 피하듯이 앞에 놓인 쟁반으로 손을 가져갔다.

7

오다이의 표정에는 히로타다의 시선을 느껴 굳어지는 기색이 전혀 없었다.

소꿉장난을 즐기는 듯한 조용한 태도로 쟁반을 무릎 앞으로 끌어당겨, 그곳에 술잔과 다시마 안주를 놓았다. 하얀 손가락의 움직임이 눈에 아른거렸다.

"스가."

"예."

"이것을 성주께 올리도록."

그것은 히로타다의 청을 쾌히 승낙한다 — 는 의미로 보였다. 스가는 소리없이 히로타다 앞으로 잔을 가져갔다.

"마님께서 드리는 잔입니다."

"하하하하."

히로타다는 비로소 웃었다.

드디어 오만한 카리야의 딸을 응징했다. 히로타다는 코자사를 놓아주고 잔을 들었다.

"그래, 나에게 준단 말이지? 하하하하."

어린아이같이 만족해하는 그 표정에는, 그러나 어딘지 모르게 쓸쓸함도 조금은 묻어나왔다.

오다이도 역시 자기 의지를 가질 수 없는 인형일까? 아버지의 야심이나 어머니의 명령대로 움직이는 꼭두각시일까? 그러고 보면 오다이의 그 어디에도 살아 있는 감정의 움직임이란 없었다.

이때 오다이의 눈길이 히로타다에게로 향했다.

"성주님께 새로 부탁이 있습니다."

"뭐, 부탁이라고? 어디 말해보지."

"한 달에 두 번이라고는 하지 않겠습니다. 그러나 한 번만은 이처럼 긴장을 푸시는 자리를 내전의 상례常例로 삼을까 합니다."

"이런 술자리를 상례로 삼겠다고?"

"예."

오다이는 기대에 찬 눈빛으로 대답하고 주위를 돌아보았다.

"어때, 스가, 코자사? 모두 같은 생각이 아닐까? 성주님이 이토록 농담하시는 모습을 대하니 내 마음도 확 뚫리는 것 같고…… 그렇지들 않아요?"

히로타다는 가슴이 뜨끔하여 잔을 놓았다.

"그럼, 그대는 아까 그 일을 나의 농담으로 돌리려는가?"

"얼마나 농담이 능숙하신지…… 호호호, 그런 농담을 좀더 듣고 싶습니다. 두 사람도 내 생각과 같겠지?"

그 말에 방안의 분위기는 한결 누그러졌다.

다시 히로타다의 얼굴빛이 변했다. 이처럼 교묘하게 피해버리니 더이상 트집을 잡을 수도 없었다.

'예사 여자가 아니야……'

오다이는 끝까지 히로타다를 굴복시키려는 듯 묘한 부드러움으로 대항해왔다.

"좋아, 좋아, 알았어! 하하하하."

자칫 히로타다 자신의 낭패스러움이 드러날 것만 같았다.

"모두들 잘 보시오. 내가 춤을 출 테니."

젊은 히로타다는 벌떡 일어서서 부채를 폈다. 아버지 키요야스가 좋아했던 코와카 코하치幸若小八의 춤이었다.

풀 이름으로 망각을 알고,
풀 이름으로 망각을 알고,
인내는 이 몸이 되려는가……

춤을 추면서 히로타다는 까닭 없이 울고 싶어졌다. 새침을 떠는 오다이의 천진난만함 속에 미움과 가련함이 이상한 형태로 뒤섞였다.

춤을 다 추고 나서 그는 불쾌한 표정으로 식사를 끝내고는 불쑥 내뱉었다.

"그만 자야겠어."

유리의 얼굴이 확 붉어졌다. 가만히 오다이를 바라보고 나서 코자사를 재촉하여 서둘러 잠자리를 준비하기 시작했다.

8

아무 무늬도 없는 하얀 비단 이부자리였다. 히로타다의 피부는 취기가 몸 속에 스며들어 도자기처럼 창백했다.

살짝 감은 눈꺼풀이 바르르 떨리며 얼굴 위로는 짜증스러운 감정들이 묻어났다. 솔직히 오다이를 사랑하자니 패배하는 것 같고, 무시하려니 가슴이 답답했다.

난초의 향과 사향이 어우러진 듯한 부드러운 향기 속에 오다이의 몸이 살아 있었다.

이 일대에서 제일간다는 그 아름다움에 빠져드는 것은 분한 일이고,

그렇다고 마구 함부로 대하고 태연할 수 있는 무딘 신경의 소유자도 아니었다.

"오다이."

"예."

"그대는 이 히로타다의 잠든 목을 베러 왔나?"

차차 오다이에게 빠져들어가는 자기 마음의 변덕스러움에 화가 치밀었다. 마음껏 학대해보고 싶은 감정과, 끌어안고 울고 싶은 심정이 한데 어우러져 서서히 히로타다를 괴롭혔다.

"나는 이런 바늘방석 같은 잠자리는 견딜 수 없어."

"이 잠자리가 바늘방석 같다고요?"

"그렇지 않다는 말인가? 귀를 기울이고 잘 들어봐. 옆방에서는 유리와 코자사가 숨을 죽이고 감시하고 있어. 오늘밤 나는 그대의 볼모."

오다이는 대답하지 않았다.

"아니, 오늘밤만이 아니지. 앞으로 나는 내전의 볼모야. 그대는 이런 사실을 어떻게 생각하나?"

그때였다. 이불이 가만히 들먹이더니 작고 따스한 손이 히로타다에게 뻗쳐왔다. 히로타다는 숨을 죽였다. 이건 이 여자가 백기를 들었다는 것을 뜻한다. 봄에 피는 꽃의 자연스러운 마음이라고는 해석하지 않고 히로타다는 자기가 이겼다고 생각했다.

그 생각과 함께 카리야에 대한 심한 적개심이 다시 가슴속에 되살아났다.

히로타다는 이불 속에서 살며시 오다이의 손을 잡고 어깨를 더듬었다. 그 어느 부분이나 손바닥에 갇힌 새처럼 뜨겁게, 가냘프게 떨고 있었다. 온몸으로 애무를 기다리고 있었다. 히로타다는 이를 확인하고 나서 매달려오는 오다이의 손을 거칠게 뿌리쳤다.

침묵 속에서 오다이와 그녀의 아버지 타다마사를 착각한 잔인한 복수의식이었다.

"이런 무시무시한 잠자리에선 편히 잘 수 없어. 나는 오히사의 방으로 가겠어."

스르르 이불 속에서 미끄러져나왔다.

"아—"

오다이의 목소리가 희미하게 흘러나왔으나, 그것은 지금 히로타다에게 야릇한 쾌감만 주었을 뿐 그를 붙잡아놓을 힘은 없었다.

옆방에서는 유리가 깜짝 놀라 일어났다. 코자사와 스가는 셋째 방에서 숙직하고 있었다. 그들도 당황하여 일어나는 기척이었지만 젊은 성주는 얼른 복도로 나가버렸다.

오다이가 시집온 뒤 오히사의 방은 시녀들 방 건너편으로 옮겨졌다. 히로타다는 홀리기라도 한 듯 그 방으로 들어갔다.

별로 오히사가 그리워서는 아니었다. 맞아들이는 오히사 앞에 섰으면서도 아직 히로타다의 망막에 남아 있는 모습은 오다이라는 것이 그 증거였다.

"오늘밤은 마님 방에서 주무시지 않고……"

오히사가 원망하듯 중얼거렸을 때 히로타다는 스스로도 이해할 수 없는 감정으로 세차게 고개를 흔들며 혀를 찼다.

"쓸데없이 간섭하지 마. 난 누구의 지시도 듣지 않아. 난 이 성의 주인이란 말이야!"

우뚝 선 채 히로타다는 비로소 오히사를 알아본 듯한 어조로 불쑥 말했다.

"오히사였군……"

크게 한숨을 쉬며 어깨를 떨구었다.

9

히로타다의 눈에 비로소 오히사의 모습이 뚜렷하게 비치고 거기에 오다이의 얼굴이 겹쳐 떠올랐다.

처음에는 질투심도 없느냐고 자신이 먼저 나무랐던 오히사. 그 오히사가 지금은 질투와 체념이 뒤섞인 교태 속에 야릇한 자신감을 드러내고 있었다.

한밤에 찾아온 히로타다가 이 연상의 여인 가슴에 무엇을 가져다주었는지 잘 알 수 있었다. 히로타다는 저도 모르는 사이에 오다이와 오히사를 비교하고 있었다.

"주무시지요."

"음."

"아직 밤바람이 찹니다."

히로타다는 고개를 끄덕였을 뿐 꼼짝도 않고 서 있었다. 오히사의 온몸에는 조그마한 승리감을 주체하지 못하는 여자의 기쁨이 넘치고 있었다. 이 기쁨이 오히려 히로타다에게 거부감을 불러일으켰다.

만약 오히사의 어딘가에 오다이에 대한 동정이 깃들여 있었다면 그 반대였을 것이다.

"오다이 님은……"

다시 오히사는 말했다.

"성주님께서 드시니 반가이 맞이하셨다지요?"

이것도 동정이나 위로의 목소리는 아니었다. 차가운 승리의 울림이었다.

히로타다는 다시 한 번 오히사를 바라보았다. 그리고 여기에 오다이를 포개어보고 이번에는 몹시 당황했다.

상대의 불행을 기뻐하는 오히사와, 마음을 비운 경지에서 감정을 드

러내지 않는 오다이의 슬픔이 히로타다의 가슴에 추함과 아름다움의
그림자를 선명하게 새겨넣었다.

히로타다는 오히사에게 휙 등을 돌렸다.

"아──"

이번에는 오히사가 가만히 한숨지었다.

"나는…… 공연한 적을 만들 뻔했어."

그것은 오히사에 대한 변명이 아니라, 오다이의 아름다움에 끌리고
있는 자기 자신에게 던지는 소리였다.

히로타다는 허공을 응시하며 다시 싸늘한 복도로 나갔다. 바람이 불
기 시작하는 모양이었다. 뜰의 소나무가 윙윙거리고 있었다.

유리와 스가는 깜짝 놀라 히로타다를 맞이했으나 그는 쳐다보지도
않았다. 무서운 침묵으로 침소로 들어갔다.

"오다이!"

부르고는 그대로 입을 다물어버렸다.

새하얀 이불에서는 검은 머리만이 내다보이고, 그것이 세차게 물결
치고 있었다.

아직 열네 살밖에 안 된 소녀였다.

"오다이……"

히로타다는 머리맡에 가만히 웅크리고 앉아 말했다.

"용서해, 내가 나빴어."

그와 함께 느닷없이 눈시울이 뜨거워지고 목이 메어 말이 나오지 않
았다.

"나 히로타다는…… 술버릇이 나쁜 것 같아, 앞으로는 삼가겠어, 용
서해줘."

이불이 한층 더 세게 떨리더니 거기서 오다이의 얼굴이 살며시 나타
났다. 눈언저리가 젖어 있었다. 입 언저리는 감정을 억누르려는 의지로

슬프게 일그러져 있었다.

"울면 안 돼, 이제 그만 울어."

"예…… 예."

"내가 나빴어, 그만 울어."

그 대화는 옆방에 있는 유리와 스가에게도 또렷하게 들렸다.

두 사람은 얼굴을 마주보았다. 누가 먼저인지 모르게 발그레하게 볼을 물들이면서 즐거운 미소로 고개를 끄덕였다.

봄볕이 드디어 꽃을 품는 모양이었다……

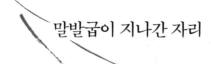

말발굽이 지나간 자리

1

이곳은 오카자키에서 서쪽으로 이십 리, 카리야와의 사이에 있는 안죠 성安祥城 서원이었다.

어제부터 이 성에 와 있는 오다 노부히데는 볕이 따뜻하게 비치는 남쪽 창을 향한 채 칼로 자르는 듯한 목소리로 「현종玄宗」을 읊고 있었다.

······불로문不老門에서 해와 달의
빛을 천자님께서 보시매
만조백관에 이르기까지
소매를 나란히 하고 발길을 이어
그 수 무려 일억 백여 명
절 올리는 만호萬戸의 소리······

지난해 초가을 노부히데의 수중에 떨어진 이 성은 원래 마츠다이라의 것이었다. 그것이 노부히데의 말발굽에 정복된 것은 오다이의 아버지 카리야의 미즈노 타다마사가 선봉에 섰기 때문이며, 지금 이 성은 히로타다의 종조부뻘 되는 마츠다이라 나이젠 노부사다에게 맡겨져 있었다. 그 노부사다가 방문 밖에 와서 말을 건네었다.

"황송합니다마는……"

"기다려! 노래하는 중이야."

노부히데는 차갑게 내뱉고는 다시 소리 높여 읊어나갔다.

노부사다는 단정하게 툇마루에 앉아 노부히데의 「현종」 읊기가 끝나기를 기다렸다.

임의 연세도 장생전長生殿에
임의 연세도 장생전에 환어還御되시기에 경사스러워라.

방약무인하게 노래를 끝낸 노부히데는, 노랫소리와 같은 우렁찬 목소리로 말했다.

"들어와."

공손하게 장지문이 열리자 이번에는 퍼붓듯이 큰소리로 웃었다.

"하하하하, 내 노랫소리를 고스란히 들려주고 말았군 그래. 어때, 잘 불렀지?"

노부사다는 흠칫하여 노부히데를 쳐다보고 나서 딱딱하게 말했다.

"저는 노래를 전혀 모릅니다."

만약 잘한다고 대답하면, 태연히 조소라도 퍼부을 노부히데였다.

"아첨꾼 같으니라구. 그런 근성이라서 오카자키를 함락하지 못하는 거야."

원래 노부히데는 오다 가문의 종손이 아니었다. 오와리의 슈고직守護職이던 시바 씨의 노신 오다 야마토노카미織田大和守는 키요스淸洲에서, 오다 이세노카미織田伊勢守는 이와쿠라岩倉에서 살면서 오와리

산하의 4개 군郡을 각각 맡아 다스리고 있었는데, 노부히데 일가는 키요스의 한 중신에 지나지 않았다.

그러던 것이 노부히데에 이르러 나고야那古野에 요새를 쌓고, 다시 후루와타리古渡, 스에모리末森 등에 성을 쌓아 그 세력은 어느덧 종가를 능가해 사방에 위세를 떨치고 있었다.

이는 오로지 나고야의 귀신이라 불리는 노부히데의 민첩하고 맹렬한 전략에 의한 것이었다. 그는 히로타다의 아버지 키요야스를 모리야마守山 진중에서 죽였다. 그것도 마츠다이라의 중신 아베 오쿠라의 우둔한 자식을 부추겨서……

그리고 지난해에는 지금 그의 앞에 엎드려 있는 히로타다의 종조부뻘 되는 마츠다이라 노부사다에게, 교묘한 선동으로 종가에 등을 돌리게 했다.

"오카자키를 함락시켜라. 그러면 오카자키를 그대에게 주고 이 노부히데가 뒤에서 도와주겠다."

그러면서도 이 인물을 전혀 높이 평가하지는 않았다.

"그래, 무슨 일이지?"

"예, 쿠마의 젊은 도령 나미타로가 지난번 오다이 대신 납치한 세 여자를 데리고 와서 어떻게 처리할 것인지 분부를 기다리고 있습니다."

"뭐, 쿠마의 젊은 도령이 여자를 데리고…… 그거 재미있군…… 이리 들여보내게."

노부히데는 다시 서원이 흔들릴 만큼 큰소리로 웃었다.

2

노부사다가 황공하여 물러나려 하는데, 노부히데는 무슨 생각을 했는지 허공을 쳐다보며 빙긋이 웃었다.

"잠깐!"

그 매서운 눈매는 짓궂은 장난을 치려 할 때의 맏아들 킷포시 그대로였다. 노부사다는 긴장하며 그 앞에 엎드렸다. 그에게 노부히데의 변덕만큼 무서운 것은 없었다.

"사쿠라이의……"

그는 말했다. 사쿠라이란 노부사다가 거처하고 있는 성이다.

"그러고 보니 그대가 잡아온 가짜도 거기 있으렷다?"

"예."

"대관절 그런 것들을 잡아오다니, 그대도 참 어리석지."

"송구스럽습니다……"

"곧바로 진짜를 잡아왔더라면 그대는 이미 오카자키 성에 들어가 마츠다이라 일족을 다스리고 있었을 게야."

"몸 둘 바를 모르겠습니다."

"그건 그렇고, 카리야와 오카자키에서는 이 노부히데를 감쪽같이 속였다고 생각하겠지만 나는 그대처럼 어리석지 않아."

노부사다는 또 무슨 소리가 나올까 마음이 조마조마하여 눈을 치뜨고 기다렸다.

"카리야의 타다마사에게 이 성을 칠 때 선봉을 서게 한 뜻을 그대는 아는가? 오카자키의 히로타다는 그 일에 원한을 품고 노발대발하고 있어. 타다마사나 오카자키의 중신들이 어떤 책략을 부리더라도 타다마사의 아들 노부모토가 항상 반론을 펴지. 만일 그 갈등이 해소된다면 나는 이 목을 내놓겠네. 와하하하."

그리고는 다시 분위기를 바꾸었다.

"좋아. 쿠마의 젊은 도령을 안내하기 전에 그대가 잡아온 가짜 세 명도 이 자리에 같이 세우도록."

"그러시면, 먼저 여자 셋을 들인 다음에……?"

"그래. 여섯 명 모두를 같이 세워놓고 눈요기를 하는 것도 좋을 테지. 다들 젊은 여자겠지? 복도에 나란히 세우도록 하게."

노부사다는 황공해하며 물러갔다. 노부히데는 다시 날카롭게 빛나는 눈으로 허공을 응시하며 히죽 웃었다. 그런 뒤 나직한 소리로 아까 그「현종」의 한 구절을 읊어나갔다.

오백 겹 비단에
유리의 문
거거硨磲°의 난간
마노瑪瑙°의 층계
연못가엔 거북과 학……

이 대목에 이르러서는 눈길을 연못으로 돌리고 다시 와하하하 하고 웃었다.

"여자들을 데려왔습니다."

"오냐."

"쿠마의 젊은 도령도 모시고 왔습니다."

"알았다."

한 떼의 여자들을 노부사다의 부하가, 다른 한 무리의 여자들을 노부사다 자신이 안내해왔는데, 주위는 순식간에 봄날의 꽃밭으로 변했다.

정면의 나미타로가 우선 그린 듯이 아름다웠고, 여섯 명의 처녀들은 그 나미타로를 에워싼 나비처럼 보였다.

그러나 그것은 어디까지나 노부히데의 감회일 뿐, 끌려온 처녀들의 공포는 이와 완전히 다른 것이었다.

그녀들은 이미 죽음을 각오하고 있는지도 모른다.

약간 머리를 숙이고 툇마루에 나란히 늘어앉아, 자신들의 생사를 좌우할 노부히데의 날카로운 얼굴을 똑바로 응시했다.

노부히데는 한 사람 한 사람 꿰뚫을 듯이 쏘아보고는 다음으로 옮겨 갔다.

나미타로는 잔잔한 물처럼 조용히 앉아 있었으나, 노부사다는 마른 침을 꿀꺽 삼켰다.

3

처녀들을 둘러보고 난 다음 노부히데는 비로소 나미타로에게 말을 걸었다.

"지난번에는 킷포시가 많은 폐를 끼쳤네."

"꼼꼼히 살펴드리지 못해 송구스럽습니다."

"아니 아니, 아주 잘 돌봐주었다더군. 그건 그렇고 이 여자들 말인데, 자네 눈에는 무척 애처롭게 보이겠지?"

"그렇습니다……"

"하지만 자네가 애걸한다 해도 소용없네. 한마디로, 세상이란 눈에 보이지 않는 가운데 움직이고 있는 걸세. 나무 위의 달팽이처럼, 또는 물 속의 조개처럼 말일세."

무슨 생각을 했는지 노부히데는 말을 하다 말고 히쭉 볼을 씰그러뜨렸다.

"어리석은 자의 눈에는 움직이지 않는 것처럼 보이지만, 잠시 한눈을 팔고 있으면 가는 방향을 모르게 돼. 자네라면 알 수 있을 거야. 후지와라藤原니 타치바나橘니, 겐지源氏니 헤이케平家니 하는 동안에 세상은 엉뚱한 방향으로 움직이고 있어. 미노의 사이토 도산齋藤道三이란 자는 쿄토京都의 니시노오카西岡 근처에 살던, 신분조차 알 수 없는 풍각쟁이었어. 마츠나가 단죠松永彈正는 오미近江의 등짐장수. 그러므로 귀족 집안이니 어쩌니 하다 보면 모든 것이 방향을 잃고 주먹구구가 되어가는 것일세."

나미타로는 노부히데를 똑바로 쳐다본 채 대답하지 않았다. 노부히데는 다시 입술을 일그러뜨렸다.

"약한 자는 멸망해야 하는 거야!"

그리고는 내뱉듯이 말했다.

"멸망이 두렵다면 달팽이가 갈 곳을 꿰뚫어보아야 돼. 하하하, 이제 달팽이 강의는 그만두기로 하고, 오늘은 찬찬히 꽃구경이나 하세. 저 오른쪽 여자부터 내 앞에 와서 그 향기를 뿜게 하여라. 꽃에는 향기가 있는 법. 오너라, 이리 가까이 오너라!"

매 같은 눈으로 재촉하자 맨 오른쪽 처녀가 일어나 방안으로 들어갔다. 얼굴빛은 아직 창백했다. 그러나 태도에는 전혀 두려워하는 기색이 없고, 그 눈은 마치 노부히데에게 칼을 들이대는 것처럼 보였다.

"이름은?"

노부히데가 물었다.

"코토지琴路라고 합니다."

열 예닐곱쯤 되어 보이는 그 처녀는 내쏘듯이 대답했다.

"네 이름말고, 네 아비 이름 말이다."

"모릅니다."

"으음, 그럼 나이를 말해 보아라."

"열다섯입니다"

"열다섯…… 열다섯이라. 갓 피기 시작한 꽃망울이로군. 미즈노 타다마사가 잔인한 짓을 했어. 그런데, 너희들은 이 노부히데가 타다마사의 속셈을 모르는 줄 아느냐? 아이들의 속임수 같은 행렬. 어떠냐? 너희들이 떠날 때 타다마사가 뭐라고 했는지 이 노부히데가 맞혀볼까?"

"……"

"너희들은 미즈노 가문에서 선택받은 여장부들이다. 실수로 체포되더라도 오다 노부히데는 절대로 너희들을 죽이지 않을 것이다. 이렇게 말했을 테지."

노부히데는 이렇게 말하고 상대의 어깨가 꿈틀 하고 움직이는 것을 보고는 다시 큰소리로 웃었다.

"세상에는 이가슈伊賀衆°, 코가슈甲賀衆° 따위를 길러 적국에 첩자로 보내는 일이 많아졌어. 허나 미즈노 타다마사는 그보다 한 걸음 앞서 있지. 너희들은 어느 고장, 어떤 자 밑에서 살더라도 카리야로 정보 보내는 일을 꿈에도 잊어선 안 된다는 말을 들었을 게다. 하하하. 괜찮아, 그렇게 떨 건 없다. 그렇게 키운 너희들을 딸의 혼례를 빙자해서 세상에 풀어놓아 이 노부히데에게 잡히게 만들었어. 그러나 나 노부히데는 화내지 않겠다. 화내기에는 너희들이 너무 향기로워. 지나치게 사랑스럽단 말이야. 하하하."

마츠다이라 노부사다는 깜짝 놀라 자기 옆에 있는 처녀를 새삼스럽게 바라보았다. 처녀들의 표정에는 분명히 절망의 빛이 떠올라 있었다.

4

노부히데에게는 잔인할 정도로 어떤 일의 진상을 꿰뚫어보고 거기에 채찍질을 가하는 성질이 있었다.

이런 뜻에서 그는 강력한 자력磁力으로 상대에게 달라붙는 흡기와도 같은 느낌을 주는 면이 없지 않았다. 그는 처녀들을 응시하면서도 노부사다가 놀라는 모습을 놓치지 않았다.

"저것 봐, 사쿠라이 성주까지 눈이 휘둥그레졌잖아? 그렇게 멍청하
니까 언제까지나 오카자키에게 짓밟히고 있는 거야……"

노부사다가 얼굴을 붉히고 고개를 수그렸을 때였다.

"코토지라고 했지? 너는 물러가라. 다음 —"

양쪽에 날이 선 칼처럼 빈정거림과 채찍의 예리함을 늦추지 않았다.

첫번째 처녀가 밖으로 물러갔다. 두번째로 들어와 앉은 처녀의 얼굴
은 앞의 처녀보다 더 창백했다.

"이름은?"

"모릅니다."

"나이는?"

"모릅니다."

"으음. 너는 치자꽃이냐? 향기가 좋구나. 오늘부터 코쇼라고 불러
라. 향기로울 향자를 써서. 알았느냐? 알았거든 물러가라. 다음 —"

사람에 따라서는 그 잔인성을 견디지 못했다. 사실 지금 옆에 있는
노부사다도 고개를 숙인 채 얼굴을 들지 못하고 있었다. 그러나 노부히
데는 가차없었다. 두 사람, 세 사람, 잇따라 불러내어 똑같은 질문을 반
복하고는 무섭게 노려보아 마음이 위축되게 했다.

여섯번째 처녀가 불려나왔을 때는 나미타로도 그만 뜰에 서 있는 삼
나무 가지로 시선을 돌려버렸다.

뜰에 내리쬐는 햇빛은 점점 더 화창해져, 모여드는 박새들의 노래에
화답하고 있었다.

"이름은?"

다시 노부히데는 물었다.

"아버님 성함 말씀인가요? 아버님은 미나모토노 츠네모토源の經基
의 이십삼대 후예인……"

처음으로 지금까지와는 다른 대답이 나오자 노부히데는 저도 모르

게 '으음' 하며 고개를 끄덕였다.

"미즈노 타다마사입니다."

"뭣이, 네가 타다마사의 딸이란 말이야? 그럼, 이름은 뭐라고 하느냐?"

"예, 오다이라고 합니다."

그녀 역시 핏기 없는 얼굴에 상대를 경멸하는 미소가 어렴풋이 떠올라 있었다. 물론 목이 달아날 것을 각오한 조소임이 틀림없었다.

"그래, 네가 오다이란 말이지……"

노부히데는 한참 동안 처녀를 노려보고 있다가 이번에도 한쪽 볼을 썰그러뜨리며 히쭉 했다.

"묘한 계집이로군. 네 이름, 틀림없이 오다이렷다."

"염려놓으세요. 여기 있는 여섯 명 모두가 오다이입니다."

"으음, 좋은 이름이야. 그래, 나이는 몇 살이냐?"

"열네 살입니다."

"사쿠라이 성주!"

노부히데는 짜증스러운 목소리로 안절부절못하고 있는 노부사다를 불렀다. 노부사다가 고개를 들자 갑자기 떠나갈 듯한 소리로 웃었다.

"그 얼굴로 열넷이라고 하는군. 좋아, 소중한 타다마사의 딸들, 잠시 그대에게 맡겨두겠다. 소홀히 대하지 말고, 데리고 나가도록."

"예."

"그리고 쿠마의 젊은 도령에게는 특별히 할 이야기가 있어."

나미타로 쪽으로 홱 돌아앉았다.

"자네는 남아 있게. 이것 보게, 세상이라는 것은 움직이고 있잖은가. 달팽이처럼 알지 못하는 사이에 기어가버리고 말지."

나미타로는 약간 고개를 숙이고, 그 역시 희미하게 보일락 말락 웃음을 띠었다. 그리고 여자들이 물러간 뒤 싸늘하게 말했다.

"고맙습니다. 여섯 여자들을 대신하여 제가 감사 드립니다."

5

나미타로에게 감사의 말을 들으면서였다.

"아직 일러. 그런 감사 말은 아직 이르네."

노부히데는 무릎을 쳤다.

"나는 아직 그 여자들을 살려줄 생각은 하고 있지 않아. 자네의 머리는 너무 앞서가고 있어."

나미타로는 차갑게 웃었다.

"성주님에 비하면 달팽이 정도도 되지 못합니다."

"그렇다면 자네는 내 마음을 읽을 수 있단 말인가? 읽을 수 있다면 그건 자네 생각이 너무 얕다는 증거네."

탐색하는 듯한 눈초리로 바라보는 바람에 나미타로는 얼른 입을 다물었다. 어지러울 정도로 빠르게 회전하는 노부히데의 두뇌를 나미타로는 두려워하고 있었다. 그는 항상 어리석은 인간들을 멀리 제쳐놓고 앞서 달려나가는 고삐 풀린 말이었다.

"자네가 알 수 있는 것은, 내가 저 처녀들을 죽이지 않는다……는 그 것뿐인가?"

"예. 그리고 또 하나, 저 처녀들을 저한테 맡겨주신다는 점입니다."

"음, 거기까지 안다면, 무엇 때문에 맡기는지 그것도 알고 있을 테지. 어디 자네 생각대로 한번 말해보게."

"예. 무녀巫女로 삼아라, 쿠마의 젊은 도령이 모시는 신에게 종사케 하라고 말씀하시리라 생각합니다."

"하하하하, 옳게 봤어, 바로 그대로야."

노부히데는 자못 유쾌한 듯 배를 흔들어댔다.

"그럼, 자네에게 말해주지. 낡은 학문에 파묻혀 아는 체하는 자들이 상상도 못할 이야기를 말일세."

"말씀해주십시오."

"일반적으로 세상 사람들은 무녀란 사당 깊숙이 숨어살며 신에게 봉사하는 줄로만 알고 있지."

"사실입니다."

"그런 세상 사람들의 사고방식, 이걸 그대로 이용해보자는 말일세, 알겠나? 평소에는 남의 눈에 띄지 않는 신전 안에서 신을 모시는 숫처녀들. 이런 여자들을 신전이나 사당을 짓기 위한 모금 등의 일을 핑계삼아 원시 그대로의 굿판으로 사람들 앞에 공개한다고 선전하면 어떨까?"

"신전 안의 비사秘事를 말씀입니까!"

노부히데는 나미타로를 빤히 바라보았다.

"신이 두렵지 않느냐고 말하고 싶은 자네의 그 눈길. 그러기에 내 생각은 살아 있다는 게야. 하하하하. 물론 처음부터 무대에서 흥행할 리는 없지. 무희舞姬도 고대 카구라神樂°와는 어울리지 않아. 노쿄겐能狂言°을 사이사이에 집어넣어 젊은 처녀의 요염함을 한껏 살리는 거야."

"……!"

"이들이야말로 살벌한 세상에 찾아온 선녀의 무리로구나 하고 아래위 할 것 없이 넋이 쏙 빠지도록 여자들을 훈련시키는 거지. 그렇게만 되면 여러 크고 작은 영주들을 찾아 한 바퀴 돌기만 해도 신전이나 사당은 단번에 세울 수 있어. 세상 사람들의 마음은 지금 아름다움에 굶주려 있거든."

나미타로는 두 눈을 크게 부릅뜨고 있었다. 두려움을 모르는 노부히데의 기괴한 착상. 2000년의 신사神事를 세상에 공개하여 사람들의 넋을 빼라고 한다. 사람들을 놀라게 하는 일이라면 세 가지 신기神器°의 명부에 천황의 말씀을 덧붙이라고 할지도 모를 노부히데였다. 더구나 그런 노부히데의 생각이 자신의 이익과 결부되어 있다는 것은 말할 나위도 없었다.

나미타로는 이마에 식은땀을 흘리면서 입술을 축이고 말했다.

"하지만 그것이 오다 성주님께 무슨 이익을 가져옵니까? 저로서는 도무지 이해가 가지 않습니다."

6

"너무 서두르지 말게. 나는 무슨 일에나 그 효과를 곰곰이 생각하고 나서 말하는 사람일세. 아까 그 여자들을 그런 무희로 만들어내는 큰 일을 자네가 할 수 있겠나? 카구라에 노쿄겐을 더하고, 거기에 다시 요즘 유행하는 렌뇨의 염불, 쿄토에서 하는 극락춤까지 곁들이면…… 이건 굉장한 춤판이 될 거야. 무희와 가희歌姬가 모두 젊은 여자란 말일세. 신밖에 섬긴 일이 없는 때문지 않은 선녀들의 춤인 게지."

옛 관습에 대해서는 털끝만큼도 그 가치를 인정하지 않는 이 공상가는 차츰 자기 자신의 생각에 도취되어 황홀감에 빠져들어가는 모양이었다.

"신에게 매달리는 것은 약자의 관습. 선녀들을 그냥 지나가게 하면 복과 덕도 달아난다고 소문을 퍼뜨리면 너나할것없이 야단법석을 떨 것일세. 어떤가, 재미있겠지? 맡아주겠는가?"

"맡지 못하겠다고 하면 처녀들을 안 주시겠습니까?"

"물론이지. 훈련시킨 다음에는 자네도 그 일을 구실로 여러 곳을 돌면서 근왕勤王을 설득하는 것도 좋을 테지. 허나 내 생각은 거기에 있지 않아. 남자 대신 여자 첩자를……"

갑자기 노부히데는 소리를 낮추며 주위를 둘러보았다.

"이가나 코가의 무리들과 같은 일을 하게 만드는 것이 내 목적일세."

나미타로는 가볍게 무릎을 쳤다. 신마저도 첩자의 도구로 삼으려 한다. 일의 잘잘못은 고사하고 과연 노부히데다운 그 호탕함이 저도 모르게 자신의 무릎을 치게 했다.

"육 년까지도 걸리지 않을 거야. 그 여섯 명 가운데 첫째 여자의 가련함과 다섯째 여자의 아름다운 목소리, 여섯째 여자의 기백은 빠뜨리지 말고 키워줘야 해. 나머지는 모두 자네한테 맡기겠네. 이세, 아츠타와 손을 잡는 것도 좋고, 좀더 멀리 이즈모出雲를 발상지로 택해도 좋을 테지. 그것으로 황폐한 신전과 사당의 재건이 이룩된다고 설득하면, 욕심 많은 신관들이라 자네의 원대한 계략 같은 건 신의 가호로 눈치채지 못하게 될 것일세."

노부히데는 또다시 방약무인한 태도로 커다랗게 웃음을 터뜨렸다.

"타다마사 딸의 혼례를 헛되이 보내는 건 아깝지. 하하하하. 아까 노래하는 동안에 구상한 내 생각을, 설마 자네 반대하는 것은 아니겠지? 여섯 처녀를 데리고 가서 마음껏 기질을 시험해보도록 하게."

나미타로가 가만히 고개를 숙여 동의했다.

"금년에도 이 성에서 전투가 있을 거야."

어느 틈에 화제를 완전히 바꾼 노부히데였다.

"오다이 아씨를 맞이해서 긴장하고 있을 신랑을 슨푸의 이마가와가 못 본 체할 까닭이 없지. 그를 선봉으로 내세워 맨 먼저 이 안죠 성을 탈환하라고 명령할 것이 분명해. 그런데 미즈노 타다마사도 이번에는 나의 선봉을 맡지 않으려고 할걸세…… 어떤가, 자네 생각은?"

나미타로는 이쯤 해서 오와리의 귀신 앞을 물러나고 싶었다.

"요즘에는 통 성안의 일에 대해서는……"

"모른단 말인가, 하하하하. 적자 노부모토까지 교묘하게 조종하고 있으면서도 그런 소리를 하는군. 어쨌든 좋아. 그럼 내가 자네에게 말해주지. 미즈노 타다마사는 오다이의 혼례를 치른 뒤부터 별로 건강이 좋지 못하다더군. 그것을 구실로 나에 대한 후원을 거절할 것이 분명하고, 그러면 이마가와 쪽에선 이것을 좋은 기회로 삼아 틀림없이 군사를 움직일 걸세. 모처럼 차려진 밥상이니 신랑을 끌어내어 한바탕 혼을 내줘야겠어. 자네도 그쯤 알고 잘 부탁하네."

이렇게 말하고 나서 오와리의 귀신은 벌써 손뼉을 쳐 마츠다이라 노부사다를 불렀다.

여성의 노래

1

옷이 아름답구나
어서어서 흔들어라
여섯 자 소맷자락을
소매를 흔들지 않으면 춤을 추지 못하느니

어디선지 촌티나는 여자아이의 노랫소리가 들리고, 두견새가 다이린 사大林寺 숲에서 성의 본채를 향해 울며 지나갔다.

이제는 완연한 여름이었다. 머리 위의 푸른 잎은 한들한들 바람에 흔들리고 있지만, 해자 옆에 서 있기만 해도 손발이 촉촉이 젖어왔다. 오랜만에 별채로 찾아온 오다이를 맞는 케요인이었다.

"저 노래 말이다, 바람을 타고 들려오는 저 노래도 길쌈과 관계되는 노래란다."

케요인은 해자 너머로 펼쳐져 있는 타에몬무라太衛門村 쪽을 바라보며 눈을 가느스름하게 떴다.

"옛날 이 근처에서는 황실에서 입는 옷에 쓰이는 붉은 실을 진상했다더구나. 저 노래도 아마 거기서 유래한 것이겠지."

말하고 나서 바로 발 밑에 자라고 있는 목화를 보았다.

"그 무렵의 여자들도 부지런히 누에를 쳤을 거야. 비단말고 베옷을 만드는 삼도 진상했단다. 그리고 지금 안방 마님도 이렇게 목화를 퍼뜨리고자 수고하고 있고."

안방 마님이란 성안 사람들이 오다이를 부르는 호칭이었다. 히로타다도 안방이라 부르고, 중신과 로죠들도 친근감을 가지고 그렇게 불러, 요즘에는 케요인보다도 오히려 오다이가 존경을 받고 있는 느낌이었다. 그 커다란 원인 중 하나는 케요인까지도 이렇게 성벽 아래 밭에 씨 뿌려놓은 목화에 있었다. 미카와에는 전에 후쿠치무라福地村의 텐타케天竹에 천축天쓰 사람이 표류해와서 목화를 퍼뜨린 일이 있어, 특별히 목화의 신으로 모시고 제사를 지내기까지 했으나 그 후 언제부터인지 목화씨는 사라지고 말았다.

그러한 목화씨를 가져온 케요인은 그것을 백성들에게 널리 퍼뜨려 마츠다이라 집안의 덕을 길이 남기려 하고 있었다. 노신들이 먼저 마님의 배려를 칭찬했고, 여자들과 시녀들도 이에 따랐다.

"정말 슬기롭기도 하시지!"

이렇게 감복하며 차차 질시의 눈길을 거두었다.

여자들이 오다이에게 감복한 것은 목화씨에 대해서만이 아니었다. 오다이가 온 뒤로, 그토록 허약하여 뭇 사람들을 걱정시키던 히로타다의 혈색이 훨씬 좋아졌다.

"안방 마님이 권하여 소蘇(치즈)를 잡수신다는군요."

소 역시 전에 미카와에서 조정에 진상한 것이었다. 그 제조법을 알고 있는 오다이가 스고무라普生村 촌장에게 명하여 만들게 했다. 우유 한 말을 대략 7, 8홉이 되도록 졸여 반고체형의 약을 만들어서, 이것을 조금씩 복용하면 정기가 치솟아 온몸에 넘쳐흐르게 된다고 했다. 처음에 히로타다는 그것이 독이 아닌가 싶어 경계했다. 그러자 오다이는 그의 눈앞에서 시식한 다음 소해〔丑年〕에는 이것을 조정에 진상하는 오랜 관습이 있었다고 했고, 그제서야 히로타다도 먹기 시작했다.

이러한 풍문으로, 언제나 미소짓고 있는 탐스러운 오다이는 자신의 미모와 더불어 어느덧 성안에서 호의의 대상이 되어가고 있었다.

케요인으로서도 여간 기쁘지 않았다. 자기나 오다이의 생애가 아무리 덧없는 유전流轉 속에 끝나버린다 해도, 이 목화만은 영원히 인간 세상에서 살아남을 수 있을지도 모르기 때문이다. 그런 생각을 하니 촌스러운 시골 노랫소리까지 찡하게 마음속에 스며들었다……

2

목화씨를 성안의 여자들 손으로 퍼뜨리게 하자고, 그러기 위해 내전에서 중신의 아낙들에게 나누어주도록 한 것은 케요인이었다.

금년에는 되도록 많은 종자를 만들고 내년에는 근처 농부들에게 그 재배법을 가르쳐주자. 가르쳐주지 않으면 다시 종자가 사라져버릴 우려가 있다. 그보다도 내전에서 손수 심은 종자라 하면 그것을 받는 농부들의 반응도 달라진다.

"삼베보다 부드럽고 종이보다 질기며, 누에를 칠 때처럼 바쁘지도 않다. 뽕나무에 바로 누에고치가 열린다고 생각하면 된다."

지금은 오다이보다도 케요인이 더 목화에 열심이었다.

그러나 오랜만에 찾아온 딸을 성벽 밑의 목화밭으로 안내한 것은 목화에 대한 경험을 알리고 싶어서만은 아니었다.

전쟁의 먹구름은 또다시 오와리, 미카와, 스루가 이 세 지방을 무섭게 에워싸기 시작하고 있었다.

오카자키 쪽이 안죠 성까지 오다 노부히데에게 빼앗긴 것이 스루가의 이마가와로서는 몹시 마음에 걸리는지, 오다를 공격하는 틈에 카이甲斐의 타케다에게 침공당하지 않기 위해 여러 가지 외교상 비밀회담을 거듭하고 있는 모양이었다.

그것이 결정되면 당연히 미카와로 출병하여 오다와 일전을 벌일 것이 틀림없고, 그렇게 되면 오다이의 젊은 남편 히로타다가 선봉에 서도록 명령받을 것은 뻔한 일. 더구나 그 싸움은 어느 쪽이 이기건 결코 마츠다이라의 평안을 뜻하지는 않는다. 현재로서는 오다의 세력이 단숨에 이마가와를 짓밟을 것 같지는 않으며, 반면 이마가와도 무서운 기세로 성장하는 오다의 신흥세력을 뿌리뽑을 것 같지도 않았다. 그러고 보면 양대 세력 사이에 끼인 오카자키 성의 운명은 너무나 서글픈 것이었다. 일단 발을 잘못 들여놓으면 흔적도 없이 꺼져갈 조그마한 불길. 케요인이나 오다이는 다 같이 이 위태로운 오카자키의 불길 속에 둘러싸여 있는 여인들이었다. 일찍이 케요인이 미즈노 가문에서 마츠다이라 가문으로 처량하게 옮겨졌을 때처럼, 오다이의 신상에도 어떤 변화가 찾아오지 않을 것이라고 단정할 수는 없었다. 케요인은 이런 사실을 목화의 성장에 비유하여 딸에게 가르쳐주고 싶었다.

"남자들에게는 의지와 의지의 대립이 있단다. 그러니 전쟁은 또 일어날 거야. 그 속에서도 목화는 무럭무럭 자라나게 돼. 너는 이 목화의 성장을 어떻게 받아들이느냐?"

"예. 생명의 불가사의를 생각하게 돼요."

"그럴 것이다. 이 목화는 너와 내가 죽은 뒤에도 분명히 이 지상에 살아남을 것이다. 네가 맨 처음 성에 가져온 한 알의 씨앗이었다는 것 따위는 잊어버린 채……"

"맞아요. 이 밭의 목화가 제일 품질이 좋아요."

가만히 몸을 구부려 푸른 잎에 손을 뻗치는 오다이의 목덜미에 눈길을 보냈다.

"난 말이다, 오다이. 목화와 여자의 운명은 아주 비슷하다고 생각한단다."

"목화와 여자가?"

케요인은 가볍게 고개를 끄덕였다.

"내가 카리야 성을 떠났어도 타다모리, 노부치카는 모두 훌륭하게 성장했더구나. 게다가 또 다른 내 자식인 너는 이렇게 내 곁에 와 있고……."

문득 말을 끊더니 웃음을 떠올렸다.

"그건 그렇고, 히로타다 성주는 이제 너한테 자상해졌느냐?"

그것이 묻고 싶어 일부러 오다이를 여기까지 데리고 온 어머니였다.

3

어머니의 질문을 받은 오다이의 얼굴이 빨개졌다. 대답하고 싶어도 대답할 수 없는 부부간의 야릇한 감정이 뜨겁게 열기를 더해갔다.

"오히사를 먼저 알아버렸으니, 남자들이란 첫 여자에게 더 마음이 끌리는 모양이더라. 혹시 속이 상하는 일이 있더라도……."

케요인은 딸자식의 수줍음 속에서 무언가를 진지하게 캐내려는 듯 말했다.

"목화…… 목화의 마음을 생각하며 참아야 한다."

오다이는 곁눈질로 살짝 어머니를 쳐다보며 조용히 고개를 저었다.

"오히사에게도 목화씨를 보냈어요."

"오! 오히사에게도……."

"오히사는 진심으로 성주님을 위하고 있어요."

"그래…… 너는 괴롭지 않느냐?"

오다이는 미소를 지으면서 시든 떡잎 하나를 따내었다.

"오히사야말로 괴로우리라 생각해요."

케요인은 호되게 얻어맞은 듯한 느낌이 들었다.

'내 딸은 강하다!'

하지만 이것은 성격에서 오는 표면적인 강인함일까, 아니면 이미 히로타다의 마음을 사로잡은 자신감에서일까?

케요인도 따라 미소를 지으면서 말했다.

"점점 햇볕이 따가워지는구나. 그늘로 들어가자."

앞장서서 성벽 안으로 걸음을 옮겨갔다.

"사랑을 받고 못 받는 것은 모두 덧없는 물거품과 같은 것. 만일 히로타다 성주가 전사하면 너는 어떻게 하겠느냐?"

오다이는 이 말을 듣고 있었는지 아니면 못 들었는지 불쑥 말했다.

"미워하면 미움을 받게 돼요. 하지만 이쪽에서 친근하게 대하면 상대도 반드시 정을 주게 되지요."

"오히사 말이냐, 아니면 히로타다 성주 말이냐?"

"양쪽 모두예요."

오다이는 시선을 떨구고, 다시 불쑥 말했다.

"만일에 성주가 전사하신다면 저도 죽고 싶어요."

케요인은 슬며시 푸른 잎으로 눈길을 돌렸다. 딸의 마음에도 히로타다에 대한 애정이 불타기 시작하고 있는 것일까. 그렇다면 더 이상 할 말이 없었다. 케요인 자신도 젊은 날 같은 길을 걸어왔었다.

미즈노 타다마사에게도 물론 다른 여자가 있었다. 하지만 그 자신의 마음이 쓸쓸한 체념으로 바뀌었을 때, 이윽고 조용한 애정이 가슴에 싹 터왔다. 그리고 이 애정이 드디어 오다이를 잉태케 했었다.

오다이는 아직 자식을 통해 구원되는 어머니의 마음을 모른다. 그러나 이미 괴로움의 첫 고개를 넘어 여자의 생명이 조용히 대지에 뿌리내리고 있다. 거실로 돌아온 케요인은 시녀에게 명하여 시원한 보리차를 가져오게 했다. 그리고 오늘도 곁을 떠나지 않고 있는 유리와 코자사에게도 보리차를 권하면서, 생각난 듯이 말했다.

"마님이 어서 아기를 가져야 할 텐데……"

그런 다음 일부러 오히사가 낳은 칸로쿠의 이름을 입에 올렸다.

"아 참, 칸로쿠 도령에게 선물을 전해주도록 하여라. 뱃사공이 귀한 진상물을 가져왔어. 토사土佐에서 만든 수수엿이라고 하더구나."

그러면서 가만히 오다이를 돌아보았다.

4

오다이가 케요인에게서 진귀한 수수엿 약간을 받아가지고 별채에서 물러나온 것은 여덟 점(오후 2시)이 지나서였다. 엿이라고는 하지만 이 검은 고체에는 찰기가 없었다. 더구나 혀에 대기만 해도 짜릿할 만큼 단맛이 온 입안에 퍼졌다.

사탕수수라는 것이 일본에 있다는 것은 아직 아무도 알지 못했다. 설탕이 제품으로서 건너온 것은 코켄孝謙 천황°의 태평시대였지만, 사탕수수의 전래는 그보다 훨씬 나중의 일이며, 일반인에게 알려지게 된 것은 케이쵸慶長 시대(1596~1615)에 사츠마薩摩에서 재배하기 시작한 뒤부터였다.

케요인은 그런 시대에, 오다이에게 오히사가 낳은 칸로쿠에게 수수엿을 전해주라고 한다.

오히사가 이것을 순순히 칸로쿠에게 전하리라고는 생각되지 않았다. 그렇지 않아도 케요인이나 오다이를 시기하고 의심하는 기색이 보이는 오히사였다.

오다이는 케요인의 마음을 알 수 없었다. 케요인은 하루 빨리 오다이가 칸로쿠에 못지않은 아들을 낳기를 원하고 있었다. 그 점만은 어렴풋이 알고 있었으나 일부러 세상에 흔하지 않은 이상한 선물을 칸로쿠에게 먹이려 하다니……

요즈음 오다이는 히로타다의 애정에 반응하여 불타는, 자신의 안에 있는 여자의 숨결을 알아가고 있었다.

히로타다가 전사하면 자기도 죽고 싶다고 한 것은, 잠자리를 같이했을 때의 감미롭고도 서글픈 감정의 거짓 없는 고백이었다. 부드러운 깃털 이불 속에서 안겨 황홀하게 무지개 다리를 건너고 있으면 그대로 숨이 끊어져버려도 여한이 없을 만큼 불가사의한 마비가 온몸을 녹여놓았다.

이런 때 오히사를 생각한다는 것은 견딜 수 없는 일이었다. 누구의 손에도 건네주지 않고 자기만이 히로타다를 꼭 붙들어두고 싶었다.

그렇다고 붙들어두려면 어떻게 해야 좋을까 하는 것까지 생각해본 일은 없었다. 그러나 어딘가에서 오히사가 자신에게 품고 있을 질투나 증오는 알 수 있을 것 같았다.

그러한 오히사의 방에 찾아가 칸로쿠에게 선물을 전해야 한다.

오다이는 안채에 돌아오자 자기 방에는 들르지 않고 곧장 오히사의 방으로 갔다.

"안방 마님이 오셨습니다."

시녀 만이 깜짝 놀라 전갈하자, 오히사는 허둥지둥 문 앞으로 나와 오다이를 맞이했다. 여름이었다. 흐트러진 가벼운 옷차림도 미처 매만지지 못한 채였다.

"어서 드십시오."

어조는 정다웠으나 오히사의 눈에는 반감이 드러나 있었다.

오다이는 가볍게 답례하고 잠자코 상좌로 갔다.

"오, 모란꽃이 곱게 피었군요."

"예, 성주님의 분부로 해마다 뜰에 심는답니다."

"오히사 ──"

"예."

"내가 보낸 목화는 잘 자라고 있나요?"

"예······ 예."

이때 비로소 오다이는 옆방에서 놀고 있는 칸로쿠에게로 눈길을 보냈다.

"케요인 님이 칸로쿠 도령에게 선물을 내렸어요. 단술이나 곶감보다도 훨씬 더 단, 수수로 만든 엿이라고 해요. 제가 전할 테니 칸로쿠 도령을 이리 보내세요."

조그마한 종이봉지를 꺼내는데 오히사의 얼굴에서 핏기가 가셨다.

5

이미 여자로서, 소실로서, 또 칸로쿠를 낳은 어머니로서 열여덟 살이 된 오히사에게는 오다이가 어린아이로 보였다. 그 어린아이가 언제나 오히사를 끈질기게 압박했다. 그 압박이 단순히 정실이라는 명목에서만 오는 것이라면 오히사가 이토록 초조해지는 않았을 것이다. 하지만 그것은 오히사가 상상했던 소녀와는 전혀 다른 인품에서 오는 것이었다. 예컨대 갓 삶은 찰떡에 꼭 눌리고 있는 듯한 중압감. 목화씨를 심으라고 했을 때만 해도 그러했다. 경작을 해본 경험이 없다고 대답했을 때였다.

"성주님보다는 칸로쿠 도련님에게 언젠가 필요할 거예요. 이 오다이도 잘 모르지만 하고 있어요. 오히사도 해보세요."

딱 잘라 말하여 대꾸를 하지 못하게 했다.

'이런 식으로 되는 건 아니었어……'

오히사는 곧잘 이런 생각을 하고는 했다. 오다이가 시집오면 독살해버리겠다고 으르렁대는 히로타다를 말린 것은 오히사였다.

같은 집안인 마츠다이라 노리마사의 딸로, 오다 노부히데와 내통하고 있는 마츠다이라 노부사다 일파의 음모로부터 벼랑에 선 어린 주군을 지키기 위해 소실로 뽑힌 오히사였다. 그러한 오히사가 열네 살밖에 안 된 오다이에게 어느 틈에 제압되었을 뿐만 아니라, 히로타다마저도 독살하겠다던 말은 까맣게 잊고 오다이에게 사랑이 옮겨가고 있었다.

'케요인은 정말 영리한 여자야, 오다이에게 끊임없이 지혜를 불어넣고 있어.'

이대로 간다면 언젠가는 칸로쿠와 함께 이 성에서 밀려나게 될 것 같아 안절부절못하고 있는 오히사였다. 그러한 오히사 앞에서 검은 고약과도 같은 이상한 것을 칸로쿠에게 먹이려 하고 있었다.

오히사가 일부러 칸로쿠를 자기 손으로 기르는 것은 노부사다 일파에 대한 경계심에서였는데, 지금은 경계의 대상이 둘로 불어나 있었다.

"칸로쿠 도령, 이리 와요……"

오다이가 부르자 무심하게 일어나 웃음띤 천진한 얼굴로 아장아장 걸어오는 칸로쿠.

"안 돼, 칸로쿠……"

오히사가 얼른 품에 끌어안았다. 치켜뜬 눈초리가 바르르 떨리고 있었다. 핏기 가신 입술은 뜰의 푸른 잎을 반사하여 백지장처럼 하얗게 보였다.

갑작스러운 일이어서 둘러댈 말도 얼른 떠오르지 않는 모양이었다.

"마님의…… 마님의 무릎에 혹시 오줌이라도 누면…… 너무 송구스러워서."

오다이는 그 당황함을 짐작하고 있었다. 케요인도 물론 오히사의 불안을 알고 있었을 것이다. 그런데도 이런 심부름을 시키다니……

오다이는 괴로웠다. 그렇다고 해서 이 모자로부터 눈길을 돌린다면 더욱 어색한 분위기가 될 것이 분명했다. 오다이는 생글생글 웃으면서 무릎 위에 펼쳐놓은 흑설탕을 살짝 떼어 자기 입에 넣었다. 달았다. 짜릿하게 이에 스며들었다가 입 안 가득히 퍼져나갔다.

오히사는 부르르 떨면서 아직도 칸로쿠를 꼭 껴안고 있었다. 그것은 자식을 위한 어머니의 숭고한 사랑의 한 단면으로 지금의 오다이에게는 비쳤다.

"자, 칸로쿠 도령."

오다이는 다시 불렀다.

6

칸로쿠는 도리질을 하며 버둥거렸다. 무심한 어린아이에게는 오다이의 화사한 미소에 해칠 뜻이 없다는 것이 느껴졌을까. 더구나 그 오다이가 무언가를 입에 넣는 것을 보았다.

"음머…… 음머……"

조그마한 혀를 내밀면서 다시 도리질하며 어머니의 무릎에서 버둥거렸다. 그러나 오히사는 여전히 칸로쿠를 놓아주지 않았다. 이상한 것을 입에 넣는 오다이의 얼굴을 바라보며 숨을 몰아쉬고 있었다. 오다이는 갑자기 울고 싶어졌다. 단것, 진기하고 맛있는 것…… 그런 것마저 마음놓고 먹을 수 없는 시기와 의심이 난무하는 세상. 이것도 물론 슬폈으나 그보다 더 오다이의 가슴을 찌른 감정은 모든 것을 잊어버리고 자식을 감싸려는 어머니의 마음이었다.

'자식이란 이토록 사랑스러운 것일까?'

이런 생각이 드는 동시에 오히사에게 일찍이 느낀 적이 없는 부러움이 마음 깊은 곳을 적셔왔다.

케요인은 오다이가 빨리 아기를 낳아 성주의 대를 이었으면 하고 바라고 있었다. 이렇게 하도록 한 것은 어쩌면 그러한 어머니의 마음을 알려주고 싶어서였는지도 모른다. 목화의 생명과 여자의 삶을 비교한 것도 자식이 어머니를 대신하여 살 내일의 세계에 기쁨을 연결하라는 가르침이었는지 모른다. 오다이는 흑설탕을 맛보고 나서 다시 칸로쿠 쪽으로 두 손을 내밀었다.

"칸로쿠 도령, 이리 오렴."

"맘마…… 맘마……"

"이것은 할머니의 옛날 뱃사공이 선물로 가져온 토사의 희한한 엿이란다. 많지 않아서 아버님에게도 드릴 수 없는 진귀한 거야. 혀가 녹을 정도로 달콤하지. 자, 내가 먹여주겠어."

말하고 나서, 어떤 일이 벌어질까 하고 긴장하여 움츠리고 있는 만을 돌아보았다.

"자, 너의 마님에게도 갖다드려라."

만은 종이에 조금 올려놓은 것을 조심스럽게 받아들고 오히사에게 내밀었다.

"휴우."

오히사의 어깨가 크게 흔들리고, 그 틈에 무릎에 있던 칸로쿠가 재빨리 기어나왔다. 아직 걷기보다는 기는 편이 빠른 칸로쿠였다.

"아, 아가야……"

다시 한 번 손을 내저었을 때 칸로쿠는 벌써 오다이의 무릎에 다가와 입을 벌렸다.

"맘마…… 맘마……"

오다이는 그러는 칸로쿠에게 몸을 굽혀 볼을 비볐다.

"자, 먹어봐. 우리 미카와 지방에는 없는 것이란다."

자기도 한 조각을 입에 넣으면서, 살며시 칸로쿠의 부드러운 입술에 손을 대었을 때야 비로소 이 심부름을 자기한테 명한 케요인의 마음을 겨우 이해할 수 있었다.

어린아이의 입술이 어쩌면 그렇게도 매끄러운 감촉으로 여자의 마음을 녹이는 힘을 가진 것인지…… 오다이는 가슴 저 깊은 곳에서부터 절실하게 자기 아기가 탐났다. 그런 마음을 갖게 하기 위해 칸로쿠에게 보낸 어머니의 마음이 강한 애착이 되어 마음속에 젖어들었다. 칸로쿠는 처음 맛보는 흑설탕의 달콤함을, 조그만 눈썹을 모으며 맛보고 있었고, 그 어머니 역시 자식보다 늦을세라 부리나케 그것을 입에 넣고 있었다. 그녀는 여전히 눈을 크게 뜨고 불안을 미각 속에 집중시키고 있었다. 모란꽃 저쪽에서 조용히 저녁 바람이 일기 시작했다.

7

오다이는 오히사의 얼굴에서 불안이 사라지는 것을 확인하고는, 아직도 조금 남아 있는 흑설탕을 오히사에게 건네고 다시 한 번 칸로쿠의 볼을 비벼준 뒤 자리를 떴다.

그리고 옆방에서 대기하고 있던 유리와 코자사를 거느리고 자기 방으로 돌아왔다.

"칸로쿠를 어떻게 생각해?"

평소에는 볼 수 없는 심각한 표정이었다.

"성주님도 칸로쿠가 귀여울 거야."

유리는 잠자코 고개를 끄덕였을 뿐이었으나 코자사는 노골적으로 반감을 나타냈다.

"마님도 어서 아기를 낳으셔요."

오다이는 빨갛게 얼굴을 붉히고 대답하지 않았다.

"마님이 출산하시면 그 아기가 대를 잇게 됩니다. 칸로쿠 님은 문제도 안 돼요. 서자니까요."

말이 지나쳤기 때문에, 오다이는 엄하게 꾸짖었다.

"무엄하구나, 코자사!"

입안에는 흑설탕의 뒷맛이 아직 남아 있었다. 코자사를 꾸짖는 순간 그것이 가슴으로 치밀어 울컥 구토가 일어났다.

오다이는 깜짝 놀라 입을 다물고 가슴을 눌렀다.

조금 전 오히사의 경계하던 얼굴이 생생하게 떠올랐다. 설마 어머니 케요인이 자기한테까지 독을 먹이리라고는 생각지 않았으나, 뜻밖의 것을 먹고 중독되는 경우도 있다. 안색까지 창백해졌는지, 유리가 먼저 눈치챘다.

"마님, 왜 그러십니까?"

"유리."

"예."

"어서 칸로쿠를 살펴보고 오너라. 아까 그 엿은 너무 달아. 지나치게 많이 먹여서는 안 된다. 서둘러 가거라."

"예."

유리가 나간 뒤 오다이는 가슴을 누르고 엎드렸다. 하얀 목줄기를 두드러져 보이는 응어리가 오르내리고 그때마다 온몸이 굳어지며 경련이 일어났다.

"마님…… 어떻게 된 일입니까?"

"코자사…… 대야를."

"예…… 예……"

코자사가 부리나케 대야를 가져다놓고 오다이 뒤로 돌아가 등을 두드렸을 때 오다이는 왈칵 무언가를 토해냈다.

코자사는 여간 걱정이 되지 않았다. 음식은 언제든지 먼저 맛보아야 한다는 엄한 명령을 받았지만 상대가 케요인이어서 오늘은 그 일을 깜박 잊고 있었다.

당장이라도 시커먼 덩어리가 튀어나올 것 같아 코자사는 온몸이 굳어졌다.

그러나 —

왝, 왝 하고 등을 구부릴 때마다 뱉어내는 것은 노랗고 멀건 물뿐이지 흑설탕인 듯한 것은 없었다. 오다이의 이마에는 은빛 땀이 방울방울 맺혀 있었다. 입술은 거무스름하게 푸른빛을 띠고 일그러져 있었다. 맑은 눈동자까지 물기를 머금고 번들거리는 것이 확실히 예사롭지 않았다. 이때 유리의 연락을 받고 로죠 스가가 달려왔다. 스가는 오다이의 얼굴을 자세히 들여다보았다.

"참으로 경사스런 일입니다!"

등을 쓸면서, 스가는 진지한 목소리로 말했다.

"마님, 이것은 임신의 징조입니다. 우선…… 축하 드리옵니다."

바라고 바라던 생명이 이미 몸 안에 싹트고 있었다. 나이 어린 오다이는 아직 그것을 모르고 있었을 뿐이다.

덫과 덫

1

카리야 성의 마장馬場은 뙤약볕과 바닷바람이 말발굽에 먼지를 일으
켜 말도 사람도 진흙을 뒤집어쓴 듯 더러워져 있었다.

"젠장! 좀더 달리지 못해!"

왼쪽은 해자, 오른쪽은 목재창고. 내리쬐는 여름 햇볕에 모든 것이
말라 둑의 푸른 잎까지도 색깔이 바래 있었다. 이 마장에서 미친 듯이
네 살짜리 밤색 말을 달리고 있는 것은 약 한 달 전에 시모츠케노카미下
野守에 임명되어 새로운 카리야 성주로 결정된 오다이의 오빠 노부모
토였다. 그 미즈노 시모츠케노카미 노부모토에게 오늘 두 사람의 손님
이 찾아왔다. 아버지 우에몬다이부 타다마사는 오다이를 출가시킨 뒤
부터 건강이 좋지 않아 이미 정무政務에서 손을 떼고 있었다. 그러나
아직 젊은 아들의 군략軍略을 불안하게 여겨, 군사에 관한 일은 좀처럼
맡기려 하지 않았다.

"오카자키 마님께서 임신하셨습니다."

그러다가 오다이의 임신 소식이 전해왔을 때였다.

"그래? 석녀石女는 아니었구나. 됐어, 이제 나와 키요야스의 손자가 태어나는구나."

그러면서 모든 것을 노부모토의 손에 넘겨주었다. 타다마사로서는 자신의 사랑하는 아내를 빼앗아간 마츠다이라 키요야스가 밉기는 했으나 한편으로는 동경의 대상이기도 했다.

그만이 무서운 기세로 날뛰며 세력을 확장해가는 오다 노부히데에게 한 걸음도 양보하지 않고, 마침내 오와리의 모리야마까지 공략하여 노부히데의 간담을 서늘하게 만든 사나이였던 것이다. 타다마사가 볼 때 그것은 확실히 무모한 짓이었다. 그 무모함 때문에 모리야마 진중에서 칼을 맞아 웅도雄圖가 꺾이고 말았으나, 그 놀라운 용기와 결단은 확실히 걸출했다.

"나의 참을성, 그리고 키요야스의 용단을 고루 지니고 태어날 손자가 필요해."

오다이의 임신은 이러한 타다마사의 꿈을 현실로 바짝 다가서게 했다. 석녀가 아닌 한 오다이는 반드시 자기가 원하는 이상에 가까운 자식을 낳을 것이다. 이제 남은 것은 오직 기원하는 일, 그래서 내밀하게 산봉우리에 안치된 약사여래藥師如來에게 특별한 기원문을 바쳤는데, 그 일로 자신이 눈에 띄게 쇠약해지지 않았나 생각하는 타다마사였다. 그런 만큼 모든 책임을 떠맡게 된 시모츠케노카미 노부모토에게는 지금이 중신들에게 새로운 성주의 무게를 보여야 할 중대한 시기였다.

이런 상황에서 맞게 된 오늘의 손님. 그 손님은 잠시 노부모토와 밀담을 나누고 곧 성을 떠났으나, 무언가 중대한 사명을 띤 오다 쪽 사자라는 것은 시동이나 근시近侍들이 보아도 알 수 있었다.

"드디어 전쟁이 시작될 모양이다."

"이번엔 성주님께서 오다 쪽에 서시지 않을 거야. 큰 성주님도 토쿠로 노부치카(오다이의 동복오빠) 님도 오카자키와 싸우는 것을 좋아하지 않으니까 말이야."

"더구나 오카자키의 마님은 임신중이셔. 큰 성주께서 병환을 이유로 거절하셨을 것이 분명해."

이런 소문은 벌써 성 안팎으로 바람과 같이 퍼져나가고 있었다. 사자가 돌아갈 때의 표정과 배웅 나온 노부모토의 태도에서 비롯된 소문이었다. 불쾌할 때나 고민이 있을 때 마장에 나가 거칠게 말을 달리는 것은 노부모토의 버릇이었다. 더구나 오늘의 노부모토는 그 정도가 심해 신경질적일 정도로 격렬했다.

"젠장, 더 빨리 못 달리겠느냐!"

말은 거품을 물고 사람은 이를 악물고, 뙤약볕 아래의 마장에서 미친 듯이 채찍을 휘두르고 있었다.

2

온몸이 땀으로 흠뻑 젖었다. 여느 때는 그 땀과 함께 마음속에 자리잡은 불쾌감도 염전에서 불어오는 바람에 씻겨가듯 사라져버리고는 했다. 그러나 오늘은 달릴수록 불쾌감이 더해갔다.

끈적끈적하게 이마에 흘러내리는 땀먼지와 같은 뒷맛으로 노부히데의 사자가 했던 말이 마음속에 되살아났다.

"저희 주군께선 이렇게 말씀하셨습니다."

사자는 노부히데의 수하 중 제일 생각이 깊은 자로 손꼽히는 인물로, 특별히 킷포시의 사부師傅로 뽑힌 히라테 나카츠카사노타유 마사히데 平手中務大輔政秀였다.

이 사나이의 말투는 어딘지 모르게 노부모토의 아버지 타다마사의 우직함을 생각나게 했다. 부드럽고 가라앉은 목소리로 차근차근 시간을 끌면서 핵심을 찔렀다.

이 역시 오다 일족의 가풍으로, 단지 말만 전달하는 것이 아니라 그 반응까지 확실하게 파악하고 돌아갈 작정이었다. 따라서 공적인 말인지 사적인 의견인지 잠시 듣는 자를 어리둥절하게 만들기도 했다.

"춘부장인 타다마사 님은 지나치게 계략을 꾸미십니다. 전시戰時의 무장들은 모두 매한가지여서, 먼 곳과는 화친하고 가까운 곳을 치는 법인데, 어른께서는 종종 그 반대의 길을 가시더군요. 어제의 적인 오카자키에게 오늘은 딸을 내주시고…… 이를 탁견이라 하시니……"

이렇게 말한 뒤 길게 째진 눈을 가늘게 뜨고 가만히 노부모토의 안색을 살폈다.

"그러나 그것만으로는 도리어 사태를 분란으로 몰아갈 우려가 있지요. 오다 편도 아니고, 그렇다고 해서 이마가와 편도 아니고. 이마가와의 하급무사로 정해진 오카자키와 친하면서 오다 편에 우의를 전한다…… 아니, 이런 말은 그만둡시다. 아무튼 노부모토 님의 세대가 되면 이런 애매한 태도는 용납되지 않는다는 냉엄한 현실에 대해 아시게 될 것입니다. 공격하지 않으면 멸망한다, 이것이 이 세상의 슬픈 현실입니다."

그런 뒤 아름다운 정원을 칭찬하고 염전의 형편을 묻는가 하면 이마가와 요시모토 부자나 마츠다이라 히로타다를 평하기도 하고, 또 아시카가 쇼군의 쇠퇴를 거론하기도 했다.

문제는 말할 것도 없이, 이번 이마가와 침공에 선봉을 맡아 오카자키 성을 공격해주기 바란다는 말로 요약되었다.

속셈을 다 알고 있었던 만큼, 아버지의 병을 핑계삼아 좀 생각할 여유를 달라고 청하려 하는데 갑자기 화제를 엉뚱한 방향으로 돌렸다.

"참, 노부모토 님은 쿠마의 젊은 도령 집에서 킷포시 님을 만나셨다면서요? 그때의 부인께선 여전히 안녕하신지 안부를 전해달라고……

이것은 킷포시 님의 개인적인 전갈입니다마는."

노부모토는 무언가 께름칙한 기분이었다. 그때 노부모토가 문득 심중에 떠올렸던 해치려던 마음을 하필 이럴 때 입에 올리다니. 좋게 해석하면 오다 쪽에서는 노부모토를 의심하고 있다는 충고로 들리고, 그 반대로 숨통을 눌러 오금을 못 쓰게 하려는 책망으로도 들렸다.

한 성을 다스리는 자가 성밖의 여자와 정을 통한다. 더구나 킷포시 앞에서 그 여자를 아내로 맞아들이겠다고 큰소리를 쳤다. 그런 자세는 오다 일가를 너무 깔보는 짓이 아니냐는 가벼운 비아냥도 물론 포함되어 있었다.

어쨌든 아버지 타다마사와 상의하여 답하겠다고 사자를 돌려보냈지만, 그 뒤에는 어떻게도 할 수 없는 불쾌감이 악취처럼 남아 있었다.

"이럴 줄 알았어, 오다이를 히로타다에게 출가시키더니……"

마장을 여섯 바퀴 돈 다음 목재창고 부근에 이르렀을 때였다. 달리는 말 앞으로 툭 튀어나오면서, 준엄한 목소리로 노부모토를 부르는 자가 있었다.

"형님!"

3

사람 그림자에 놀라, 달리던 말이 앞다리를 번쩍 치켜들었다. 순간 등자鐙子가 말 옆구리에서 떨어졌다.

"무슨 짓이야!"

노부모토는 아슬아슬하게 낙마를 면하고 땅에서 비틀거렸다.

"토쿠로 아니냐. 느닷없이 뛰어들다니, 말발굽에 채이면 어쩌려고 그러느냐?"

상대는 퉁겨내듯 대답했다.

"채이진 않아요."

뛰어든 사람은 오다이와는 동복인 동생 토쿠로 노부치카였다.

"할 이야기가 있습니다, 형님!"

앞머리를 밀어 이마가 파란 노부치카는 어머니 케요인을 닮은 눈썹을 잔뜩 치켜올리고 이마에는 번들번들 땀을 빛내고 있었다.

"할 얘기가 있다고? 그래도 말에서 내린 뒤에 하면 되지 않느냐? 버릇없구나, 노부치카."

"미처 몰랐습니다. 형님이야말로 아버님을 무시하지 말아요."

"뭐, 내가 아버님을 업신여겼단 말이냐?"

"그래요. 형님은 오다의 사자에게 뭐라고 대답했죠? 아버님이 병중이시니 이번 출병은 거절한다고…… 그 일은 이미 아버님과 합의된 것 아닙니까?"

노부모토는 혀를 찼다. 평소의 그와는 달리 화를 내지는 않았다. 그는 눈짓으로 하인을 불러 고삐를 건넸다.

"그 일 때문에 안색을 바꾸고 이렇게 달려온 것이냐?"

"물론이죠. 우리 집안의 중대사니까요."

"아니, 우리 집안뿐 아니라, 마츠다이라 가문에도 흥망의 갈림길이 될 것이야."

노부모토는 그제야 땀을 닦으며 말을 이었다.

"알고 있어, 네 심정은 나도 잘 알아."

오카자키 성에는 네 어머니와 네 누이가 있으니까 하려다가 그 말은 도로 삼켜버렸다. 토쿠로 노부치카는 케요인이 낳은 다섯 아이 중에서 가장 성급하고 가장 순진했다. 그런 만큼 모든 것이 외곬이고 타협이 없었다. 아버지가 이미 오카자키와 싸울 마음이 없는데도 노부모토가 억지로 출병을 주장한다면, 아마 그는 노부모토를 죽일지도 모른다. 형제들 중에서 자기와 노부치카는 두 개의 불덩어리라고 노부모토는 생각하고 있었다.

"형님은 좀 생각할 여유를 달라면서 사자를 돌려보냈다더군요. 어디 한번 들어봅시다, 그 생각을."

"성급하게 굴지 마라. 물론 나도 생각이 있어 한 말이다."

노부모토는 자칫 기가 눌릴 듯한 자기 입장의 불리함을, 책임있는 자의 중후한 태도로 얼버무리려 하면서, 자신이 앞장서서 천천히 걸었다.

"여긴 덥구나. 저 큰 녹나무 그늘로 가자."

아직 말 위에서의 동요가 몸에 남아 땅이 흔들리는 듯한 느낌이었다.

토쿠로 노부치카는 생각에 잠긴 표정으로 형의 뒤를 따라 나무 그늘로 들어섰다.

"휴우, 덥구나!"

형이 나무뿌리에 걸터앉으며, 다시 한 번 땀을 닦는 것을 노부치카는 떡 버티고 선 채로 지켜보며 말했다.

"이 토쿠로는 어머니를 공격하는 것이 두려워서가 아닙니다. 아무 이득도 없는 전쟁에 가담하여 혈육끼리 흘리는 무의미한 피를 두려워하는 거죠. 형님은 어째서 한마디로 거절하지 못했어요? 어디 그 이유를 들어봅시다."

토쿠로는 그 늠름한 말과는 반대로 어머니가 있는 성에 화살 당기는 것을 가장 두려워한다는 사실을 역력히 드러내고 있었다.

노부모토는 그것이 우스웠다.

'이 녀석, 소심한 호인이로구나.'

"조급하게 굴지 말고, 자 여기 앉아라."

두 형제의 머리 위에서 볶아대듯 매미가 울기 시작했다.

4

형 노부모토는, 토쿠로 녀석, 아버지의 나쁜 점만 잘도 물려받았구나 하고 마음속으로 생각했다.

빼어나게 명석한 머리를 가졌으면서도 인정에는 매우 약했다.

"모든 게 다 가문을 위해서다."

아버지 타다마사 역시, 입으로는 이미 끝난 일로 말하면서도 키요야스에게 빼앗긴 아내에게 언제까지나 연연해하고 있었다. 오다이를 출가시킨 것도 말하자면 그 미련의 형태를 바꾼 행위가 아닐까. 아내를 빼앗기고도 노하지 않고 오히려 그 집안으로 딸을 출가시켜, 그 딸이 낳을 손자에게 상대의 가문을 이어가게 한다…… 세상의 보통 남자들이 하지 못할 관인대도寬仁大度의 깊은 계략으로 보이지만, 그러나 그것도 하나의 미련 위에 쌓인 애매한 집착에 지나지 않았다.

토쿠로 녀석, 격한 기질에 어울리지도 않게 그 점은 아버지를 꼭 닮았다.

문제는 형세를 관찰하고 계산해낸 냉정한 답이 아니라, 생모인 케요인과 여동생 오다이에 대한 집착이라고 노부모토는 생각했다. 세상은 이런 혈육간의 인정이나 감정에 길을 열어줄 만큼 만만하지가 않았다.

"너 지금 혈육간에 흘리는 무의미한 피라 했느냐?"

"그래요."

토쿠로 노부치카는 젊은 혈기를 드러내듯 고개를 힘차게 끄덕였다.

"이득 없는 싸움 때문에 미즈노와 마츠다이라 양가가 더 이상 원한을 쌓는다는 것은 어리석기 짝이 없는 일이에요."

"어리석기 짝이 없다…… 하하하하. 예사로 들어넘길 수 없는 말을 하는구나. 대관절 너는 오다와 이마가와 양가 중 어느 쪽에 장래를 걸겠느냐?"

"아무 쪽에도 걸지 않아요. 우리는 오다도 아니고 이마가와도 아닙니다. 미즈노란 말입니다."

"그렇게 큰소리는 치지만 내 이름을 봐. 이 노부모토의 노부는 노부히데의 노부, 모토는 이마가와 요시모토의 모토가 아니냐?"

"거기까지 생각했다면 더더욱 어느 쪽에도 편들지 않는 것이 상책이겠죠."

노부치카가 반발하는 데 따라 노부모토의 목소리도 날카로워졌다.

"그게 너무 단순한 생각이란 말이다! 두 영웅은 양립할 수 없어. 이미 그 시기는 와 있다. 애매한 형세관망은 용납되지 않아."

그러더니 약간 소리를 낮추었다.

"알겠니? 이마가와는 아시카가 쇼군과 줄을 대고 있으나 이미 시들었어. 쿄토의 풍류를 그리워하는 늙은 나무에 지나지 않아. 이에 비해 오다는 새로 세력을 얻어 점점 뻗어나가고 있는 어린 나무가 아니냐. 이 두 나무가 다 무성할 때는 무사하지만, 이미 어느 한쪽을 잘라내지 않으면 다른 한쪽이 무성할 수 없는 한계에 다다랐어. 네 머리로 그것을 모를 리 없을 텐데."

"전혀……"

"모르겠다는 말이냐?"

노부모토는 분노를 삭이고 씁쓸히 웃었다.

"한 번 더 말하겠다. 이런 경우 감정은 서로 버려야 해. 나 역시 감정적으로는 오다를 전혀 좋아하지 않아. 허나 용과 호랑이는 함께 설 수 없는 것. 용을 택하느냐 호랑이에다 거느냐, 거취를 똑바로 하지 않으면 안 될 때가 온 거야."

노부치카는 형에게로 한 발짝 다가서며 큰소리로 껄껄 웃었다.

"그것이 형님의 깊은 생각이란 말이오?"

"뭣이?"

"용과 호랑이는 함께 설 수 없다고요? 하하하하, 물론 그런 속담도 있지요. 허나 다른 속담도 있어요. 용과 호랑이가 싸우면 한쪽은 상처를 입고 다른 쪽은 쓰러진다는 속담. 형은 그런 줄 알면서도 왜 자진하여 싸움에 휩쓸리려고 합니까?"

가까이 얼굴을 들이대자 노부모토의 얼굴에서 핏기가 싹 가셨다.

5

'괘씸한 녀석……'

모든 일에는 언제나 두 가지 면이 있다. 그렇다고는 해도 용과 호랑이의 속담으로 대꾸하다니……

이전의 노부모토였다면 당장 칼로 베어버렸을 것이다. 그러나 지금 그는 성주였다. 온갖 반대론을 배짱과 힘으로 누를 수 있는 기량과 책임을 갖추지 않으면 안 되었다.

"그래, 그런 속담도 있지……"

노부모토는 더욱 심해지는 불쾌감을 꾹 누르고 크게 두서너 번 고개를 끄덕였다.

"하지만…… 토쿠로, 쓰러지는 용과 상처를 입어도 이기는 호랑이를 미리 알 경우에는 어떻게 하겠니? 그래도 너는 형세를 관망하겠다고 고집하겠니?"

"그럼, 형님은 그것을 안다는 말이오?"

"그래."

"그렇다면 이 토쿠로는 더더욱 오다 편을 들지 않겠어요. 그 이유는……"

노부치카는 형을 굴복시킬 수 있다고 생각한 모양이었다. 이번에는 옷자락을 펼치고 나무 뿌리에 앉았다.

"만약 우리가 편을 들었기 때문에 큰 상처도 입지 않고 이긴다면 호랑이가 무슨 짓을 하리라 생각합니까? 카리야는 오와리와 경계를 접하고 있어요. 이처럼 중요한 장소에 한핏줄도 아닌 우리를 그대로 둘 것이라 생각합니까? 구실을 만들어 씨를 말리려고 덤벼들 때 우리를 받쳐줄 수 있는 게 뭐가 있다고 생각합니까?"

"그건……"

"지금은 형세를 관망할 때라고…… 아버님을 비롯한 여러 중신들이 이미 정한 바 있어요. 호랑이의 상처가 의외로 크고 이쪽에 힘이 있으면, 쉽사리 덤벼들 수 없을 겁니다. 형님도 그런 이치는 잘 알고 있지요?"

약자의 슬픔은 어느 시대에나 마찬가지였다. 이쪽으로 가야 할까 저쪽으로 가야 할까 하는 망설임만으로는 끝나지 않고 중립파도 언젠가는 소용돌이에 휘말리게 된다. 미즈노 가문에도 당연히 의견을 달리 하는 세 파가 있었다.

말이 막힌 노부모토가 입을 다물고 있는데, 노부치카는 그것을 형의 굴복으로 받아들였다. 말이나 이론이 그대로 인간을 움직이지 못하는 불완전한 것임을 그의 젊음은 아직 알지 못했다. 이론의 승리가 오히려 상대방의 감정을 격발시키는 일도 종종 있었다.

지금 노부치카는 그것을 알지 못한 채 일을 저지르고 있었다. 노부모토는 이 건방진 말솜씨를 가진 동생에게 굴복은커녕 더 이상은 참고 있을 수 없다고 생각했다.

'대화 따위는 필요 없다!'

그것은 일의 옳고 그름이 아니라 인간이 지니는 숙명인 듯했다.

'죽여 없애야만 한다!'

노부모토는 이렇게 생각하고 곧 그에 대한 구실을 붙였다. 이 동생은 어머니와 여동생에 대한 인정에 눈이 멀었다. 그 같은 맹목을 가만 놔 두면 언젠가는 틀림없이 미즈노 가문에 멸망의 씨를 뿌릴 것이었다.

'죽여 없애야 한다!'

그는 이러한 결심에 어머니를 그리워하는 이복동생에 대한 질투가 깊이 깔려 있다는 것을 알지 못했다. 노부모토는 그러한 어머니의 정을 모르고 있었다.

"그래…… 네 생각에도 일리가 있어."

노부모토는 다시 한 번 고개를 끄덕였다.

'대관절 이 녀석을 어디서 죽이지?'

목표를 정하자 문득 한 가지 생각이 떠올랐다.

'그래! 쿠마 저택 오쿠니가 있는 데서 죽이도록 하자.'

6

시대의 기형畸形은 그대로 인간을 기형으로 만든다. 이미 육친의 살상 따위는 도리에 어긋난다고 보지 않는 난세였다.

살아남기 위해서는 갖가지 모략이 필요했다. 그런 의미에서는 하루의 양식을 위해 허덕이는 농민이나 다이묘大名°는 평등했다. 다들 일찍이 역사에서 찾아보지 못한 난세에 태어났다.

오다 쪽에 붙는 것이 살아남는 길이라고 믿고 있는 노부모토에게, 만약 오다 쪽 가담이 정해지면 자기를 죽일지도 모른다고 생각되는 동생 토쿠로 노부치카는, 자신의 안전을 위해 죽여야 하는 존재로 바뀔 수밖에 없었다.

노부치카를 쿠마 저택의 오쿠니 앞에서 죽이려고 생각했을 때는, '일석이조!' 라는 마음이 들었으나 한편으로는 오싹 한기를 느꼈다. 너무 가혹하다……고 생각되지 않는 것은 아니지만, 그러나 난세의 상식은 그러한 감상을 용납하지 않았다.

노부모토는 다시 고개를 끄덕였다.

"내 생각이 짧았던 건지도 몰라. 그러나 토쿠로, 이런 이야기를 성안에서는 조심해야 돼."

"그렇다면?"

"내 생각도 찬찬히 이야기해주마. 물론 네 의견도 귀담아 들어야겠지. 좌우간 다른 사람의 귀에 들어가 결속을 어렵게 하면 큰일이야. 지금은 바쁘니 이 이야기는 쿠마의 젊은 도령 집에서 하기로 하자."

이렇게 말하고 조용히 일어서는데, 노부치카는 고개를 끄덕였다. 그는 형이 이렇게 생각을 굽히는 것이 반가웠다.

"알겠지? 아무도 모르게 쿠마 저택 뒤쪽 도개교를 내려놓을 테니 은밀하게 오너라."

"시간은?"

"달이 뜨기 전인 술시戌時(오후 8시경)…… 신호는 다리를 건너 협문夾門을 두 번씩 세 번 두드리면 돼."

이것은 노부모토가 오쿠니의 방을 몰래 찾아갈 때의 신호였다.

"두 번씩, 세 번."

"그래. 얼굴을 단단히 싸고 오도록. 마중 나간 여자는 내가 온 걸로 알고 있을 테니 그냥 잠자코 있어라. 나는 그 전에 가 있겠다. 거기서 내가 무엇 때문에 오다의 사자한테 확답을 하지 않고 애매하게 돌려보냈는지 그 이유를 말해주마. 또 네 의견을 들어보기로 하자."

노부치카가 고개를 끄덕이고, 노부모토는 성큼성큼 녹나무 아래서 걸어나갔다.

머리 위에서 매미가 잠시 쉬었다가 다시 울기 시작했다. 바람이 불 때마다 연기처럼 먼지가 일고, 등줄기에 땀이 솟았다.

목재창고 옆으로 돌아가며 노부모토는 입안의 먼지를 뱉어내고 허공을 노려보았다.

'건방진 녀석!'

오다 노부히데의 사자 히라테 나카츠카사의 지나치게 침착한 표정이 노부치카의 얼굴과 겹쳐 떠올랐다.

무엇보다 성밖에 있는 여자의 집에 다니는 비밀을 오다 쪽이 눈치채게 한 것이 실수였다.

오쿠니는 사랑스럽다. 감길 듯이 매달리는 그 몸도 마음도. 그렇다고 여자를 성안에 맞아들여서는 성의 결속이 어려워진다.

노부치카를 오쿠니의 집으로 유인해서, 그를 오다 쪽 첩자에게 죽이도록 하여 노부치카와 자신에 대한 풍문을 함께 잠재워버린다.

생각해보면 이것은 일석이조가 아니라 일석삼조라 할 수 있다. 그렇게 함으로써 오쿠니의 사랑을 단념시킬 수도 있기 때문이다.

'불쌍하지만 어쩔 수 없다.'

노부모토는 내리쬐는 햇빛을 손으로 가리면서 본채로 들어갔다.

7

본채 거실로 들어간 노부모토는 측근들을 물리고 뜰로 나갔다. 뜨거운 햇살 아래 관리인 아쿠타가와 곤로쿠로芥川權六郎가 정원사 세 사람을 데리고 못에 물을 끌어들이는 데 이용하는 작은 해자의 돌을 만지고 있었다. 노부모토가 말을 걸었다.

"어떤가 곤로쿠로, 쉽게 물을 끌어들일 수 있겠나?"

"아니, 성주님께서 어떻게……"

뒷짐지고 열심히 돌의 배치를 바라보고 있던 곤로쿠로는 다소곳이 절을 했다.

"실은 이 등롱 놓을 자리가……"

이렇게 말하면서 노부모토를 세 명의 정원사들 곁에서 떨어져나오게 했다.

"성주님, 역시 성주님이 보신 대로였습니다."

그리고는 목소리를 낮추었다.

"오다 쪽에서는 성주님이 협력하실 뜻이 없을 것 같다는 판단이 서면 대답을 들을 필요도 없이, 당장 나고야로 돌아오라고 사자 히라테에게 밀명을 내렸다고 합니다."

"역시 그렇군. 다른 첩보는?"

곤로쿠로는 엷은 웃음을 띠었다.

"그 이상은 필요없을 것 같아 아직 염탐시키지 않았습니다. 성주님, 저쪽에서는 쿠마 저택만 누르고 있으면 언제든지 성주님을 없앨 수 있다고 가볍게 생각하는 모양입니다. 그러니 함부로 성을 나가셔선 안 됩니다."

노부모토는 흥 하고 웃었다. 그가 만일 오다 쪽에 가세하기를 거부한다면 가만 놔둘 노부히데가 아니었다. 그 점은 곤로쿠로가 말하지 않아도 잘 알고 있었다.

"건방진 놈! 잘난 체하기는."

우에노上野, 사쿠라이, 안죠, 이렇게 포위망을 좁혀 오카자키와의 연락을 끊어놓고, 독 안에 든 쥐를 잡듯이 섬멸시키려는 것이 분명했다.

일단 그렇게 정하면, 우선 방해물이 되는 시모츠케노카미 노부모토를 맨 먼저 쿠마 저택에서 없애려 할 것이다. 쿠마 저택으로 가는 노부모토의 사사로운 비밀을 성안 사람들은 모를지라도 오다 쪽에서는 이미 잘 알고 있었다.

"곤로쿠로, 좀더 가까이 오너라."

노부모토는 짐짓 뜰의 경치를 바라보는 체하면서 다시 정원사들로부터 7, 8간 떨어져나왔다. 이 아쿠타가와 곤로쿠로는 물론 닌쟈忍者°였다. 어지러운 난보쿠쵸南北朝 시대에 쿠스노키楠木 씨가 적극적으로 이용한 뒤부터 각지 무장 사이에는 닌쟈의 사용이 성행했다.

<h1 style="text-align:center">8</h1>

"곤로쿠로, 너는 내 부하냐, 아니면…… 아직도 아버님과의 인연을 끊지 않은 아버님의 닌쟈냐, 먼저 그것부터 알고 싶다."

노부모토는 천연덕스럽게 말하면서도 눈만은 날카롭게 상대를 노려보았다.

"그것 참, 묘한 말씀을 하시는군요."

곤로쿠로는 정색을 하고 노부모토를 쳐다보았다.

"닌쟈에게는 두 마음이 없습니다. 큰 성주님으로부터 성주님이 물려받으신 비장의 무기…… 그렇습니다, 그저 단순한 무기라 생각해주십시오. 무기에는 마음이 없습니다."

노부모토는 엷은 웃음을 띤 채 말했다.

"어쨌든 속이는 것이 너희들 일 아니더냐. 이런 말은 아버님 귀에 들어가게 하고 싶지 않다."

이번에는 곤로쿠로가 가만히 웃었다.

"명령만 내리시면 큰 성주님의 목이라도 베겠습니다. 물려받으신 칼은 그 임자의 뜻대로……"

"닥쳐!"

노부모토는 나직하게 꾸짖었다.

"좋아, 내가 잘못했다. 믿지 않고는 닌쟈를 쓸 수 없지. 아버님께는 절대 비밀로 한다."

"닌쟈에겐 입이 없습니다."

"오늘밤 나는 쿠마 저택에 몰래 갈 것이다."

"아니, 그러시면……"

"위험하다는 말이겠지. 알고 있어. 늘 가던 도개교로 해서 오쿠니한
테 몰래 가겠다. 그리고 나도 무술에는 자신이 있어."

"알고 있습니다. 하지만 그것은 좀."

"물론 위험하기는 할 테지. 나도 잘 알아. 조심하고 있으니까 뜰을
가다가 칼을 맞는 일은 없을 거야. 방으로 들어갔을 때가 절호의 기회
지. 여자가 칼을 두 손으로 받아들고 칼걸이에 놓는…… 바로 그 순간
말이야. 오다 쪽의 자객들이 공격할 절호의 기회는."

곤로쿠로는 표정을 나타내지 않는 닌쟈의 버릇대로 마치 돌이 된 듯
조용히 입을 다물고 있었다. 그는 이 주인이 무엇을 명령하고 있는지를
어렴풋이 알았다.

"나는 아버지의 병을 이유로 오다 쪽에 가담하기를 거절했다. 나 같
은 방해물, 믿을 수 없는 멍청이를 오다 쪽에서는 살려둘 수 없을 테
지."

"……"

"알겠나? 난 술시戌時(오후 8시)에 쿠마 저택으로 갈 것이다."

"……"

"절대로 나를 보호하려고는 생각지 마라. 나는 도개교를 건너 뒷문
으로 들어갈 것이다."

곤로쿠로는 그제야 무릎을 탁 쳤다.

"그러면 성주님께선 오쿠니 님의 방에서 싸우다 돌아가실 생각입니
까?"

"그렇다. 나는 이미 죽을 상相이 나와 있어."

"그러시다면…… 이 곤로쿠로는 모시고 가지 않겠습니다."

"그렇게 하도록, 알겠나?"

"어차피 돌아가실 상이 나왔다면, 지금 곧 오다 쪽 자객들에게 성주님께서 변장하고 잠입하신다는 것을 알려주겠습니다."

"역시 그들은 카리야에 잠복해 있구나."

"예, 츠게柘植파가 세 사람씩 세 패, 사자가 오기 이틀 전부터 잠복해 있었습니다."

"으음, 복장은?"

"장님 거지로 변장한 아버지와 아들, 그리고 마부와 수도승입니다."

노부모토는 그 말이 끝나기도 전에 곤로쿠로 곁을 떠났다. 이 정도로 말해두면, 마음도 입도 갖지 않은 이 사나이는 상대방 첩자를 선동하여 쿠마 저택에 자객을 매복시킬 것이 분명했다.

노부모토는 다시 잔인하다는 생각을 떠올렸으나, 고개를 설레설레 흔들어 그 감정을 털어버렸다. 그리고 마루에 올라 손뼉을 쳐서 세숫대야를 가져오게 했다.

"아아, 덥군!"

옷을 훌훌 벗었다. 살결은 희었다. 울퉁불퉁한 근육이 솟아오르고, 그 솟아오른 근육 사이로 땀이 번질번질 흐르고 있었다.

만발한 싸리꽃

1

토쿠로 노부치카는 해지기를 기다렸다가 성을 빠져나갔다. 달은 아직도 뜨지 않았다. 아버지 거실에 불이 켜지고, 창 아래 가득 핀 싸리꽃이 장지문 밖에 그려놓은 듯이 비쳤다.

'아버지도 이제 얼마 못 사신다……'

그는 문득 인생을 생각하면서 성의 식량창고로 통하는 문을 지나 중간 성벽 밖으로 나갔다. 하늘에는 은하수가 아름답게 걸려 있고, 바다로 돌출되어 있는 서쪽 축대 아래에서는 찰랑거리는 부드러운 파도소리가 들려왔다.

오카자키로 시집간 오다이의 아기가 태어난다…… 한 인간이 새로이 세상에 나온다는 것도 불가사의하지만, 그 아이와 교대로 아버지 타다마사가 바로 이 세상에서 사라지려는 것도 불가사의한 일이다.

백년의 삶을 살아온 사람 없고, 그렇다고 해서 노인이 없는 시대도 없으며 젊은이가 없는 시대도 없었다.

태어나고 죽고, 죽고 태어나고 하면서 언제나 이 세상이 사람들로 홀

러넘치는 것이 이상하다.

대관절 이처럼 살고 죽는 것을 가름하는 열쇠는 누가 쥐고 있는 것일까? 하느님? 부처?

발 밑에서는 올해도 여전히 벌레가 울어대고 있다. 갓 피기 시작한 싸리꽃도 이상하고, 인간에게 늙음과 젊음이 있는 것도 이상하다.

호죠니, 타케다니, 오다니, 이마가와니 하며 서로 싸우지만, 도대체 그 사람들은 언제까지 살 수 있단 말인가. 올해의 매미가 지난해의 매미가 아니듯이, 비록 시간의 차이는 있을지언정 사람이나 매미나 매한가지이다. 죽는 자나 죽임을 당하는 자나, 대지를 측량하듯 정확하게 다 같이 이 세상을 떠나간다.

'그런데도……'

식량창고에서 북문으로 가는 돌층계를 밟으면서 토쿠로 노부치카는 형과 너무 싸워서는 안 되겠다고 생각했다.

낮에는 자기가 좀 지나쳤다. 형 노부모토가 오다 편에 가담하여 어머니가 계신 성을 자기와 타다모리에게 공격케 한다…… 그런 생각을 하자 그만 피가 거꾸로 솟았다. 피는 본능적으로 생사에 관한 것을 알고 있어, 어리석은 싸움에 항의를 했던 것인지도 모른다.

오다이가 낳을 자식이 어떤 운명을 가지고 태어날지는 알 수 없었으나, 이미 그 싹은 자라고 있었다. 무사히 낳게 해달라고 어디서나 줄곧 마음속으로 빌고 있었다.

마음속의 기원이 점점 형에 대한 심한 질책으로 바뀌었다. 게다가 노부히데의 소행을 노부치카는 좋아하지 않았다. 신을 두려워하지 않는다고 아버지는 말했으나, 지나칠 정도로 모든 것을 부자연스럽게 힘으로만 밀어붙이려 했다. 아니, 그보다도 문벌이나 귀족에 대한 포악한 증오로 굳어버린 변질이라고도 할 수 있었다.

농부건 장사꾼이건 노부시이건 닥치는 대로 선동하여 힘으로 천하를 움켜쥐려 했다. 과거의 모든 것을 부정하며, 과거의 모든 지배자들의 백골 위에 군림하려고 안달복달하고 있었다. 노부치카는 그것을 이해할 수 없었다.

과거의 권력자도 한 꺼풀 벗기고 보면 역시 도덕의 가면을 쓰고 똑같은 짓을 해왔을 것이 분명하다. 그러나 이 가면은 언제나 약간의 제동 장치가 되어 악을 누르고 있었다. 그런데 노부히데는 그런 가면마저 벗어던지고 태연히 자신을 위해 백성을 선동하고, 자신을 위해 백성을 죽였다. 형 노부모토는 그 힘에 현혹되어 오다와 내통하려고 급급해 있다. 아니, 노부치카가 낮에 그 잘못을 설파했기 때문에 오늘밤에는 쿠마 저택에서 노부치카의 의견을 듣겠다고 했다.

'싸워서는 안 된다. 차근차근 설득해야지.'

노부치카는 성밖의 해자 둑에서, 무사의 집에 다녀오겠노라고 가볍게 말한 다음 성문 밖에 서서 다시 한 번 찬찬히 머리 위의 은하수를 올려다보았다.

2

성밖에는 바람이 불었다. 이 바람은 오카자키의 밤도 쓰다듬고 있을 것이다. 문득 노부치카의 뇌리에 자기를 낳은 어머니 케요인의 모습이 떠올랐다.

그 케요인의 품에 가슴을 묻고 우는 오다이의 모습도 떠올랐다.

노부치카가 아버지 대신 오카자키 성으로 오다이를 바래다주었을 때, 10년 만에 처음으로 서로 얼싸안은 모자 세 사람의 모습이었다.

노부치카는 그때도 이상하게 비뚤어진 세상을 보고 망연자실했던 느낌을 기억하고 있다.

세 사람이 가까이 있다는 것만으로도 온몸이 마비될 것 같은 환희를 느끼는데도 어째서 세상은 하찮은 구실로 울타리를 만들어 서로 헤어져 있게 하는 것일까. 어째서 순순히 어머니와 자식이 서로 의지하려는 자연스러움을 용납하지 못하는 것일까?

사실 그때부터 노부치카의 뇌리에는 인간 세상에 대한 불가사의한 불신과 의혹이 쌓였다.

영지를 유지하기 위해 어렵게 살아가는 자들은 또 모르지만, 영지를 더욱 넓히려고 약자들에게 무자비하게 살육의 손길을 뻗치는 자들에게는 증오와 연민을 함께 느꼈다.

아무리 많은 사람을 죽인 귀신 같은 장수도 결국에는 늙음과 함께, 또 약자와 마찬가지로 죽음의 손에 안긴다는 피할 수 없는 사실을 잊고 있다.

죽음과 삶은 만인에게 똑같이 주어진 엄숙한 환희이며 가혹한 형벌이라는 사실을 과연 인간들은 알고 있는 것일까.

노부치카는 어느새 콘타이 사의 어두운 숲을 빠져나와 쿠마 저택 쪽을 향해 밭과 밭 사이를 걸어가고 있었다. 벌써 벼는 이삭이 패어 있었다. 발 밑에서는 개구리가 정신없이 울어대고 있었다.

노부치카는 다시 한 번 속으로 맹세했다.

'오늘밤엔 형과 싸우지 말자……'

그가 느낀 인간 세상의 슬픈 현실을 조용히 설파하여, 자진해서 싸움에 참가하는 어리석은 짓은 하지 못하게 하자.

눈앞에 쿠마 저택의 해자가 빛나 보이고, 어렴풋이 어둠 속에 드러난 토담 너머로 기묘하게 생긴 바위를 쌓아놓은 듯 곳간과 나무들이 겹쳐진 모습으로 떠올랐다.

노부치카는 품에서 슬그머니 두건을 꺼냈다. 지금은 별로 덥지 않아 살갗의 땀도 가셨다. 노부치카는 얼굴을 두건으로 가리고 발걸음을 재촉했다. 담을 따라 자란 버드나무 밑을 재빨리 뚫고 나가 곰팡내가 풍기는 뒷문으로 돌아갔다.

약속했던 대로 거기에는 굵은 밧줄에 의해 도개교가 내려져 있었다. 곰팡내는 거기서 나는 듯했다. 퐁당 하는 소리와 함께 개구리가 해자로 뛰어들었고, 잔잔하던 수면에서 별이 북쪽으로 사르르 흘러갔다.

노부치카는 가만히 주위를 돌아보고 나서 재빨리 다리를 건너기 시작했다.

그는 이 저택에 오쿠니라는 처녀가 있다는 것을 알고 있었다. 이 집 주인은 그녀에게 평생 신을 모시도록 정해놓고 세상을 떠났다. 귀한 집 깊숙한 곳에서 자란 박꽃처럼 아름답다……는 소문도 누구한테선가 들어서 알고 있었다. 하지만 그 처녀가 형 노부모토에게 무참히 짓밟히고, 그 후 불 같은 사랑의 포로가 되어 있다는 사실은 알지 못했다. 한 성을 다스리는 성주의 아들이 성밖에서 여자를 취하는 일은 상상도 못 할 시대였기 때문이다.

노부치카는 다리를 건너 형이 말한 대로 작은 문을 찾아 두 번씩, 세 번 똑똑 두드렸다.

그랬더니 안에서 문이 사르르 열렸다.

"노부모토 님……?"

나직한 소리와 함께 무어라 말할 수 없는 산뜻한 향기가 밤 공기를 뚫고 풍겨왔다.

3

노부치카는 빨려들 듯 다가온 여자의 숨결에서 심상치 않은 기미를 느끼고 의아하게 생각했다. 밤이라 똑똑히는 보이지 않았지만 시녀나 하녀 같아 보이지는 않았다.

어슴푸레 떠오른 흰 얼굴과 나긋나긋한 자태에 묘한 기품이 흐르고 있었다.

'이 집 아가씨인 오쿠니가 아닐까?'

신을 섬기는 무녀를 이토록 자유롭게 부린다면, 형이 이 집에 뻗친 수완의 정도를 짐작할 수 있다.

"쿠마의 젊은 도령은 내 손 안에 있어."

종종 이렇게 말하고는 했는데, 그것은 자만심에서 나온 말이 아니라 정말 나미타로를 자신의 심복으로 만들었는지도 모를 일이었다.

노부치카의 뒤에서 여자는 살며시 문을 닫았다. 그리고는 매달리듯 노부치카의 손을 잡더니 두 손으로 감싸 가슴에 품듯이 하고 걸었다.

"오쿠니 님이오……?"

노부치카는 자기 옆에 착 달라붙은 여자의 부드러운 팔에 현기증을 느꼈다. 손목이 팔딱거리는 젖가슴 언저리에 닿아 있었다.

"예……"

오쿠니는 걸으면서 대답했다.

"기다리다 지쳐서……"

죽을 것만 같았다는 말을 하고 싶었으나, 그 말은 가쁜 숨결 때문에 끊어졌다.

만일 그렇게 말했더라면 노부치카가 다른 사람이라고 알아챌 수도 있었을 것이다. 그러나 충분하지 않은 말은 젊은 노부치카를 점점 더 어리둥절하게만 했다.

오쿠니는 신을 모시면서 세상 모르고 자랐다는 말을 들었다. 세상에 흔히 있는 예의범절이나 수치심과는 다른, 이것이 그 세계의 예법일까? 음란과는 다른 애교가, 애교와는 다른 두근거림이 그대로 혈관으로 느껴졌다.

사립문 둘을 지났다. 불이 켜지지 않은 등롱이 있고 돌이 있었다. 그리고 이곳에도 싸리꽃이 흐드러지게 피어 있구나 하고 생각했을 때, 툇마루 끝에서 조그맣게 소리를 내며 떨어지는 물받이의 물에 별이 반짝인다는 것을 깨달았다.

"칼을."

오쿠니가 말했다. 하지만 그 손은 여전히 노부치카를 떠나지 않고, 휙 몸을 돌려 그대로 검은 머리를 가슴에 묻어왔다.

노부치카는 칼에 손을 가져갔다. 여자의 방에 들어갈 때는 칼을 내주는 것이 예의였다. 그러나 요즘에는 처음 찾아간 집에서는 함부로 내주지 않는 관습도 통용되고 있었다.

실제로 오카자키의 가신들은 칼을 찬 채 뒷간에 들어간다고 했다.

"이것이 난세의 조심성이오."

태연하게 말하며 예사로 그렇게 하는 것으로 유명했다.

노부치카도 젊은 혈기가 아니었더라면 칼을 내주지 않았을지도 모른다. 그러나 오쿠니의 동작은 그의 이성理性을 마비시켰다.

노부치카는 오쿠니가 가슴에서 벗어나기를 기다렸다가 칼을 내주었다. 두 손으로 받아든 오쿠니는 그것을 높이 쳐들고 얼른 툇마루에 한 발 올려놓았다.

그 순간 ─

물받이의 물이 떨어지는 이끼낀 바위 뒤에서 쓰윽 하고 긴 창이 내질러졌다. 공기의 움직임이나 소리는 그 어디에도 없었다.

"으윽."

노부치카는 나직이 신음했다.

"오쿠니 님…… 오쿠니 님……"

작은 소리로 오쿠니를 불렀고, 비로소 뜰의 싸리와 조릿대가 살짝 흔들렸다.

4

노부치카는 자신의 허벅지를 찌르고 있는 창자루를 꽉 움켜쥔 채, 다시 말했다.

"오쿠니 님, 칼을."

오쿠니는 의아한 듯 반문했다.

"칼을?"

그리고 그때야 비로소 세면대 너머에 있는 싸리밭 속에서 일어난 소란을 깨달았다. 습격하는 쪽도 습격당하는 쪽도 그토록 조용했다.

오쿠니는 달려와 칼을 건네며, 떨리는 목소리로 물었다.

"혹시 괴한이?"

그러나 대답은 없었다. 오쿠니가 내미는 칼에 손이 닿았다. 순간 시커먼 그림자가 둘, 귀신처럼 세면대 뒤에서 달려나왔다. 윙 하고 공기가 울린 것은 그 그림자 하나에 노부치카가 칼을 내리친 소리였다. 또 하나의 그림자는 살짝 물러서서 자세를 가다듬었다.

오쿠니의 눈에는 아무것도 보이지 않았다. 살기만이 무섭게 느껴졌고, 갑자기 두려움으로 온몸이 떨려왔다.

"괴한이다!"

소리치려 했으나 목소리가 나오지 않았다.

"사람을 잘못 보았다."

비로소 노부치카는 두건 속에서 나직이 말했다.

"난 시모츠케노카미 노부모토……"

형과의 약속이 떠올라 형의 이름을 댔다. 그때 벌써 노부치카의 눈은 상대의 모습을 어둠 속에서 확인하고 있었다. 검은 복장은 아닌 듯했다. 닌쟈들이 즐겨 입는 검붉은색 옷이 분명했다. 움직이면 그대로 어둠 속으로 사라져버릴 것 같았다.

"물러가지 않는 것을 보니 사람을 잘못 본 게 아닌 모양이구나."

그래도 상대는 우뚝 선 나무처럼 움직이지 않았다. 형을 노리고 있는 것이 분명했다. 그렇다면 상대는 누구일까? 노부치카는 수상쩍다는 생각과 동시에 걷잡을 수 없는 증오심이 무섭게 타올랐다.

한 사람의 무기는 확실히 칼, 그러나 또 하나는 노부치카에게 창을 빼앗기고 주머니칼이나 아니면 단도 같은 것을 가지고 자세를 잡고 있는 듯했다.

허벅지에 불의의 일격만 당하지 않았더라면 노부치카는 분노에 못 이겨 그대로 베어버렸을지도 몰랐다. 피는 별로 흐르지 않았으나, 그 일격으로 뻐근하던 통증이 심해지고 있었다.

사람을 부르게 하지 않은 것은 상처에 대한 젊은이다운 분노와 오쿠니에 대한 자존심 때문이었다.

칼을 꼬나든 자가 발소리도 내지 않고 숨소리도 들리지 않는 기묘한 걸음걸이로 다가왔다. 그 순간 뒤에 있는 차양이 덜컹 울리며 다른 한 사람의 모습이 휘익 하고 앞에서 사라졌다.

"위험해요! 누군가……"

오쿠니가 외쳤다. 그녀는 한 줄기 검은 실과 같은 것이 머리 위를 훌쩍 뛰어넘는 듯한 느낌이 들었다.

그런데 곧바로 주르륵 하고 차양 위에서 댓돌로 물방울 같은 것이 떨어져내렸다. 노부치카의 눈이 그 그림자를 놓치지 않고 칼을 비스듬히 쳐들어 상대의 어딘가를 베었던 것이다. 피가 흐르는 양으로 보아 상당한 타격이었을 텐데도 차양 위에서는 여전히 신음소리 하나 들려오지 않았다.

"……"

이때 눈앞의 칼이 크게 한 번 번뜩였다. 노부치카는 왼쪽으로 몸을 날려, 이번에는 오른쪽으로 칼을 비스듬히 휘둘렀다. 그 순간 차양 위에서 고양이 같은 검은 그림자가 노부치카에게 날아들었다.

"캑!"

그것은 인간의 목소리라고는 생각되지 않는 짐승의 처절한 단말마와도 같았다. 동시에 집안에서 부산스러운 발소리와 함께 등불이 빠르게 다가오고 있었다.

5

달려온 맨 앞 사람이 오빠 나미타로라는 것을 알았을 때 오쿠니는 가물가물 정신이 멀어졌다.

"아, 누군가 당했구나."

"노부모토 님이다. 노부모토 님이 당했다."

"뭐! 노부모토 님이?"

이런 소리가 희미하게 귓전에 울리면서 마음을 스쳐갔다.

"간호해라. 노부모토 님이다……"

사람들이 또 하나의 부상자를 업고 갈 때까지 의식은 반쯤 까무러지며 가물거리고 있었다.

문득 정신을 차렸을 때 누가 묶어주었는지 옷 위로 허벅지를 동여맨 그림자 하나가 마루 끝에 길게 눕혀져 있고, 그 모습을 달빛이 하얗게 비추고 있었다.

오쿠니는 정신없이 그에게 매달렸다.

"노부모토 님, 노부모토 님……"

먼저 가슴에 귀를 대고 다음에 코로 입술을 가져갔다.

수치심도 잊은 채 살아 있는지를 확인하려는 마음뿐이었다.

맥박은 있었다. 호흡도 희미하게 느껴졌다.

그런데도 상대는 꼼짝도 하지 않았다.

"노부모토 님…… 노부모토 님."

오쿠니는 그것이 살아 있는 인간의, 무언가를 확인하기 위해 꼼짝 않는 자세임을 알지 못했다.

오늘밤의 사건은 그녀에게는 처음부터 끝까지 모든 것이 뜻밖이었다. 만약 이대로 노부모토가 죽는다면 자기도 그 뒤를 따르리라 마음먹을 정도로 깊은 슬픔이 밀려왔다.

"돌아가시면 안 돼요, 노부모토 님, 저도…… 이 오쿠니도 함께……"

오쿠니는 우선 천으로 동여맨 허벅지의 상처를 살폈다. 큰 칼에 맞은 상처와는 달리 출혈은 적었으나 상처를 입은 부위의 살이 허옇게 벗겨지고 그 살은 피에 젖어 있었다.

상대에게 의식이 없는 줄 알고 한 행위였을 것이다. 오쿠니는 주저없이 그 피에 입술을 가져갔다. 아니, 입술이 아니라 혀로 핥으면서 매달렸다. 이와 같은 오쿠니의 대담성에 노부치카도 그것이 보통 감정은 아니라고 알아챘다.

'이 여자는 형님을 애타게 사모하고 있다……'

형도 이미 사랑의 손길을 뻗었을 것이 틀림없다……

그러나 그보다도 납득할 수 없는 커다란 의혹이 지금 노부치카를 사로잡고 있었다.

오쿠니가 자기를 형이라 착각할 수는 있을지 모르지만, 나미타로조차 알아보지 못한다는 것은 이상했다.

닌쟈 두 사람에게 기습당해, 하나가 앞에서 덤벼드는 순간 다른 하나가 차양 위에서 습격해온 것은 예측할 수 있는 일이었다. 몸을 날려 역으로 상대의 가슴을 밑에서 베기는 했으나 과연 닌쟈답게 단말마의 비명은 지르지 않았다. 캑! 하고 자기 쪽에서 당한 것처럼 하여 다른 하나에게 칼을 쓰게 했는데, 그 소리를 듣고 먼저 와서 기다리고 있어야 할 형이 달려오지 않은 것도 이해되지 않았다.

'혹시 형님이 오지 않은 것은……?'

그 의심은 노부치카로 하여금 점점 더 의혹에 빠져들게 했다.

'형님이 나를 속였구나……'

오쿠니가 이번에는 노부치카의 목을 끌어안고 복면 위로 정신없이 입술을 갖다대었다.

"노부모토 님, 돌아가시면 안 돼요. 먼저 가시면 안 돼요."

6

오쿠니의 행동은 점점 더 대담하게, 점점 더 미친 듯한 광태로 변해 갔다. 달빛조차 지겨워하는 듯했다. 노부치카의 몸을 그늘로 끌고 갔는데, 이미 그 태도는 희롱인지 비탄인지 알 수 없을 정도였다.

맞닿아 있는 것은 온몸, 여느 때 같으면 젊음이 견딜 수 있는 한도를 훨씬 넘었는데도 오늘의 노부치카에게는 상처나 젊음을 넘어선 아픔이 있었다.

나미타로가, 형의 애인에게 나를 이렇게 맡겨둘 리가 없다. 그 역시 완전히 나를 형이라 생각하고 있다. 그것은 형이 오지 않았다는 증거 아닌가.

'결국 형님이 나를……'

그렇다면 당연히 불 같은 분노를 느껴야 했다. 그런데 오늘의 노부치카는 칼날이 살갗에 닿은 것 같은 차가움을 느끼고 있었다.

오는 길에 인생의 사랑과 미움의 덧없음을 생각했던 때문일까? 아니면 눈앞에서 소리도 지르지 못하고 죽어간 닌자의 일생에 무상함을 느낀 탓일까? 틀림없이 형님의 지시다 ─ 이렇게 생각하면 할수록 무섭도록 마음이 우울해졌다.

일단 그렇게 마음을 정하면 죽이지 않고는 못 배기는 형이었다. 그러나 이렇게 애틋하게 사모하는 여자를 미끼로 삼는다는 것은 너무 잔인하지 않은가.

오쿠니는 어느 틈에 노부치카의 복면을 벗기고 있었다. 자신의 영혼을 온전히 이 사나이에게 전하려는 듯 꼭 달라붙어 울고 있었다. 이제 와서 만약 토쿠로 노부치카가 형 토고로 노부모토가 아니라고 한다면, 이 처녀는 어떻게 될 것인가?

노부치카는 지금 갑자기 맞닥뜨린 불길한 상황은 이겨냈다. 그렇지만 그의 젊음으로는 오쿠니의 당황스러울 처지를 위로하는 방법까지는 알지 못했다.

그는 손을 내밀어 벗겨지려는 두건을 움켜쥐었다. 하다못해 얼굴이라도 감추어야 한다는 마음이었다. 그런데 그것이 상대방보다 자기를 위로하는 결과가 되리라고는 생각지 못했다.

"어머나……"

노부치카의 움직임에 오쿠니는 소리지르면서 다시 매달렸다. 이 처녀 역시 처음부터 상대가 죽지 않았다는 것을 알고 있었을까.

"정신이 드셨어…… 정신이 드셨어."

이렇게 되기를 기다렸다는 듯이, 이번에는 눈물로 범벅이 된 볼을 사나이의 가슴에 밀어붙였다.

노부치카는 한 손으로 얼른 얼굴을 가렸다. 좌우간 이 자리를 어서 벗어나야 한다. 그리고 형과 대결하기 위해 성으로 돌아갈 것인가, 아니면 이대로 종적을 감출 것인가를 결정해야 한다.

달빛이 점점 더 환해지며 그늘의 어두움을 짙게 하고 있었다. 얼굴을 가린 채 이대로 사라진다면, 혹시 상대는 사람이 다르다는 것을 알아채지 못할지도 모른다.

"오쿠니 님."

"예."

"나는 거짓말은 못하겠소."

"예?"

"난 토고로가 아니오. 토쿠로요, 노부치카요."

"예?"

"이걸 놓으시오. 나는 형님의 계략에 넘어갔소. 나는 아무것도 모르고…… 형님이 하라는 대로…… 이 집에 찾아왔소. 형님은 여기서 나를 죽일 작정이었던 거요."

아직도 노부치카에게 달라붙어 있는 오쿠니는 깜짝 놀라 몸을 크게 꿈틀했다.

7

오쿠니의 손이 슬그머니 노부치카의 몸에서 떨어질 때까지는 시간이 걸렸다.

그녀는 처음에 이 말을 노부모토의 농담이라고 생각한 모양이었다. 노부치카는 밀착된 채로 있는 오쿠니의 자세에 난처해졌다.

"오쿠니 님…… 놓아주시오. 다른 사람입니다. 하지만…… 전 오늘 밤 당신이 베풀어준 간호를 잊지 않겠소."

듣고 보니 그 목소리는 노부모토와 비슷했으나 분명히 약간은 더 젊었다. 게다가 노부모토는 언제나 오쿠니의 이름을 함부로 부르지 님이라는 존칭은 붙이지 않았다.

오쿠니는 온몸의 피가 얼어붙었다가 이어 수치의 불길로 변했다. 잠자리를 같이한 상대인 줄 알고 있다가…… 사람이 다르다고 해서 그냥 깨끗하게 마무리될 일이 아니었다.

'정말 이 일을 어쩌면 좋을까?'

그에 대한 마음이 어렴풋이 형태를 갖출 때까지 손을 뗄 수도, 숨을 쉴 수도 없었다. 눈을 뜨지도, 그렇다고 감을 수도 없는 괴로움이요 커다란 놀라움이었다.

노부치카에 대한 수치심이라기보다 그것은 노부모토에 대한 수치심이고 자기 자신에 대한 수치심이기도 했다.

'이런 경솔한 짓을 과연 노부모토 님이 용서하실까?'

이렇게 생각했을 때 그에 대한 답은 곧 죽음으로 이어졌다.

'죽어야 한다…… 죽음으로 속죄하지 않으면……'

이런 결심을 한 뒤 비로소 상대의 가슴을 안았던 손이 풀렸다. 따라서 노부치카가 형의 계략에 속아 여기에 왔다는 말이나, 그런 일을 자신에게 시키는 노부모토의 가혹한 행위까지는 생각할 여유가 없었다.

손이 풀리는 것을 느끼며 노부치카는 안도의 숨을 내쉬었다. 얼른 자세를 바꾸려다 깜짝 놀랄 정도로 허벅지 상처에서 통증을 느끼며 삶의 추함에 휩싸였다.

노부치카는 얼굴을 찡그리며 이를 악물고 일어섰다. 별로 깊은 상처는 아니었으나 싸움터에서 부상당했을 때의 경험과는 다른 아픔이 뼈를 쑤셨다.

다리를 절룩거리는 약한 자신이 부끄러웠다. 부리나케 달빛 속으로 걸어나와 마루에 한 발을 내디뎠다. 이때 안의 어둠 속에서 드르륵 장지문 열리는 소리가 났다.

"노부치카 님."

"누구요?"

"이 집의 주인……"

"나미타로 님이오?"

나미타로는 이 말에 답하는 대신 나직하게 말했다.

"위험합니다."

"무엇이 위험하단 말이오? 아직도 매복한 자가 있다는 말이오?"

"아닙니다. 노부치카 님, 이대로 살아 계시는 건 위험합니다. 저도 화가 나서 참을 수가 없습니다."

"무슨 일이?"

"그 어떤 사람의 잔인함, 인정을 모르는……"

갑자기 나미타로의 어조에 힘이 가해졌다.

"상대의 계략에 넘어가주는 것이 상책이겠지요. 다행히 시체가 하나 있어요. 미즈노 토쿠로 노부치카는 무사가 되어서는 안 될 사나이로, 쿠마무라의 시골처녀와 정을 통하다가 목숨을 잃었다…… 그렇게 소문을 내면 어떨까요? 그렇지 않으면 위험합니다."

노부치카는 한 발을 내려뜨린 채 잠자코 달을 쳐다보고 있었다.

8

오쿠니는 방 한쪽 구석에 틀어박힌 채 움직이지 않았다.

달빛이 점점 더 밝아졌다. 툇마루에 한 발을 얹고, 혈육인 형의 계략에 빠져 죽느냐 죽이느냐 하는 증오의 칼을 받은 노부치카의 모습은 그림처럼 은빛을 반사하고 있었다.

이제 몇 초 안에 그는 평생의 방향을 결정지어야만 한다.

"닌쟈의 숨통을 끊은 그 솜씨, 정말 훌륭했습니다."

나미타로의 말은 여전히 조용했다.

"그 솜씨라면 형님을 이기고도 남을 것입니다. 허나 이 나미타로는 용납할 수 없습니다. 칼로 흥한 자는 칼로 망하는 법. 인간의 아집이란 자신에게만 집착하는 아주 작은 거품에 지나지 않아요."

　노부치카는 여전히 아무 말도 않고 달을 쳐다보고 있었다. 자칫하면 자기 자신이 그 달에 빨려들어갈 듯한 야릇한 쓸쓸함이 끊임없이 가슴속을 오갔다.

　"어떨까요, 상대가 원하는 대로 토쿠로 노부치카 님의 시체를 여기서 흙으로 돌려보내면?"

　"그렇다면 그 닌쟈의 시체를 나로 꾸민다는 말이오?"

　"그것으로 노부모토 님은 이번 일이 성사된 줄 알겠지요."

　"으음."

　"노부치카 님을 죽이고, 오쿠니에게는 패륜의 누명을 씌워…… 아니, 경우에 따라서는 이 쿠마의 집에 출입한 것은 노부모토가 아니라 처음부터 노부치카였다고……"

　"그렇게 소문을 낼 작정이었을까요?"

　"……저는 그렇다고 생각합니다."

　갑자기 나미타로는 목소리를 낮추었다.

　"만일 노부치카 님이 이대로 흙으로 돌아가신다면, 이 나미타로는 오쿠니도 함께 잠들도록 하겠습니다."

　"아니, 오쿠니 님을?"

　"그렇습니다."

　나미타로는 대답하고 나서, 이번에는 어조를 바꿔 노래 부르듯 덧붙였다.

　"이즈모에 아는 사람이 있습니다. 히노카와고리簸川郡 키츠키杵築에 있는 신사神社의 대장장이인데, 신분은 천하지만 저와 잘 아는 사이입니다. 성은 코무라小村, 이름은 아마 사부로자三郎左……"

　노부치카는 잠자코 듣고 있었다. 오쿠니를 보낼 곳인 모양이었다. 만일 갈 곳이 없다면 노부치카도 잠시 신세를 지면 어떻겠느냐는 의사를 타진하는 것 같았으나 노부치카는 대답하지 않았다.

노부치카는 비로소 뜰로 내려섰다. 주위는 쏟아지는 듯한 벌레소리로 가득 차 있었다.

"고맙소. 그 말로 내 마음은 결정되었소."

"흙으로 돌아가시겠습니까?"

"우선은."

"몸조심하십시오."

노부치카는 성큼성큼 걷기 시작했다. 벌레가 울음을 멈추었다가 다시 울기 시작했다. 뒷문 가까이에 매어놓은 망보는 개가 요란하게 짖어대기 시작한 것은 노부치카가 무사히 중문에 이르렀다는 증거였다.

끼익 하고 도개교 들리는 소리.

"오쿠니 ―"

나미타로는 방 한구석의 어둠을 향해 말했다.

"탄식할 것 없다. 현세에 사는 인간의 마음을 보았을 뿐이야. 가엾은…… 하찮은…… 인간의 마음을 보았을 뿐이다. 그래, 탄식할 건 없어."

달은 점점 더 밝아오고, 싸리나무 잎 끝에 이슬이 내리고 있었다. 도개교가 들리고 난 뒤 주위에는 벌레소리뿐이었다.

아즈키자카小豆坂

1

　오랫동안 비가 내리지 않아 성도 망루도 바싹 말라 있었다. 그 뜰 언 저리에서 화톳불이 수도 없이 타오르고 있었다. 새하얀 벽에 불꽃이 반 사되어 출정 전날 밤의 슨푸 성은 거리 한가운데에 복숭앗빛 신기루가 서 있는 것처럼 아름다웠다. 약간 살이 찐 스물네 살의 성주 이마가와 지부노타유 요시모토今川治部大輔義元는 완전 무장한 갑옷의 깃을 열 고 이따금 겨드랑이에 흐르는 땀을 닦았다.

　투구는 아직 뒤의 상 위에 화려하게 장식된 채 놓여 있었으나, 팔뚝 과 장딴지에는 보호대를 단단히 대고 다다미 위 의자에 노루가죽을 깔 고 앉아 있었다.

　이제 출정의 축배를 들 준비는 다 되었다. 칠하지 않은 나무쟁반에 카치구리勝栗와 다시마 안주를 갖추어놓고, 출발통지가 오면 즉시 질 그릇 잔을 깨고 성을 나설 것이었다.

　요시모토 바로 옆에는 그의 사부이며 군사軍師인 임제종臨濟宗의 고 승 타이겐 셋사이太原雪齋가 엷은 미소를 띠고 있고, 양쪽에는 중신들이 늘어서 있었다. 그 광경은 오와리의 오다 노부히데의 가풍과는 대조적으로 매우 화려했다.

그러고 보니, 나카미카도 다이나곤中御門大納言의 딸이 어머니인 요시모토는 얼굴에 엷은 화장을 하고 눈썹을 그렸는가 하면 입술엔 연지를 바르고 있었다. 용모도 차림새도 모두 덴죠비토殿上人°처럼 우아하게 보였으나, 골격과 눈빛에는 예사롭지 않은 날카로움이 엿보였다. 그도 또한 열여덟 살 되던 해 봄부터 형 우지테루氏輝의 뒤를 이어 세파에 부대낀 사나운 무장이었다.

"나의 적은 카이의 타케다. 그리고⋯⋯"

언제나와 같이 소리를 낮추어 말을 맺었다.

"아버님의 당숙뻘인 호죠 소운北條早雲 님의 자손."

자기한테는 조카들이라고 하며 그쪽에 많은 신경을 쓰고 있었으나, 오와리의 오다가 그의 앞길을 가로막을 정도로 장애물이 되리라고는 생각지 않았다.

요시모토는 어머니의 감화도 있고 하여 어릴 적부터 한결같이 쿄토를 동경하고 있었다. 그 동경은 후지고리富士郡에 있는 젠토쿠 사善德寺에 들어가 승적僧籍에 몸을 올리고 학문을 닦는 동안에 더욱더 깊어졌다.

쿄토가 가진 문화의 향기, 거기엔 인간이 다 같이 지향하는 안락한 행복의 싹이 감추어져 있었다. 그것을 찾아내어 만민의 것으로 만들 사람은 누구일까?

아시카가 일족의 피를 받고 태어나 스루가, 토토우미遠江, 미카와의 동해지방에서는 키라吉良 씨와 더불어 명문으로 일컬어지는 가문의 긍지가 소년의 가슴에 그 꿈을 크게 부풀리고 있을 때 뜻밖에도 형 우지테루가 요절하고 말았다. 그래서 열여덟 살의 요시모토는 환속하여 가문을 이어받게 되었다.

그 몽상의 씨앗은 대지에 뿌려졌다.

그는 먼저 타이겐 셋사이를 측근에 두고, 이 스루가의 땅에 가장 높은 문화의 향기를 채우려는 이상을 세웠다.

실제로 카나假名를 혼용한 법령 등을 백성들에게 고루 미치게 하여, 어진 정치를 하는 훌륭한 주군이라고 숭앙받기 시작했다.

물론 몽상은 그것만으로 그치지 않았다. 같은 일족인 아시카가 쇼군의 위세는 이미 땅에 떨어져 있었다. 그의 몽상이 머지않아 쿄토로 올라가 쇼군을 도와가며 제 손으로 정권을 잡고 싶다는 생각에 이른 것도 전혀 이상할 게 없었다.

그러므로 오와리의 오다를 새로 일어난 실력주의자라고 한다면, 이마가와 요시모토는 자유와 문화를 지상에 펼치려는 문명주의자에 비할 수 있었다.

그 문명주의자가 지금 오와리의 실력주의자에게 최초의 철퇴를 가하려 하고 있었다.

2

산간에는 이미 가을바람이 불고 있을 무렵이지만, 올해 스루가에는 전에 없이 늦더위가 기승을 부렸다.

"아직도 연락이 오지 않는군."

다시 몸의 땀을 닦으면서 요시모토가 중얼거렸을 때였다.

"서두를 것 없습니다. 밤이 점점 길어지는 계절이니까요."

셋사이는 중얼거리듯이 말하고, 넌지시 부채 바람을 요시모토에게로 보냈다.

아직 그 누구도 오다 노부히데를 그다지 큰 적이라고는 생각지 않았다. 다만 오카자키에 있는 히로타다가 너무 허약한 까닭에 지난해에 빼앗긴 안죠 성을 발판으로 노부히데가 오카자키 성에까지 손을 뻗칠 우려가 있었다. 오카자키가 점령되어 거기에 뿌리를 내린다면 골치 아픈 일이었다. 요시모토의 목적이 쿄토에 진입하는 데에 있는 한 시바 씨의 부하 따위가 그토록 판을 치도록 내버려둘 수는 없었다.

"히로타다가 아버지 키요야스만큼 강하다면."

"말씀대로 마츠다이라만으로 끝날 일이겠으나 어쨌든 히로타다는 아직 어립니다."

"상대가 오다라면 대수로울 건 없지만, 그래도 정신차려야겠지요."

문벌있고 학식있으며 또한 전고典故에 밝은 요시모토에게 오다의 대두는 무지한 불량배의 분수 모르는 행동으로밖에 비치지 않았다.

오다와라의 호죠 일족은 지난해 7월 외숙부 우지츠나氏綱가 쉰다섯 살로 세상을 떠나는 바람에 그의 아들 우지야스氏康가 뒤를 잇고, 카이의 타케다 가문에서는 노부토라信虎, 하루노부晴信(뒷날의 신겐) 부자가 끊임없이 서로 다투고 있다.

그러므로 이 가을은 그가 성을 나가더라도 등뒤에서 찔릴 염려가 없는 절호의 기회였다. 그렇지 않았다면 아마도 요시모토는 오다 노부히데를 치기 위해 일부러 직접 성을 나서지는 않았을 것이다.

"너무 늦는군!"

더위에 짜증을 내며 다시 중얼거리고 있을 때, 마님이 보낸 사람이 왔다.

로죠 한 사람이 요시모토 앞으로 나왔다.

"카이의 장인께서 출정의 축하를 올리시겠다는 뜻을 전해왔습니다마는……"

요시모토의 기색을 살피듯이 말했다. 요시모토는 쓴웃음을 지으며 셋사이를 돌아보았다. 셋사이는 모르는 체 외면을 했다. 카이의 장인

──그것은 요시모토의 처남 타케다 하루노부와 의논한 끝에 이 성에 연금하고 있는 맹장 타케다 노부토라를 두고 하는 말이었다.

그 맹호를 여기에 잡아놓고 하루노부의 치정治政을 돕게 했다. 그것도 역시 요시모토의 남다른 외교수완을 나타내는 것이었으며, 오늘의 출정이 아무 걱정 없이 이루어질 수 있는 이유의 하나이기도 했다.

"그래? 장인께서 마님과 의논하시던가?"

"예."

"그래서 마님은 뭐라 하시던가?"

"주군 뜻대로 하라고 하셨습니다."

요시모토는 빙그레 웃으면서 고개를 끄덕였다. 그의 아내이자 하루노부의 누이 또한 이 호랑이 같은 아버지를 몹시 꺼려했다.

"작전회의 때문에 바쁘니 축사는 받지 않겠다고 말씀 드려라."

더위로 축 늘어진 사람들이 깜짝 놀랄 만큼 날카롭게 말하고 다시 목소리를 부드럽게 하여 덧붙였다.

"마님께 잘 말씀 드려라."

하루노부와 사이가 좋은 자기 아내를 배려하는 말을 남겼다 ── 이것도 자기가 없는 동안의 무사함을 바라는 마음에서였다.

3

요시모토의 성격상 멀리 오와리까지 전투를 위해 밤길을 떠날 리는 없었다. 그렇지만, 오늘 출발을 앞두고 히쿠마노曳馬野(하마마츠浜松) 성에 있는 부하 이오 부젠飯尾豊前으로부터 약간 마음에 걸리는 보고가 들어왔다.

다름 아니라, 이번 전쟁에는 결코 오다 쪽에 가담하지 않을 것이라고 오카자키의 히로타다가 장담했던 카리야의 미즈노 시모츠케노카미 노부모토의 거취에 수상쩍은 낌새가 보인다는 것이었다.

요시모토는 자신이 직접 오카자키의 성까지 출정할 작정이었다. 거기서 탈환하려 하는 안죠 성은 아주 가까운 거리에 있고, 그 너머에 미즈노 시모츠케의 카리야 성이 있었다. 따라서 미즈노 시모츠케의 거취는 요시모토의 군사배치에 커다란 영향을 미칠 수밖에 없었다. 만일 미즈노 시모츠케가 오다 세력에 가담한다면 오카자키 성 진입은 지나치게 깊이 들어가는 셈이 될 것이었다.

"서두를 것은 없습니다. 좀더 기다리십시오."

셋사이의 의견에 따라 히쿠마노에서 다음 보고가 들어오기를 기다리고 있었으나, 이미 넉 점 반(오후 11경)이 지나고 있는데도 아직 소식이 없었다.

"곧 아침이 온다. 내일은 묘일卯日, 자 출발이다."

아홉 점(오후 12시)이 지나자 드디어 질그릇 잔은 깨지고 보급대는 서서히 성밖으로 나갔다.

이 전열戰列 또한 오다 노부히데의 노부시와 같은 단촐함과는 대조적으로 아주 장중했다.

성을 벗어나면 아마 대장 요시모토는 가마로 바꿔 탈 것이 분명했다. 궁병, 창병, 그 뒤에 보병이 따르고 수많은 짐 속에는 진중의 사기를 돋우기 위한 술과 안주가 들어 있고, 그 밖에도 사루가쿠猿樂°, 덴가쿠田樂°를 하는 패거리들까지 포함되어 있었다.

오사카大坂를 중심으로 그 동쪽은 가장 번화한 저자가 있는 슨푸였다. 갖가지 물건을 조달하는 사람, 열 명이 넘는 시동, 그 밖에 누가 보아도 시녀임을 알 수 있는 여자가 가마에 하나, 말에 두 사람이 타고 있었다.

그 긴 행렬을 성안사람들은 저마다 집 밖에 나와 앉아 배웅하고 있었다. 요시모토는 화려하게 무장하고 이들에게 이따금 고개를 끄덕여 답례를 했다. 이러한 태도는 쿄토식 풍류에, 말로는 표현할 수 없는 위엄과 친밀감을 주어 백성들의 마음을 사로잡았다.

"고마우신 성주님이셔."

"견줄 만한 사람이 없는 대장님이야. 이런 대장님에게 어떻게 오와리의 졸개 따위가 맞설 수 있겠어."

"그렇고말고. 반드시 이기고 돌아오실 거야."

그러나 성을 벗어나 아베카와安倍川를 건너면서 새벽을 맞은 요시모토의 기분은 그다지 좋지만은 않았다. 나이가 어리다고는 하나 자기가 후원하여 오카자키 성에 들여보낸 히로타다. 너무나 무력한 그에게 그만 화가 치밀었다.

'무엇 때문에 일부러 미즈노의 딸을 맞이했단 말인가.'

그 자신은 카이의 타케다 씨를 맞아들임으로써 멋지게 그 아버지를 사로잡고 처남인 하루노부를 교묘하게 누르고 있었다.

오이가와大井川가 거의 시야에 들어올 무렵이었다. 요시모토는 마님의 하인 나츠메 토로쿠夏目東六를 불러 엄한 목소리로 명령했다.

"오카자키의 중신에게 즉각 히쿠마노까지 오라고 전하라. 아베 오쿠라가 좋겠어. 그리고 진지방비에도 추호의 허술함이 있어서는 안 된다고 일러라."

4

이마가와 요시모토가 슨푸를 떠난 후 오카자키 성에는 잇따라 동서 양군으로부터 정보가 들어왔다.

오다 노부히데도 이미 나고야를 떠난 모양이었다. 그러나 어느 성에 들르고 어디에 있는지 도무지 종잡을 수도 없었다. 아무튼 오카자키와는 지척에 있는 안죠 성에 나타나 갑작스럽게 깃발을 올릴 속셈임이 틀림없었다.

"소름끼치는 인물이야, 신출귀몰하거든."

이에 비해 요시모토의 진군은 어디까지나 당당했다. 그날그날의 야영지에서는 북소리가 들리고, 노랫소리가 우렁차게 초가을의 하늘에 울려퍼졌다. 백성들의 평판은 비교도 되지 않았다.

"과연 이마가와 님이셔……"

풍류를 동경하는 소리마저 들렸다. 인간은 언제나 마음 한구석에서 문화를 그리워한다. 문화의 향기는 이마가와 쪽에 있었지 오다 쪽에는 없었다.

군율은 오히려 오다 쪽이 엄격했지만, 백성들은 한결같이 오다 쪽을 두려워하고 있었다. 그 가장 적절한 예가 부녀자들이었다.

그녀들은 오다 쪽의 잡병들에게 겁탈당할까 두려워 전전긍긍하고, 이마가와 쪽에는 어렴풋이 교태마저 부렸다.

요시모토의 명령에 따라 오카자키의 아베 오쿠라가 히쿠마노까지 나와, 요시모토와의 대면을 마쳤다. 그뒤 오카자키 성에 들어가 전군을 지휘할 예정이었던 요시모토의 계획이 갑자기 변경되었다.

오카자키까지의 진출을 중지하고 아츠미渥美 반도의 타와라 성田原城으로 가기로 했다.

타와라 성주는 토다 단죠자에몬 야스미츠戶田彈正左衛門康光였다.

야스미츠는 물론 이것을 영광으로 여겨 기뻐했지만 오카자키에서는 그 반대였다.

젊은 성주 히로타다의 실력을 의심하고 불신을 표명하는 것이 되었기 때문이다.

아베 오쿠라가 돌아오자 오카자키 성에서는 곧 히로타다를 중심으로 회의가 열렸다.

"그렇다면 요시모토 님은 우리 주군이 어리셔서 못 믿겠다는 말입니까?"

사카이 우타노스케가 당돌하게 묻자 아베 오쿠라는 신경질적인 표정으로 씁쓸해하는 히로타다를 한 번 홀끗 쳐다보았다.

"어쨌든 적에게 너무 가까이 있소. 성주님 종조부뻘인 노부사다 님까지 적의 편이니, 만일의 경우에는 적 한가운데서 고립된다는 점을 걱정하고 계시는 것 같았소."

"걱정해도 소용없는 일은 그 밖에도 있소."

이시카와 아키가 중얼거리듯이 말했다.

"아키!"

히로타다가 날카롭게 그의 말을 가로막았다.

"그대가 말하는 내용은 카리야의 거취를 가리키는 것이겠지. 분명히 말하시오."

"그렇습니다. 아버님이신 우에몬다이부 님은 절대로 오다 편에는 서지 않겠다고 말씀하셨습니다마는, 시모츠케노카미 님은 누가 보아도 들떠 있는 것 같습니다."

"들떠 있는 것처럼 보이니 어쩌라는 거요? 이런 마당에 불평은 하지 마시오."

"불평이 아닙니다. 요시모토 님의 불안을 어떻게 해소시킬 것인가가 문제입니다. 만약 오카자키에 안 오신다고 정해지면 결국 카리야의 마음은 움직입니다. 이마가와 쪽에서 오카자키를 버릴 생각이라는 것을 알면 다시 오다 편에 서지 않으리라는……"

아키가 여기까지 말했을 때였다.

"알았소! 그대는 오다이를 베란 말이오?"

히로타다는 또다시 날카롭게 내뱉었다.

이곳도 역시 심한 늦더위. 이미 해질녘이 되었는데도 바람 한 점 불지 않았다.

5

"당치 않은 말씀입니다. 마님을 베어서 무슨 이득이 있겠습니까? 그야말로 시모츠케노카미뿐 아니라 아버님인 우에몬다이부 님까지 노하게 하여 적으로 만드는 것이나 다름없는 일이지요."

"그렇다면 더 이상 말하지 마시오. 듣기 싫소."

사람들은 서로 얼굴을 마주보았다. 막상 싸움을 하게 되니 역시 히로타다는 믿음직스럽지 못했다. 그런 마음들을 지금 아무도 감추려 하지 않았다. 이것이 젊은 히로타다로서는 모욕을 당한 것 같아 견딜 수 없었다.

"진정들 하시오."

아베 오쿠라가 손을 내저었다.

"군사회의에선 기탄없이 발언하는 것이 우리 마츠다이라의 전통이오. 이마가와 지부노타유 님은 나에게 잔을 내리시면서 이렇게 말씀하셨소 — 히로타다가 아버지 키요야스만큼 빨리 성장했더라면 하고."

히로타다는 깜짝 놀랐다. 이처럼 심한 말은 그 어디에도 없었다. 아버지보다 훨씬 못한 자식이라고 준엄하게 꾸짖는 것과 마찬가지였다.

"그 말, 이것이 지부노타유 님의 속에 든 말이라는 것을 우리는 똑똑히 알고 있지 않으면 안 됩니다. 그렇다고 이것을 있는 그대로 우리 성주님을 모욕하는 말이라고 받아들여서도 안 되지요. 우리 노신老臣들에게 어서 훌륭히 성장시키라는 말, 나는 그렇게 받아들이고 앞으로 삼년만 잘 지켜보라고 말씀 드리고 왔소."

과연 아베 오쿠라는 노련했다. 진실을 말하면서 열일곱 살인 젊은 성주의 패기도 살려주었다. 그런데 바로 그 뒤에 이 말을 파괴하는 자가 있었다.

"아하하하, 영감은 말주변이 참 좋군요. 애송이라 믿을 수 없다는 말과 다를 바 없지 않소? 그런 말에 넘어가면 안 되지요."

오쿠보 신파치로였다.

"이봐, 신파치……"

형 신쥬로는 신파치로를 노려보았고, 아우 진시로甚四郎도 얼굴을 찡그리면서 히로타다의 눈치를 살폈다. 신파치로는 전혀 아랑곳하지 않았다.

"아무튼 지부노타유 님은 오카자키에는 오지 않을 겁니다. 저는 그렇게 단정해도 좋다고 봅니다. 눈썹 치장에다 이를 까맣게 물들이고, 북과 여자들까지 섞인 본진, 특별히 맞이하고 싶어할 것도 없지 않을까요?"

히로타다는 다시 깜짝 놀라 상반신을 앞으로 내밀었다.

"신파치로, 말이 지나치군."

"아니, 지나치지 않습니다. 아직 모자랍니다. 전투는 아이들 장난이 아니라 생명을 주고받는 목숨이 걸린 일입니다. 나는 이번 전투에서 오다 쪽의 승산이 육 할은 된다고 봅니다."

"무엇을 기준으로 그렇게 보시오?"

"몸이 가벼운 편이 강한 법이지요. 그러니 우리는 양군이 서로 맞부딪치는 장소를 잘 보아두어야만 합니다. 이마가와의 군사가 패주하더라도 적이 추격하지 못할 선을 분명히 그어두어야만 합니다."

"그렇다면 어디까지 적을 유인할 작정이오?"

사카이 우타노스케 마사이에가 끼여들었다.

"마사이에 님은 어디가 좋을 것 같습니까? 이 신파치로는 아즈키자카라 생각하는데요."

"뭐? 아즈키자카……"

"아즈키자카는 오카자키의 동쪽이오. 성을 적 한가운데로 몰아넣을 생각이오? 농성籠城을 하겠단 말이오?"

신파치로는 가볍게 고개를 끄덕였다.

"처음부터 농성을 해야지요. 적을 지리에 익숙한 우리 오쿠보 쪽 산속으로 끌어들여 확실하게 깨부숴야 합니다. 이런 결사적인 각오를 처음부터 똑똑히 보여준다면 카리야 성은 경솔하게 오다와 손을 잡지 못할 것이오."

"으음, 아즈키자카라……"

좌중은 갑자기 조용해졌다. 신파치로는 이마가와 요시모토가 두려워하는 농성을 처음으로 제기하며, 그것을 적과 아군 양쪽에 알리자고 했다……

6

회의는 결국 신파치로의 의견을 받아들이기로 하고 끝났다.

이마가와 요시모토는 아직 오다 노부히데의 실력을 잘 알지 못했다. 요시모토가 타와라 성에 남는 것은 노부히데를 두려워해서가 아니라, 혹시라도 오카자키에서 오다에게 추태를 보여서는 안 된다는 체면에 얽매인 조심성인 듯했다.

물론 히로타다의 힘을 의심한 결과이기도 했다.

이에 대해 오다 쪽에서는 노부히데의 아우 마고사부로 노부미츠孫三郎信光를 대장으로 하여 일족의 정예를 뽑아 단숨에 야하기가와를 건너 원정군을 맞을 것이 틀림없다. 그 세를 바탕으로 원정군과 마츠다이라 군을 먼저 물리치고, 돌아가는 길에 허술한 오카자키 성을 손에 넣으려 할 것이다. 그 수법에 넘어가면 여지없이 성을 빼앗기고 갈 곳이 없는 마츠다이라 군은 그 길로 유랑하는 군사가 되고 만다. 그런 지경에 이르면 싸울 의사가 없는 미즈노 부자라 하더라도 군대를 일으켜야 할 것이다.

그러므로 주력부대는 처음부터 오카자키에 남겨두었다가, 만약 이마가와 군사가 적을 격퇴하고 야하기가와 부근으로 나온다면 그때 비로소 성에서 공격해나간다. 만일에 이마가와 쪽의 패주가 확실해지면 카미와다上和田 근처에 뿌리내린 오쿠보 일족 사람들이, 이기고 돌아가는 오다 군 배후를 추격하여 그들을 오카자키 성 근처에서 저지하자는 것이었다.

오카자키 성안에 온전한 병력이 있는 한 그들은 결코 오쿠보 일족의 일에 오랫동안 관여하려고는 하지 않을 것이었다. 그러면 일단 오카자키는 안전하다 할 수 있으나, 이 결정이 젊은 성주 히로타다로서는 크게 불만스러웠다.

이래 가지고는 안죠 성을 탈환하겠다고 슨푸에 진언하여 싸움을 벌인 히로타다의 면목이 말이 아니었다.

히로타다의 목적은 오카자키의 안전을 도모한다는 소극적인 것이 아니라, 이마가와 군의 도움을 받아 적극적으로 안죠 성을 탈환하는 데에 있었다.

히로타다를 어리다고 깔보며 오다 쪽에 붙은 마츠다이라 노부사다와 그 일당들이 뻔뻔스럽게 바로 앞에 있는 안죠 성에 드나드는 것을 도저히 그냥 보고 있을 수가 없었다.

회의가 끝나자 히로타다는 마음속 불만을 어깨에 짊어진 채 거친 걸음으로 안채로 돌아왔다.

이미 해는 저물었다. 성곽에서부터 망루에 걸쳐 엄중히 전투태세를 갖춘 성안은 쥐 죽은 듯 조용하고, 벌레소리만이 사방에서 들려왔다.

낮의 늦더위가 거짓말처럼 가시고 서늘해졌다. 이슬의 감촉이 마음으로 스며들었다. 문득 정신을 차리고 보니 가을 풀 무늬가 여기저기 흩어져 있는 장지문 앞에 오다이가 방긋 웃는 얼굴로 두 손을 짚고 앉아 있었다.

히로타다는 그러는 오다이를 신기한 것이라도 바라보듯 내려다보았다. 앞으로 석 달쯤 있으면 아기가 태어난다. 그러나 불룩한 배는 교묘하게 옷에 가려지고, 생리적으로 까칠해진 얼굴이 애처롭고 가련하게 눈에 스며들었다.

"오다이 —"

"예."

"나는 누가 보더라도 전투에서는, 용감성에서는 아버님에게 훨씬 미치지 못하는 모양이야."

히로타다는 이렇게 말하고 곧장 거실로 들어가 요 위에 앉았다.

오다이는 가슴이 철렁했다. 길게 한숨짓는 히로타다의 눈에 눈물이 가득 괴어 있었다.

"유리, 성주님의 진짓상을 이리 가져오도록."

오다이는 사뿐히 옷자락을 헤치고 히로타다의 아래쪽으로 돌아가 앉았다. 그의 목덜미가 한층 더 여위어 있어 가슴 아팠다.

7

오다이 자신도 울고 싶었다. 그러나 히로타다의 마음을 심란하게 해서는 안 된다는 생각에 억지로 웃는 얼굴을 지우지 않았다.

유리가 상을 날라왔다.

오다이는 손수 조그만 단지를 올려놓았다.

"소중한 몸이시니."

나직한 소리로 말하고 유리에게 물러가도 좋다는 눈짓을 했다. 그것은 소(치즈) 단지였다.

"오다이 ―"

"예."

"아버지보다 못하다는 말을 듣는다는 것은 슬픈 일이야."

오다이는 잠자코 소를 접시에 담았다.

"지부노타유 님은 나를 믿지 못해 이 성에 안 오신다는군."

오다이는 그 말에도 대답하지 않았다.

그리고 조용히 촛대의 심지를 잘랐다.

"우리 성안의 노신들도 나를 하찮은 인물로 여기고 있어. 아버지의 지휘였다면 용기백배하여 오와리로 쳐들어갔을 자들이 내 대代가 되자 성에서 물러나 적을 맞자는 거야. 내가 그토록 못 미더운가?"

"참으십시오. 그만큼 노신들은 성주님을 아껴서 하는 말씀일 거예요."

오다이는 일부러 천진난만하게 말했다.

"오카자키의 보배는 노신들이라고 카리야의 아버지는…… 늘 부러워하시고……"

히로타다는 가만히 국그릇의 뚜껑을 열고 젓가락을 들었다. 무어라 말을 하려다 그만두고 국그릇을 입으로 가져갔다.

오다이의 배에서 꿈틀 하고 태아가 크게 움직였다. 그녀는 배를 누르고 진지하게 히로타다의 얼굴을 쳐다보았다. 뱃속의 아기가 크게 손발을 펴는 그 꿈틀거림이 곧바로 히로타다에 대한 사랑으로 전해졌다. 오다이는 그것이 신기해서 견딜 수 없었다.

처음에 느꼈던 오히사에 대한 불안과 질투는 태아가 꿈틀거릴 때마다 희미해져가고, 차분한 애정이 그것을 대신했다.

언젠가부터 오다이는 히로타다에 대한 비판을 접고 진심으로 그를 걱정하기 시작했다. 무장으로서의 그릇이 걱정되었다. 소심한 성격과 허약한 몸이 자기 일처럼 마음에 걸렸다.

근래에 와서는 히로타다가 잠을 이루지 못한다는 것도 오다이는 잘 알고 있었다. 아버지 키요야스 시대에는 꼼짝도 못하던 마츠다이라 일족이 이러쿵저러쿵 히로타다를 비판하는 것이 못 견디게 분한 모양이었다.

"이놈, 노부사다 놈!"

같이 잠자리에 들 때면, 이렇게 잠꼬대를 하기도 했다.

"쿠란도(숙부)도 마음을 놓을 수 없어."

괴로운 듯 몸을 뒤척이다가 느닷없이 중얼거리는 일도 있었다. 그런데 이번에는 이마가와 요시모토의 후원을 받아 안죠 성을 탈환할 수 있으리라 흥분하고 있었다. 하지만 그 싸움은 아무래도 그의 생각과는 달리, 오다와 이마가와의 야심을 건 피비린내나는 싸움으로 뒤바뀌어, 히로타다 자신은 그 두 세력의 충돌 속에서 자기 가문의 안전을 도모하기에 급급해야 하는 비참한 위치로 전락할 것만 같았다.

히로타다는 때때로 이를 부득부득 갈면서 야채를 씹었다. 음식을 먹는 사람이 아니라 무언가 떨쳐버리지 못한 불쾌한 생각에 잠겨 노여워하는 침울한 얼굴이었다.

식사가 끝났다. 유리가 상을 들고 물러간 뒤였다.

"오다이 ─"

히로타다는 섬뜩할 만큼 깊은 생각에 잠긴 표정으로 오다이를 향해 돌아앉았다.

"강한 아이를 낳아줘! 나처럼 아버지만 못한 허약한 자식을 낳으면 안 돼."

8

그 말이 너무 뜻밖이어서 오다이는 저도 모르게 고개를 갸웃하고 물었다.

"뭐라고…… 지금 뭐라고 말씀하셨나요?"

"강한 아기를 낳아달라고 했어……"

히로타다는 이렇게 말하고 천장 한구석을 노려보았다.

"나는 왜 이렇게 노신들에게까지 안절부절못하고 신경을 쓰는 것일까? 내가 기억하는 아버지는 키가 작았지만 바위처럼 단단했는데, 늘 노신들에게 이렇게 하라 저렇게 하라 엄하게 명령하실 뿐이었어. 그러면 모두 한마디 대꾸도 못하고 선뜻 움직였지. 그런 점이 바람직하다는 것을 알면서도 나는 왜 그렇게 할 수 없을까……"

수척한 뺨이 바르르 떨리며 불빛을 받은 눈물이 뚝뚝 떨어져 목 언저리로 흘러내렸다.

"아버지는 아무것도 생각하지 않았어. 그러나 나는 이런저런 생각을 하지. 생각하지 않는 아버지는 신뢰를 받고, 생각하는 나는 신뢰를 잃고. 노신들은 내가 대장으로 있는 한 눈앞에 있는 안죠 성마저도 공격하려 하지 않는단 말이야."

오다이는 당황하여 고개를 가로저었다.

"오해시겠지요. 모두들 성주님을 걱정하고 있어요."

"오다이! 나는 그것이 못마땅하다는 말이야."

히로타다는 불끈 쥔 주먹을 무릎에 세우고 분노를 토해내듯 다시 눈물을 흘렸다.

오다이는 그 모습이 여간 가련하지 않았다. 그럴 때의 히로타다는 꼭 끌어안고 볼을 비비고 싶을 정도로 어린 소년처럼 보였다.

"내가 그렇게도 허약해 보이는 것일까. 모두가 조마조마하여 걱정할 만큼 허약해 보이는 것일까……"

"아닙니다. 그럴……리가 없습니다."

"위로할 필요 없어. 나도 잘 알아. 난 분명 아버지보다 못해. 하찮은 일에까지 마음을 써야 할 만큼 나약해……"

'그렇다면 어떻게 하면 마음을 쓰지 않게 될 것인가……'

히로타다는 말을 삼키고, 이번에는 응석부리는 강아지 같은 눈이 되었다.

"오다이 ─"

"예."

"우리 기도하자. 올해는 호랑이 해였지. 호랑이처럼 늠름하고 강한 자식을 점지해주십사고 신불에게 기도하는 거야. 이토록 분한 일을 나는 내 자식에게까지 맛보게 하기는 싫어……"

"예……"

"이마가와를 의지하지 않고, 오다에게 굽히지 않으며, 유유하게 혼자서 천하를 헤쳐나갈 수 있는 자식……"

히로타다는 자기가 이루지 못한 꿈을 그리며 마침내 오다이의 손을 잡았다.

'이 전투에서 어쩌면 죽게 될지도 모른다……'

이마가와가 이기건 오다가 이를 물리치건, 히로타다는 히로타다대로 무인으로서의 결의를 보여주어야만 한다.

'죽음'은 결코 공상 속에 있는 것이 아니라 이미 자신의 어깨를 짓누르고 있었다.

히로타다는 자신의 생명을 잉태하고 있는 오다이의 몸에 애절할 정도로 친밀감을 느끼며 아무 거리낌도 없이 오다이의 목덜미에 뚝뚝 눈물을 떨구었다.

"오다이…… 부탁해. 이 히로타다에게 만일의 일이 생기더라도 그대는 반드시 살아 있어야 해. 태어나는 자식을 위해서라도 살아야 해."

뜨거운 목소리로 속삭이고 그 입을 풍만한 오다이의 귓불에 가져갔다. 오다이도 와락 울음을 터뜨리며 히로타다에게 매달렸다. 이런 경우에 운다는 것이 얼마나 히로타다의 마음을 약하게 하는지 잘 알면서도 도저히 억제할 수 없는 커다란 감정의 물결이었다.

현세와 미래

1

오다이는 이미 히로타다의 사랑에 아무 불안도 가지지 않았다. 여성으로서의 싸움에는 오다이가 오히사에게 이겼다. 그러나 싸울 마음으로 싸웠던 것은 아니다.

어디까지나 순수하게 아내의 위치로 돌아가려 한 것에 지나지 않았다. 아기가 뱃속에 들었다는 것을 알았을 때도 생리가 이상하다고 느꼈을 뿐 그 때문에 살아가는 태도가 바뀌지는 않았다.

사실 오히사도 두번째 아이를 임신하고 있었다. 그 아이를 어떻게 갖게 되었는가를 생각하면 온몸이 화끈거렸지만 그러한 질투는 삼가야 한다고 다짐하며 꾹 참아왔다.

아니, 그러한 관습에 대한 인내도 날이 갈수록 도리어 남모를 연민으로 변했다. 누가 이런 관습을 만들었는지 그것은 모른다. 그러나 오히사가 낳는 자식은, 정실인 자기 뱃속에서 태어나는 자식과는 태어나기 전부터 신분이 달랐다.

'어째서 다른 것일까?'

그 의문을 오다이는 풀 수 없었다. 눈에 보이지 않는 커다란 힘, 전생의 약속에 의한 것이라고 오늘날까지 그렇게만 알고 지내왔다.

그런데 ―

히로타다의 뜻하지 않은 말이 오다이의 마음을 크게 뒤흔들었다. 히로타다도 그의 아버지도 다 같이 마츠다이라 집안의 핏줄에서 태어났다. 그 집안을 이어야 할 위치로 태어난 점도 역시 같았다.

그렇지만 그 아버지는 어디까지나 호방하고, 그 아들은 이토록 허약한 마음에 스스로 눈물짓고 있다. 그러한 기질의 차이는 대관절 누가 만들어내는 것일까?

자신의 여러 형제들도 저마다 기질이 달랐다. 그 기질 때문에 앞으로 걸어가야 할 운명 또한 각각 다를 것이었다.

인간의 행불행은 자신의 생각처럼 그렇게 단순한 것은 아닌 모양이었다. 그러고 보니 실제로 오다 일족 중에서도 말단의 집안에서 태어난 노부히데가 어느 틈에 종가 위에 군림하고 있었다.

그것은 오다이로서는 새로운 발견이고, 더없이 큰 불안이기도 했다.

지금까지 가엾게 여겨온 오히사의 태아가 갑자기 마음에 걸렸다.

'만일 내가 낳을 자식이, 심약이라는 비극의 씨앗을 짊어지고 태어난다면 어떻게 할까?'

현명과 우둔의 차이 위에 사람의 운명을 좌우하는 또 하나의 보이지 않는 힘이 있었다.

히로타다는 그날 밤도 오다이 곁에 누워 있으나 끝내 잠드는 기색은 없었다. 때때로 잠들지 못하는 자기 자신에게 화가 나는지 이를 으드득 갈기도 하고 혀를 차기도 했다.

오다이도 그날 밤은 자지 않았다.

'어떻게 하면 좀더 씩씩하고 강한 의지를 가진 자식을 낳을 수 있을까?'

날이 새기 시작하자 갑자기 성안이 떠들썩해졌다. 어제의 결정에 따라 새로 군량軍糧을 옮기고 적의 침입을 막기 위해 가시나무 울타리를 세울 목재며 흙포대 따위를 운반하고 있는 모양이었다. 중신들의 지휘하는 소리에 섞여 말울음소리도 들려왔다.

오다이는 자리에서 일어났다. 새벽녘이 가까워서야 겨우 안심을 한 듯 잠이 들어버린 히로타다의 가냘픈 얼굴을 보니 왠지 가슴이 죄는 것만 같았다.

확실히 히로타다는 너무 약했다. 이렇게 허약한 몸으로 난세에 태어났다는 것 자체가 이미 하나의 불운이 아니었을까……?

2

히로타다는 바깥의 소란스러운 소리에 잠을 깨고 부랴부랴 바깥채로 나갔다. 시동이 받쳐든 밥을 급히 먹으면서, 그동안에도 안절부절 노신들 생각에 마음을 쓰고 있음이 틀림없었다. 그 모습이 오늘 아침 오다이에게는 눈에 환히 보이는 듯했다.

"선군께선 이러이러했습니다."

무슨 일만 있으면, 아침에는 남보다 일찍 일어나고 밤에는 가신들보다 나중에 잤다고 노신들은 입버릇처럼 말했다. 또 그렇게 하지 않고는 이 어지러운 세상에서 수많은 일족과 그 식솔들을 부양할 수 없었다. 노신들이 사사건건 히로타다를 간섭하는 것은 자기들의 생활 역시 관련되어 있었기 때문이다.

그렇다고 해도 일족을 다스릴 인물다운 인물을 얻지 못하는 것은 이 얼마나 큰 비극인가. 가신들의 불안도 불안이려니와 위에 앉은 사람의 불행은 그 이상이었다.

오다이는 자기가 낳은 자식이 머지않아 그 위치에 앉아 눈에 보이지 않는 채찍으로 얻어맞을 것을 생각하니 어제까지 불쌍히 여겼던 오히사가 부러워지기도 했다.

묘시卯時(오전 6시경)에는 사카이 우타노스케 마사이에가 찾아와 만일의 경우를 생각한 대비책을 내전에 이르고 갔다.

진시辰時(오전 8시경)에는 오쿠보 신쥬로, 신파치로, 진시로 삼형제가 와서, 오다이에게 인사를 했다.

"저희들은 지금부터 카미와다의 영지에 가서 전투준비를 하려고 합니다. 이것이 세상을 하직하는 일이 될지도 모릅니다. 부디 안녕히 계십시오."

그리고 일부러 큰소리를 내며 복도를 걸어갔다. 이때 바로 그들과 엇갈려 케요인이 오다이를 찾아왔다.

전쟁에 익숙해진 어머니는 염주를 굴리면서 평소와 같이 침착한 태도로, 탐색하듯 딸을 보며 미소지었다.

"또 시끄러워질 모양인데, 준비는 되어 있겠지?"

오다이는 오늘의 어머니가 여느 때의 모습보다 훨씬 커 보이는 것이 이상했다.

'어머니는 어떻게 저런 침착함을 갖게 되었을까?'

"조금 전에 오쿠보 형제가 작별인사를 하러 왔었어요."

"그래, 나도 밖에서 만났단다. 모두들 마음가짐들이 대단하더구나……"

케요인은 곧바로 상석으로 향하면서 말했다.

"카리야에서 나쁜 소식을 들었다. 토쿠로가……"

말하다 말고 다시 미소지었다.

"쿠마무라의 여자 집에 몰래 숨어들었다가 시모츠케 님으로 오인받아 살해되었다는구나."

"오빠가…… 여자 집에?"

"사람에겐 누구나 저마다의 운명이 있는 법. 모든 것이 전생의 약속이겠지."

오다이는 숨을 죽였다. 오빠를 따라 이 성에 시집온 것이 어제 일처럼 떠올랐다. 그런데 이제 오빠는……

그렇다고 해도 어머니는 어쩌면 이렇게까지 담담하게 말할 수 있는 것일까? 자기 자식의 죽음을, 그것도 무인으로서는 있을 수 없는 비참한 죽음을 미소를 띠며 이야기하고 있었다. 오다이가 빤히 어머니를 쳐다보자 케요인은 갑자기 엄숙한 표정이 되었다.

"태어나는 자, 떠나가는 자…… 만일 성주가 전사한다면 그 뒤에 너는 어떻게 할 것인지 이미 각오는 되어 있겠지?"

"예…… 예."

오다이의 목소리는 전에 없이 흔들렸다. 히로타다가 가지고 태어난 비극적인 성격을 이모저모 생각하고 있을 때여서 바로 대답할 수가 없었다.

3

"남자들이란 모두 싸움을 좋아하는 것 같구나."

케요인은 슬픔으로도 비난으로도 해석될 어조로 말하고 나서 이마에 가만히 염주를 갖다 댔다.

"부처님의 노여움을 산 모양이야. 이와 같은 말법수라未法修羅 세상을 초래한 전쟁에는 죽음이 따르는 법, 각오가 없어서는 안 된다."

"예…… 예."

"만약 성주가 전사한다면 너는 대관절 어떻게 하겠느냐?"

케요인의 말에서 힐난하는 듯한 분위기를 느끼고 오다이는 당황했다. 새삼스럽게 자기 마음을 돌아보고 어느 것이 정말 자기 소원인지를 정해야 했다.

평생 처음 알게 된 사랑에도 따르고 싶었고, 살아남아 아이를 낳고도 싶었다. 아니, 그런 것보다도 히로타다를 잃고 싶지 않은 감정 쪽이 훨씬 더 강했다.

케요인은 그러한 딸의 심적 갈등을 잘 알았다. 그것은 그녀 자신이 몇 번이나 맛본 젊은 날의 비극이었기 때문이다.

더구나 여자는 남자들이 멋대로 만들어내는 이 비극 앞에 완전히 무력하다 해도 지나치지 않았다. 일단 싸우기 시작하면 남자들은 미친 짐승이 되었다.

"역시 뒤따라 자결하고 싶으냐?"

"예."

"이 어미도 그랬었다. 그렇지만……"

케요인은 다시 미소지었다.

"그건 여자가 지는 거란다."

"지다니요?"

"여자도 마찬가지로 싸움을 즐기는 것일까? 때로는 남편마저 잃게 되는 그런 싸움을 즐기는 것일까?"

"글쎄요…… 그것은……"

"싫어하면 싫어했지, 좋아하지는 않을 거야."

"예."

"그렇다면 여자에겐 여자의 싸움이 있는 법."

오다이는 아직 어머니의 마음을 헤아리지 못한 채 고개만 갸웃하고 있었다.

뜰에 쏟아지는 해는 서서히 차양의 그늘을 좁혀가고, 여기저기 말뚝

박는 소리가 요란하게 들려왔다. 더위는 점점 더 심해지는 듯했다.

"어미는……"

케요인은 눈을 가늘게 뜨고 뜰의 햇빛을 보면서 말했다.

"사랑하는 남편이나 자식을 잃는 일이 없는 평화로운 세상을 원해. 그런 세상을 만드는 것이 여자의 임무라고 생각한다."

"평화로운 세상을?"

"그래, 싸우면서 서로 미워하고 미움받는 이 끝없는 무간지옥. 남자의 손으로 이 지옥을 없애는 건 불가능하지. 너는 아직 그걸 모르고 있었느냐?"

"알고는 있지만, 그 다음은 모르겠어요."

"이 어미가 너라면……"

케요인은 다시 한 번 조용히 염주를 이마에 대었다.

"다시는 한눈을 팔아서는 안 돼. 내 뱃속의 아기에게 이 싸움의 뿌리를 끊을 힘을 내려주소서 하고 열심히 기도해야 한다. 이겨도 한탄하고 져도 죄가 되는 싸움에는 눈길도 주지 말고, 기도로 낳고 기도로 키워야 한다. 온 나라에 있는 어머니의 기도가 그런 것이 된다면 이 업화業 火도 언젠가는 반드시 사라질 거야. 너도 이 점을 깊이 명심해야 한다. 싸움은 잊고 평화로운 세상을 펴는 부처님의 화신을 나에게 점지해주십사고, 기도 드려야 해."

강한 어조로 그렇게 말한 어머니의 맑은 눈이 비로소 붉어졌다. 오다이의 배에서 또다시 태아가 힘차게 꿈틀거렸다.

4

반 각半刻(한 시간) 남짓 이야기를 하고 어머니는 오다이의 방에서 일어났다. 오다이는 후로타니의 두번째 성벽 근처까지 어머니를 배웅했다.

"부디 뱃속의 아기를 위해."

거기에도 흙포대는 쌓여 있었다. 부산하게 움직이는 궁수들의 머리 위에서 구슬픈 쓰르라미의 울음소리가 소란했다. 오다이는 어머니의 모습이 보이지 않을 때까지 성벽 그늘에 서서 지켜보았다. 오빠 토쿠로 노부치카의 죽음을 이야기할 때 미소짓던 어머니도, 이 난세의 업화를 없앨 자식을 낳으라 했을 때는 눈에 가득 눈물을 담고 있었다.

오다이는 그러한 어머니의 분노와 비탄을 비로소 알았다. 오빠 노부치카의 죽음을 누구보다도 강하게 저주하고 누구보다도 깊이 슬퍼하는 것은 역시 어머니인 듯했다. 어머니는 온몸으로 어지러운 이 세상에 항의하고 있었다. 무엇 때문인가? 생각할 것도 없이 오로지 자식을 위하는 마음 때문이었다.

오다이의 모습에 일하던 사람들 모두 걸음을 멈추고 머리에 쓴 것을 벗으며 절을 하기 때문에, 오다이는 어머니의 모습이 보이지 않게 되자 곧 거실로 돌아왔다.

어머니 말을 듣고 나서 태아에 대한 애정이 점점 더 형태를 갖추어나 갔다. 어머니에게 지지 않는 어머니가 되지 않으면 앞으로 태어날 아이에게 미안할 뿐이었다. 그러나저러나 현세의 기도가 정말로 아이의 미래에 영향을 주는 것일까?

오다이는 책상 앞에 앉아 한참 동안 곰곰이 생각했다. 남녀의 성적 행위를 통해 태어나는 아이, 때로는 환영받지 못하는 아이도 있을 것이 분명하나. 불륜, 산통에서부터, 단순히 쾌락을 추구한 결과로 태어나는 아이도 있을 것이었다. 그러한 아이의 운명.

"훌륭한 아이를 점지하소서."

이렇게 기원하여 낳는 아이의 운명은 다른 아이들과는 확실히 다를 것이라고 생각되었다. 하지만 그것은 태어나기 전에 기원한 결과가 아니라, 태어난 뒤의 양육에 차이가 있기 때문이 아닐까? 이런 생각을 하다가 오다이는 갑자기 흠칫 놀랐다. 태어난 뒤 양육이 가능할 것인지. 그런 힘이 과연 인간에게 허락되어 있는 것일까?

가만히 주위를 둘러보니 갑자기 두려움이 엄습해왔다.

"너는 몇 살까지 살 수 있느냐?"

이 물음에 몇 살까지라고 답할 수 있는 인간은 이 세상에 한 사람도 없었다.

모두가 어떤 환상에 사로잡혀 슬픈 착각 속을 헤엄치고 있는 데 불과했다. 오다이는 크게 한숨을 내쉬고 다시 한 번 가만히 주위를 둘러보았다. 생사만은 인간의 손이 닿지 못하는 곳에 있으면서 차갑게 인간들의 하찮은 지혜를 비웃고 있었다.

"반드시 훌륭하게 키우겠다."

엄밀한 의미에서 그런 말은 이 세상에는 없었다. 내일을 내다볼 수 없는 것이 인간이었다. 자식의 미래를 생각한다고 해도 그것은 단지 오늘 하루의 기도로 끝날 뿐이었다.

오다이는 갑자기 자기가 무력하고 가엾은 존재로 보였다. 저도 모르게 책상 앞에서 눈에 보이지 않는 것을 향해 합장하는데, 눈물이 뚝뚝 떨어졌다.

"마님…… 왜 그러시는지요?"

정신을 차렸을 때 유리가 걱정스럽게 두 손을 짚고 앉아 오다이를 올려다보고 있었다……

오다이는 유리에게 자신의 이 복잡한 감정을 어떻게 설명해야 할지 알 수 없었다.

5

"유리, 너는 몇 살까지 살 생각이지?"

오다이는 갈피를 잡을 수 없는 마음의 초점을 찾는 눈길로 물었다. 유리는 그 말을 어떻게 받아들였는지 가볍게 대답했다.

"마님 분부대로 언제까지라도 모시겠습니다."

오다이는 고개를 끄덕였다. 상대가 아무리 착각을 하더라도 일단 고개를 끄덕이는 것이 오다이의 버릇이었다.

"내가 그런 지시를 전혀 내리지 않는다면?"

"글쎄요……?"

"자기가 타고난 명은 알 수 없지."

"예. 하지만 전쟁에서…… 만일 능욕이라도 당하게 되면, 그때는 깨끗이 자살을."

오다이는 다시 머리를 끄덕이다가 이내 천천히 가로저었다. 소원을 말하기는 쉽지만 진리에 접근하기에는 부족한 것, 인간의 가련함은 그 이면에 있는 듯했다.

"됐어, 그런 말 너한테 묻지 않으마. 그보다 산에 모셔진 약사여래 님에게 내 기원문을 갖다드리지 않을래?"

"기원문이라면, 이번 전투의 승리를 기원하시려구요?"

오다이는 미소를 짓고 있을 뿐이었으나 이때 이미 마음은 굳게 정해져 있었다. 아니, 정해졌다기보다 어머니로서의 뜨거운 사랑에 눈을 떴다고 해도 좋았다.

이마가와의 군대가 드디어 하마마츠의 상원, 히쿠마노 성을 나와 미카와로 접어들려 할 때였다. 오카자키 성에서 마을로 새로운 소문이 퍼져나가고 있었다.

"마님께서 산에 계신 약사여래 님께 기원을 드리고 계신다는군."

"응, 그 몸으로 밤마다 후로타니 우물물을 백 바가지씩이나 퍼서 목욕재계하고 기도 드리신다니 고마운 일이야."

"몸에 해롭다고 성주님이 말리신 모양인데……"

"농성한다는 걸 알고 성주님 말씀도 듣지 않으신다는군. 보기 드문 열녀야."

"그 일로 부쩍 사기가 오르겠군."

"이겨야 하는데."

"물론이지. 미카와 무사가 여자한테 질 수야 있나."

오다 쪽 군사의 배치도 알려졌다.

어디 있는지 몰랐던 노부히데가 후루와타리의 새로운 성에 모습을 나타내고 이어서 선봉이 미카와를 향해 출발했다는 정보였다.

총대장은 물론 노부히데. 노부히데의 전략을 보좌하는 부대장에는 오다 미키노죠 키요마사織田造酒丞淸正. 사무라이다이쇼侍大將°는 오다 마고사부로 노부미츠. 그 막하에 나고야 야고로名古野彌五郎, 나가타 시로에몬永田四郎右衛門, 나이토 쇼쇼內藤庄昭, 나루미 다이가쿠노스케鳴海大學助, 카와지리 요시로河尻與四郎, 야리 산미槍三位 등 소문으로만 듣던 부장部將 이하, 미노의 방비는 어떻게 하고 있는지 의심스러울 정도로 정예들이 집결되어 있었다.

그리고 그 정예들이 안죠 성에는 들어가지 않고 단숨에 오카자키로 쳐들어갈 계획인 것 같다는 보고가 들어온 8월 8일 —

그날 밤도 오다이는 달이 진 심야의 우물가에서 열심히 태아를 위해 기도하고 있었다. 바람도 없었다. 잠이 들었는지 벌레소리마저 뚝 끊겨 이 고성古城 전체가 죽음 바로 그것처럼 정적에 휩싸였을 때였다.

북쪽 하늘에 꼬리를 물고 날아가는 혜성이 한층 더 강하게 빛을 발하면서 스르르 사라져갔다.

6

오다이의 의식에는 물의 차가움도, 밤 기운의 정적도, 멎은 바람도, 사라지는 별도 일체 없었다.

있는 것은 오로지 태아의 미래가 행복하기를 기원하는 응집된 '어머니의 마음' 뿐이었다.

그것은 이미 '마음'이 아니라 '모습'이라고 하는 편이 좋을지도 몰랐다.

처음에는 히로타다처럼 우유부단하지 않은 자식을 점지하소서라고 빌기도 하고, 어머니가 말한 '부처님의 화신'을 낳고 싶다는 생각을 하기도 했지만, 이렇게 기도를 드리고 있으려니 기도 그 자체가 갖는 쾌감이 어느덧 오다이를 불가사의한 황홀경에 녹아들게 했다.

무념무상이라는 딱딱한 표현으로는 해석할 수 없는, 선善과 의로움에 대한 만족이고 도취이며 자신감인 듯했다.

신앙의 참다운 즐거움이라고나 할까? 황홀하게 삼매경에 빠져 있는데 어딘가에서 누군가가 그녀의 소원에 크게 고개를 끄덕여주었다.

"오다이."

"예."

"그대는 훌륭한 어머니, 소원은 이루어질 것이다."

"예."

"이제부터는 그대의 지혜로 헤아리도록 하라. 어떻게 하면 태어날 자식에게 그대의 마음이 가장 잘 반영될지를 헤아리도록 하라."

만약 그 소리를 들은 사람이 지혜가 얕고 마음이 괴로움으로 비뚤어져 있다면, 그것은 미신이 되기도 하고 사교가 되기도 하며, 또 위험한 자만이 되기도 했을 터였다.

오다이는 그런 점에서 백지였다. 그녀는 솔직하게 생각하고 순진하게 행동하며 고지식하게 귀를 기울였다.

그녀는 이 소리를 '하늘의 소리'라고는 생각지 않았다. 누군가가 크게 감동하여 자기에게 생각하는 지혜의 힘을 빌려주었다고 순진하게 믿었다.

날이 차차 밝아올 무렵, 오다이는 문득 마음속을 울리는 커다란 충격을 느꼈다.

"어떻게 헤아려야 할까요?"

이 물음에 하나의 답이 주어졌다고 생각했다.

오다이는 재빨리 물에 젖은 흰옷을 벗고, 하얀 하반신을 수건으로 문질렀다. 후끈후끈 기분 좋게 온기가 되살아나는 뱃속에 또 하나의 다른 운명을 지닌 인간이 조그맣게 웅크리고 있다는 것을 생각하니 문득 미소가 떠오르고, 그 생명을 위해 기도 드린 만족감이 또 다른 감동으로 가슴을 조여왔다.

'그래, 이 아이를 위해 가장 옳은 것을 헤아려주자……'

히로타다는 계속 바깥채에 머무른 채 요즘 10여 일 동안 안채에는 얼굴을 보이지 않았다. 우물가를 나서자 유리와 코자사가 그림자처럼 따라왔다.

거실로 돌아온 오다이는 코자사를 먼저 쉬게 하고 유리를 가까이 불렀다.

"유리, 부탁할 게 있어. 내가 산실産室에 들어가거든 너희들은 즉시 산에 모신 약사여래에게 참배해주었으면 해."

"산실에 들어가신다는 건?"

유리는 의아한 듯 반문하고는 생긋 웃었다. 이 젊은 여주인은 싸움에 이겨 산실에 들어갈 수 있을 것이라 믿고 있다 ― 순간 유리의 마음이 확 트였다.

"무슨 계시라도 있었나요?"

"있었어. 내가 사내아이를 낳았다는 사실을 알게 되거든 곧바로 법당의 불상 하나를 훔쳐다 줘."

7

"법당의 불상이라뇨?"

유리는 오다이의 말을 이해하지 못하고 되물었다. 오다이의 뺨에는 발그레하게 혈색이 돌고 물기를 머금은 눈동자가 반짝반짝 빛나고 있었다. 골똘하게 무언가에 집착하는 오다이의 모습이 유리의 몸을 긴장시켰다.

"넌 호라이 사鳳來寺 약사봉藥師峰에 불상 열둘이 안치되어 있다는 것을 아느냐?"

"예…… 십이지十二支를 본뜬 여래보살을 저도 한 번 보았습니다."

오다이는 고개를 끄덕였다. 언제 누구의 손으로 만들어졌는지는 알지 못했다. 그러나 십이지를 본떠 각각 태어난 해에 맞추어 만든 이 불상이 절의 보물에서 어느 틈에 당시 사람들의 현세와 미래를 주관하는 신비한 수호불守護佛로 믿어지고 있었다.

유리는 말띠여서, 허공장보살虛空藏菩薩로 금강석 화살을 가진 산테라다이쇼珊底羅大將를 참배하러 갔던 일이 있었다.

오다이는 돼지띠, 수호불은 틀림없이 흰 먼지떨이를 손에 든 미륵보살일 것이었다. 그 수호불에게 산실을 나오기까지의 평안을 빌고 오라는 말이라면 충분히 이해할 수 있었다. 그러나 훔쳐오라는 말은 예삿일이 아니었다.

유리가 의아하여 고개를 갸웃하는데, 오다이는 눈도 깜짝이지 않고 그런 유리를 찬찬히 바라보았다.

"유리."

"예."

"내 말 잘 들어. 이 말은 너에게만 털어놓는 거야. 절대로 입밖에 내어서는 안 돼."

"예, 절대로……"

"너는…… 열두 불상 중 세번째 놓여 있는 신다라다이쇼眞達羅大將…… 호랑이가 새겨진 창을 들고 서 있는 보현보살普賢菩薩을 훔쳐 오너라."

"호랑이가 새겨진 창을 가진 불상이라면?"

"앞으로 태어날 아기의 수호불이야."

끈질긴 목소리로 숨이 차오르는 듯 말하고 오다이는 주위를 둘러보았다.

"걱정할 건 없어. 이것은 부처님의 계시야. 창을 가진 보현보살을 그대에게 줄 터이니…… 소중히…… 소중히 키우라는 계시였어."

"보현보살?"

오다이는 크게 머리를 끄덕이다가 흠칫했다. 놀라는 유리의 표정이 임신하고 있는 오히사의 놀라움으로 보였다.

'창을 든 신다라다이쇼의 화신이라면 당할 자가 없겠지.'

이런 감정이 불현듯 마음을 스쳐갔으나, 오다이는 이것을 야비한 질투라고는 생각지 않았다. 생사의 열쇠는 보이지 않는 것이 쥐고 있는 법. 이것이 자식에 대한 어머니의 임무라고 생각했다.

"알겠지. 너는 신다라다이쇼의 환생임을 명심하고 절대로 비열한 짓을 해서는 안 된다."

그 한마디에는 히로타다처럼 소심하지 않은 꿋꿋함과 자신감을 가진 아기를 바라는 기원이 깔려 있었다.

유리는 오다이의 말을 어떻게 받아들였을까.

"그러시면, 그 수호불이 그대로 아기님으로 환생하시는 것입니까?"

"아니."

오다이는 가볍게 고개를 저었다.

"스스로 이 세상에 태어나는 거야. 자기 모습을 한동안 절에서 숨기고 싶다고…… 이것도 보살님의 계시야."

유리는 오다이의 마음을 헤아리지 못하고 또다시 눈을 깜빡거렸다.

8

오다이는 더 이상 망설이지 않았다. 가능하면 유리도 이것이 진정한 계시라 믿게 하고 싶었다.

모든 것이 자식을 생각하는 진심이므로 결코 부처님의 뜻에 맞지 않을 리가 없다는 자신감이 차분히 마음에 자리잡아갔다.

"알겠느냐, 보살님의 계시를? 보살님은 몸소 이 세상에 태어나신다. 인간의 모습으로 태어나 고통을 받고, 중생을 구제하려는 마음으로 절에서 몸을 숨기겠다고 말씀하셨다. 그리고……"

오다이는 한층 더 소리를 낮추었다.

"그러기 위해서는 충성심이 한결같은 네 손으로 해야 한다. 이것도 보살의 계시지."

"아니? 제 손으로……"

유리는 깜짝 놀라 숨을 죽였다. 하지만 곧 엷은 미소를 입가에 떠올리면서 무릎을 꿇고 두 손을 짚었다. 아마도 오다이의 마음을 읽은 모양이었다.

오다이는 무엇에 홀린 듯한 어조로 말을 계속했다.

"네가 아니고는 이런 큰일을 해낼 사람이 없을 것이라고도 말씀하셨어. 아기가 탄생했다는 소식이 왔을 때 몸을 숨겼다가 아기가 세상을 떠나면 다시 본래의 자리로 돌아가겠다, 그때까지 네 손으로 누구의 눈에도 띄지 않는 곳에 숨어 있고 싶다고 말씀하셨지. 그러니 네가 이 큰일을 완수해주기 바란다."

"예, 목숨을 걸고."

"좋아. 신다라다이쇼가 이 세상에 둘이나 있으면 사람들이 갈피를 잡지 못한다."

"염려하지 마십시오. 반드시 숨기고야 말겠습니다."

"다른 사람한텐 비밀로 하고."

"예."

유리는 대답하고 다시 살짝 웃어 보였다.

"절대로 입밖에 내지 않겠습니다. 하지만 세상 사람들은 곧 알게 되겠죠."

"그럴 테지."

"우선 절에서 크게 놀랄 겁니다. 호랑이 해에 창을 든 불상이 갑자기 사라졌다, 이게 웬일일까 하고 생각하다가 마님의 기도를 생각해내고는…… 오오! 마츠다이라 가문에 아기가 탄생하셨다고…… 하지만 그 아기가 만약…… 여자아이라면……"

유리는 그렇게 말하다가 당황하여 손을 내저었다.

"절대로 그럴 리는 없을 거예요. 하지만 만일의 경우를 생각해 계시에 대해서는 마님도……"

"그래, 나도 쓸데없는 말은 삼가겠다."

오다이는 이렇게 대답했지만 왠지 그런 걱정은 조금도 하지 않았다. 아들은 왼쪽에 자리잡는다는 말을 로죠 스가에게서 들었다. 불상이 없어지고 그 후 태어나는 아들의 모습이 또렷이 보이며, 아들 앞에 꿇어 엎드리는 수많은 사람들의 모습이 눈앞에 어른거렸다.

그것은 오히사가 낳은 칸로쿠이기도 하고 노신들이기도 했다가 카리야의 오빠이기도 했다.

이러한 공상이 요즘 부쩍 늘어난 것은 역시 생리 탓일까.

어느덧 창문이 훤해지고 있었다. 오다이는 큰 짐을 벗어놓은 듯 홀가분해지며 갑자기 피로와 졸음을 느꼈다.

"이제 좀 주무시지요. 몸에 해가 미치면 안 됩니다."

유리가 일어나 잠자리를 고치고 있을 때 갑자기 밖에서 소라고둥소리가 요란하게 울리기 시작했다.

겨울이 오면

1

카리야 성 별채로 거처를 옮긴 미즈노 타다마사의 병세는 겨울로 접어들면서 더욱 심해졌다. 식욕도 있고 가래도 별로 나오지 않았으나, 때때로 온몸 마디마디가 쿡쿡 쑤시듯 아파왔다.

젊었을 때부터 전쟁터에서 보낸 나날이 많아 늙음이 일찍 찾아온 모양이었다. 오다이를 출가시켰을 무렵과는 달리 머리는 완전히 백발이 되고, 눈도 뿌옇게 흐려져 있었다. 얼굴만이 불그레한 것은 변이 고르지 못한 탓인지도 몰랐다.

"올해도 다 가는데 용케 살아왔어……"

한 시녀에게 어깨를 주무르게 하면서 아무 생각 없이 창을 바라보고 있는데, 새 한 마리가 홱 지나가는 모습이 비쳤다.

"얼마 안 있어 정월이 되면 또 한 살 더 먹게 되는군. 이제 곧 죽을지도 몰라."

"예? 무어라 말씀하셨는지요?"

시녀가 손놀림을 멈추며 묻고 타다마사는 몇 번이나 고개를 끄덕이며 말했다.

"올해는 이상한 해라서 그런다. 아즈키자카 전투에는 용케 참가하지 않을 수 있었지만, 그 대신 노부치카를 잃었어."

"토쿠로 님은…… 정말 애석하게 되었습니다."

"너희들도 그렇게 생각하느냐? 그 녀석은 고지식하고 착한 애라 생각하고 있었는데…… 여자에게 빠진 것이 잘못이었어."

타다마사는 자기 손등의 주름살에 눈길을 떨구고 한숨을 쉬었다.

"노부치카가 괴한에게 살해된 뒤 쿠마 도령의 집 처녀도 그 뒤를 따라 자결했다더군……"

"예, 오쿠니 님이라는 아주 예쁜, 그러나 외로운 분이었어요."

"너희들은 어떻게 생각하느냐, 그 오쿠니인가 하는 여자의 죽음을?"

"행복한 분이라고 생각합니다. 사랑하는 사람의 뒤를 따라……"

젊은 시녀가 황홀한 듯 말하자 타다마사는 다시 몇 번이나 고개를 끄덕였다.

"인간의 행복은 뜻밖에 그런 데 있는지도 모르지. 나도 얼마 안 있으면 죽을지 모른다……고 생각한 뒤부터는 세상을 보는 눈이 달라졌어."

"그러시다면 어떻게 달라지셨는지요?"

"처음에는 이 얼마나 바보 같은 놈이냐고 화가 나더군, 노부치카에게 말이야. 그러나 지금은 꼭 그렇다고만은 생각지 않아. 사랑하는 여자를 찾아가는 것과 적의 성에 맨 먼저 쳐들어가는 것은 근본이 같은 거지. 결국 어느 것이나 다 용감한 자란 말이다."

"정말 오쿠니 님은 행복한 분이라 생각합니다."

"그래, 행복했어…… 그렇게밖에는 달리 표현할 말이 없겠지."

타다마사는 목덜미를 주무르게 하려고 짧은 목을 오른쪽으로 기울이고 스르르 눈을 감았다. 순간 노부치카의 얼굴에, 오카자키 성으로 시집보낸 오다이의 얼굴이 겹쳐 떠올랐다.

　아버지로서는 죽는 행복보다 살아주기를 바라고 있었다. 지난 초가을 전투에서는 조급하게 구는 노부모토를 꾸짖어 오카자키와의 전투를 막았으나, 내가 죽고 나면 어떻게 될 것인가?

　'더구나 오다이는 틀림없이 제 남편의 뒤를 따를 강직한 기질인데……'

　다시 휴우 하고 한숨을 쉬었을 때 햇빛을 가득히 받은 오른쪽 장지문이 조용히 열렸다. 죽은 노부치카를 그대로 옮겨놓은 듯한 막내아들 타다치카忠近가 들어왔다.

　"아버님, 병환은 좀 어떻습니까?"

　타다마사는 어쩐지 우울해 보이는 눈으로 빛 속에서 자기 아들의 모습을 바라보았다.

2

　"오, 타다치카냐, 오늘은 아주 따뜻하구나. 그래서 그런지 통증도 좀 덜한 것 같다."

　"다행입니다. 잠시 말씀을 여쭤도 괜찮겠습니까?"

　"괜찮으니 가까이 오너라. 오늘도 계속해서 아즈키자카의 전투 이야기를 듣고 싶구나."

　타다마사가 이렇게 말하자 이제 겨우 열여섯 살로 앞머리를 갓 깎은 타다치카는 하카마 자락을 펼치고 딱딱한 자세로 아버지 앞에 앉은 채로 다가왔다.

　"지난번에는 오다 군사가 고전하다가 야리 산미가 전사한 것까지 말씀 드린 것으로 기억합니다."

"응, 맞다. 오다 미키노죠도 부상을 입었으나 조금도 기세가 꺾이지 않고 이마가와 군의 대장 이하라 아와노카미庵原安房守의 진지로 돌격해들어갔다는 데까지였다."

"그러면 그 다음을 말씀 드리겠습니다. 미키노죠 님이 맨 먼저 적진으로 돌진하는 것을 보고 도망치려던 오다 군은 용기를 되찾아 미키노죠를 전사케 해서는 안 된다고, 마고사부로 노부미츠 님을 선봉으로 똑같이 열여섯 살인 시모카타 야사부로下方彌三郎, 삿사 마고스케佐佐孫助, 나카노 오치츠中野おちつ와 여기에 오카다 스케에몬岡田助右衛門, 삿사 하야토佐佐隼人 등이 가세하여 아수라처럼 이마가와 진영으로 쳐들어가 오와리 군을 승리로 이끌었습니다. 이들을 가리켜 아즈키자카의 칠 용사라 부른다고 합니다. 그중에는 열여섯 살의 젊은 무사가 네 명이나 있습니다. 명예로운 일이 아닐 수 없습니다."

동갑인 열여섯 살의 타다치카가 여간 부럽지 않다는 듯이 눈빛을 반짝이는데 타다마사는 크게 고개를 끄덕였다.

"그 뒤로 오카자키의 군대가 분전을 했구나."

"예. 마츠다이라 히로타다 님의 지휘 아래 무너지는 이마가와 군대를 구하려다 일족인 하야토노스케 노부요시隼人佐信吉와 그 아들 덴쥬로 카츠요시傳十郎勝吉는 전사했다고 합니다."

"음, 음. 하지만 그 덕에 이마가와 지부노타유 요시모토 님은 간신히 오카자키 성으로 후퇴할 기회를 얻었다고 하더구나."

"예, 이를 까맣게 물들이고 눈썹을 그린 지부노타유 님, 그 뚱뚱한 몸으로 안장에 매달리듯이 해서 겨우 오카자키 성으로 도망쳤습니다. 그다지 보기 좋은 모습은 아니었다는 소문이 자자합니다."

"그러나 오다 진영도 그 후에는 마츠다이라 군에 쫓겨 안죠 성으로 도망쳤다고 하지 않더냐?"

"도망친 것이 아니라 철수했다고 하는 편이 정확할 것입니다. 아버님, 역시 오다 군은 용감합니다. 이마가와 군과는 무기 자체가 다르죠. 그 긴 창을 꼬나들고 돌진했으니 칼이나 짧은 창은 쓸모가 없지요. 앞으로는 무기도 변할 것이라고 형님들이 말하고 있습니다."

어느 틈에 이 막내아들도 오다 군의 힘에 매료되어 기대를 걸고 있는 모양이었다.

타다마사는 다시 눈을 감았다. 허리에 약간의 통증을 느꼈다.

"이마가와의 대장 이하라 아와노카미를 벤 것은 누구라고 하더냐?"

"예, 그것도 역시 열여섯 살의 젊은 무사 카와지리 요시로였습니다. 요시로가 적의 대장을 죽였을 때 건장한 어른들은 모두 고개 중턱까지 달아나 있었다고 합니다."

"그래? 그도 역시 열여섯 살이구나."

"아버님…… 저도 전장에 나가고 싶습니다."

"음, 그럴 테지. 나도 젊었을 때는 그랬다."

말을 하다 말고 입을 다무는가 싶더니, 타다마사의 뺨에 한 줄기 눈물이 주르르 흘러내렸다.

3

아즈키자카의 전투에서는 마츠다이라 중신들의 작전이 훌륭하게 성공을 거둔 듯했다. 타다마사가 볼 때, 오다와 이마가와 양쪽의 승부는 어느 쪽이 이겼다고 단정하기가 어려웠다. 멀리 슨푸에서 말을 달려온 요시모토가 그만 당황하여 오카자키 성으로 도망쳐들어갔던 것이다.

겉으로는 오다 군이 이긴 듯이 보였으나, 그러한 오다 군도 오카자키에는 손을 대지 못했다. 그들 역시 마츠다이라의 세력에 쫓겨 서둘러 안죠 성으로 도망쳤다.

이마가와 지부노타유 요시모토는 오카자키 성에서 그것을 확인하고 일단 군사를 거두어 슨푸로 돌아갔고, 오다 노부히데도 마고사부로 노부미츠를 안죠 성에 남겨두고 자신은 부랴부랴 오와리의 후루와타리로 철수해갔다.

이마가와 요시모토의 원정은 실패로 돌아갔지만, 오다 쪽 또한 많은 가신을 잃었을 뿐 얻은 것은 없었다.

이 전투에서 무엇이 남았느냐고 묻는다면, 그것은 양군 사이의 뿌리 깊은 '원한' 뿐이라고 대답해야 할 것이었다.

타다마사는 문득 그것이 슬퍼졌다.

'여자의 행복은 사랑하는 남자 곁을 떠나지 않는 것'이라고 시녀도 말했다.

백성들의 소원은 그보다 훨씬 더 절실하고 소박할 것이다. 그 소원을 짓밟고 백성과 땅을 빼앗는다.

"업보야, 나쁜 업보야……"

전투 이야기를 듣는 동안 타다마사의 마음은 어느덧 막막하고 끝없는 공간을 헤매기 시작했다. 그러나 젊은 타다치카는 그러는 아버지를 위로하려고 그랬는지 점점 더 전투 이야기에 열을 올렸다.

"노부히데 님은 이번에야말로 본때를 보여주겠다고 우에노 성을 공격하려고 전투준비에 여념이 없다고 합니다."

"그럴 테지, 그럴 거야."

"이마가와 쪽에서도 셋사이 화상和尚은 다시 미카와로 군대를 보내 일거에 오와리를 짓밟으려고 기회를 노리고 있다고 합니다."

"타다치카."

"예."

"오다 쪽에서 시모츠케에게 사자를 다시 보내왔다더냐, 보내왔을 테지?"

"예…… 그렇습니다."

"그래서 너는 나를 설득하러 왔구나. 그렇지?"

"아닙니다. 그것은……"

타다치카는 당황해했다. 타다마사는 눈을 가늘게 뜨고 그를 바라보면서 말을 이었다.

"아즈키자카 전투에서 만약에 미즈노 군의 가세가 있었다면 어렵지 않게 오카자키 성을 빼앗았을 것이라고 사자는 시모츠케를 설득했겠지. 경우에 따라서는…… 이번에 가세하지 않으면 먼저 카리야를 피로 물들이고…… 이런 말을 했을지도 몰라."

"아버님!"

"왜 그러느냐?"

"지금은 난세입니다. 형세를 관망하는 것은 용납되지 않습니다. 오다냐, 이마가와냐 태도를 분명히 할 때라고 생각합니다."

타다마사는 대답하지 않았다. 또다시 죽은 노부치카와 오다이의 얼굴이 떠올랐다.

"아버님!"

타다치카는 무릎걸음으로 다가앉았다.

"형님은…… 시모츠케 님은…… 아버님이 돌아가실 때까지는 가담에 대한 말을 삼가달라고 사자에게 말했다가 한마디로 거절당했습니다. 그때까지 기다릴 수가 없다! 이것이 오와리의 통첩입니다."

4

타다마사의 살찐 어깨가 꿈틀 움직였다.

'건방지게 깔보다니!'

예상하고 있던 일이기는 했으나 화가 치밀었다.

"그러냐, 그래 형은 뭐라고 대답했느냐?"

타다마사는 눈을 감은 채 조용히 물었다.

"아버님……"

다시 타다치카는 힐문하듯이 말했다.

"그 일을 새삼스럽게 물으시는 아버님의 생각을 저는 모르겠습니다. 작은 성을 지닌 슬픔, 대답은 하나뿐일 것입니다."

타다마사는 잠자코 있었다. 바람이 그쳤는지 귀에 익은 파도소리도 들리지 않고, 햇빛 가득 비치는 하얀 장지문이 기분 나쁠 정도로 조용했다.

"이제 됐다."

타다마사는 나직하게 말하여 시녀의 주무르는 손을 멈추게 했다.

"물러가거라. 수고가 많았다."

시녀는 공손히 절을 하고 소리 없이 사라져갔다. 다시 한동안 침묵이 계속되었다.

"타다치카."

"예."

"시모츠케에게 이 아비의 유언이라고 단단히 일러라."

"예."

"시모츠케에게 효심이 있다면…… 아비가 살아 있는 동안에는 오다와 손을 잡아서는 안 된다고 일러라. 부득이할 경우에는 일전도 불사하겠다 ── 이렇게 말하라, 이 아비의 유언이다."

타다치카는 눈이 휘둥그레져 아버지를 쳐다보았다. 늙고 병든 아버지의 그 어디에 이런 기백이 있었을까 의심이 들 정도의 기세였다.

"아버님은 가운家運을 걸고라도 오다의 휘하에는 들어가시지 않겠다는 것입니까?"

타다마사는 고개를 끄덕였다.

"내가 살아 있는 동안에는 안 된다. 그러나 타다치카, 시모츠케에게
도 무장의 자존심은 있을 게다. 만약 그 휘하에 들어가 오카자키를 공
격하겠다는 변경할 수 없는 약정을 맺었다면, 정을 버리고 먼저 이 아
비를 베라고 일러라."

"옛! 아버님을……"

타다치카는 순간 얼굴을 경직시켰다.

"안 됩니다. 그런…… 당치도 않은……"

그리고는 거칠게 고개를 저었다.

"말씀해주십시오, 아버님! 아버님의 그 결심에는 까닭이 있을 것입
니다. 그 이유를 말씀해주십시오."

타다마사는 그 말에는 대답하지 않았다.

"타다치카, 나 좀 눕고 싶구나."

가만히 요 위에 누워 다시 한참 동안 물끄러미 창으로 들어오는 빛을
바라보았다.

"나는 말이다, 타다치카. 세상의 여느 무인들과는 좀 다른 방법으로
죽고 싶구나."

"다른 방법이라니요?"

"세상에서는 흔히 무략武略이나 전략만으로 사돈관계를 맺기도 하
고 죽이기도 한다. 그러나 나는…… 나만은 그와는 다른 길을 걷다가
황천 여행을 떠나고 싶구나."

타다치카는 찢어질 듯이 눈을 크게 뜨고 몸을 경직시킨 채 가만히 듣
고 있었다.

"시모츠케가 오다의 막하에 들어가는 것은 막지 않겠다. 그러나 나
는 오카자키의 장인이야. 그러니 진심으로 사위를 걱정하다가 죽기로
결심했다. 내가 오다이를 히로타다에게 보낸 것은 남들처럼 정략적으

로 이용하려고 그랬던 것은 아니다. 나는 그 증거를 후세에 남기고 싶어…… 알아듣겠느냐? 원한의 씨앗을 남기지 않는다면 도대체 무엇이 남는가를……"

5

타다치카는 빤히 아버지를 바라볼 뿐이었다. 아버지가 생각하고 있는 바를 알 것 같으면서도 알 수 없었다. 그럼에도 불구하고 만약 그 이상 오다 편에 가담할 것을 권한다면 ―

"그렇다면 나를 죽이고 가거라."

그럴 결심이라는 것은 분명히 알 수 있었다.

"그럼…… 무슨 일이 있어도 오와리에는 가담하시지 않겠습니까?"

"이 아비의 눈에 흙이 들어가기 전에는 안 된다. 그러나 타다치카, 오와리 편에 가담하지 않으면 당장 일전을 벌여야 한다고 생각하는 것은 젊은 혈기에서 나오는 속단이다."

"하지만 오와리의 사자 나이토 카츠스케는, 불응한다면 전쟁이 일어날 것이라고……"

타다마사는 입가에 희미한 미소를 떠올렸다.

타다치카도 노부모토도 아직 어리다. 상대의 계략에 감쪽같이 넘어가고 있다는 것을 잘 알 수 있었다.

"타다치카, 그런 것을 가리켜 흥정이라 한다."

"……과연 그럴까요?"

"오와리에 가담하지 않고 오카자키에 가담하겠다는 것이 아니야. 아버지가 병이 났으니 어느 쪽에도 가담할 수 없다고 하는데도, 이런 우리를 일부러 적으로 돌릴 정도로 오다 쪽에 인물이 없다고 보는 거냐?"

"글쎄요…… 그것은?"

"좌우간 노부모토에게 분명히 일러라. 이 아비를 베든가, 아니면 오와리나 슨푸 어느 쪽에도 가담하지 않든가, 둘 중에서 어느 쪽을 택하느냐 하는 것은 노부모토의 생각에 맡기겠다고 일러라. 알겠느냐? 알았거든 그만 물러가거라. 나는 혼자 조용히 쉬고 싶다."

타다치카는 고개를 갸웃하며 바로 물러가려고 하지 않았다. 그는 타다마사의 추측대로 시모츠케노카미 노부모토로부터 아버지를 설득하라는 말을 듣고 찾아왔다.

그런데 아버지는 아직까지도 오다 편에 가담하지 않을 수 있는 수단이 있는 줄 믿고 있는 것 같았다.

편안하게 눈을 감고, 이제 할말은 다 했다는 듯 조용한 표정으로 누워 있었다. 타다치카는 지그시 입술을 깨물었다.

"아버지는 병이 나신 후로는 몹시 마음이 약해지셨어. 그런 성격이 아니었는데."

형 노부모토는 이렇게 말했지만 타다치카는 그 반대라고 생각했다. 마음이 약해지기는커녕 더욱 강하고 완고해져 있었다. 오다 편에 가담하지 않아 체면이 서지 않을 형편이라면 자기를 죽이고 체면을 세우라고 했다. 이보다 더 강한 말이 어디 있겠는가.

그리고 이 말을 그대로 노부모토에게 전하면 노부모토는 아버지를 베려 들지도 몰랐다.

"가문을 위해, 일족을 위해 늙은이 한 사람의 고집은 용납할 수 없어. 이런 세상에서 사사로운 정 따위는."

막내 타다치카에게는 그런 상상이 견딜 수 없었다. 도대체 이 이상 무슨 말을 더 해야 아버지의 마음을 움직일 수 있을 것인가? 타다치카는 차마 일어나지 못하고 앉아 있었다.

"타다치카…… 아직도 있었느냐?"

타다마사는 가늘게 눈을 떴다.

"누가 복도를 건너오는구나. 다급한 발소리야."

"예……?"

그 말에 귀를 기울이니 과연 쿵쿵거리며 마루를 밟는 거친 발소리가 들렸다.

"저 발소리는……"

타다마사는 먼 곳을 바라보는 눈으로 말을 이었다.

"히지카타 누이노스케가 아니냐, 무슨 일일까? 몹시 서두르고 있는데."

그렇게 말했을 때.

"큰 성주님! 성주님!"

정원 너머에서 큰소리로 부르는 타다마사의 총신寵臣 누이노스케의 목소리가 들렸다.

6

"성주님! 성주님! 오카자키의 마님으로부터 전갈이 왔습니다, 성주님!"

누워 있는 타다마사를 멀리서 일어나게 하려는 속셈인 듯했다.

"오카자키에서 아드님이 탄생하셨습니다! 아드님입니다. 사내아이입니다."

타다마사의 눈이 번쩍 빛났다.

"타다치카, 나를 일으켜라!"

"예."

타다치카가 얼른 아버지를 안아일으켰다.

"성주님!"

그와 함께 장지문을 드르륵 열고 문지방 너머에 털썩 앉아, 야릇한 소리로 히지카타가 웃기 시작한 것은 거의 동시의 일이었다.

"후후후후."

"히지카타, 사내아이인가?"

"예, 사내아이……"

"그래, 사내아이가 태어났다는 말이지!"

"그것도 보통 사내아이가 아닙니다."

"뭐, 보통 사내아이가 아니라니, 설마 불구자?"

타다마사의 물음에 시동으로 재상에 오른 이 총신은 가슴을 떡 펴고 손을 내저었다.

"너무 서두르지 마십시오. 우선 진정하시고……"

그는 성큼성큼 들어서서 머리맡으로 다가왔다.

"출생시각은 오늘 새벽 인시寅時(오전 4시경)."

잠시도 기다릴 수 없는 듯 말을 이으면서 앉았다.

"뒤를 이으실 분이 호랑이 해, 호랑이 시에 태어났다고 오카자키에서는 일제히 환호성이 터져나왔다고 합니다."

"음, 호랑이 시란 말이지."

"아기님을 목욕시키려고 정갈하게 해두었던 사카타니의 우물물을 길러 가는 동안, 놀랍게도 마츠다이라 마을 로쿠쇼六所 신사에서도 성스러운 우물물을 보내왔다고……"

"허어."

"모두가 얼마나 기다리던 아기인지 이 한 가지로도 알 수 있습니다. 탯줄은 사카이 우타노스케가 끊고 활시위는 이시카와 아키노카미가 퉁겼습니다. 히로타다 님도 매우 기뻐하시며, 일부러 산실 밖에까지 와서 아기의 울음소리를 들으셨다고 합니다."

여기까지 말했을 때 누이노스케의 눈도 타다마사의 눈도 촉촉이 젖어들었다. 타다치카만이 엄숙한 자세로 앉아 있었다.

"그러냐…… 그러냐…… 한데, 그대에게는 누가 알리러 왔는가?"

"유리입니다. 유리가 전부터 내명內命을 받고…… 아니, 그리고 한 가지 더 있습니다, 성주님! 이 또한 믿을 수 없을 정도로 상서로운 조짐입니다."

"무엇이냐? 뜸들이지 말고 어서 말하라."

"하지만, 이 말은…… 후후후후."

누이노스케는 가슴을 잔뜩 젖히면서 두툼한 손을 무릎에 얹고는 다시 웃었다.

"성주님, 성주님께서는 호라이 사가 있는 봉우리의 약사여래를 아십니까?"

"모를 리 없지. 사내아이를 점지해주십사 하고 나도 축문을 바쳤으니까."

"그 약사여래 말씀입니다. 실은 그 봉우리에 오다이 마님도 기원을 드리셨는데, 아기를 낳으신 날 밤에는 제 딸인 유리가 대신 참배를 했다고 합니다."

누이노스케는 어느 틈에 타다마사의 베개 옆으로 바싹 다가가서 지그시 타다마사를 바라보고 있었다. 이 총신만은 타다마사의 진정한 소원을 간파하고 있는 듯했다.

7

타다마사는 오카자키로부터의 소식을 자기 이상으로 기뻐하는 누이노스케의 모습이 안타깝기도 하고 기쁘기도 했다.

"그렇다면 호라이 사에 있던 유리가 출생 소식을 듣고 즉시 카리야로 달려왔군 그래."

"물론입니다 — 오다이 마님의 지시로. 그런데 오늘밤 예정대로 출생의 소식이 절에 전해져서 주지 이하 모든 승려가 법당에 올라가 순산의 감사기도를 드리려고 했는데, 이게 웬일입니까, 절의 보물인 불상하나가 홀연히 사라져버렸다고 합니다."

"뭐, 불상이 사라졌다고?"

"후후후, 이상한 일이라고 생각하시겠지요. 호라이 사는 물론이고 오카자키 성에서 스고무라 일대가 벌써 이 소문으로 들끓고 있습니다."

"불상을 도난당했다고 했지? 그런데 어째서 이 일을 그대는 기뻐하는가?"

"도난이 아닙니다. 홀연히 사라진 것입니다!"

누이노스케는 답답하다는 듯 혀를 찼다.

"그 불상은 유명한 십이 신상 중, 첫째의 석가여래도 아니고 둘째의 금강보살도 아니고……"

"왜 그리 말을 빙빙 돌리느냐. 그래 무엇이 사라졌단 말이냐?"

"예…… 세번째의 호랑이 신인 보현보살 신다라다이쇼입니다. 원래이 신다라다이쇼는 손에 모든 악을 물리치는 창을 들고 있는 보현보살, 이 보현보살은 말할 것도 없이 법체편만法體遍滿하여 모든 유혹을 끊어버리고 지극한 깨달음에 이르게 하는 모든 부처, 모든 보살 가운데서도 가장 현명한 분이십니다."

"흐음."

"아미타여래의 여덟번째 왕자, 이치理致와 정행定行을 구현하는 이 호랑이 신이 호랑이 해의 호랑이 시에 홀연히 자취를 감추고, 동시에 오카자키 성에서는 옥과도 같은 사내아이가 우렁차게 울음을 터뜨렸습니다."

타다마사는 쉴새없이 지껄이는 누이노스케의 입을 어이없다는 듯이 바라보고 있었다. 그 침착한 태도가 누이노스케는 불만스러운 듯.

"성주님! 호라이 사 스님이 늘 설법하고 있지 않습니까. 이 보살은 보현普顯의 신통력을 가지고 있어 삼십삼 신身, 십구 설법說法, 언제나 원하는 곳에 나타나며, 호법설교護法說教가 자유롭다고 말입니다. 그러므로 물론 일정한 모습은 아니지만 나타나려 할 때는 어떤 모습으로도 자유자재로 이 세상에 나타나십니다. 이것은 틀림없이 난세를 구하려는 비원을 가지고 이 오카자키 성에 모습을 나타낸 것이라고……"

"잠깐! 도대체 누가 그런 말을 하던가?"

"유리입니다. 그런 소문이 절에서 마을로 순식간에 퍼져나갔다고 하더군요."

"뭐라구? 순식간에 절에서 마을로……"

타다마사는 생각에 잠기듯 고개를 갸웃했다.

"거 참, 난처한 소문이 돌았구나."

"어찌 그런 말씀을 하십니까. 이 소문으로 온 마을은 물론 오카자키 사람들까지 용기백배하여……"

"그러기에 난처하다는 말이다."

타다마사는 갑자기 양미간을 모았다.

"누구의 얕은꾀인지는 모르나, 마을사람들이라면 또 몰라도 무사까지 소문을 퍼뜨리고 다닌다니 안 될 말이야. 그대는 유리에게 단단히 일러야 해. 절대로 그런 말을 퍼뜨려서는 안 된다고."

말허리가 끊긴 누이노스케는 자못 불만스러운 듯 멍하니 입을 벌리고 타다마사를 바라보았다.

8

누이노스케가 입을 다물자 옆에 있던 타다치카가 의아한 듯이 고개를 갸웃했다.

"오카자키에서 아기가 태어난 것과 관련된 그 기이하고 상서로운 징조를 어째서 퍼뜨려서는 안 됩니까?"

젊은 타다치카는 이러한 기적에 크게 흥미를 느끼는 듯한 표정이었다. 타다마사는 짐짓 무뚝뚝하게 고개를 저었다.

"그게 얕은꾀다. 정말 불상이 저절로 사라질 수 있다고 생각하느냐?"

"그렇지만 아버님, 사라진 것은 엄연한 사실이니까 역시 이상한 일이라고……"

"쉽게 단정해서는 안 돼. 불상이 법당에서 사라지게 된 데에는 몇 가지 원인이 있을 터, 그 점을 잘 생각해보아야 해."

"성주님께서는 이상한 말씀을 하시는군요."

"내 말을 잘 들어. 세상에는 이상한 일이 많은 게야. 첫째는 누군가가 지각없이 훔쳤을 경우, 둘째는 누가 그런 소문을 퍼뜨리기 위해 훔치게 했을 경우, 셋째는 호라이 사에 아첨하기를 좋아하는 중이 있어 마츠다이라의 비위를 맞추려고 훔쳤을 경우."

"으음."

누이노스케는 신음했다. 까탈을 잡는다면 그 말이 옳았으나, 그렇다면 모처럼 폭발한 기쁨은 풀어놓을 곳이 없었다.

"그대들의 기쁨은 잘 안다. 하지만 그 아이가 보현보살의 환생이라는 소문이 퍼져 어리석은 무리들이 믿고 따르는 미신이 생긴다면 어떻게 하겠는가?"

"그래도 좋지 않습니까. 백성들은 계속되는 전쟁에 지쳐 기적을 바라고 있습니다."

"그것 참 답답한 사람이로군. 게다가 아기까지 그 사실을 믿게 되면 더욱 화근이 깊어진다는 것을 알아야 해. 잘 생각해보게. 세상사람들이 완전히 그 소문을 믿고 본인도 그렇게 생각하고 있을 때 도난당한 불상이 엉뚱한 곳에서 불쑥 튀어나오면 어떻게 되겠나. 그럴 경우 낙심한 백성들을 도대체 누가 어떻게 달랠 수 있겠어?"

누이노스케는 저도 모르게 숨을 죽였다. 과연 그렇게 된다면 문제는 심각해질 수밖에 없었다.

"그렇다면……"

그는 말했다.

"만일 불상이 발견되었을 때는 불태워 없애야……"

"당치도 않은 소리!"

타다마사는 다시 손을 내저었다.

"그런 잔재주는 부처의 벌을 받는 업보가 된다. 알겠느냐? 그런 소문을 내기 위해 누가 얕은꾀로 그것을 훔치게 했다면, 이 경우는 불상이 아기로 다시 태어난 것이므로 아기가 세상을 떠나면 불상도 다시 본래 자리에 모습을 나타내야 이치에 맞아. 만약 아기가 여든이나 아흔까지 장수한다면 대관절 누가 불상을 본래의 자리에 돌려놓지?"

"……"

"그리고 아첨하기 좋아하는 풍조는 가문을 망칠 징조인 게야. 당치도 않은 일이지. 유리에게 잘 말해서 돌려보내게. 남아의 출생만으로도 경사로는 충분해."

이렇게 말하고 타다마사는 다시 빙그레 웃었다.

"히지카타 이제야 좋은 선물이 생겼군. 나 이제 저승에 가서도 키요야스의 어깨를 칠 수 있겠어. 자네가 아무리 적이니 이편이니 하고 큰소리를 쳐도 자네 손자와 내 손자는 하나일세 하고 말이야, 하하하하.

타다치카, 너는 곧 형에게 전하도록 해라. 당장 오카자키에 축하 사자를 보내라고."

타다마사는 흐뭇해하며 히지카타 누이노스케의 부축을 받아 다시 자리에 누웠다.

맑은 날, 궂은 날

1

어제는 약간의 눈이 내렸다. 그 눈까지도 상서로운 눈이라고 성안에서는 떠들어대고 있었다.

달력으로는 이미 정월이었다. 바깥채에서는 아기의 탄생과 신년 축하연이 겹쳐 벌어지고 있었다.

같은 산실이라도 오다이가 있는 후로타니의 산실은 활기에 넘친 밝은 분위기가 용솟음치고 있을 것이 분명했다.

그러나…… 이곳 하녀의 방을 개조한 오히사의 산실은 쓸쓸하기 이를 데 없었다.

어제도 오늘도 찾아오는 사람이 없었다. 시녀 만이 혼자 시중을 들며 산모를 위해 질그릇 밑의 숯불을 입으로 불고 있었다.

"오다이 마님이 낳으신 아드님의 성함은 할아버님의 아명을 따서 태어난 지 칠일 만인 설날에 타케치요竹千代(뒷날의 도쿠가와 이에야스德川家康)라 부르기로 정해졌다고 합니다."

만은 낙숫물이 떨어지듯이 끊어 말하고 한참 동안 불을 불어댔다.

"칸로쿠 님이 태어나셨을 때는 성주님까지 몸소 건너오셨는데……"

오히사는 하얀 창을 바라보며 가끔 나직하게 한숨만 쉴 뿐이었다.

"호랑이 해 호랑이 시에 보현보살 님이 환생하셨다고 스가 님이 오쿠보 님에게 복도에서 말하자, 그 익살스러운 오쿠보 진시로 님은 옳지, 이제 천하는 마츠다이라의 것이 되었다고 하시며 덩실덩실 춤을 추며 걸어가셨다고 하더군요."

"……"

"호랑이 해 호랑이 시라면, 이 아기님도 그때 태어났으니 어느 쪽이 진짜 보현보살인지 알게 뭐예요."

그리고 보니, 오히사 오른쪽에도 조그만 요가 깔려 있고, 얼굴을 찡그린 갓난아이가 잠들어 있었다. 오히사는 이 아기가, 오다이가 낳은 타케치요와 한날 한시에 태어난 것이 이상하기도 하고 가엾기도 했다.

이런 일에까지 여자의 경쟁은 계속되는 것일까.

"마님께서 산기産氣가 있답니다."

이 말을 들었을 때 오히사에게도 갑자기 심한 진통이 왔다.

연말인 12월 25일 —

26일이 호랑이 날이므로 그날까지는 낳지 말아야겠다는 의식도 확실히 있었는데, 자시子時(오후 12시경)가 지나자 눈이 뒤집힐 것 같은 진통이 시작되었다. 아버지 마츠다이라 사콘 노리마사가 보낸 산파가 터질 듯한 소리로 외쳤을 때였다.

"오, 태어났습니다. 호랑이 날 호랑이 시에 아기가 태어났어요. 사내아이입니다."

오히사는 성안을 돌며 시각을 알리는 딱따기소리를 듣다가 가물가물 의식이 희미해져갔다. 그러나 이런 의식 속에서도 하나의 감정이 안개처럼 달라붙어 떨어지지 않았다.

'이겼다! 분명히 이겼다!'

그러나 이 승리감은 같은 날 같은 시각에 오다이도 옥동자를 낳았다는 말을 듣는 순간 무참하게 무너져내렸다.

양쪽 모두 사내아이지만 한쪽은 소실의 둘째아들이고, 한쪽은 정실의 적자였다. 그리고 한쪽은 마츠다이라 가문으로서는 큰 의미를 지니는 타케치요라는 이름을 갖게 되었는데도 한쪽은 초이레가 지나도록 아직 이름이 없었다.

오히사는 분했다. 어째서 상대는 여자아이를 낳지 않았을까. 어째서 조금이라도 시각을 달리하고 태어나지 않았을까?

2

오히사가 약사여래의 기적에 대한 이야기를 들은 것은 26일 오시午時(오전 12시경)가 지나서였다.

같은 시각에 똑같이 사내아이를 낳았다 ── 그것만으로도 이미 패배감을 느끼고 있던 때.

"마님 산실에는 마츠다이라의 신사 여섯 군데에서도 아기 셋길 물을 보내왔다고 합니다."

이런 말을 들었을 뿐 아니라, 그 아기는 보현보살의 환생이라 한다고 했다. 누가 그렇게 말했는지는 알 수 없으나, 얼마 지나지 않아 오히사가 낳은 아이는 그 존귀한 부처님의 화신을 섬기기 위해 태어났다고 하는 소문까지 나돌았다.

그때 오히사의 피는 왈칵 머리로 치솟아올랐다.

열이 심하여 눈이 뒤집히고 온몸이 경련을 일으키며 이틀 동안 가라앉지 않았다.

'말도 안 되는 소리 같은 씨, 같은 사랑 속에 태어난 자식이 아닌가.'

산후 상태가 좋지 않다는 말을 들었으면, 히로타다가 직접 달려오지는 못할망정 사람이라도 보내리라 생각했다.

'누가 뭐라 하든 진정한 사랑은 나에게 있다.'

그렇게 믿고 있었던 만큼 거칠게 흐르는 핏줄 속에는 히로타다를 부르고 싶은 여자의 일념이 깃들여 있었다.

그러나 히로타다로부터는 아무런 소식도 없고, 성안에는 오직 오다이의 아기 탄생을 축하하는 소리만이 넘치고 있었을 뿐……

이렇게 되자 오히사는 처음부터 다시 생각하지 않을 수 없었다. 여태까지는 사랑의 우월감 속에 미워하지 않았던 오다이가 갑자기 큰 적으로 보였다. 아니, 오다이만이 아니었다. 그 오다이의 색향色香에 매혹되어 자기 곁을 떠난 남자의 배신에 가슴이 아팠다.

"아씨, 죽이 다 되었어요."

만이 뽀얀 김이 피어오르는 그릇을 받쳐들고 머리맡으로 왔을 때 오히사는 갑자기 심하게 기침을 했다. 아직도 온몸의 피가 가라앉지를 않아 감정이 흥분될 때마다 영혼이 그대로 쏟아져나올 것만 같았다.

"만, 아직 먹고 싶지 않구나. 저리 밀어놓아라."

"하지만…… 좀 드셔야 해요."

"먹기 싫다고 하지 않느냐……"

만은 난처한 듯 그릇을 든 채로 방안을 한바퀴 돌았다.

"정말 화나는 일이에요."

"뭐가 말이냐?"

"사카이 님 하인이 스가 님에게 그랬대요. 도련님이 나시던 날 목욕 시중을 들던 여자도 아기를 낳았다는데, 사내아이냐 여자아이냐고요."

"아니 뭐라구? 나를 목욕 시중드는 여자라구……"

"예. 성주님의 마음도 모르면서 아씨를 종처럼 생각하고 있어요. 도대체 누가 그런 소리를 하고 다니는지."

만은 위로하려고 한 말이었는데도 오히사는 몸을 구부리고 울기 시작했다. 만은 성주님의 마음도 모르고란 말을 덧붙였으나, 지금의 오히사에게는 그 성주의 마음도 믿을 수 없었다.

그러나저러나 어린 여자아이 같은 그 오다이의 어디에 히로타다를 농락할 만한 힘이 있었던 것일까?

오히사는 깜짝 놀라 바라보는 만의 눈길을 받으면서 언제까지나 몸을 떨며 울고 있었다.

창이 조금씩 어두워지는 것은 해가 구름 속으로 들어가고 있었기 때문이다. 어디선가 노랫소리가 들려왔다. 그것도 오다이의 출산을 축하하는 소리일까……

3

잠시 후 오히사는 갑자기 눈을 크게 떴다. 노랫소리가 아버지 사콘노리마사의 것으로 여겨졌기 때문이다.

'아버지가 와 계시구나……'

그렇다면 오늘은 정월 초사흘이다. 새해 인사를 나누고 모두 아기 탄생을 축복하는 가운데, 이 성 한구석에서 자신의 딸이 울고 있다는 것을 아버지는 알고 있을까?

히로타다에게 오히사를 강제하다시피 소실로 들여보낸 것은 남달리 종가宗家에 대한 생각이 강한 아버지였다. 그때의 오히사는 아직 열다섯 살이어서 남자와 여자의 신체적 차이도 잘 알지 못했다.

"너는 성주 곁으로 가게 되는 거다. 정성을 다해 모시도록 하여라."

아버지가 이렇게 말하고 어머니에게 자신을 넘겼을 때, 어머니는 엄숙한 얼굴로 성주와 오히사의 신체적 차이부터 설명하기 시작했다.

"성주님이 관례는 치르셨지만 아직 열세 살이고, 늦되시는 것 같으니, 네가 여러 모로 마음을 써드려야 한다."

그것이 옷이나 식사에 대한 말이 아니라는 것을 알았을 때 오히사는 얼굴이 빨개졌다. 어렴풋이 상상은 하고 있었지만, 아직 아기가 나오기까지의 과정에 대해서는 확실한 지식이 없는 오히사였다.

이러한 오히사에게 자세한 것을 가르쳐주는 어머니가 조금이라도 수치스러운 태도를 보였다면 틀림없이 오히사는 방에서 뛰쳐나갔을 것이었다. 그러나 아버지도 여장부임을 인정하는 어머니였다.

"이는 자손을 남기기 위한 중요한 행위이기 때문에 꿈에도 소홀히 생각해서는 안 된다."

근엄한 목소리로 자세히 설명한 다음 엄하게 말했다.

"그 뒤 일은 너 자신이 잘 연구하도록 해라."

어머니를 따라 성에 들어간 것은 벚꽃이 피는 철이었는데, 아래 쪽 마장의 꽃나무 밑에서 오히사는 처음으로 히로타다를 보았다. 옆에 시동과 케요인이 서서 기다리고 있었다.

"앞으로 가까이 모시는 일은 이 오히사에게 명하도록 하세요."

케요인이 조용한 어조로 소개했을 때, 아직도 소년 티를 벗지 못한 히로타다.

"아, 오히사라고 했지? 나는 한 바퀴 더 말을 달리고 올 테니 기다리고 있어."

이렇게 말하고는 다시 마장 쪽으로 달려갔다.

그날 밤부터 히로타다의 목욕 시중은 오히사가 맡았다. 오히사는 어머니의 말대로 자기와 히로타다의 신체적 차이를 발견하고 가슴이 두근거렸던 것을 기억하고 있다. 그러나 반 년 가량 히로타다 쪽에서는 전혀 그것을 깨닫지 못했다.

'상대가 손을 대지 않으면 그냥 가만히 있어도 되겠지.'

이렇게 생각하면서도 왠지 마음이 진정되지 않아 히로타다 앞에서 가끔가다 몸이 굳어지곤 했다.

히로타다가 그러한 오히사에게 처음으로 남자의 눈길을 보낸 것은 가을이 깊어서였다.

"오히사, 그대와 나는 몸이 다른데, 왜 그렇지?"

그때도 목욕을 하면서였다. 장난꾸러기처럼 빛나는 그의 눈이 오히사를 어리둥절하게 만들었다.

"이거 참 묘하군. 그대도 옷을 벗어봐. 내가 등을 밀어줄 테니."

오히사는 그때 비로소 어머니가 일러준 말을 그대로 히로타다에게 했다.

그리고……

히로타다의 성장도 버릇도 기호도 절도도 모두 알게 되었는데, 지금에 와서 이처럼 오다이에게 패배하다니……

'혹시 아버지와 어머니의 가르침에 뭔가 부족한 게 있었을까?'

이렇게 생각했을 때 산실 앞에서 멈추는 나막신소리가 들렸다.

4

"아, 참 좋은 날씨로군."

산실을 찾아온 발소리의 임자는 문 앞에서 한가로이 중얼거렸다. 오히사의 아버지 마츠다이라 노리마사였다.

산실이 열리기까지 스무하루 동안은 부정한 화기火氣를 꺼려 남자들은 산실에 들어가지 않았다.

밖에서 말이나 해줄 것이라 생각하고 오히사는 자리에서 살며시 얼굴을 들었다.

"아직 남자가 찾아와서는 안 되지만……"

약간 술기운이 도는지 노리마사는 혀가 좀 꼬부라져 있었다.

"이렇게 경사가 잇따르니 안 들어갈 수 없지. 나무아미타불 아키바秋
葉 신령이시여, 용서하소서."

진흙을 털고 나막신을 벗으면서, 드르륵 문을 열었다.

"나는 오늘 남자가 아니다. 산모를 문안하러 온 여자야, 여자."

그러더니 하하하 하고 쾌활하게 웃음을 던졌다.

"칸로쿠는 잘 있다. 외가에서 할머니와 잘 놀고 있으니 조금도 걱정
할 것 없단다."

오히사는 눈을 크게 떴을 뿐 머리도 끄덕이지 않고 웃지도 않았다.
지금 아버지가 말할 때까지 외할아버지 집에 맡겨놓은 칸로쿠에 대해
서는 전혀 생각하지 못하고 있었다.

노리마사는 말투와는 달리 자세만은 몹시 단정하고 엄격했다.

그는 먼저 칸로쿠에 대한 이야기를 딸에게 들려주고, 이어서 무릎 옆
에 두 손을 짚고 두번째 외손자와 대면했다.

"오…… 성주님을 많이 닮았구나."

두 손을 짚은 노리마사의 이마에서부터 눈 가장자리까지 가득 주름
이 잡혔다.

"이 아이도 타케치요 님과 같은 날에 태어났으니 이 얼마나 해괴한
일인가……"

말끝이 흐려지는 것을 알고 오히사는 깜짝 놀라 아버지를 똑바로 쳐
다보았다. 일족 중에서는 고지식하고 성실한 사람으로 평가되기도 하
고, 또 어떤 사람에게는 멸시를 받기도 하는 아버지였다. 그러한 아버
지가 내가 낳은 아이를 보고 눈물짓고 있다. 아버지에게만은 나의 분함
과 안타까움이 통한 것이다…… 이렇게 생각하자 오히사의 베개는 또
다시 눈물로 젖어들었다.

"칸로쿠는 울지 않던가요?"

"아니, 데려가던 날부터 벽장에 그려져 있는 호랑이를 좋아해서 그 호랑이 곁에 자리를 깔고 재웠다."

"호호호."

방구석에서 만이 웃었다. 웃고 나서 깜짝 놀라 자세를 고쳤는데, 노리마사의 동작에서는 어딘지 모르게 그런 편안함과 익살스러움이 느껴졌다.

"하하하하, 만이 다 웃는구나. 그래 웃어, 웃는 게 좋아. 형인 칸로쿠가 호랑이 그림과 자고 있을 때, 그 아우가 태어났단 말이야……"

오히사의 볼에 비로소 잔잔한 미소가 감돌았다.

'그렇다…… 내 아기에게는 칸로쿠라는 형이 있다.'

형제가 힘을 합쳐 살게 될 날은 타케치요보다 먼저 올 것. 이런 생각을 하고 있는데, 아버지가 들고 온 부채로 자기 무릎을 탁 쳤다.

"호랑이의 위력에 맞서는 형, 호랑이 해 호랑이 시에 난 아우, 모든 것이 경사스런 일뿐이로구나. 그 둘이 합심하여 보현보살의 화신이신 타케치요 님을 보좌한다면 아마 천하에 적수가 없을 거야. 이렇게 상서로운 징조가 겹친다는 것은 예삿일이 아니다. 마츠다이라 가문 만만세지. 웃어라 웃어, 얼마든지 웃어, 하하하……"

오히사는 저도 모르게 고개를 돌렸다. 역시 아버지는 오히사의 마음은 조금도 알지 못했다.

5

"일족끼리 서로 싸우는 것처럼 어리석은 일은 없어. 사쿠라이의 노부사다 님을 보아라. 사자키佐崎의 산자에몬三左衛門 님을 보아라. 일족 사람들이 한 가지 불평을 가질 때마다 마츠다이라 가문은 작아졌다. 조상 대대로 살아온 안죠 성을 잃고, 와타리渡里, 츠츠하리筒針에까지 적을 불러들이는 꼴이 되고 말았지. 힘을 합하여 날개를 펴면 그보다 더한 큰 힘이 없겠지만 혈육간에 싸운다면 그보다 더 비참한 일도 없는 법이야. 너는 이러한 이치를 알겠느냐?"

무사안일주의자인 노리마사는 아무래도 오히사의 불평을 달래기 위해 일부러 산실로 찾아온 것 같았다.

"나는 오늘도 미츠키三ッ木의 쿠란도 님에게 넌지시 이런 충고를 하고 왔다만, 그분의 숙부님도 역시 쿠란도 님의 힘이 부족하다는 것을 안타까이 여기고 계시더라. 큰 것을 바라는 자에게 이런 조바심은 무엇보다도 금물이야. 힘이 없으면 그것이 솟아날 때까지 꾹 참고 다 같이 기다리는 인내심이 필요하다."

"아버님 ─"

오히사는 견디다 못해 외면한 채로 아버지에게 말했다.

"저는 아직 회복되지 않았어요. 그러니 혼자 있고 싶어요."

"아, 그래. 내가 미처 몰랐구나. 곧 가겠다."

"저는 삼칠일을 맞고도 아직 이름도 받지 못한 아이를 낳고…… 가슴이 무겁습니다."

"오! 그렇구나. 그 일로……"

노리마사는 그제야 생각났다는 듯이 다시 한 번 흰 부채로 자신의 무릎을 쳤다.

"오히사, 기뻐하여라. 나는 이 아기의 이름을 알리러 왔단다."

"예? 그러면 아기에게……"

"그래, 지었어. 좋은 이름을 지었다."

"뭐라고…… 뭐라고 지으셨나요?"

"케이신惠新이라고 지었다."

"케이신…… 케이신……? 그게 마츠다이라 집안과 관계가 있는 이름인가요?"

"하하하……"

노리마사는 웃었다. 웃으면서도 눈에 다시 희미하게 눈물이 감도는 것은, 이 성실하고 평범한 아버지의 눈에도 딸이 가엾게 비쳤기 때문이리라.

"케이는 지혜의 케이惠, 신은 새롭다는 신新이다. 케이신, 날마다 새로운 지혜로 세상을 개척해나간다. 좋은 이름 아니냐? 물론 마츠다이라 가문에 그런 이름이 있었던 것은 아니야. 이것은 마츠다이라라는 한정된 가문이 아니라, 온 천하를 포용하는 부처님 아들의 크나큰 이름이란다."

"예? 부처님 아들의 이름이라니……"

"불제자란 말이다, 승려. 태어나면서부터 고승高僧이란 말이지."

이렇게 말하고 노리마사는 갑자기 얼굴을 돌리면서 눈썹을 부르르 떨었다.

"울지 마라! 울 일이 아니야! 타케치요 님과 같은 해 같은 시에 태어난 것은 불운……이 아닌 행운이다. 두 호랑이가 서로 겨루다가 상처라도 입으면 큰일 아니냐. 그보다는 차라리 처음부터 불문佛門에 들어가 타케치요 님의 무운武運과 조상의 영혼을 비는……"

그때 오히사는 창백한 얼굴을 들었다.

"그것은…… 그것은…… 어느 분의 생각입니까?"

떨리는 목소리로 아버지를 똑바로 쳐다보며 말했다. 노리마사는 다시 당황하여 고개를 돌리고, 자기 자신을 타이르듯 중얼거렸다.

"울지 마라, 울면 못써……"

6

오히사는 매서운 눈으로 옆에 잠들어 있는 어린아이와 아버지를 번갈아 바라보았다.

다 같은 히로타다의 아들이면서도 오다이가 낳은 아이는 온 성안이 열화 같은 기쁨 속에 환영하는데, 자기 배에서 태어난 아이는 아무도 거들떠보지 않는다. 그것만으로도 어머니 된 입장에서는 분하여 견딜 수 없는데, 아버지는 이 아이를 처음부터 중으로 만들겠다고 한다.

"울지 마라. 좁은 소견으로 그것을 불행이라고 생각해서는 안 돼."

노리마사도 갓난아기가 가엾어 못 견디겠다는 듯 다시 두 손을 짚고 들여다보면서 코를 훌쩍거렸다.

"이것은 말이다, 각자가 갖고 태어나는 자연의 위치가 달라서 그런 거다. 부처는 왕가에서 태어났으나 왕위를 버리고 불도佛道를 일으켰어. 왕위에 만족했더라면 겨우 작은 나라의 군주에 지나지 않았겠지만 지금은 삼천세계에 군림하고 계시지 않느냐?"

"하지만 이것은 보통 출가와 다릅니다."

"아니다, 이런 출가가 더 존귀한 거야."

"그렇지 않아요! 저는 그런 식으로 받아들일 수 없어요."

"허허, 말귀를 못 알아듣는구나. 그럼 어떻게 받아들인단 말이냐?"

"이 아이는…… 태어나면서부터 방해자 취급을 받았어요. 저는 그게 분합니다."

"정말 다루기 힘든 산모로구나. 울지 말래두."

노리마사가 난처하여 고개를 돌렸고, 오히사는 여유를 두지 않고 말했다.

"출가란 자기 의사에 따라 이 세상을 버리고 불문에 들어가는 것입니다. 태어나면서부터 세상에서 버림받고 출가하는 경우를 저는 들은 적도 본 적도 없어요. 이런 잔인한 일이 도대체 누구의 지시로 결정되었는지, 어서 그것을 말씀해주세요."

노리마사의 목이 꿈틀 움직였다. 잠시 대답이 없었다. 방 한구석에서 갑자기 화로의 물이 소리를 내면서 끓기 시작했다.

"정말 그 말이 듣고 싶으냐?"

"예, 아기를 위해서라도 꼭 알아야겠어요."

"그럼 말하마. 그것은 이 아비의 뜻에 따라 결정된 일이다."

"아니, 아버님이?"

"오히사, 참아다오. 이 세상은 참아야 하는 거란다. 누구나 다 마음의 욕심을 버리고 참지 않으면 안 돼. 그게 인간 세상의 법도지."

"아버님이……"

"내가 새해 인사를 겸해 축하하러 왔더니, 온 성안이 들끓는 기쁨의 한구석에 흐린 날과도 같은 어둠이 있더구나. 똑같은 시각에 두 아이가 두 어머니의 배에서 나왔다…… 이게 도대체 길한 징조냐 불길한 징조냐 하고 아베 형제를 비롯하여 사카이 우타노스케와 이시카와 아키노 카미도 판단을 못 내리고 있는 모양이더라. 그래서 나는 이것이 길한 징조라고 판단을 내려주었어. 알겠느냐, 이 아비의 마음을? 오히사, 너를 성주님께 보낸 당초의 우리 마음이 무엇이었더냐. 일족을 생각하여 참자는 것 아니었느냐. 화합이야말로 번영의 근거가 되는 것이므로, 주위를 어지럽히는 자를 근접시켜서는 안 된다고…… 그래서 너를 보낸 것이 아니었더냐. 오히사, 아비의 뜻에 따라 그렇게 된 것이니 용서해다오, 참아다오."

이렇게 말하고 스스로 범용함을 인정하는 이 아버지는 어느 틈에 딸 앞에 두 손을 짚고 울고 있었다.

7

"일족의 화합 없이 어떻게 이 난세를 살아가겠니. 벼슬하는 것도 비호받는 것도 모두 그때그때의 상대방 형편에 달려 있는 게야. 서쪽에서는 이리 같은 오다가 날뛰고, 동쪽의 이마가와 역시 형세에 따라 들쭉날쭉. 그러니 만일 우리들에게 화합과 결속이 없이 일족간에 서로 싸우기만 한다면 그야말로 누가 봐도 좋은 사냥감이 되고 마는 거지. 노신들도 그 점을 잘 알고 있기 때문에 두 호랑이의 탄생에 우려를 나타낸 게다. 성주님도 마찬가지야. 너를 꺼리고 나를 멀리하려는 생각을 가졌다는 사실을 나도 모르지 않아. 이런 때 만약 네가 불만을 가진다면 어떻게 되겠느냐?"

오히사는 어느 틈에 베개에 얼굴을 묻고 온몸을 경직시킨 채 울고 있었다.

"하고 싶은 말이 많다는 건 나도 안다. 그러나 세상에는 할 수 있는 말이 있고 하지 못할 말이 있어. 이 아비의 눈으로 봐도 너는 성주님을 잘 섬겼어…… 그렇지 않으냐?"

"그러기에…… 그러기에 더 분합니다."

"바로 그 점이야, 오히사……"

노리마사는 흘끗 방구석 쪽을 돌아보고, 만도 역시 울고 있다는 것을 확인했다. 그리고는 목소리를 낮추었다.

"너는 성주님을 소중하게 생각하고 있겠지?"

"예…… 그렇습니다."

"태어난 아기도 사랑스럽겠지?"

"예…… 예."

"그렇다면 더욱 인내가 중요하다는 것을 알 수 있을 게다. 네가 만약 이 결정에 불만을 갖는다면 성주님 곁에서 물러나게 된다는 것을 깨달지 못하겠느냐?"

"예……?"

"후일의 화합을 위해 누군가가 아기의 목숨을 노릴 것이라고는 생각지 않느냐는 말이다. 마츠다이라 일족 중에는 집안을 위해서라면 무슨 짓이라도 벌이는 충복이 다섯 손가락으로는 꼽을 수 없을 정도로 많다는 사실을 모르느냐?"

"……"

"이 아비는 너도 무사하고 아기도 무사하며, 그러면서도 일족의 화목을 해치지 않는 방법이 없을까 하고 깊이 생각하고 또 고심했다. 알겠느냐? 절대로 성주님을 원망해서는 안 된다. 노신들을 원망해서도 안 돼. 원망하려거든 이 아비를…… 알겠느냐, 오히사?"

오히사의 베개에서 또다시 애처로운 오열이 꼬리를 물었다.

바로 그 무렵 ―

두번째 성곽 안채 아래쪽 후로타니에 있는 오다이의 산실에서는 이미 부자의 대면도 끝나고, 타케치요라는 이름을 갖게 된 갓난아이가 산실과 이어진 방에서 순진한 눈동자를 반짝이면서 허공을 바라보고 있었다.

살갗은 뽀얗고, 조그만 주먹을 쥔 손목은 이중으로 잘록했다. 거실은 전에 시녀들이 쓰던 방인데, 그리 호화롭지는 않았으나, 역시 깨끗이 치워져 있었다. 이미 그 옆에는 유모도 두 사람이 선발되어 있었다.

한 사람은 가신인 아마노 세이자에몬天野清左衛門의 아내 오사다お貞, 또 한 사람은 와타리에 사는 시미즈 마고자에몬清水孫左衛門의 아내 카메죠龜女. 두 사람 모두 아기 못지않게 혈색이 좋고, 아직 이런 일에는 익숙지 않아 온몸이 경직되어 있었다.

산실에는 물론 아무도 들어가지 못했지만, 벌써 노신들이 찾아오고 있었다. 찾아온 사람마다 모두들 사정없이 유모를 꾸짖고 가기 때문에 두 사람은 더욱 긴장했다.

"여봐라."

밖에서 부르는 소리가 다시 들렸다.

"오쿠보 신파치로 타다토시가 타케치요 도련님께 새해 인사를 드리러 왔다고 여쭈어라."

8

상대의 목소리에서 술기운을 느낀 카메죠가 허둥지둥 문 앞에 꿇어앉아 말했다.

"어서 오십시오."

"이런 무엄한 것들!"

신파치로는 쩌렁쩌렁 울리는 큰소리로 꾸짖었다.

"타케치요 님이 어리시다고 얕보고, 마음대로 행동하다니 불손하기 짝이 없구나. 네 이름은?"

"카메죠라고 합니다."

"카메죠? 좋은 이름이로군. 이름을 봐서 오늘의 실수는 용서하겠다. 어서 도련님께 여쭈어보고 오너라."

"예…… 예."

카메죠는 깜짝 놀라서 안으로 허둥지둥 들어가 아직 눈도 뜨지 않은 갓난아기와 오사다에게 구원을 청하듯 눈길을 보냈다.

원래 미카와의 늙은이(중신)들은 굳은 의지와 기개를 솔직하게 표현하는 것을 자랑으로 여겼다. 까다로운 이치는 덮어두고 주군에 대한 충성만을 추구했다. 문무文武의 두 토끼를 쫓는 자는 결국 한 마리도 잡지 못한다는 엄격한 교훈이 가풍이었다.

물론 그러한 생각은 어느 시대에나 해당되는 것은 아니었다. 다만 자나깨나 전쟁뿐인 난세에는 문무 양쪽 모두에 뜻을 두다가는 결국 양쪽 다 실패로 끝나고 말 것이었다. 오늘을 살면서 내일을 모르고 그동안 회의할 틈조차 없는 것이 실정이라면, 인생을 단순하게 이해하고 오로지 무를 연마하는 것이 전쟁터에서 살아남는 비결이었다.

그 가운데서도 오쿠보 일족은 굳은 의지로 소문나 있었다. 단순한 부하로 사는 것이 가장 안전하며, 활개를 펴고 개성을 드러낼 수 있는 길임을 깨닫고 있었다.

이러한 오쿠보 일족 중에서도 가장 무법자로 통하는 신파치로가 술냄새를 풍기며 찾아왔기 때문에 두 유모가 얼굴을 마주보며 움츠러드는 것도 무리가 아니었다.

"어서 여쭙지 못할까!"

다시 신파치로는 소리쳤다.

"도련님께선 기분이 좋으신가?"

카메죠는 난처하여 넌지시 오사다에게 귀띔을 했다. 오사다는 고개를 끄덕이고 갓난아기 발치에 두 손을 짚었다.

"도련님께 여쭙겠습니다. 카미와다의 오쿠보 집안에서도 무용武勇으로 이름나신 신파치로 님이 새해 인사를 드리기 위해 오셨습니다. 어떻게 하오리까?"

밖에서 듣고 있던 신파치로는 히죽 웃었다.

"세이자에몬의 아낙이 눈치가 있군. 그러나저러나 무용으로 이름을 떨치다니 그건 좀 아첨이 지나쳐. 혼을 내줘야겠어."

이윽고 그 신파치로 앞에 나타난 것은 진지한 표정의 오사다였다.

"도련님께선 지금쯤 오실 때가 되어 기다리고 있었으니 어서 들어오라고 하십니다."

"뭐, 기다리고 계셨다고? 분명히 도련님이 그렇게 말씀하시던가?"

"예."

"놀라운 일이야. 태어나신 지 열흘도 안 되어 그런 말씀을 하시다니 놀라워."

"예, 보현보살의 화신이어서 그러신 것 같습니다."

"와하하하, 그럼 들어가겠다."

이곳에서는 누구나 다 기쁨을 감추지 못하고 있었다.

오쿠보 신파치로는 입을 꾹 다물고 어깨를 잔뜩 펴면서 안으로 들어 갔다.

9

신파치로는 문지방 앞에 단정히 앉아 공손하게 부복했다.

그는 나름대로 이제부터 한 가지 교훈을 내리려 생각하고 있었다.

"도련님…… 오쿠보 신파치로입니다. 여느 때와 변함없는 존안을 뵙고……"

말을 하다가 그는 이것이 타케치요와는 첫 만남이라는 것을 깨달았 다. 이에 천천히 사방을 둘러보았다.

"예, 좀더 가까이 오라는 말씀입니까? 잘 알겠습니다."

방 한구석에서 코자사가 킥 하고 웃음을 터뜨렸다. 그러나 신파치로 는 그쪽은 쳐다보지도 않았다. 비 온 뒤의 두꺼비를 연상케 하는 뒤뚱 거리는 무릎걸음으로 다가앉아 가만히 흰 비단 이불 속을 들여다보고 는 굵은 털 몇 올이 드러나 보이는 귀를 가만히 갓난아기의 코 앞으로 가져갔다.

"허어."

그리고는 아기의 부드러운 숨결이 조용히 귀를 간지럽히자 으흐흐

하고 얼굴을 무너뜨리며 웃음을 터뜨리더니 다시 엄숙하게 입을 다물었다.

오사다가 옆에서 입을 열었다.

"도련님이 뭐라고 하셨습니까?"

"음, 하셨지. 은밀한 말씀인 것 같기에 내가 귀를 가져간 거야. 그런데 웃다니 이게 무슨 고얀 짓이냐."

"어머, 당치도 않습니다. 아무도 웃지 않았습니다."

"아니야, 웃었어. 이 신파치로는 잘 알고 있어. 속으로는 틀림없이 웃었어."

"그렇지 않습니다. 기뻐서 웃는 얼굴을 그렇게 오해하시다니 곤란합니다."

"뭐, 기뻐서 웃는 얼굴? 음……"

그는 다시 무릎걸음으로 조금 물러앉았다.

"예."

그리고는 공손하게 넙죽 엎드렸다.

"당연히 상심하시리라고 생각합니다. 이 신파치로가 엄하게 타이르겠습니다. 이봐, 세이자에몬의 아낙."

"예."

"지금 도련님께서, 내 옆에 경박한 자들이 있으니 이 신파치로에게 꾸짖어 돌려보내라고 하셨는데, 짐작이 가는가?"

오사다는 깜짝 놀라 다시 카메죠와 얼굴을 마주보았다. 한쪽에서는 코자사가 고개를 꼬고 웃음을 참느라 애쓰고 있었다.

"어린 분에게 젖을 드릴 때는 각별한 주의가 필요한 법이야."

"그 말씀이라면……"

"잘 안다고 또 말대꾸를 하는군…… 바로 그런 점이 나쁘다는 말씀이시다."

"예."

"아기는 뭐니뭐니 해도 유모의 기질을 이어받는 법. 그대는 일가 중에서도 현명하다고 칭찬이 자자한 여자이니, 남의 얼굴을 보고 무용이 뛰어나다느니 어쩌니 하는 경박한 아첨은 삼가야 해."

오사다는 아, 그 일을 말하는구나 하고 역시 신파치로에게 지지 않는 진지한 태도로 절을 했다.

"명심하겠사오니 용서하십시오."

"그런 것이 제일 싫다고 도련님은 말씀하셨다. 알겠는가, 아첨을 좋아하는 그런 비겁자로 키우지 말라고 말씀하셨어."

"송구스럽습니다."

"경박하게 웃으며 좋아하는 버릇도 들지 않게 해달라고 말씀하셨어. 쉽게 기뻐하는 자는 쉽게 시드는 법. 경망한 희로애락은 어리석고 못난 자의 짓에 불과하다는 말씀이야."

"두고두고 조심하겠습니다."

"자, 전하시는 말씀은 이것으로 끝내고 이제부터는 사사로운 볼일인데, 어쨌거나 경사스러운 일이야, 와하하."

10

신파치로의 꾸중이 끝났다는 것을 알아차린 오사다도 카메죠도 휴우 하고 안도했다. 마츠다이라 문중에서는 오쿠보 일족이 가장 의지가 강하고 기발한 행동을 잘 했다. 일족이 30여 명, 종가는 신쥬로, 신파치로, 진시로, 이렇게 세 형제로 이루어져 있었다. 막내 진시로 타다카즈忠員도 타케치요가 태어났다는 말을 듣고는 당장 자기 아들을 시동으로 바치고 싶다는 청을 드려 히로타다를 어리둥절하게 했다.

진시로의 아들은 아직 태어나지도 않았다. 뱃속에 있는 동안에는 남녀를 구별할 수 없으므로 태어나거든 그렇게 하라는 말을 듣고 진시로는 뜻밖이라는 표정을 지었다.

"성주님은 이 진시로를 못 믿으시겠습니까? 지금처럼 중요할 때 딸을 낳을 정도로 제가 충성심이 모자라는 사람이라 생각하십니까?"

추궁당하는 것 같아 히로타다는 그만 어이가 없었다.

"알겠네, 알겠어. 그러나 한꺼번에 갓난아이만 몰려와도 곤란하니 타케치요도 그대의 아들도 걷기 시작하게 되거든 다시 말하기로 하세."

이런 이야기를 듣고 문중에서는 모두 오쿠보 일족의 고지식함에 대해 웃었지만, 물론 그것은 문자 그대로 그들이 멍청이여서 그런 것은 아니었다.

멍청이는커녕 그들의 기발한 행동 뒤에는 언제나 약간의 풍자와 비아냥이 숨겨져 있었다.

요즘 히로타다와 별로 사이가 좋지 않은 숙부 쿠란도 노부타카에 대한 통렬한 야유이자 위협이기도 했다.

"우리는 아직 태어나지도 않은 자손에게까지 이처럼 충성의 중대성을 가르치고 있다. 그런데도 혈육인 숙부이면서도……"

이러한 뜻으로 사람들의 눈을 번쩍 뜨이게 하는 기개가 그 말 속에는 숨어 있었다.

신파치로는 그런 뒤 유모들과 흉허물없이 이야기를 나누다가 다시 공손하게 물러가는 절을 하고 돌아갔다.

"도련님은 태어나시기 전부터 무용의 덕을 지니신 분이야. 그대들은 이것을 알겠나? 모태 안에 계실 때부터 우리를 지켜주셨어. 지난해 가을 아즈키자카 전투부터."

돌아갈 무렵 큰소리로 웃으며 말한 것은 안방에 있는 오다이가 듣도록 하기 위해서였다.

오다이는 자리 위에 일어나 앉아 그 말들을 곰곰이 되새겼다.

신파치로는 아기가 오다이의 뱃속에 있었기 때문에 미즈노 일족이 오다 편에 가담하지 않았다. 아즈키자카에서 이긴 것은 그 때문이라고 말하는 것 같았다.

신파치로가 돌아간 뒤 오다이는 조용히 합장했다. 문중 모두가 타케치요의 탄생을 이상할 정도로 크게 기뻐하고 있었다.

오쿠보 신파치로의 취기를 띤 오늘의 행위도 말하자면 그러한 표현의 하나였다.

아니, 그보다도 오다이를 한층 더 감격하게 한 것은 이 성의 본채 건너편에 은거하면서 지금까지 렌가連歌° 창작에만 정열을 기울일 뿐 거의 가신을 만나지 않고 있는 여든여섯 살의 증조부 도에츠 뉴도道閲入道까지 남의 등에 업혀 타케치요를 보러 왔던 일이었다. 도에츠는 히로타다의 아버지 키요야스의 할아버지이고, 오다 노부히데를 따르고 있는 마츠다이라 노부사다의 아버지였다. 노부사다가 오다 쪽으로 간 뒤부터는 완전히 일선에서 물러나 있었다.

"나는 세상을 버린 사람, 늙은이란 더러운 거지."

오다이가 시집왔을 때도, 만나려 하지 않았다. 그러나 타케치요를 보러 왔을 때는 눈물을 흘리기까지 했다.

"반갑다. 경사로구나, 경사야."

오다이는 합장하고 자신의 복에 감사했다.

갑자기 옆방에서 우렁찬 목소리로 타케치요가 울기 시작했다. 창에 비치는 햇살은 하얗고, 오다이는 손을 모은 채 언제까지나 움직이지 않았다.

진토塵土의 탄식

1

전후좌우 어디를 보나 강뿐이었다. 북쪽에 있는 카모가와加茂川, 시라가와白川, 카츠라가와桂川, 요도가와淀川, 우지가와宇治川가 모두 이곳으로 흘러들어 큰 강을 이루고, 동남쪽의 도묘지가와道明寺川, 야마토가와大和川도 이곳으로 흐르고 있었다. 이곳을 드나드는 크고 작은 배들에는 멀리 당나라, 남만, 조선의 배까지도 있었다.

옛날에는 나니와즈難波津라 불린 오사카는 원래 배의 출입이 많은 곳이었다. 그런데다 지금으로부터 약 50년 전 혼간 사本願寺의 8대 주지 렌뇨란 고승이 마치 무사의 성을 연상케 하는, 수도를 위한 도량 이시야마石山 법당을 열었던 곳이기도 했다. 처음에는 그 부근을 나니와 숲이라고 했다. 그러다가 모여드는 사람들이 언제부터인지 이곳을 오사카의 법당이라 부르게 되어, 오사카가 지명이 되었다.

중앙 법당을 에워싼 사방 8정町의 대가람은 성벽이 되고 망루가 되었고, 천연의 강은 그대로 요새를 이루고 있었다.

"이거 정말 훌륭한 성이군."

"암, 그렇고말고, 그러니 우리에게 그런 은전을 베푸시는 거지. 이 안으로 피해들어오면 성주는커녕 쇼군 님의 손도 미치지 못해."

"나무아미타불…… 하고 염불을 외우면 어떤 악인에게도 자비를 내리시지. 극락왕생을 의심할 틈이 있거든 염불을 외우라는 조사祖師님의 가르침이셔."

"고마운 일이야, 나무아미타불."

"나무아미타불……"

법당 앞에는 저마다 염불을 외우는 많은 참배자들이 물이 흐르듯 이어져 있었다. 현재 이 법당의 주인은 렌뇨의 손자 쇼뇨證如였다. 아마도 이 견고한 법당 안에서 전국에 지령을 내린다면 어떠한 무력도 당하지 못할 터였다.

법당을 둘러싼 견고한 회랑 뒤에서 따가운 여름 햇빛을 피해 삿갓을 쓰고 그 밑으로 참배자들의 흐름을 뚫어지게 바라보고 있는 한 무사가 있었다. 옷은 먼지로 색이 바래고, 칼집은 칠이 벗겨져 있었다. 긴 여행을 했는지 각반도 짚신도 헤져 있었다.

어쩌면 배를 곯고 있는지도 모를 일이었다. 어깨보다도 허리가 몹시 가늘어 보였는데, 삿갓 가장자리에 손을 대고 법당의 지붕을 한번 돌아보더니 눈길이 그대로 고정되고 말았다.

그때 그 무사 곁으로 성큼성큼 다가선 것은 경내를 순시하던 케이시家司였다. 케이시와 보칸坊官은, 유사시에 신자들을 보호하는 종단宗團의 무사들이었다.

"여보시오, 아까부터 여기서 무엇을 보고 계시오?"

불심검문을 당한 무사는 천천히 삿갓에서 손을 떼었다.

"삿갓을 벗으시오. 여기는 법당 부처님 전이오."

"벗지 않으면 실례가 된다, 이 말씀이오?"

"아니, 그것만은 아니오."

반문당한 케이시는 당황하여 손을 내저었다.

"여기는 속세 밖이란 말이오. 속세의 어떠한 손길도 여기까지는 미치지 않소. 그러니 안심하고 삿갓을 벗고 바람을 쏘이셔도 됩니다."

"그래요?"

삿갓의 임자는 천천히 고개를 끄덕이고 나서 끈을 풀기 시작했다. 케이시는 무심하게 그 동작을 지켜보고 있었다. 삿갓을 벗자 사카야키月代°가 자랄 대로 자란 수척한 얼굴이 나타났다.

케이시는 깜짝 놀랐다.

"아니, 미즈노 토쿠로 님, 노부치카 님이 아니십니까?"

2

토쿠로 노부치카는 귀찮은 듯이 고개를 가로저었다.

"나는 종종 그 토쿠로라는 사람으로 오해를 받소. 도대체 토쿠로란 사람이 누구요?"

케이시는 백발이 섞인 머리를 빗어넘겨 뒤통수에 묶고 있었다. 다부진 어깨, 날카로운 눈매, 온몸에서 풍겨나오는 전쟁터를 누빈 자의 체취. 그는 노부치카를 똑바로 바라보았다.

"산슈 카리야의 미즈노 님을 모르시오?"

"전혀."

"그것 참, 정말 이상할 정도로 많이 닮았군요. 하지만 생각해보니 내 착각인지도 모르겠군……"

케이시는 중얼거리듯, 탐색하는 듯한 말투로 바꾸었다.

"토쿠로라는 분은, 지금부터 삼 년 전쯤에 카리야 성 부근 쿠마무라에서 살해된 시모츠케 님의 동생인데…… 실은 그 시모츠케 님의 부친

우에몬다이부 님이 세상을 떠나실 때, 어쩌면 토쿠로가 어딘가에 살아 있을지도 모른다……고 말씀하셨다고 해서요."

토쿠로 노부치카는 깜짝 놀랐다. 아버지가 세상을 떠났다. 순간 의문과 그리움이 가슴에 와락 치밀어올랐다.

"이거 참, 뜻밖이로군요. 카리야의 성주 시모츠케의 동생이라니……"

"카리야를 아시오?"

"나그네로 떠돌다가 잠시 신세진 적이 있소. 그때는 확실히……"

토쿠로는 고개를 갸웃하고 먼 과거를 회상하는 듯한 표정이 되었다.

"우에몬다이부 님의 따님이 오카자키의 마츠다이라 가문에 출가한 지 얼마 되지 않았을 때여서 근방에는 그 소문으로 떠들썩했는데, 그 우에몬다이부 님이 돌아가셨단 말이오?"

"돌아가셨지요. 오카자키의 따님이 아기를 낳은 이듬해…… 그러니까 지난해 칠월이었지요. 그래서 미즈노 집안 분위기도 완전히 바뀌고 말았지요."

"그럼, 당신도 전엔 그 밑에 있었소?"

"히지카타 누이노스케라고 하여, 우에몬다이부 님 별세 후 시모츠케 님이 오다 편에 서기로 했을 때 쫓겨난 가신이 있었지요."

"히지카타……?"

"아십니까? 나는 그 동생인데 곤고로權五郎라고 합니다. 이거 참 공연한 말을 했군요. 속세의 수라장이 싫어 부처님의 신도가 되었으면서도 아직 옛주인을 잊지 못해 가끔 환상을 만나는가 보군요."

그는 다시 흘끗 노부치카를 바라보았다.

"원하신다면 묵을 방이 있어요. 또 만약 우리처럼 부처님을 모실 뜻이 있다면 저 앞의 모리무라森村에 센쥬안千壽庵이란 암자가 있으니 거기 가서 발을 씻고 부처님의 가르침을 들어보도록 하시오. 들어오는 사람 막지 않고 떠나는 사람 붙잡지 않으니 마음대로 하시오."

노부치카는 그가 사라지자 저도 모르게 길게 한숨을 쉬었다.

'그렇구나, 누이노스케의 동생이었구나……'

어딘지 낯이 익은 듯한 느낌이 들었던 것은 누이노스케를 닮은 눈썹과 입술 때문이었다. 그러나저러나 너무나 큰 변화였다.

아버지는 이 세상에 없다. 그 대신 오다이에겐 아이가 태어나고, 형은 끝내 오다 노부히데 편에 가담했다고 한다.

노부치카의 가슴에 불현듯 커다란 슬픔이 북받쳐올랐다. 아버지가 세상을 떠난 이상 점점 더 카리야에는 접근할 수 없다. 형인 시모츠케노카미가 오다 쪽에 가담했다면 오카자키에 있는 어머니나 여동생의 신상에도 모진 바람이 불어닥치고 있을 터였다.

노부치카는 가만히 삿갓을 쓰고 일어섰다.

3

카리야를 떠날 때의 노부치카는 아직 다정다감한 한 젊은이에 지나지 않았다. 세상의 모든 것들에서 오점을 찾아내어 그것에 일일이 심한 분노를 터뜨렸다. 단지 그것만으로도 불쾌하고 탁한 세상을 맑게 할 수 있다고 단순하게 생각하는 젊음을 가지고 있었다.

지난 3년 동안의 유랑은 그에게 커다란 혼란만을 안겨주었다. 그는 형의 음흉한 손길을 벗어나, 죽은 것으로 가장하고 길을 떠날 때 어딘지 모르게 해방된 기쁨을 느끼고 있었다.

혈육에게 쫓기나 방황하는 슬픔 속에도 전국을 돌아다니면서 자기를 크게 성장시킬 수 있다는 자부심은 확실히 있었다.

그는 처음 스루가에 갔다가 카이에서 방랑생활을 하고 나서 킨키近

畿로 왔다. 이 무렵부터 그의 마음속에는 야릇한 고독이 뿌리를 내리고 있었다.

토쿠로 노부치카는 죽었다 ── 이렇게 스스로 다짐하고 있으면, 풍상을 겪으면서 정처없이 떠도는 현실 속의 자기 정체를 전혀 알 수 없게 되고는 했다.

'추위에 떨며, 허기를 참아가면서 도대체 나는 어디로 가고 있는 것일까?'

노부치카가 이즈모로 향한 것은 그 뒤의 일이었다.

쿠마의 젊은 도령 나미타로가 달빛 속에서 헤어지면서 던진 말이 유일한 구원의 손길로 생각났다.

"이즈모의 히노카와고리 키츠키에 아는 대장장이가 있어요. 성은 코무라, 이름은 사부로자."

시모츠케노카미에게 배반당한 오쿠니도 역시 죽은 것으로 하고 그곳에 숨길 생각이다. 몸을 의지할 곳이 없거든 찾아가보라는 말을 덧붙였었다.

일단 이즈모로 목표를 삼은 노부치카의 마음속에는 이상한 망상이 떠올랐다. 자신을 형으로 잘못 알고 미친 듯이 매달려오던 오쿠니가 자기 사람이었던 것 같은 착각이 일었다. 형과의 인연은 일시적이고 자기야말로 오쿠니와 함께 슬픔을 나누고 있는 것처럼 생각되었다.

쿄토에서 이즈모까지 두 달이 걸렸다. 그동안에 더욱 깊어진 고독은 어느덧 그에게 오쿠니의 목소리, 숨결과 체취마저 그의 것으로 만들게 하고 말았다.

사당의 대장장이 코무라 사부로자에몬小村三郎左衛門은 기꺼이 그를 맞이했다.

"오, 당신이……"

쿠마의 젊은 도령과 어떤 관계인지 알 수 없었지만, 노부치카를 맞는 사부로자의 태도는 여간 공손하지 않았다.

그때 이미 오쿠니는 제정신을 가진 사람이 아니었다. 시모츠케노카미에게 배반당한 슬픔 탓일까, 아니면 심한 향수 때문일까. 사부로자가 무녀로 만들기 싫어, 낳자마자 딴 곳에 맡겨두었던 딸인 것처럼 하고 창살이 달린 방에 가두어놓고 있었다.

이웃에서는 사당에 종사하는 자가 사당을 싫어하고 고집을 부려 신벌을 받았다는 소문이 났으며, 더구나 그 미친 여자를 누가 범했는지 지금은 임신중이라고 했다.

물론 날짜로 보아 형의 자식은 아니었다. 그 오쿠니가 남자의 모습을 볼 때마다 형의 이름을 부르면서 몸을 밀어붙인다는 말을 듣고 노부치카는 망연자실하고 말았다.

그가 몰랐던 것은 세상일만이 아니었다. 한 처녀의 마음조차 꿰뚫어 보지 못했다. 절망의 구름이 그를 무섭게 휘감은 것은 그때부터였다.

4

토쿠로 노부치카는 천천히 회랑 밖으로 나왔다. 아직도 참배자들의 줄은 길게 이어져 있었다. 단지 그 가운데 무사의 모습은 드물었다.

장사꾼의 아낙과 딸인 듯한 여자들이 유난히 많이 눈에 띄는 것은, 오사카가 법당 덕분에 점점 더 발전하고 있다는 증거였다. 그 많은 사람들 중에 자신으로서는 단 한 명의 사연조차도 이해할 수 없는 온갖 슬픔과 번민, 그리고 고통이 그들에게 깃들여 있다고 생각하니 또다시 미친 뒤 임신까지 한 오쿠니의 모습이 애처롭게 눈앞에 아른거렸다.

이즈모에서 만났을 때, 오쿠니는 형의 이름을 부르면서 노부치카에게 몸을 기대왔다.

"아, 토고로 님, 노부모토 님."

"난 토고로가 아니라 토쿠로요."

골방에 들어섰을 때 노부치카는 사부로자가 바라보고 있는데 수치스럽기도 해 자기도 모르게 오쿠니를 뿌리쳤다. 사부로자는 노부치카의 손을 잡았다.

"부탁입니다. 마음이 진정될지도 모르니 잠시 동안 그녀의 말이 옳다고 해주시오. 이 여인에게는 죄가 없습니다."

노부치카는 그의 말을 옳게 여겨 하룻밤을 오쿠니와 함께 지냈다.

두 사람만이 남았을 때 오쿠니는 이미 아무런 거리낌도 없었다.

"아, 당신의 아기가 태어나게 됐어요. 이 속에서 이렇게 움직이고 있어요."

고개를 숙이고 노부치카의 손을 가만히 자신의 배로 가져갔다. 그때의 가슴과 피부의 감촉이 아직도 또렷하게 손바닥에 남아 있었다. 손에 감기듯이 부드러웠다. 지나칠 정도로 완벽하고 부드러운 곡선이 상상되어, 그 모습이 더욱 애처로웠다.

무엇 하나 부족한 데가 없었다. 지나치리만큼 아름답고 단정했다. 그런데도 미쳤다는 것이 믿어지지 않아, 이 여자가 미친 척하는 것이 아닌가 하는 의심이 들 정도였다.

"토고로 님."

"예."

"왜 좀더 이 오쿠니를 꼭 안아주지 않나요? 저는 이렇게 기다리고 있는데."

"이렇게 말이오?"

"아니, 좀더 세게!"

"그럼, 이렇게 말이오?"

"더, 더, 더! 그때처럼 귀여운 새라고 말해주세요, 그리고……"

노부치카는 울면서 오쿠니를 꼭 끌어안고, 자기 역시 무서운 번뇌의 함정에 빠져들 뻔한 일을 떠올렸다. 만약 미친 여자의 뱃속에 정체 모를 생명이 하나 싹트고 있지만 않았다면…… 그 생명 역시 이런 동기에서 잉태된 것이 아닐까 하는 상상이 일지만 않았더라면……

이튿날 아침, 노부치카는 도망치듯 이즈모를 작별했다. 그리고 넓은 세상에는 성주의 고민과는 비교도 안 되는 비참한 고뇌가 있다는 것을 알았다.

스스로 내일을 개척할 힘도 없이 벌레처럼 살다가 벌레처럼 죽어가는 악몽과도 같은 백성들의 삶이 있다는 것을.

그러한 백성들을 구제하겠다는 비원을 품고 궐기한 것이 이 이시야마 법당을 창건한 렌뇨 대사였다. 그리고 지금은 그 렌뇨 대사의 손자 쇼뇨, 즉 코쿄光敎가 후계자로서 전국의 신도에게 명령을 내리고 있는데, 과연 가련한 백성들의 고뇌를 구할 힘이 그에게 있는 것일까? 이런 생각을 하면서 망루의 문을 나오려 했을 때 누군가가 노부치카를 불러 세웠다.

5

"토쿠로 님."

흐르는 인파 속에서 다시 이름을 부르는 사람이 있어 깜짝 놀라 삿갓으로 손을 가져가려 할 때였다.

"오, 역시 틀림없군. 그러나 노부치카 님은 돌아가셨을 테니, 이름이 어떻게 되시오?"

그것은 뜻밖에도 쿠마 저택의 주인, 오쿠니의 오빠 나미타로였다.

나미타로는 아직 앞머리를 깎지 않고 있었다. 전과 마찬가지……라기보다 오히려 한층 더 화려한 하오리羽織 차림으로 자루가 황금빛으로 번쩍이는 칼을 허리에 차고 있었다.

그로부터 3년이라는 세월이 흘렀다. 그런데도 이 사나이는 완전히 나이를 초월해 있었다. 오히려 전보다 더 젊어 보여, 오쿠니보다 두세 살 손아래 동생으로 보일 정도였다.

"아니, 나미타로 님이군요. 그 후 제 이름은 오가와 이오리小川伊織라 하지요."

노부치카는 그리움에 복받쳐, 저도 모르게 목소리가 떨려나왔다.

"실은, 이오리와 이즈모를 돌아보고 오는 길이오. 오쿠니 님 소식을 아시는지?"

나미타로는 천천히 고개를 흔들었다.

"알고 있소, 하지만 그 이야기는 하지 맙시다."

가만히 보니 나미타로는 혼자가 아니었다. 그 뒤에는 어디서 본 듯한 처녀가 보라색 보자기를 들고 따라오고 있었다. 나미타로의 하녀인 듯했다.

노부치카의 눈길이 그 처녀에게로 향하자 나미타로는 조용히 미소를 띠었다.

"기억날지도 모르겠군요. 이 처자는 카리야의 중신 히지카타 집안의 딸로 오토시於俊라고 합니다."

아, 그랬었지 하고 노부치카는 옛일을 떠올렸다. 이 처녀는 오다이를 따라 오카자키로 간 유리의 사촌동생으로 얼마 전에 만난 곤고로의 딸이다. 분명 오다이가 출가할 때 다른 가마를 타고 있다가 그 길로 행방불명되었을 텐데, 그 처녀가 이곳에 있는 것을 보면 곤고로 집안 모두 이 법당 일에 종사하고 있는 듯했다.

"나의 옛 친군데, 오가와 이오리 님이라고 한다."

오토시는 노부치카를 소개받고 공손히 절했으나, 이 변신한 나그네가 옛 주인의 셋째아들이라는 사실을 눈치챈 기색은 없었다.

"여기서 만난 것도 인연인데, 잠깐 저 좀 보시지요."

"무슨 일이신지? 참배라면 이미 끝냈는데."

"아니, 참배가 아니라 재미있는 인물을 만나러 가는 길이오. 아직 스무 살도 안 된 사나이로, 히에이잔比叡山에 있는 신조 사神藏寺 주지 지츠젠實全이 키운, 아주 기묘한 말을 하는 녀석이죠. 그 애송이가 요 앞에 있는 모리무라의 센쥬안에 와서 줄곧 염불을 외고 있소. 숙소가 없다면 그냥 묵을 수도 있으니 가보지 않겠소?"

"센쥬안이라……"

그곳은 얼마 전에 이 사당의 호위무사가 되려거든 가보라고 히지카타 곤고로가 일러준 이름이었다.

"그러지요."

노부치카는 대답과 함께 고개를 끄덕였다. 갈 곳이 없는데다 나미타로가 반가웠다. 그리고 나미타로를 통해 카리야의 그 뒤 소식을 좀더 알고 싶기도 했다.

노부치카는 나미타로와 오토시의 뒤를 따라 걷기 시작했다. 나미타로의 화사한 옷차림과 한창 피어나는 오토시의 모습에 비해 그의 처량한 모습은 문자 그대로 거지와 같았다.

6

법당의 성곽은 카리야나 오카자키의 성채와는 비교도 안 될 만큼 견고하게 구축되어 있었다. 성곽을 나서면 동쪽에서 서쪽으로, 그리고 서쪽에서 북쪽으로, 이렇게 사방으로 천연의 해자가 하늘의 구름을 비치고 있었다.

그 흐름과 흐름 사이에 수많은 인가가 즐비하여, 이 또한 새롭고 특수한 힘의 상징같이 보였다.

쿄토와도 달랐으며, 신도神道의 우지宇治와 야마다山田, 불교가 성한 나라奈良와도 전혀 다른 느낌이었다. 풍취나 화려함과는 거리가 멀고, 그 대신 무너뜨리고 또 무너뜨려도 다시 떼를 지어 쌓아올리는 개미탑 같은 분위기가 느껴졌다.

성안의 번화한 거리는 보통 정치권력에 따라 발전해가는 것인데, 이 거리에서는 처음부터 그 권력에 거역하여 일어서려는 반골叛骨의 분위기가 느껴졌다. 그러한 오사카의 거리가 서서히 법당을 둘러싸기 시작하고 있었는데, 그 한 모퉁이에 아직도 원시의 푸름을 울창하게 간직하고 있는 모리무라가 있었다.

센쥬안은 그 모리무라의 커다란 숲을 등지고 있는 암자였다. 천태종天台宗이나 진언종眞言宗같이 으리으리한 사찰도 없고 숭엄함을 간직한 신비경의 느낌도 없었다. 말하자면 그것은 부처님이 벌거숭이로 진토에 나온 느낌을 주었다.

암자 양쪽에는 문자 그대로 대나무 기둥으로 된 오두막집들이 이어져 있었으며, 거기에는 정체 모를 사나이들이 빈둥거리며 살아가고 있었다. 노부치카는 처음에 마구간을, 그 다음에는 산적의 소굴을 연상했다. 왜냐하면 오두막에서 정어리 굽는 냄새가 풍겨왔기 때문이다.

나미타로는 단정한 자세를 무너뜨리지 않고 그 오두막들 사이에 있는 정면의 암자로 들어갔다.

상식적으로 보아 그것이 본당인 듯했다. 아미타상阿彌陀像이 하나 안치되어 있고 그 앞에 거적이 깔려 있었다. 거적 위에 바쳐져 있는 것은 정성들인 연꽃이나 촛불이 아니라 산야에 널려 있는 야채였다.

오이가 있고, 가지가 있고, 연뿌리와 당근이 있었다. 그러므로 법당의 호화로운 본당에 익숙한 눈에는 아미타상을 장식한 채소가게로밖에 보이지 않았다.

가게로 말하면 점원과 같은 18, 9세 가량의 기묘한 사나이가 헤진 옷자락 사이로 털이 부수수하게 자란 정강이를 드러낸 채 책상다리를 하고 앉아 있었다.

골격이 굵직굵직하고 눈빛도 예사롭지 않은 날카로움을 지니고 있었다. 한 치나 되게 자란 머리카락은 모두 사방으로 뻣뻣이 곤두서서 밤송이를 연상시켰다. 그 기괴한 인물 양쪽에 버릇없이 웃통을 벗어던지고 여기저기 칼자국이 있는 험상궂은 떠돌이무사들이 앉아 있었다. 그러나 그들은 이 한 사람의 기괴한 모습 때문에 존재를 드러내지 못하고 있었다.

나미타로는 문 앞에서 신발을 벗어 가지런히 놓고, 그 기괴한 인물을 힐끗 쳐다보며 오만하게 미소지으며 말했다.

"애송이 중아, 또 왔다."

"아아, 미망이 풀릴 때까지는 몇 번이라도 좋아."

나미타로는 이 말에는 대답하지 않았다.

"오토시, 그걸 이리 줘."

그리고 우아한 몸짓으로 처녀로부터 보랏빛 보자기를 받아들었다. 보자기에서 꺼낸 것은 이 초라한 암자에는 도무지 어울리지 않는 백자 향로였다. 그 향로에 나미타로는 유연한 자세로 가지고 온 향을 피웠다. 땀내와 매캐한 먼지냄새가 나는 방안에, 연한 보랏빛 연기를 피워 올리며 은은한 향기가 퍼져오르자 기괴한 인물은 실룩실룩 코를 벌름거렸다.

"어떤가, 나쁘지 않지?"

"음, 괜찮군."

노부치카는 오토시의 오른쪽에 앉아 가만히 두 사람의 행동을 바라보았다.

7

단아한 풍채의 나미타로와 논두렁에서 기어올라온 듯한 기괴한 인물의 대조가 노부치카로서는 여간 우습지 않았다. 하지만 무엇이 우스우냐고 묻는다면 대답할 말이 없었다.

양쪽 모두 기세가 꺾이지 않으려는 태도를 보이면서도 묘하게 태연자약했다. 무섭게 대립하는 마음과 마음을 느끼게 하면서도 그 사이에는 묘한 부드러움과 익살이 있었다.

"소개하죠."

잠시 후 나미타로가 노부치카를 돌아다보았다.

"어디서 태어났느냐고 물었더니 하늘 밑이라고 대답하더군요. 이름은 아시나 헤이타로蘆名兵太郎, 나이는 모른다고 합니다."

갑자기 나미타로는 흐흐흐 하고 웃었다.

"어쨌든 건방진 애송이 중입니다. 히에이잔에 올라간 후부터 이름을 즈이후隨風로 바꾸었다는군요. 바람결에 불법의 오묘한 이치를 깨우쳤다고 자만하고 있어요. 텐구天狗°도 큰 텐구라 자칭하지만, 과연 이 텐구가 하계下界에서도 쓸모가 있을지는 의문입니다. 그렇지 않아, 이 애송이 중아? 싸움하기를 밥 먹기보다 좋아해서 가는 곳마다 쫓겨나면서도 본인은 그것 역시 바람이 부는 대로라고……"

나미타로로서는 보기 드문 독설이었지만 이 괴승은 히죽 웃고는 그 말에 덧붙였다.

"아직 소개가 부족해. 지금은 즈이후지만, 여기 일본의 중생을 내 힘으로 구할 수 있다는 자신이 생기면 이름을 텐카이天海라 고치겠어. 밥을 먹기 위해 아미타불 이야기를 지껄이거나, 『법화경法華經』을 설한다는 핑계로 거지 노릇을 하며 돌아다닐 만큼 악당이 될 수는 없는, 지극히 소심한 애송이 중이지."

노부치카는 그의 자기 자랑에 어이가 없어 선뜻 응대할 수 없었다. 더구나 그 말은 그렇다 치더라도 어쩌면 그렇게 입이 큰 것일까. 주먹 하나가 쉽게 들어갈 만큼 큰 입을 꾹 다물고 있었다.

누가 입이 너무 크다고 말하기라도 하면 어떨까.

"그래서 텐카이가 아닌가."

이렇게 퉁명스럽게 대답할지도 모른다.

"이 애송이 중은……"

나미타로는 다시 말을 꺼냈다.

"이시야마 법당 후계자에게 충고를 하러 왔는데, 상대를 해주지 않아 노발대발하고 있답니다."

"하하하, 노발대발할 것까지는 없지만 실망한 것은 확실하지. 삼 대째는 대개 바보라는데, 과연 그 친구도 모자라는 데가 있더군. 렌뇨의 뜻을 전혀 모르는 얼간이라니까."

"말이 너무 지나치군!"

참다못한 듯 왼쪽에 있던 무사가 소리쳤다. 그 가슴에는 크게 칼자국이 남아 있었다. 그러나 즈이후는 실실거리고 웃었다.

"똥벌레는 거름통밖에 모르는 법이야. 닥치고 있어."

"뭐…… 뭐…… 뭐얏!"

"성을 내면 그만큼 더 손해가 된다는 것을 모르는군. 너희들은 나를 여기서 죽이라는 명령은 받지 않았을 거야. 히에이에서 나타나 도량道場을 어지럽히려는 자를 그대로 살려서 돌려보내지 말아라. 그러나 도량을 피로 더럽혀서는 안 되니 여기서 나가 베도록 하라, 하하하하. 이런 명령을 받았을 테니 아직은 내게 손을 못 대겠지."

정확하게 꼬집어서 말하자 상대는 숨을 죽였으나, 즈이후는 이미 그쪽은 보지도 않고, 노부치카 쪽으로 돌아앉았다.

"당신은 거름통에서 기어나와 밖에도 세상이 있다는 사실을 좀 알게 된 것 같군."

<h1 style="text-align:center">8</h1>

노부치카는 당황하는 시선을 즈이후에게 보냈다.

"내가 태어난 곳은……"

자기 소개를 하려는데, 상대는 귀찮다는 듯이 손을 내저었다.

"그런 것은 듣고 싶지 않소. 그런데 당신은 렌뇨 선사가 어째서 오사카, 나가시마長島, 카나자와金澤, 요시자키吉崎, 톤다富田 등의 요새지를 골라 모든 부역이 면제되고 남이 함부로 출입하지 못하는 도량을 열고 있는지 그 뜻을 아시오?"

"중생을 제도하기 위해서일 테지요."

"흥, 어떻게 하여 중생을 제도할까요?"

"글쎄, 그것은……"

"어째서 여태까지 있던 절로는 안 되는가, 어째서 이런 성곽과도 같은 어마어마한 것을 지어, 그렇지 않아도 고통받는 백성들의 고혈을 이중으로 짜내고 있는가. 그 의미를 당신은 알고 있소?"

노부치카는 대답 대신 가만히 나미타로를 돌아보았다. 나미타로는 태연한 표정으로 말했다.

"그의 얘기를 들어주세요. 그렇지 않으면 이 애송이 중은 속이 터져 미쳐 날뛸 겁니다."

"하하하하, 그 말이 맞아."

화를 낼 것 같던 즈이후는 몸을 흔들며 웃어댔다.

"지금의 후계자는 이것을 한 종단 한 종파의 가르침을 펴는 일이라고 해석하지. 그건 결국 잡동사니에 지나지 않소. 지하에서 선사가 울고 있을 거야. 종조宗祖 신란親鸞°의 뜻을 올바로 이어받아 훌륭하게 발전시킨 렌뇨의 거룩한 업적을 짓밟고, 길을 잃고 방황하는 어리석은 백성을 착취하고 있소. 그러니 무엇이 중생의 제도이고, 무엇이 구제란 말이오?"

큰 입을 꾹 다물고 부릅뜬 눈을 번쩍였다.

"오닌의 난 이후, 이 일본에 어디 단 하루라도 편한 날이 있었소? 지토地頭°는 슈고守護°에게 쫓기고, 슈고는 역적의 손에 죽는가 하면, 천하는 토호의 사병私兵들이 멋대로 나누어 가졌소. 부모형제 사이의 살해는 고사하고, 부부와 주종간에도 죽이지 않으면 죽임을 당하는 기묘한 지옥을 이루고, 아직도 옥토를 황폐하게 하고 있지. 무사는 무기를 지녔으니 그나마 괜찮으나, 그 밑에서 마소처럼 부림을 당하다가 길거리에서 굶어죽는 백성들의 고생은 어떻게 한단 말이오?"

"옳은 말입니다."

"그래도 당신이나 나는 무기를 가진 쪽에 속하기 때문에 진정한 고통은 모르고 있소. 밭을 갈면 쫓겨나고 곡식이 익으면 빼앗기고, 또 항거하면 죽게 되고, 지으면 불살라버리는 이런 세상. 전쟁이 있을 때마다 난입하는 미친 병졸들에게 아내가 능욕당하고 딸을 빼앗기는가 하면, 탄바丹波와 아와지淡路 같은 데서는 여자 대신 마소를 범하고 개와 살고 있는 형편이지. 그야말로 유사 이래 가장 비참한 광경이 벌어지고 있는 거요. 생각이 있는 자라면 참고만 있을 수 없는 축생도畜生道에까지 몰렸소. 이런 시대에 절 문을 꼭 걸어잠그고 무슨 놈의 불제자고 무슨 놈의 승려란 말이오?"

즈이후의 목소리가 경련하듯 떨린 것은 격한 감정의 흐느낌 때문이었다.

나미타로는 그의 속명이 아시나 헤이타로라고 소개했다. 아이즈會津 지방의 아시나 가문 출신인 듯했다. 어쨌든 가엾은 백성들을 위해 이토록 순수한 분노의 소리를 지르는 사람은 처음이었다.

노부치카가 숨을 죽이고 있는 모습을 보고 즈이후는 더러운 주먹으로 눈물을 닦았다.

"렌뇨의 궐기는 그러한 백성들의 불행을 자기 품에 끌어안겠다는 결심으로 큰 단안을 내린 거요. 미쳐 날뛰는 흉기로부터 백성을 구하려면 그 길밖에 없다고 생각한 것이지. 그런데 이 똥벌레들은 이미 그 궐기의 이유조차 잊어버렸단 말이오."

9

즈이후는 노부치카에서 나미타로로, 다시 나미타로에서 무사들로 눈길을 옮기고 나서 말을 이었다.

"어쩌면 무리일지도 모르지. 거지가 아니면 앉은뱅이 같은 중들에겐 부처님의 이상은 아득히 먼 곳에 있는 구름과도 같은 것이어서, 어두운 밤에 손으로 더듬어 경문을 읽으며 제 몸 하나도 건사하지 못하는 타락의 밑바닥에 떨어져 있으니까. 나는 렌뇨의 달견達見이 더욱 돋보여요. 신란은 부처를 겉으로만 보았지만, 렌뇨는 부처를 꿰뚫어보았거든."

나미타로가 호호호 하고 다시 웃었다.

"뭐가 우스워?"

"그 말은 벌써 몇 번이나 들었네. 한쪽에서는 헐뜯고 한쪽에서는 칭찬하고, 아주 능란하다니까. 그 신란이 바라보고 렌뇨가 꿰뚫어보았다는 석가모니란 대관절 어떤 것인가? 그게 알고 싶군."

"아, 말해주지. 그거야말로 불교의 진수야."

즈이후는 대들 듯한 기세로 말을 받았다.

"부처의 진정한 염원은 이 지상에 극락을 이루는 것, 오직 그것뿐이지. 그러기 위해서는 어떤 투쟁도 마다지 않아! 그것은 부처 자신이 극락으로 통하는 길을 발견하여 이렇게 하면 달성할 수 있다고 믿었기 때문이지. 백만 권의 경문은 모두 그 극락세계의 건설, 지옥세계의 혁명에 대한 가르침이었소. 그것을 단순한 가르침이라 착각하고 코보弘法대사°만큼의 애도 쓰지 않고 있어. 대사는 스스로 병을 앓는 자의 맥도 짚고 약도 구해 우선 육신의 고통에서 구제의 본보기를 보였지. 그런 뒤 마음을 고치고 정치를 바꾸려 했어. 하지만 그것이 언제부터인가 게을러지더군. 경문에 의존하여 위정자를 다루는, 말하자면 남의 손을 빌려 극락을 만들려고…… 이렇게 몸을 아끼는 것이 타락의 첫걸음이야. 부처는 그런 게으름뱅이가 아니었어."

노부치카는 나미타로의 얼굴을 빤히 바라보았다. 나미타로의 표정도 어느덧 긴장되어 있었다. 귀를 기울이고 있다는 증거였다.

"백성들의 시주로 짓던 사원이 언제부터인지 권력자의 명령으로 세워지더군. 이것은 기쁨의 표시가 아니라 원한과 착취의 탑이야. 신란은 그 탑에서 걸어나왔어. 일신을 버리고 온 나라를 돌아다니면서 가련한 백성들에게 한결같이 왕생성불往生成佛의 안락과 진제眞諦를 설법하며 다녔지. 그러나 렌뇨는 진제에서 속제俗諦로 한 걸음 나와 일상생활의 혁명을 대중들에게 설법했지. 그의 사원은 권력자의 사원이 아니라 의지할 곳 없는 백성들의 생활을 지키는 성채였어. 극락의 실현을 꿈꾸고 그것이 실현될 수 있다고 믿으면서, 애처로운 노력을 계속하는 사람들의 공든 탑이었고 슬픔의 탑이기도 했지. 더구나 그 탑에 미친 군졸들을 들여놓지 않기 위해 렌뇨를 모시는 대중들이 얼마나 고생했던가. 겨우 이루기 시작한 얼마 안 되는 혁명세계를 지키기 위해 어떤 태도를 가져야 했던가…… 내가 렌뇨를 우러러보는 것은 그때의 결단에 있었던 거야. 미쳐 날뛰는 흉기를 끝까지 문안에 들여놓지 않은 용기. 그것이야말로 지금과 같은 난세에서는 코보 대사의 의료행각에 필적할 정도로 당장에 필요한 일이었지. 그리고 그 필요성이 점점 더 높아져가고 있을 때, 후계자와 그 일당이 성 안채에서 미녀를 껴안는 명령자가 된다면 어떻게 되겠나! 그래 가지고야 세상의 다이묘들과 어디가 다르다는 말인가? 렌뇨의 이름으로 꾸짖지 않고 내버려두면 극락건설을 위한 비원의 무기가 후계자들이 애용하는 흉기로 변하고 말지……"

이렇게 말하고 즈이후는 다시 눈물을 주르르 흘렸다.

옆에 있던 무사들이 눈짓으로 신호했다. 이야기가 다시 후계자에 대한 것으로 옮겨가는데 한 사나이가 슬그머니 칼을 끌어당겼다.

10

즈이후는 무사들의 얼굴이 험악해진 것을 아는지 모르는지.

"이래 가지고는 렌뇨의 유산은 유산이 될 수 없어. 렌뇨는 미친 권력자들의 손이 미치지 않는 흉기 불입不入의 극락을 여러 곳에 마련하여 가엾은 백성들에게 곤경에 빠지거든 이리 오라고 손짓했지. 그것이 바로 이 법당이야. 물론 무법자가 흉기를 들고 쫓아오더라도 힘으로 제지할 생각이었지. 그 용기! 그 결단! 이것이야말로 부처를 아는 길이고, 평범한 중들은 생각지도 못하는 큰 비원, 구원 없는 백성들을 위한 한 줄기 빛이었지. 그런 까닭에 백성들 역시 필사적으로 그 성역을 지키기 위해 염불을 외고, 카가에서는 당시 슈고였던 토가시 마사치카富樫政親가 지나친 착취를 하다가 끝내 맞아죽었다고 하더군. 그런데 이게 웬일인가. 백성들을 위해 마련한 유일한 낙원은 요즘 쌍칼찬 괴한들의 은신처가 되고, 백성을 위한 법당은 후계자 일족의 사치를 돕는 징세徵稅 장소로 바뀌고 말았어. 지금 백성들은 성주와 종단에, 이중으로 공물과 세금을 바치게 되어 도탄에 빠져 있네. 물론 렌뇨도 수많은 여자들을 거느리고 수십 명의 자식을 낳기는 했지. 그것만은 나도 찬성할 수 없으나 오늘날의 종단과 종파의 일당들은 이 악습만을 배워 렌뇨의 적이 되고 말았어!"

참다못해 왼쪽에 있던 무사 하나가 느닷없이 즈이후에게 칼을 휘둘렀다. 노부치카도 오토시도 그만 깜짝 놀라 숨을 죽였다. 그러나 이때였다.

"잠깐!"

나미타로의 손에서 하얀 물체가 직선을 그리며 무사의 손을 향해 날아갔다. 향로받침이었다. 무사의 손에서 빗나가 향로받침이 두 동강이 나며 깨졌을 때 즈이후는 아슬아슬하게 몸을 피했다. 그리고는 도와준 나미타로에게 떨면서 대들었다.

"이런 놈들을 숨겨주는 장소가 되어서야 어떻게 렌뇨가 성불할 수 있겠어!"

나미타로도 분명히 흥분하고 있었다.

"잠깐! 용납할 수 없는 점이 있다면 굳이 당신들 손을 빌리지 않겠소. 경거망동하지 마시오."

빠른 말로 무사들을 꾸짖고 그는 즈이후를 돌아보았다. 눈이 무섭게 빛나고 있었다. 한쪽 무릎을 세우고 칼에 손을 가져간 그의 모습은 겨울 아침의 서리와도 같았다. 무사들은 다시 자리에 앉았다. 즈이후만이 대담한 자세로 그러한 나미타로를 쏘아보고 있었다.

"애송이 중아!"

"왜 그래?"

"그렇다면 너는 이곳 후계자에게 무엇을 하라는 거냐?"

"잘 알잖아? 무기를 들고 일어나라는 거야. 흉기로 변해가는 법당의 무기를, 백성을 구제하기 위한 렌뇨의 비원으로 돌려, 전국의 흉악한 칼로부터 백성을 지키란 말이다."

"애송이 중아!"

"또 뭐냐?"

"그게 부처님의 마음을 따르는 것이라 생각하느냐?"

즈이후는 다시 큰소리로 웃었다.

"불교란 있지도 않은 저 세상의 지옥이나 극락 따위로 어리석은 백성을 속이고, 장례식이나 맡아 하면서 사욕을 채우는 게 아니야."

"말을 돌리지 말고 묻는 말에나 대답해. 그게 부처님의 뜻에 부응하는 것이란 말이냐?"

노부치카는 당장에라도 나미타로가 칼을 뽑을 것 같아 온몸을 경직시키고 침을 꿀꺽 삼켰다.

11

노부치카에게는 즈이후의 말도 기이하게 들렸지만 나미타로의 무서운 변모는 그 이상의 놀라움이었다.

쿠마의 자기 집에서는 한 번도 보인 일이 없는 기백이었다. 어딘지 모르게 잘 단련된 날카로운 칼날을 느끼게 했으나, 동시에 여자 같은 연약함도 섞여 있었다. 그렇지만 지금 여기서는 투혼 바로 그 자체가 아닌가.

이처럼 격렬한 나미타로가 형 노부모토의 불신을 어째서 용납했을까? 어째서 분노를 폭발시켜 형을 베지 않았을까? 그것을 생각하니 등골이 오싹해졌다. 즈이후는 그 살기를 전혀 느끼는 것 같지 않았다. 어리석어서일까, 아니면 신경이 무디어서일까.

"불제자가 칼을 들고 일어서다니 그게 부처님의 뜻에 맞다고 생각하나?"

무섭게 힐문했다.

"물론 맞지. 정한 이치지!"

내뱉듯이 말하고 살기 속으로 무릎을 확 내밀었다.

"오늘날의 고통과 환란을 제거하지 못하면 그런 불법이 무슨 소용 있겠나. 앓는 자에게는 약을 주고 굶주린 자에게는 먹을 것을 주라, 이 것이 바로 진정한 불법이야. 모든 고통과 환란에서 즉시 중생을 건져내 는 것이 부처님의 뜻이지. 병마가 창궐하면 병마와 싸우고 강권이 판을 치면 강권과 싸워야 해. 지금처럼 미친 칼이 난무하는 세상에서 죽은 뒤의 안락을 설법해서 무슨 구원이 있겠어. 어째서 현세에서 미쳐 날뛰 는 칼을 봉쇄하려 하지 않느냐는 말이야."

"그 미쳐 날뛰는 칼에 칼을 들고 맞서란 말인가?"

"융통무애融通無碍 관자재觀自在. 일어나지 못하는 것은 겁을 먹기 때문이야. 뭐 그리 꺼릴 게 많은가. 먼저 현세를 구하고 나서 내세를 구 하는 것이 도道란 말이야."

"애송이 중!"

"왜?"

"그 말에 그대는 정말 목숨을 걸겠나?"

"우와하하하, 목숨 정도가 아니라 부처님을 걸고 있는데, 아직 모르 겠는가?"

"닥쳐!"

사람들은 깜짝 놀랐다. 나미타로의 몸이 움직이는 순간 주위가 피바 다로 변할 것을 예상했기 때문이다. 그러나 나미타로는 칼을 뽑지 않았 다. 그는 칼집과 함께 팔을 공중에서 한바퀴 휘두른 다음 곧 세우고 있 던 무릎을 뒤로 물렸다.

순간 노부치카는 어리둥절했다. 아니, 노부치카만이 아니었다. 무사 들도 오토시도 안도의 숨을 쉬고 어깨를 흔들었다.

"애송이 중."

"왜 그래?"

"네 의견과 내 의견이 비슷한 것 같다. 네게 할 이야기가 있으니 따라와라."

"후계자를 만나게 해주겠다는 거냐, 아니면 나를 벨 작정이냐?"

이번에는 나미타로가 조용히 웃었다.

"후계자는 이미 만났다."

"뭐, 만났다고?"

"후계자도 자네와 같은 뜻을 가졌다는 것을 내가 확인했어. 그리고 자네는 이미 죽은 거야."

"누구한테?"

"물론 나한테지. 자, 어서 따라와."

즈이후는 이상한 눈으로 나미타로를 쳐다보았으나, 이윽고 고개를 끄덕이며 순순히 자리에서 일어났다.

나미타로는 뒤도 돌아보지 않았다. 평소와 다름없이 침착하고 조용한 자세로 천천히 짚신을 신고 밖으로 나갔다. 그 뒤를 즈이후, 오토시, 노부치카의 순으로 따라나섰다.

해는 아직 높았다. 그러나 숲속 여기저기서 들려오는 쓰르라미소리가 진토 백성들의 폐부에 슬프게 스며들었다.

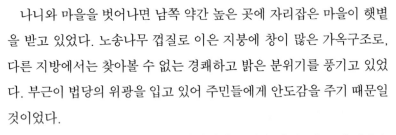

윤회

1

　나니와 마을을 벗어나면 남쪽 약간 높은 곳에 자리잡은 마을이 햇볕을 받고 있었다. 노송나무 껍질로 이은 지붕에 창이 많은 가옥구조로, 다른 지방에서는 찾아볼 수 없는 경쾌하고 밝은 분위기를 풍기고 있었다. 부근이 법당의 위광을 입고 있어 주민들에게 안도감을 주기 때문일 것이었다.

　가까이 가면 삼면이 강으로 둘러싸였다는 것을 알 수 있는 이 마을은 생각보다 집이 크고 주민들도 유복해 보였다. 예전에 옥으로 만든 물건을 조정에 진상했다는 장인匠人들의 마을이었다.

　이 마을에 들어와서도 나미타로는 뒤를 돌아보지 않았다. 여전히 일행은 나미타로, 즈이후, 오토시, 노부치카의 순이고, 이들은 서로 앞사람의 그림자를 쫓고 있었다. 남쪽으로 강이 보였다. 이대로 가면 강에 도달한다 — 고 생각했을 때 나미타로가 왼쪽에 있는 문으로 슬그머니 꺾여들어갔다. 이 마을에서는 보기 드물게 배를 만들 때 쓰는 튼튼한 널빤지로 담을 두르고, 소나무가 무성한 저택이었다.

처마 끝에 쇠붙이로 된 낯선 육각등롱이 걸려 있는 것은 남방식이라고나 할까. 기둥은 비교적 가느다란 통나무로 되어 있었고, 벽은 칙칙한 갈색이었다.

오른쪽에는 길게 이어진 돌계단이 있고 그것을 따라가면 강에 이르게 되어 있었다. 배는 자유로이 댈 수 있으나, 그런데도 짐을 저장하는 창고 같은 것은 없었다.

노부치카는 누군가의 별장이겠거니 하고 생각했다.

갑자기 오토시가 종종걸음으로 행렬에서 빠져나갔다.

"다녀왔습니다."

그 소리에 현관 안에서 사람이 움직이는 기척과 함께 안으로부터 좌우의 문이 열렸다. 이어서 오토시와 같은 옷차림을 한 여자 여덟 명이 단정히 두 손을 짚고 그들을 맞이했다.

나미타로는 말없이 짚신을 벗고, 뒤의 두 사람에게 사양 말고 들어오라는 눈짓을 하고는 곧장 안으로 사라져갔다.

"구조가 참 색다른 집이군. 무애광無碍光의 정취와는 다른 난초와 사향의 향기, 그리고 바다 냄새……"

즈이후는 헤진 짚신에서 비어져나온 발의 자국을 현관 마루에 점점이 남겼다.

"육지에 있는 해적의 거처는 의외로 풍취가 있다고 들었는데 기둥이 너무 가늘군."

방약무인하게 여자들을 둘러보면서 뒤따라갔다. 노부치카만이 현관에 남았다. 여자들에게 등을 돌리고 짚신의 끈을 풀고 있으려니 오토시가 발 씻을 물을 들고 왔다. 우물물인 듯했다. 시원한 감촉이 피부를 통해 짜릿하게 여수旅愁를 불러일으켰다.

"고맙소."

오토시는 소맷자락을 입에 물고 여행에 지친 노부치카의 발을 씻기 시작했다.

"토쿠로 님⋯⋯"

노부치카는 깜짝 놀랐다. 자기가 잘못 들은 게 아닌가 하고 사방을 둘러보았다.

"토쿠로 님, 저는 한눈에 알아보았어요."

잘못 들은 것이 아니었다. 앞으로 돌아서며 말한 오토시의 말이었다. 오토시는 소중한 것을 다루는 듯한 손놀림으로 먼지로 더러워진 발에 물을 끼얹고는 문지르고 있었다.

"딱하고 애처로워요."

"아니, 잠깐!"

노부치카는 당황했다.

"나는 그 토쿠로라는 사람이 아니고 오가와 이오리요."

"예."

오토시는 순순히 고개를 끄덕이고, 굳어진 종아리를 부드러운 손가락으로 누른 채 어깨를 떨기 시작했다.

어느 틈에 여자들의 모습은 거기 없었다.

2

"너무나 변했군요."

오토시는 중얼거렸다.

"모든 것이⋯⋯ 성주님이 돌아가셨기 때문에."

노부치카는 발을 오토시에게 맡긴 채 다시 한 번 주위를 둘러보았다.

"여기는 누구 집이지요?"

"쿠마의 젊은 도련님 집이에요. 그때⋯⋯"

말하다 말고 오토시는 소중한 것을 받쳐들듯 노부치카의 오른발을 손바닥에 얹었다.

"오다이 님을 모시고 무사히 오카자키에 도착했던 유리…… 그 유리도 이제는 오카자키에 없어요."

"지금…… 뭐라고 했소?"

"오카자키의 일을 아직도 모르시나요?"

"오카자키의 오다이에 대한 것 말이오?"

"예. 시모츠케 님이 오다 쪽을 따르게 되신 뒤 마츠다이라 쪽에서는 이마가와를 두려워하여……"

"음, 있을 수 있는 일이지."

"오다이 님은 성주님 곁에서 쫓겨나 냉대를 받는다고 합니다."

"아니, 오다이가 쫓겨나다니요?"

"사실입니다."

오토시는 다시 고개를 숙이고 어깨를 떨면서 얼른 발을 닦았다.

노부치카는 눈길을 가만히 오토시의 목덜미에 떨구었다. 얼마 전에는 바로 그 오다이가 아기를 낳았다는 기쁜 소식을 들었는데.

'역시 그랬구나……'

방으로 안내된 뒤에도 노부치카의 마음은 가라앉지 않아 한동안 나미타로와 즈이후의 화제에 동참하지 못했다.

아이를 낳고 쫓겨난다…… 이것은 그들의 어머니 케요인의 운명과 너무나 흡사했다. 어머니도 가엾고 오다이도 가엾고 오쿠니도 가엾다고 생각하다 보니, 그 생각은 그대로 남자에게로, 그리고 인간 모두에게까지 미쳤다.

남자들 역시 싸우기를 원하고 좋아해서 여자를 괴롭히는 것은 아니었다. 오히려 싸움을 피하기 위해 여자들을 괴롭히는 경우가 많을지도 모를 일이었다.

여성 멸시의 풍조는, 어쩌면 자기가 사랑하는 여자를 강탈당했을 때의 고통을 예상하고, 애써 슬픔을 감추고자 자신을 타이르는 억지 같은 인내인지도 몰랐다.

아직 해가 지지 않았는데 저녁상이 들어왔다. 술은 없었으나 상 위에 가득한 산해진미가 자리를 빛내고, 나미타로와 즈이후의 이야기는 끝없이 계속되었다.

가슴속에 간직한 깊은 생각을 서로 털어놓았는지 즈이후는 나미타로의 말에 동의하고 나미타로는 즈이후의 말을 수긍했다.

즈이후는 시대적인 최대 고질에 가장 유효한 구제수단을 자유자재로 구사하는 것이 참다운 불도라고 하면서, 이러한 난세에는 먼저 무력으로 무력을 억제하는 방법밖에 없다고 했고, 나미타로는 나라의 법도에 따라 이미 그 방법이 강구되고 있다고 했다.

"어느 쪽이 이길까?"

이렇게 물으며 즈이후는 웃었다.

"나는 전국의 무장을 한 사람씩 찾아다니면서 부처님이 지향하는 혁명에 기꺼이 따르도록 설득해보이겠네. 먼저 카이의 타케다, 에치고越後의 우에스기, 사가미相模의 호죠……"

손가락을 꼽으며 큰소리치는데 나미타로가 싸늘하게 말했다.

"나는 한 사람을 택해 같은 일을 해보지."

미소를 지으면서 때때로 노부치카를 돌아보곤 하는 나미타로는 이 자리의 분위기를 통해 무언가를 노부치카에게 파악하도록 하려는 모양이었다. 그러나 노부치카는 두 사람의 대화 자체가 점점 번거롭게 생각되었다.

이것을 알아차렸는지 밥상이 나가자 나미타로는 오토시를 불렀다.

"오가와 님을 침소로……"

가볍게 명령했다.

"그대가 시중을 들도록."

"예…… 예."

순간 오토시는 귓불이 빨개졌다.

3

미즈노 집안에서 쫓겨난 히지카타 일족. 오토시는 오다이가 출가할 때 가짜 오다이의 한 사람으로 뽑혔던 처녀였다. 안죠 성에서 오다 노부히데 앞으로 끌려나가 이름을 물었을 때.

"오다이라고 합니다."

두려움 없이 마지막으로 대답한 것이 오토시였다. 물론 살아나리라고는 생각지도 않았다. 온갖 고통을 예상하면서도 웃음거리가 되지 않으리라는 마음뿐이었다. 그런데 노부히데의 손에 죽지 않고 나미타로에게 넘겨졌다.

다른 다섯 명의 여자들과 함께 잠시 쿠마 저택에서 신전을 지키고 있는 동안 긴장했던 마음이 서서히 풀리기 시작했다.

전성주 타다마사의 죽음을 전해 듣고, 그 뒤 잇따른 일족의 추방과 오다에게 굴복한 시모츠케노카미. 그중에서도 특히 이 처녀의 마음을 아프게 한 것은, 나미타로의 여동생 오쿠니와 시모츠케노카미의 사건이었다. 쿠마 저택에서 남몰래 이즈모로 떠나갈 때의 그 울다 지친 오쿠니의 모습.

오토시는 그 무렵부터 마음속에 있던 줄이 끊어지고 말았다. 쥐고 있던 굵은 밧줄은 사라지고 매달릴 데 없는 회의만이 남았다. 주군主君이란 무엇일까? 남자란? 여자란?

이러한 오토시를 나미타로는 이 오사카의 집에 격리시켰다. 다른 다섯 여자들에게 끼칠 영향을 두려워했던 것이다.

아버지 곤고로도 나미타로의 주선으로 법당에 몸을 의지하고 있었다. 그러므로 만약 오토시에게 전과 같은 야무진 데가 있었다면 나미타로의 은의恩義가 바로 그녀의 마음에 통했을 것이지만, 이상하게 그것마저 믿을 수 없었다. 나미타로가 신을 모시면서 오로지 수도만 하는 법당에 거액의 기부를 하는 것도 알지 못했고, 이마가와 편인가 하면 오다와 통하고, 오다 편인가 하면 아버지와 노부치카를 잘 비호했다. 이러한 움직임 하나하나가 이해되지 않을 뿐이었다.

그러나저러나 노부치카를 침소에 안내하고 그 시중을 명령받을 줄은 전혀 상상도 하지 못했다. 오사카에는 손님을 잠자리에 모시는 여자가 있었다. 만약 나미타로가 그런 여자에게 노부치카의 잠자리를 준비하라고 명했더라면, 오토시는 그 일을 자기한테 맡겨달라고 했을지도 모른다. 카리야에 관한 일, 오카자키에 관한 일로 노부치카에게 이야기해줄 것이 많았다.

그런데 나미타로는 이러한 마음의 움직임까지 꿰뚫어보고 있었다. 지금까지도 그랬고 앞으로도……라는 생각을 하자 오토시는 왠지 등골이 오싹했다.

"준비 끝났습니다."

잠자리에 향을 피워놓고 돌아와 보고했을 때 나미타로는 노부치카에게 말했다.

"피곤하실 테니, 그만 쉬시지요."

오토시 쪽은 보지도 않고 즈이후와 히에이잔의 근황에 대한 이야기를 계속했다.

"그럼 먼저 실례하겠소."

노부치카는 일어나 복도로 나갔다. 오토시가 앞장섰다. 이때 노부치카의 앙상한 어깨가 생각나서 갑자기 격하게 흐느껴 울었다.

"왜 그래요?"

"아니어요…… 아무것도……"

그리고 침소 입구에 손을 짚고 노부치카를 들여보냈다. 그런 다음 노부치카가 칼걸이에 칼을 놓자, 절박하게 말했다.

"모시라는 명령을 받았어요. 옆으로 가겠습니다."

4

노부치카는 한결 서늘해진 밤 기운 속에서 잔뜩 긴장한 채 고개를 숙이는 오토시를 바라보았다. 여자를 모르는 노부치카가 아니었고, 또 이런 접대를 처음 받는 것도 아니었다.

그러면서도 오토시가 몹시 가엾게 보이는 것은, 아이를 낳고 남편 곁에서 멀어지게 되었다는 오다이의 소문이 슬프게도 마음을 사로잡고 있었기 때문이다.

난세의 여자 ──

오토시도 역시 그 애처로움을 생생하게 간직하고 있었다.

"나미타로 님이 그대에게 내 잠자리 시중을 명하던가요?"

오토시는 대답 대신 노부치카를 똑바로 바라보았다.

"그대는…… 이렇게 손님 시중을 종종 들곤 하오?"

오토시는 고개를 거칠게 흔들었다. 당치도 않다는 듯 조그만 입술이 경련하듯 움직였다.

"그렇다면, 둘이서 카리야에 대한 이야기를 좀더 자세하게 나누라는 암시겠지. 아, 덥군! 불을 끄고 이 창가로 오시오."

오토시는 시키는 대로 불을 껐다. 갑자기 창이 검어지고, 그 검은 테 안에 별과 노부치카가 부각되어 보였다.

"오다이 님은······"

오토시는 자기 표정이 상대에게 보이지 않게 되자 상당히 마음이 가라앉았다.

"오카자키와 인연을 끊게 될지 모른다고······ 사촌언니 유리가."

"인연을 끊는다면······"

"예. 유리는 한 발 먼저 오카자키를 떠나 하리사키針崎의 절에서 머리를 깎았습니다."

노부치카는 머리를 숙인 채 오토시를 빤히 쳐다보았다. 차차 어둠에 눈이 익숙해지자 오토시의 모습이 묘하게도 하얗게 떠올랐다. 노부치카는 그 그림자에서 오다이의 얼굴을 상상하고 오쿠니의 모습을 상상했다.

오토시의 목소리는 오다이보다 오쿠니를 더 닮았다. 강기슭에서 가까운지 철썩거리는 물소리에 밤에 띄운 배에서 노젓는 소리가 가끔 섞였다.

"음, 오카자키와 인연을 끊는다······"

"유리의 말인데요, 성주님과의 금실은 남이 보기에도 부러울 만큼 다정하셨대요."

"음."

"그런데도······ 뜬세상의 의리는 너무나도 가혹해요."

노부치카는 다시 입을 다물었다. 오토시가 방바닥에 털썩 엎드려 울음을 터뜨렸기 때문이다.

형 시모츠케노카미가 오다 편에 가담했기 때문에 이마가와 쪽의 강압적인 교섭이 있었을 게 틀림없다. 의형제이기 때문에 이마가와를 배반하지 않겠다는 증거를 요구해왔을 것이다. 그렇게 되면 오다이와 이혼하여 두 마음이 없다는 것을 표시하는 길밖에 다른 방법이 없었을 것이다.

"그렇군. 두 사람 사이는 다정했었군."

이 무슨 얄궂은 운명일까. 히로타다의 아버지 키요야스는 노부치카 형제의 어머니를 억지로 아버지로부터 빼앗아갔다. 그리고 그 히로타다는 지금 이마가와에게 그 아내와의 이별을 강요당하고 있었다.

'도대체 이것은 어디에서 연유된 비극일까……?'

이렇게 생각하고 있을 때 엎드려 울고 있던 오토시가 갑자기 노부치카의 무릎에 매달려왔다.

"도련님…… 부탁입니다…… 부탁 드립니다. 이 오토시를 도련님의 손으로…… 당신의 손으로 죽여주세요, 도련님!"

5

노부치카는 깜짝 놀라 몸을 빼었다. 필사적으로 매달리는 오토시의 얼굴이 미친 오쿠니로 보였다. 체취도 뜨거운 손길도, 그리고 하얀 살결과 떨리는 목소리까지도……

"저로서는 부처님의 구원이 믿어지지 않아요. 내일의 행복도 바랄 수 없어요…… 이대로 있으면 틀림없이…… 틀림없이 미쳐서 죽을 거예요. 정말이지 여자로서 산다는 것이 싫어졌습니다. 죽여주세요…… 부탁이에요…… 토쿠로 님."

오토시는 노부치카에겐 돌아갈 곳이 없다는 것을 본능적으로 알고 있었다. 불가사의한 비운의 별을 짊어지고 일족에게서 퉁겨져나온 노부치카.

노부치카는 기가 눌려 저도 모르게 오토시에게 손을 댔다. 그것은 오토시의 허무를 두려워하여 피하려는 손길이기도 하고, 가엾은 나머지 끌어안으려는 손길로도 보였다.

어깨에 손을 얹자 오토시는 더 격렬하게 매달려왔다.

오토시는 깨닫지 못했으나, 매달리는 순간 오토시의 몸에서는 지금까지의 모든 이성理性이 빠져나가고 말았다. 옛 주인에 대한 그리움과 불운한 신세에 대한 동정이 이상한 방향으로 불을 붙였다. 무섭게 억제해온 여자의 생명이 폭발한 것일지도 몰랐다.

"부탁이에요…… 토쿠로 님. 부탁……"

목소리가 목에 걸려 달콤한 응석으로 변했다.

이러한 태도는 노부치카에게 더욱더 오쿠니를 연상하게 했다. 오쿠니도 이렇게 매달려왔다. 그러면서 무언가를 요구하고 무언가를 끊임없이 호소해왔다.

"토쿠로 님……"

"오쿠니……"

귀신에 홀린 듯 노부치카는 오쿠니의 이름을 불렀다. 그러나 오토시는 그것도 깨닫지 못하고 다시 강아지처럼 서럽게 흐느껴 울었다.

노부치카의 눈에 오쿠니가 떠올랐다. 체취가 되살아나고 목소리가 들리는가 하면 살갗이 느껴졌다. 그리고 다음에는 자포자기한 정감이 거칠게 그의 손을 끌었다. 무턱대고 무엇인가가 슬프면서도 그 슬픔마저 넘어서게 하는 다른 어떤 기운이 그를 휩쓸아갔다.

"오쿠니……"

"예…… 예."

오토시는 자기 이름도 잊은 채 온몸을 노부치카에게 던져왔다.

별이 가냘프게 우는 듯 느껴지는 것은 바람이 부는 탓일 터였다. 일단 가셨던 땀이 다시 축축하게 배어나오고, 이윽고 저택을 순찰하는 딱따기소리가 들려왔다.

벌써 넉 점(오후 10시)이었다.

나미타로와 즈이후의 대화는 아직 계속되고 있을 테지만 그곳까지는 들려오지 않았다.

노부치카는 문득 정신을 차리고는 조용히 오토시를 떼어놓으려 했다. 그러나 오토시의 몸은 그것을 두려워하듯 밀착한 채 따라왔다.

물론 오토시에게도 이성이 돌아왔을 것이었다. 수치심일까 놀라움일까, 아니면 20여 년 동안 이성과 접촉하지 않은 자기 몸에 대한 애석함일까. 온몸을 굳히고 숨결마저 죽이고 있는 듯했다.

노부치카는 다시 몸을 뺐다. 그러나 역시 오토시는 노부치카를 놓지않았다. 검은 머리에서 풍기는 향내가 새삼스럽게 노부치카의 후각을 안타깝고도 격렬하게 자극해왔다.

노부치카는 다시 자기를 잊고 팔에 힘을 주기 시작했다.

6

이성理性은 종종 자연스러운 욕구를 부자연스럽게 압박하고는 했다. 그러나 이와 반대로 본능 또한 가끔 이성의 방향을 돌리기도 했다.

노부치카와 오토시 두 사람 모두 죽을 생각이었다. 그리고 이 결심은 오토시를 안았던 손을 떼는 순간 노부치카의 마음에서 움직일 수 없는 것이 되었다.

여자의 가련함 ―

여기에 마음이 끌렸다고는 하나, 오쿠니의 환상을 보면서 오토시를 사랑한 자신의 불순함에 노부치카는 견딜 수 없는 혐오를 느꼈다.

'그 속죄를 위해서라도……'

노부치카는 생각했다.

'오토시를 죽이고 나도 죽자.'

오토시도 노부치카의 품을 벗어날 때까지는 그럴 생각이었다.

수치심은 있어도 후회는 없었다. 옛 주인인 노부치카, 상대가 바라지 않는다면 사랑을 호소할 길이 없는 시대였다.

카리야의 내전에서 오다이의 시중을 들면서 때때로 문틈으로 엿보았던 노부치카. 그 노부치카를 마지막으로 보고 이 세상을 떠나려고 결심한 날 뜻밖에도 사랑을 받았다.

'마지막을 장식한다……'

문득 이 말이 연상되어, 보이지 않는 것에 동정을 받은 만족감으로 그의 곁에서 떨어져나왔다.

"오토시, 불을 켜주지 않겠소?"

"예."

오토시는 어둠 속에서 옷매무새를 고치고 눈부신 시선을 등에 느끼며 조용히 부싯돌을 쳤다.

아름다운 불꽃이 반짝 하고 주위에 흩어졌다. 그럴 때마다 오토시의 가슴은 묘하게 두근거렸다. 불이 붙었다. 가느다란 심지였으나 그 불은 처음으로 이성을 안 여자의 모습을 확실하게 상대에게 보여줄 것이었다. 갑자기 수치심이 치솟았다. 온몸이 빨개진다는 것을 스스로도 느낄 수 있었다.

"오토시……"

"예."

"그대만 죽이지는 않겠소. 나도 죽겠소. 생각해보니……"

노부치카는 눈을 감았다.

"쿠마의 집에서 살아남은 것이 잘못이었소. 그대도 나도 행운과는 거리가 먼 모양이오."

오토시는 가만히 고개를 들었다가 얼른 다시 숙였다.

웬일일까. 창가에 기대어 눈을 감고 있는 노부치카를 확 끌어안고 싶을 정도로 사랑을 느꼈다.

"아니, 그것은 안 됩니다."

고개를 떨군 채 오토시는 말했다.

"토쿠로 님을 죽게 할 수는 없어요. 그러면 제가 주인을 죽인 것이 됩니다."

말하고 나서 깜짝 놀랐다. 생각지도 않은 말이 불쑥 입에서 튀어나왔다. 그리고 그 말이 이번에는 반대로 오토시를 지배하기 시작했다.

'그렇다, 나는 죽더라도 나 때문에 토쿠로 님을······'

그것은 당치도 않은 일이라고 오토시는 생각했다.

노부치카는 씁쓸하게 웃었다.

"그런 걱정은 필요 없소. 나 역시 살아도 빛을 받을 수 없는 몸이니, 내 마음대로 하려는 것뿐이오."

"안 됩니다! 그래서는 안 됩니다! 그렇다면 이 오토시도 죽을 수가 없습니다."

오토시는 다시 끌려들듯 노부치카에게 다가갔다.

7

바람소리가 차차 귀에 들리기 시작했다. 주위가 조용했다. 노부치카의 얼굴에 문득 후회의 그림자가 스쳤다.

갸륵했다. 갈 곳 없는 노부치카를 주인이라 부르는 사람이 하나 있었다. 그것만으로도 더욱 죽어도 좋다는 생각이 들었으나, 무릎에 매달린 오토시의 진지한 눈은 그 말을 입밖에 내지 못하게 했다.

"그렇다면 그대는 나더러 무엇을 하며 살라는 말이오?"

질문을 받고 나서야 오토시는 자기가 한 말의 뜻을 깨달았다.

'노부치카 님을 죽이지 않으려는 것은 나 역시 살고 싶다는 뜻일

까……?'

무엇 때문에, 누구하고, 어떻게? 오토시는 살그머니 상대의 무릎에서 손을 떼었다. 스스로 노부치카를 받드는 듯한 투로 말해놓고, 반대로 노부치카에게 받들게 만들려는 것이 아닐까?

하지만 여기에 불순한 계산은 없었다. 그것은 자기도 생각지 못한 뜻밖의 방향으로 급류처럼 떠내려가는 감정일 뿐이었다. 받들게 하는 한이 있더라도 섬기고 싶다! 살게 하고 싶다! 오토시는 깜짝 놀랐다.

'이런 마음이 사랑은 아닐까……'

"왜 잠자코 있소? 그대 혼자 죽고 싶으니 이 노부치카더러는 죽지 말라는 것이오?"

오토시는 강하게 고개를 저었다. 그리고 세번째로 노부치카에게 매달렸을 때였다.

"오가와 님, 주무십니까?"

장지문 밖에서 나미타로의 목소리가 들렸다.

"마음이 놓이지 않아 불러보았습니다. 주무신다면 내일 아침에 다시……"

노부치카는 얼른 일어나 문을 열었다.

"아직 자지 않았소. 이것저것 카리야 이야기를 하다 보니……"

"방해가 된 건 아닌가요?"

나미타로는 두 사람 사이를 꿰뚫어보고 있는 듯, 한쪽 뺨에 볼우물을 보이면서 노부치카가 손짓하는 방안으로 들어왔다.

"즈이후의 호언장담에 무언가 느낀 바가 있었나요?"

"즈이후의……?"

"예. 이제부터 카이의 타케다를 시작으로 하여 온 나라의 명사와 명장들에게 부처님의 뜻을 설법하고 다니면서, 이것으로 난세에 평화를 되찾아오겠다, 살아 있다면 잘 보고 있어라, 텐카이 대선사가 불도를 살리고야 말겠다…… 등등 거창한, 그러나 달콤한 꿈이었지요."

오토시는 그동안 서둘러 침구를 한쪽으로 밀어놓았다. 노부치카보다 도리어 오토시가 침착했다. 그 자리의 분위기를 민감하게 읽은 나미타로는 다시 미소지었다.

"실은 즈이후가 신경을 쓰며 나더러 보고 오라고 했습니다."

"즈이후가, 나…… 나를?"

"그렇습니다. 크게 희망을 걸고 있습니다. 가능하다면 머리를 깎고 앞으로의 길을 같이 걷고 싶다고…… 동행하고 싶다고…… 그것도 즈이후나름의 생각으로."

"나더러 출가하라고, 즈이후가…… 그건 전혀 뜻밖의 일이군."

노부치카가 긴장하여 오토시를 바라보니 그녀 또한 눈을 크게 뜨고 있었다. 무슨 생각을 했는지 나미타로는 갑자기 큰소리로 껄껄 웃기 시작했다.

8

오토시도 노부치카도 깜짝 놀라 나미타로의 갑작스러운 웃음이 멎기를 기다렸다.

"즈이후의 생각은 모두 엉뚱하지만, 그런대로 귀를 기울일 만한 가치가 있습니다."

나미타로는 자못 우습다는 듯이 어깨를 들먹이기까지 했다.

"오가와…… 오가와 이오리 님은 출가의 의미를 아십니까?"

노부치카는 다시 오토시와 얼굴을 마주보았다.

"이 이오리에게 출가하라는 것은 버림받은 세상을 다시 버리라는 뜻이라 생각되는데요."

"하하하…… 그러고 보니 오가와 님 역시 출가를 세상을 버리는 것으로 해석하시는군요. 나도 그 때문에 즈이후한테 호된 꾸지람을 들었지요. 출가란 세상을 버리는 것이 아니라, 도리어 현세의 관습에 만족하지 않고 극락을 지상에 건설하기 위해 집을 나서는 전사戰士라고 하더군요."

"출가가 전사라……"

"하하하, 좀 기이해서 이해가 안 가시겠지요. 나도 반문했습니다. 그런데 즈이후의 대답은 청산유수였어요. 출가란 나갈 출出자와 집 가家자를 쓴다, 이 경우의 집은 이른바 모순으로 가득한 현세의 집, 그 집을 버린다는 것은 새로운 목적을 위해서라고 설명하는 거예요. 출가를…… 집을 나간다는 면만 생각하고 그 목적을 간과한다면 어리석은 일이 아니냐고 꾸짖더군요."

노부치카는 대답할 말이 없었다. 글자의 뜻은 분명히 그렇다고 할 수 있으나, 이 경우의 목적이란 도대체 무엇일까……?

"번뇌를 벗어나 광풍제월光風霽月의 경지에 들어간다, 도를 깨우치는 경지에 들어가야 커다란 행복을 터득한다 ― 이것이 출가의 목적인 줄 알았다고 했더니 또다시 크게 꾸짖는 것이었어요. 그 애송이 중은 걸핏하면 성질을 내곤 합니다."

나미타로는 재미있다는 듯이 눈을 가늘게 뜨고 말을 이었다.

"그런 경지는 현세로부터의 탈락, 현세로부터의 도피이기 때문에 하찮은 것이다. 그처럼 사소한 자기 만족의 길을 설파하기 위해 무엇 때문에 석존은 그와 같은 고행을 했겠는가. 석존은 인간이 소유욕에서 해방되기까지는 이 세상에서 피비린내나는 전쟁이 그치지 않을 것이라 간파하고, 먼저 자신의 욕심을 버리고 몇 십대나 몇 백대의 후대에 이르러 지상에서 극락을 쟁취하려고 발원하셨다. 그래서 스스로는 혁명가이며 자신을 따르는 자 역시 혁명가라 하여 그 복장까지 현세의 지옥인과 구별짓게 했다. 머리를 깎는 것도 그 혁명전술의 하나, 승복은 그 둘째, 염주는 그 셋째라고 설파하는 바람에 나도 약간 질렸습니다. 어떻습니까, 즈이후와 동행하여 난세의 큰그릇을 찾아나서시면? 의외로 유익할지도 모릅니다. 자칫 잘못하면 키요모리 뉴도淸盛入道를 닮은 둥근 머리의 폭군이 우글우글 나타날지 모르지만, 그래도 지옥의 무장보다는 염주를 가졌으니 조금은 나을 것입니다."

노부치카의 눈이 차츰 빛을 띠기 시작했다. 그는 비로소 출가의 뜻을 안 듯한 생각이 들어 나미타로의 호의에 가슴이 뭉클했다.

"그렇다면 즈이후가 나를 제자로 삼겠다는 말인가요?"

"제자도 스승도 없겠지요. 바람부는 대로 여러 곳을 돌아다니는 것이지요. 지옥에 사는 자는 누구나 마음속으로 극락을 동경하게 마련입니다. 머리를 깎지 않으면 문전에서 쫓겨나는 자도, 삭발하면 공양을 한다고 만나주는 법…… 하하하하, 이것도 즈이후식 전술입니다."

그 말을 듣고 노부치카는 나미타로 앞에 두 손을 짚었다.

"고맙소. 그럼 곧 즈이후를 따라서……"

그러나 이튿날 아침 나미타로가 눈을 떴을 때는 노부치카도 오토시도 방에 있지 않았다. 두 사람은 아마도 '사랑'을 선택한 모양이었다.

모략

1

바람이 가을을 몰고 찾아왔다. 염전의 건조 속도가 눈에 띄게 느려지고, 그 부근에 사는 사람들의 그림자도 뜸해졌다. 그 대신 이나리稻荷 신사 왼쪽에 있는 50정 가량의 논은 3년 만에 큰 풍작을 이루어 이삭이 주렁주렁 매달린 채 고개를 숙이고 있었다.

미즈노 시모츠케노카미 노부모토는 모랫벌에서 한참 동안 논을 바라보고는 천천히 성을 향해 말을 몰았다.

'소금도 거두었고, 벼 또한 오랜만에 창고를 가득 채우게 됐군.'

아버지 우에몬다이부 타다마사가 세상을 떠났을 무렵.

"아버지에 못 미친다."

이러한 평판이 가신들 사이에서뿐만 아니라 백성들에게서도 나왔다. 시모츠케노카미도 그것을 잘 알고 있었다.

'못 미치는지 나은지는 두고 보면 알 것이다.'

그는 우선 아버지의 총신들을 몰아내고 이어서 성을 개축했다. 성의 개축이 틀림없이 백성들의 반감을 사게 되리라는 것을 잘 알면서도 일부러 단행한 것은 면모를 일신하고 가문을 통일하겠다는 마음을 새롭게 다지기 위해서였다.

개축이 끝나자 다음에는 염전의 확장에 착수했다. 잇따른 부역으로 역시 불평이 있으리라는 것은 예상하고 있었다. 하지만 그렇게 해서 만든 소금을 백성들에게 나누어주었을 때 그 얼굴에 떠오르는 기쁨. 벼나 피는 그들의 땀으로 결실을 맺을 수 있으나 소금은 그들의 힘으로는 만들 수 없었다.

"정말 명군이셔."

돈이나 땀보다도 귀중한 것을 얻게 된 무렵부터, 소문이 바뀌어가는 것을 노부모토는 내심 흐뭇해하고 있었다.

지난해 벼농사는 수확량이 다른 때의 7할이었다. 그는 연공을 반으로 깎아내렸다.

"백성은 보배다. 굶주리게 할 수는 없다."

이런 소문을 일부러 여러 마을에 퍼뜨렸다.

그리고 지난 우란분재盂蘭盆齋° 때는 바다에 150척의 배를 띄우고 많은 등불을 떠내려보내 아버지의 영혼을 달래었다.

그 장관은 백성뿐만 아니라 향사鄕士와 대농大農들의 시선을 완전히 빼앗았다.

"쿄토에서도 보기 드문 풍류야."

"시모츠케노카미 님은 요즘 세상에서는 찾아보기 힘든 기질을 가지셨어."

노부모토는 이런 풍문들을 미소로 흘려들었다. 그의 목적은 이렇게 작은 데 있지 않았다.

그는 쿄토에서 여러 지방으로 돌아다니는 렌가의 스승을 초빙하여 계속 노래 공부를 하였다. 하지만 그 속뜻은 가만히 앉아 여러 지방의 정보를 알아내고, 각지 영주에 대한 인물관을 들어보기 위해서였다.

그뿐 아니라 전에 쿠마 저택의 오쿠니를 찾아다닐 때 자주 보이던 성급한 성질이 누그러지고, 볼에 살도 올랐으며, 눈매나 몸짓에도 침착함이 배어 있었다.

이러한 노부모토에게도 한 가지 마음에 걸리는 일이 있었다. 그것은 오카자키의 매부 마츠다이라 히로타다의 현실을 내다볼 줄 모르는 행동 때문이었다.

'아직 어리니, 잘 이끌어줘야 한다.'

이미 오다이는 타케치요를 낳았다. 머지않아 그 조카가 성주의 자리에 오를 생각을 하니 외삼촌으로서 걱정이 되지 않을 수 없었다.

오늘도 그는 염전에서 논길로 빠져나와 짓소 사實相寺로 말을 몰면서 문득 그 일을 생각했다.

'이마가와는 지는 해, 오다는 뜨는 해, 가능하다면 히로타다에게 이것을 알려 오다 쪽에 가담하도록 해야 할 텐데.'

짓소 사의 숲으로 들어간 노부모토는 이마에 손을 얹고 앞을 바라보았다. 성의 정면 출입구에서 곧바로 이쪽을 향해 달려오는 말 탄 무사의 모습이 보였다.

2

서둘러 달려오고 있었다. 누구일까 생각하기보다 무슨 일일까 궁금해하는 노부모토였다.

가까이 달려온 것은 막내동생 타다치카였다. 이 동생만은 끝까지 아버지의 사랑을 받았으면서도 시모츠케노카미에게 배척당하지 않고 있었다. 성격적으로 형의 뜻을 이해하고 있었기 때문이다.

"형님, 나고야에서 사자가 왔습니다. 히라테 나카츠카사노타유가……."

"왜 그렇게 허둥대느냐. 이마의 땀부터 닦아라."

시모츠케노카미는 웃으면서 우선 동생에게 주의부터 주었다.

"히라테 나카츠카사노타유가 오는 것은 반드시 비밀스럽고 중요한 일이 있기 때문인데, 너는 그게 무슨 일인지 짐작이 가느냐?"

타다치카는 말 위에서 땀을 씻으면서 고개를 가로저었다.

"그 두꺼비에게는 표정이 없어요."

"하하하…… 눈을 뜨고 보면 천지만물 중에 표정을 갖지 않은 것은 없지. 이 벼이삭만 해도……."

노부모토는 천천히 말을 몰아 앞장섰다.

"잘 여물게 해주어 기뻐 못 견디겠다고 하지 않느냐. 만물의 소리를 들을 줄 아는 사람이라야 제대로 남자 구실을 하는 자라고 세상사람들은 말하고 있어."

타다치카는 형도 점점 아버지를 닮아간다고 생각했다. 말끝마다 반드시라고 해도 좋을 정도로 훈계가 따랐다. 기분이 언짢으면 거친 목소리로, 기분이 좋으면 자랑을 섞어가면서.

그러나 오늘의 형은 앞장서서 성으로 향할 뿐 말이 없었다. 히라테 나카츠카사노타유는 오다 일족의 주춧돌이었다. 올해 열한 살이 되어 더할 나위 없는 장난꾸러기인데다, 요즘에는 나이보다 조숙하여 마을 처녀들에게 엉뚱한 말을 한다는 킷포시.

"이봐, 엉덩이를 좀 보여줘."

그런 킷포시의 교육을 아버지 노부히데로부터 간곡하게 부탁받은 인물이었다.

형제는 정문을 통해 성으로 들어갔다. 본성의 큰 서원에 도착할 때까지 두 사람은 히라테 나카츠카사노타유가 찾아온 용무의 내용을 이것저것 상상했다.

미노를 공격할 테니 후방을 맡아달라는 것일까, 아니면 이마가와를 공격하는 데 선봉에 서라는 것일까?

싸리꽃이 만발한 안뜰에 새로 지은 큰 서원으로 들어가보니, 타다치카에게 두꺼비란 소리를 들은 당사자는 등을 구부리고 앉아 열심히 코털을 뽑고 있었다.

"어서 오시오. 급한 용무라 하시기에 옷도 갈아입지 않았소, 용서하구려."

노부모토가 말을 건네자 상대는 코털을 쥔 채 손을 내저었다.

"예의 같은 건 차릴 것 없어요, 나와 귀하의 사이라면."

두꺼비는 히죽 웃고 작은 종이를 꺼내 그것에 천천히 코털을 쌌다.

"날씨가 좋아 풍년이 들 것 같군요."

"그래요. 이제 백성들은 근심을 잊고 생기를 되찾게 되었소."

"그런데 쿠마의 집 나미타로가 어디 갔는지 모르시오? 집에서는 요즘 십여 일 동안 모습을 찾아볼 수 없다고 하던데 말입니다."

"전혀 모릅니다. 집에 없다는 말씀인가요?"

히라테 나카츠카사는 천천히 고개를 끄덕였다.

"참, 세상 이야기보다 용무부터 먼저 말해야겠군요. 실은 시모츠케님, 이번 사자로는 내가 적격이 아니라고 거듭 사양했으나 주군께서 허락하지 않으시는 것입니다. 그래서 하는 수 없이 왔습니다마는……"

안타까울 만큼 가라앉은 말투로 노부모토를 빤히 쳐다보며 말했다.

3

노부모토는 가슴이 섬뜩했다. 히라테 나카츠카사가 여러 차례 사양했다는 걸 보니 심상치 않은 용건임이 틀림없었다. 노부모토는 무릎걸음으로 다가앉으며 다음 말을 기다렸다.

"다름이 아니라 오카자키의 일 말씀인데…… 특히 성주님께서 힘을 써주셨으면 하는 말씀이 있었습니다."

노부모토는 굳은 표정으로 고개를 끄덕였다.

'역시 그렇구나……'

스스로 침착해 있다고 생각했으나, 오카자키를 어떻게 하겠다는 것인지 그 뒤의 일에 대해서는 갈피를 잡을 수 없었다.

히라테 나카츠카사는 그러한 노부모토의 심중을 속속들이 계산에 넣은 침착한 태도로 다시 화제를 다른 데로 돌렸다.

"마츠다이라 히로타다 님, 그러니까 매부 되시는 분 말인데, 지나치게 꼼꼼하고 고지식한 사람이라……"

노부모토는 초조했다.

"성주님의 여동생이 출가했을 때도 전의 애첩 때문에 마음이 쓰여 무척 냉정하게 대했다더군요."

"예. 아직 분별이 없는 나이인지라 가끔 노신들을 난처하게 만들고 있지요."

"그런데 요즘은 부부 금실이 좋아 보는 사람이 부러워할 정도라고 들었는데, 그것을 알고 계십니까?"

"글쎄요, 사이가 나쁜 정도는 아니겠지요."

"그 말을 듣고 안심했습니다. 실은 그 히로타다 님을 이번에 우리편으로 영입하여라, 성주님이 처남의 정으로 설득하고 위엄을 다해 설명하신다면 반드시 이해시킬 수 있을 것이다, 성주님께 그 뜻을 확실하게 전하고 오라는 것이 이번의 제 사명입니다."

"히로타다를 오다 쪽에 가담토록 하라는 말씀입니까?"

"그렇습니다."

히라테 나카츠카사는 눈을 가늘게 뜨고 고개를 끄덕이면서, 여러 번 사양했다고 한 방금 전의 말은 잊어버린 듯이 말했다.

"성주님의 영향력이라면 손쉬운 일일 것입니다. 그런 다음에 이마가와의 공격을 기다리자……는 것이 저희 주군의 뜻인 것 같습니다. 어떻습니까. 동의하시겠습니까?"

노부모토는 나카츠카사를 똑바로 응시했다. 이마가와가 곧 공격해 온다는 정보는 아직 들어오지 않았다. 그러나 만일 그럴 속셈이 있다면 이마가와 쪽에서도 오카자키를 삼엄한 눈빛으로 감시하고 있을 것이었다. 그런 것은 문제도 안 된다고 가볍게 말하는 나카츠카사가 증오스러웠다.

"말씀은 잘 알겠습니다. 물론 말씀대로 오카자키와 담판을 하는 수밖에 없겠지요. 그러나 잘 아시다시피 히로타다는 아직 어립니다. 질병에서 오는 신경질 때문에 분별보다는 의리와 인정에 더 쏠리고 있습니다."

"그러기에 성주님께서 처남의 정으로 움직여달라는 말씀입니다."

"글쎄요, 바로 그 점이 문제인데."

노부모토는 이마에 깊은 주름을 잡았다.

"나에 대한 인정과 이마가와에 대한 의리…… 히로타다가 과연 어느 쪽을 택할 것 같습니까?"

"호호호."

나카츠카사는 여자처럼 가녀린 목소리로 웃었다.

"정말 놀랍습니다. 도리어 제게 반문하시다니."

"물론입니다!"

노부모토도 웃었으나 얼굴만은 굳어 있었다.

"그런 생각 없이 사자로 오실 귀하가 아닙니다. 히로타다가 만일에 이마가와에 대한 의리를 중시하여 이 노부모토의 제안을 따르지 않을 때는 어떻게 하시겠습니까?"

"호호호……"

나카츠카사는 다시 웃었다.

"금실 좋은 마님의 오빠로서 싫다고 한다고 해서 그냥 물러날 성주
님이 아니시겠지요."

4

노부모토는 등골이 오싹해졌다. 동시에 성급하고, 거칠던 옛날의 성
격이 살갗을 뚫고 밖으로 터져나왔다.

"나카츠카사 님!"

"왜 그러시오?"

"그렇다면 오다 성주께서는 이마가와가 공격해오기 전에 이 시모츠
케에게 오카자키를 공격하라는 말씀입니까?"

히라테 나카츠카사는 여유있게 노부모토의 눈매를 바라보면서 잠자
코 있었다.

"오다이와의 인연을 보아 내 말을 들어라, 아니면 전쟁이라고 명령
하시는 것 같은데, 그렇게 해석해도 틀림이 없겠습니까?"

"……"

"왜 대답이 없습니까? 나머지는 알아서 하라는 의미의 침묵입니
까?"

"시모츠케 님."

갑자기 히라테 나카츠카사는 목소리를 낮추었다. 백발이 섞인 이마
가 산전수전을 다 겪은 고양이처럼 부드러웠다.

"성질이 좀 급하시군요. 그밖에 다른 생각은 떠오르지 않으십니까?"

"다른 생각…… 떠오르지 않는군요."

"성주님은 상대가 불응할 경우를 지나치게 가정하고 계시는군요."

"그렇습니다."

"그리고 그 후에는 오로지 그 일에 대한 수단만을 강구하고 계신 듯한데요."

"아니, 뭐라구요…… 무어라고 하셨소?"

"그 뒤 상대방이 어떻게 나올 것인지도 조금은 고려해보는 것이 어떨까요? 성주님께서 형제의 정으로 설득했는데도 상대가 의리 때문에 부득이 이마가와의 편을 든다고 가정해봅시다. 그때 성주님께서는 이 것 역시 어쩔 수 없는 일이라고 조용히 손을 뗀다면 상대는 어떻게 나올 것 같습니까?"

노부모토는 정신이 번쩍 들었다. 저도 모르게 얼굴이 붉어졌다. 자기가 조용히 물러난다면 히로타다는 대관절 그 다음에 어떻게 나올 것인가? 과연 그것까지는 생각하지 않았다. 히라테 나카츠카사는 갑자기 입을 다물었다. 노부모토에게 생각할 여유를 주자는 셈이었던 모양이다. 그 침착한 태도에 노부모토는 무섭게 화가 치밀었다.

그러나 이것은 어디까지나 노부모토의 패배였다. 자신의 입장만 생각하고 상대가 어떻게 나올 것인가 하는 점에 대해서는 검토하지 않았다. 얕은 생각이라고밖에 달리 표현할 길이 없었다. 노부모토는 자기 감정을 죽이고 히로타다의 성격을 떠올렸다.

"나카츠카사 님."

"예."

"제가 조용히 물러나 있으면 히로타다는 오다이와의 인연을 끊고 내게 되돌려보낼지도 모르지요."

나카츠카사는 빙긋이 웃었다.

"그렇군요."

"이마가와에 대한 의리…… 게다가 만약 싸워서 졌을 경우…… 오다이에 대한 염려도 있을지 모르지요. 어쨌든 이혼은 면할 수 없을 것입니다."

"실은 나도 그런 생각을 하고 있던 중입니다."

나카츠카사는 크게 고개를 끄덕였다.

"이혼을 한다면 이번에는 성주님의 차례입니다. 호호호, 꼭 바둑과도 같군요. 성주님은 그 바둑돌을 어떻게 받으시겠습니까?"

노부모토는 다시 얼굴이 약간 붉어졌다. 그것도 아직 깊이 생각하지 않고 있었다.

5

노부모토가 당황하는 모습을 보고도 히라테 나카츠카사는 모르는 체하고 있었다. 원래 노부모토와 오다이는 별로 마음이 통하는 남매간이 아니었다.

노부모토가 당황하는 것은 자신의 얕은 생각 때문이지 여동생이 가엾어 마음이 어지러워졌기 때문은 아니다. 히라테 나카츠카사는 그 점에서 마음이 편했다.

노부모토는 잠시 침묵 속에서 비참한 심정을 억누르고 있었다. 이건 흡사 어른과 아이의 문답과도 같았다. 하나하나 문제를 던져놓고는 상대에게 답에 대한 암시를 받는다. 암시를 받지 않고는 대답이 떠오르지 않는 스스로가 두렵기도 했다.

히라테 나카츠카사는 얼마나 가증스럽고 깊은 생각의 샘물을 가진 사나이인가. 아니, 그 나카츠카사를 수족처럼 부리고 있는 오다 노부히데는……

노부모토가 잠자코 있자 나카츠카사는 다시 부드러운 목소리로 구원의 손길을 내밀었다.

"성주님의 성격으로 보아, 그럴 때는 당신의 호의와 정의를 짓밟았다고 하여 군사를 풀어 공격하실 것이다…… 그런 생각이 듭니다. 이것은 물론 수 읽기가 서툰 제 생각이기는 합니다만."

"그렇소."

노부모토는 자세를 바로 하고 고개를 끄덕였다.

"나로서는 달리 방법이 없군요."

"하지만 시모츠케 님, 그렇게 해서 승산이 있겠습니까?"

"물론 있습니다!"

노부모토는 내뱉듯 대꾸했다. 이렇게 대답할 수밖에 없는 압박과 경멸감을 느꼈기 때문이지만, 내심으로는 뜨끔해 안색이 새파래질 정도였다. 그는 아버지가 세상을 떠난 뒤 줄곧 가신들을 정리해왔으나 아직 일족을 하나로 단결시키는 데까지는 이르지 못했다.

그러나 오카자키는 그 반대였다. 히로타다 자신은 허약하지만 마츠다이라 집안이 몰락의 길을 걸어도 절대 떠나지 않을 몇몇 노신들이 굳게 히로타다를 받들고 있었다. 자기와 히로타다는 비교도 안 되지만, 가신과 가신을 비교한다면 분명 카리야 쪽에 승리의 손을 들어줄 수는 없었다.

노부모토는 당황하여, 내 뒤에는 오다라는 배경이 있으니 염려 없다고 덧붙이고 싶었으나 차마 이 자리에서 그런 말은 할 수 없었다.

"시모츠케 님."

노부모토는 흠칫했다. 다시 무섭게 눈썹을 치켜올렸다.

"왜 그러십니까?"

"자신감 넘치는 말씀을 듣고 나니 저도 심부름 온 보람이 있습니다."

"자신 있습니다. 고작 히로타다 따위……"

"든든하군요."

나카츠카사는 더욱더 허심탄회한 표정이 되었다.

"이것으로 사자의 임무는 끝났으니 나머지는 이 사람 개인의 조언으로 알고 들어주십시오. 만약 도움이 되신다면."

"조언이라니요?"

"일전一戰에 앞서 오카자키의 노신들을 제거하는 것이 어떻습니까? 오카자키의 강점은 노신들에게 있다고 저는 생각합니다마는."

노부모토는 다시 온몸에 소름이 끼쳤다. 모든 것을 간파당한 전율 때문이었다.

"당장 일전을 벌이겠다고 노하지 마시고, 성주님께서도 의리 때문에 하게 되는 이별을 진정으로 슬퍼하심이 어떨까요? 히로타다 님과 같이 운다……는 그 심정, 이것은 상대에게 큰 영향을 미치게 될 것입니다."

노부모토는 무의식적으로 상반신을 앞으로 내밀었다.

"싫증이 난 것도, 미움을 산 것도 아닌 아름다운 부부의 이별. 노신들은 한결같이 마님에게 충성하고 있으므로 이별을 애석히 여겨 카리야 영내까지 배웅할 것입니다. 그때 노신들을 모조리……"

여기까지 말한 나카츠카사의 눈이 무섭게 빛나는가 싶더니 이내 여자처럼 웃었다.

"호호호."

6

노부모토는 여전히 어깨를 치켜올린 자세였으나, 마음속의 두려움과 놀라움은 그 눈에 역력히 나타나 있었다.

어디선가 쓰르라미가 울고 있었다.

'침착해야 한다!'

식량창고를 수리하는 망치소리와 동남쪽에 있는 창고 앞의 소나무를 스치고 지나가는 바람소리를 확인한 것은, 자기 자신의 존재를 새로이 되새겨보고 싶은 심정에서였다.

'명장은 까닭 없이 세상에 태어나는 것이 아니다……'

오다 노부히데가 하찮은 집안 태생이면서도 일족 위에 당당하게 군림하고 있는 이면에는 이와 같은 명신의 도움이 있기 때문이라 생각하면서 새삼스럽게 히라테 나카츠카사를 바라보았다.

이 사나이가 노부히데의 아들 킷포시의 스승으로 뽑혔다. 노부모토의 두려움은 이중 삼중으로 확대되었다.

노부히데의 강인함, 나카츠카사의 지략, 그리고 사람을 사람으로 여기지 않는 킷포시의 성격이 하나가 되어 노부모토를 가차없이 압박해왔다.

오다이가 이혼을 당한다.

노신들이 이별을 아쉬워하며 배웅한다. 그 노신들을 모조리 처치하고 나서 오카자키를 공략한다……

노부모토가 속으로 다시 한 번 순서를 되풀이하는 동안.

"인간의 발자취란 이상한 것이어서……"

히라테 나카츠카사는 이미 그런 것은 잊어버린 듯한 얼굴로, 엉뚱한 방향으로 화제를 돌렸다.

"자기 의사로 태어난 것도 아닌데, 사람들은 살아 있다고 깨달았을 때는 저마다 이것도 하고 싶다 저것도 하고 싶다 하면서 아귀도餓鬼道를 걷고 있지요."

"사실입니다."

"그런데도 죽어가는 때 역시 자기 의사로 결정할 수는 없지요. 이 세상에 남는 것은 그 삶에서 죽음에 이르는 얼마 안 되는 세월의 발자취뿐이란 말씀입니다."

노부모토는 다시 크게 고개를 끄덕였으나, 히라테 나카츠카사가 무슨 말을 하려는 것인지는 알지 못했다.

"이에 비해 여자는 좀 나은 편이지요. 일부러 걸어다니지 않아도 자식이라는 자취가 남으니 부럽지 않을 수 없지요."

아무래도 나카츠카사는 오다이의 일을 말하고 있는 듯했다. 어쩌면 노부모토가 오다이를 불쌍히 여기는 줄 알고 위로하고 있는지도 모른다 ― 고 생각했을 때였다.

"오카자키의 마님 역시 이미 아기를 남긴 데다 목화씨를 널리 백성들에게 나누어주어 훌륭한 발자취를 남기셨습니다. 완고한 노신들이 마음을 열고 받들어 모실 정도의 발자취를 말입니다."

이렇게 말하고 나서 히라테 나카츠카사는 갑자기 어조를 바꾸며 손을 내저었다.

"이것 참, 실례했습니다. 친숙하다 보니 그만 시모츠케 님에게 지시하는 것처럼 되고 말았습니다. 하지만 이건 어디까지나 이 히라테의 개인적인 말에 지나지 않습니다."

노부모토는 또다시 딱딱한 태도로 고개를 끄덕였으나, 이때 비로소 아차 하고 그 말의 뜻을 깨달았다. 그 말은 노부모토를 위로하는 것이 아니라, 오다이는 이미 그 역할을 다했으니 불쌍히 여길 것 없다고 단호히 명령하고 있었다.

"알겠소, 고맙습니다."

이렇게 노부모토가 오다 노부히데의 그 속 깊은 밀명을 받아들이고 있을 무렵, 오카자키 성에는 앓고 있는 히로타다를 문병한다는 구실로 슨푸의 이마가와 가에서 오카베 마사유키岡部眞幸가 많은 어릿광대를 이끌고 요란스럽게 도착하고 있었다.

히로타다는 오다이와 함께 슨푸에서 문병 온 사자를 큰 서원으로 맞아들였다.

"주군 지부노타유께서는 남달리 성주님의 병환을 걱정하시어 무대를 만들어 위안해드리고 오라는 분부였습니다."

히로타다보다 불과 두세 살밖에 많지 않은 이 사자는 활달하게 말하고 선물을 차례차례 큰 서원에 쌓아올리게 했다.

"문병을 가는 것이니 같은 집안인 세키구치 교부關口刑部 님을 파견하심이 어떠냐고 셋사이 선사가 말씀하셨습니다마는, 젊은이는 젊은 이끼리가 좋으니 그대가 가라고 성주님께서 직접 분부하셨습니다. 그래서 병환이 나시면 마음도 울적하실 테니 함께 말씀이라도 나누면서 위로해드리라는 뜻인 줄 알고 이렇게 찾아왔습니다."

인사치레를 하면서 사자는 정중히 절하는 히로타다의 머리 너머로 오다이를 날카롭게 바라보았다.

"참 이상합니다. 병환은 히로타다 님이 나신 줄 알았는데, 이렇게 뵙고 보니 마님께서 훨씬 더 안색이 좋지 못하군요. 틀림없이 병환이 나신 것 같습니다."

이곳에서도 쓰르라미는 울고 있었다. 잘 손질된 회양목 너머로 새하얀 갈대의 싹이 돋아나고 있었다. 그리고 스고가와菅生川를 건너 불어오는 초가을 바람 속에 엄청난 매의 날갯짓 소리가 섞여 들려왔다.

오다이의 안색이 좋지 못하다는 말을 듣고 히로타다는 돌아보았다. 오다이도 이미 절을 끝내고 밝은 표정으로 얼굴을 들고 있었다. 병은커녕 싱싱하게 익은 과일을 연상케 하는 혈색이 아닌가. 히로타다가 의아스러운 듯 오다이에게서 정원의 부용 쪽으로 시선을 옮겼다.

"부용 잎에서 반사하는 빛 때문은 아닙니다."

순간 사자는 히로타다의 눈에도 의아하게 보일 정도로 짐짓 위엄을 갖추어 말했다.

"병세가 여간 중하시지 않은 것 같습니다. 사양하실 것 없이 얼른 들어가 쉬도록 하십시오."

오다이를 물러가게 하라는 암시려니 하고 히로타다는 고개를 끄덕였다. 그러나저러나 이렇게 건강한 혈색을 병이라고 우기는 얕은 수작이 불쾌했다.

히로타다뿐 아니라 배석한 중신들과 사자의 수행원들도 모두 깜짝 놀랐다.

"맞대면이 끝났으니 그대는 물러가도록 하시오. 병중이니 이해를 해주실 거요."

오다이는 시키는 대로 절을 하고 얌전히 물러갔다. 히로타다는 그녀를 보내고는 당연히 다음에 나올 중요한 이야기를 기다리는 자세가 되었다.

"노신들은……"

그대로 있어도 괜찮겠느냐고 사자의 안색을 살폈다. 그러나 오카베 마사유키는 태연하게 말했다.

"오카자키 님은 춤에 능하시다는 말을 들었습니다. 연기자들의 춤이 끝난 뒤 꼭 한 번 그 솜씨를 보여주십시오."

어린아이처럼 웃은 다음 잠시 코와카마이幸若舞˚에 대한 이야기를 계속했다.

"아 참, 가능하다면 오늘밤의 춤은 마님께도 보여드리고 싶습니다. 어쩌면 병환으로 인해 다시는 일어나지 못하시게 될지도 모르니까요."

불길한 말을 내뱉고는 흘끗 히로타다의 눈치를 살폈다.

히로타다는 가슴이 섬뜩했다. 오다이를 물러가게 한 것은 중요한 말을 하기 위해서만이 아닌 듯했다.

'어쩌면 이별을······'

이런 생각과 함께 히로타다의 마음속에는 이글이글 노여움이 끓어올랐다.

8

히로타다는 남의 지시로 움직이는 것이 못 견디게 싫었다. 젊기 때문일 것이다.

"······말씀하시지 않아도 무슨 뜻인지 알고 있습니다."

지시받기 전에 그것을 알아차리고 상대하고 싶었다. 때로는 그 도가 지나쳐 노신들이 난처해하며 고개를 돌리는 경우조차 있었다.

그러한 히로타다가, 자진해서 사카이 우타노스케의 집에 물러가 있는 오다이와의 이별을, 아직 어린 오카베 마사유키한테 다시 암시를 받았다. 그는 수척하여 퀭한 눈으로 마사유키를 응시하며 쏘아붙였다.

"요즘 오카자키에는 나쁜 돌림병이 유행하고 있어 나도 명심하고 있소이다."

"허허, 돌림병이라. 그러면 그 치료는 어떻게?"

젊은 사자는 입가에 경멸의 빛을 띠었다.

"오카자키 님의 총명에 아마 돌림병 귀신도 어리둥절하고 있을 겁니다. 하하······"

히로타다의 눈꺼풀이 바르르 떨렸다

"그런데 이 병에 걸리면 절조를 잃고 의리를 잊어버립니다. 더구나 전염되는 것으로 보이기에 우선 카리야에서 온 시녀들은 카리야로 돌려보내고, 안사람 역시 우타노스케에게 맡겨 오카자키에는 만연하지 않도록 손을 써놓았지요."

"참으로 잘 하신 일입니다! 실은 그 일에 대해 셋사이 선사한테 은밀하게 들은 이야기가 있습니다. 다름 아니라, 그 불의를 초래하는 병의 뿌리를 이번에 선사께서 직접 총대장이 되어 일소하겠으니 오카자키에 그 병이 벌써 만연해 있는지 어떤지 보고 오라는 분부였습니다."

"걱정하실 것 없어요. 돌아가서 히로타다는 건재하더라고 전하시오!"

옆에서 듣고 있던 이시카와 아키노카미가 무릎을 탁 쳤다. 섣불리 언질을 주지 말라는 신호였으나 그때 이미 사자는 히죽 웃으면서 무릎걸음으로 다가앉고 있었다.

"바로 그것입니다. 슨푸 성에서 내기를 걸고 있는 것은."

"내기라니 그게 무엇이오?"

"어디에나 소심한 자들이 있게 마련이지요. 하하하하. 어쨌든 오카자키에는 케요인 님을 비롯하여 카리야와 관련된 자가 많다, 이번 전쟁은 매우 중요한 만큼 그러한 자들을 먼저 베라고 반드시 성주께서 명령하실 것이다…… 이것이 한 패. 다른 한 패는 배짱이 있고 도량이 넓은 성주님이시니 설마 그렇게까지는 하시지 않을 것이다…… 그런데 결국 후자가 보기 좋게 이겼습니다."

다시 이시카와 아키노카미가 무릎을 쳤다. 히로타다가 성급하게 무언가 말을 하려 했기 때문이었다.

"성주님은 이렇게 말씀하시며 활달하게 웃으셨지요. 오카자키는 의에 강하다, 나하고는 마음이 통한다, 내가 그런 끔찍한 짓을 명령하지 않아도 오카자키는 자신이 해야 할 일은 하는 사람이라고, 말씀입니다. 오카자키 님, 이 얼마나 뜻깊은 말씀입니까? 자신이 해야 할 일은 하는 분……"

히로타다는 입술을 깨물고는 황급히 노신들을 돌아보았다.

"술상 준비는 아직 덜 되었소?"

"예, 곧 나올 것입니다. 지금까지 사자의 이야기…… 아니, 그 능란한 구변에 말려들어 우리 시골뜨기들은 멍청히 듣고만 있었습니다. 그렇지 않습니까, 여러분?"

아베 오쿠라가 짐짓 시치미를 떼고 일동을 돌아보았고, 오쿠보 신파치로가 와하하하 하고 눈물을 참으며 큰소리로 웃었다. 이미 누가 보아도 오다이의 이혼을 재촉하고 있는 사자의 속셈을 환히 알 수 있었다.

난세의 부부

1

해가 많이 짧아졌다. 돌로 된 세면대를 덮어씌운 듯한 후피향나무 밑에 흰 고양이가 새끼를 데리고 나와 있었다.

날이 막 저물려 하는데, 오다이는 마루에 서서, 새끼를 핥아주는 고양이의 움직임을 쳐다보고 있었다.

본채의 성벽을 넘어 작은 북소리가 들려오고 정원 너머에 있는 서원의 창은 조용히 닫혀 있었다.

성안이라고는 하지만 여기는 셋째 성곽과 해자를 사이에 두고 있는 외곽에 속했다.

사카이 우타노스케 마사이에의 집이었다. 3년 전 오다이는 카리야에서 이 집으로 왔다. 그때는 아직 풀 한 포기 나지 않은 이른봄이었으나, 어딘가에서 반짝반짝 기대의 별이 빛나고 있었다.

처음으로 안내된 곳이 건너편 서원이었다. 거기서 오다이는 어머니 케요인과 대면하고, 또 아직 얼굴도 보지 못한 히로타다의 기질이며 아내로서의 마음가짐에 대한 이야기를 들었다.

'그래, 그때는 열네 살이었지……'

지금은 열일곱 살이 되고, 마중받는 사람이 아니라 이 집의 조그만 별채에서 대나무 울타리 안에 갇힌 신세가 되고 말았다.

그저께 슨푸에서 사자가 왔을 때, 노신들은 협의를 거친 끝에 부부가 함께 사자를 맞아들이라고 지시했다. 오다이는 오랜만에 들뜬 마음으로 남편과 같이 본채로 들어갔다. 그런데 그것이 오히려 잘못이었다.

안색이 좋지 못하다고 쫓겨나다시피 다시 별채로 물러나온 뒤, 우타노스케의 가신들이 출입문이 없는 대나무 울타리를 두르려고 왔다.

검게 물들인 종려나무 껍질로 꼰 밧줄로 울타리를 두르던 가신들은 오다이를 보자 당황하여 얼굴을 돌렸다. 모두 다 울고 있다는 것을 알고 오다이는 이 조치가 누구의 명이냐고 새삼스레 물어볼 용기도 나지 않았다.

코자사도 유리도 이미 없었다.

유일하게 남아 있는 시녀는 아직 말도 제대로 통하지 않는 열두 살짜리 소녀뿐, 출입문도 없는 이곳에 서슴없이 찾아오는 것은 짐승인 고양이뿐이었다.

더구나 이 고양이는 새끼를 데리고 있었다. 쫓아내는 사람이 없으므로 길게 다리를 뻗고 누워 네 마리의 새끼들에게 젖을 물리고 열심히 털을 핥아주고는 했다.

그 광경을 보고 있으려면 오다이는 마음이 서글퍼졌다.

아직 어머니라 부르지도 못하고 '음마, 음마' 하며 겨우 입을 놀리는 타케치요의 모습이 눈에 선했다.

아마노의 아내인 유모 오사다의 젖이 잘 맞아서 타케치요는 땅을 뚫고 나온 죽순처럼 토실토실 살이 올라 있었다.

의젓하게 이마에 가로 주름을 새긴 채 두 주먹을 꼭 쥐고 있었다. 길게 찢어진 눈, 큼직한 코, 둥그스레한 턱 등은 외할아버지 타다마사의 모습 그대로였다.

　그 타케치요는 지금 셋째 성곽 안에 있었다. 그저께 얼핏 보았을 때는 눈에 띄게 자라 있었는데…… 생각하고 있을 때였다.

　"뭘 보고 있니?"

　후피향나무 너머의 부용나무 그늘에서, 울타리 너머 저쪽에 신경을 쓰면서 말하는 어머니 케요인의 목소리였다.

2

　오다이는 그리움으로 가슴이 뭉클하여 허둥지둥 나막신을 신었다.

　"그대로 있거라, 그대로."

　그 움직임을 말리기라도 하듯, 케요인이 말했다.

　"남의 눈에 띄면 안 돼. 아무 일도 아닌 것처럼 가만히 마루에 앉아 이 어미의 말을 듣거라. 대답은 필요 없다. 아니, 대답해서는 안 돼."

　"예…… 알았어요."

　오다이는 작은 소리로 말하고 눈으로 후피향나무 그늘을 찾았다. 보랏빛 두건이 보였다. 가느다란 다리가 어미 고양이 너머로 보였다. 고요한 한순간의 정적을 모녀의 한숨소리가 누볐다.

　"너는 타케치요를 위해 이와츠岩津의 묘신 사妙心寺에 구리로 만든 약사여래상을 헌납했지?"

　오다이는 대답 대신 몇 번이나 고개를 끄덕였다.

　"묘신 사 스님들이 네 심정을 이해하고 호마護摩° 의식을 올렸더니 불길이 일찍이 보지 못했을 정도로 높이 솟았다고 하더라. 타케치요의 무운이 더없이 좋은 듯해 어떻게 하면 너한테 알릴 수 있을지…… 고민하고 있다는 거야."

오다이는 입술을 깨물고 오열을 참았다.

"그리고……"

어머니는 잠시 말을 끊었다가 후피향나무 잎을 만지작거리면서 말을 이었다.

"슌푸의 사자는 내일 아침 일찍 돌아갈 거야. 노신들이 울상을 짓고 춤 구경하는 것도 오늘밤뿐 — 이것은 이 집의 주인 우타노스케가 부인에게 한 말이라고 하더라."

푸석 하고 나뭇잎이 흔들거린 것은 어머니가 쥐었던 작은 나뭇가지가 부러지는 소리인 듯했다.

"이런저런 일이 많단다. 카리야의 시모츠케 님한테서는 추방을 면한 코자사의 오빠 스기야마 모토로쿠杉山元六가 성주에게 오다 편에 가담할 것을 권하려고 이시카와 아키노 집에 묵으면서 슌푸의 사자가 돌아가기를 기다리고 있다는구나. 아마도…… 사자가 돌아간 뒤에 성주와 만날 모양인데, 만나나마나 일이 되어가는 형편은 뻔하다고, 오쿠보 신쥬로가 나를 찾아왔을 때 혼잣말처럼 이야기하더구나."

오다이는 온 신경을 귀에 집중시키고 가만히 마루 끝에 앉아 있었다. 젖을 실컷 먹은 새끼고양이 한 마리가 아장아장 어미 품을 떠나 저절로 자라난 맨드라미의 붉은 잎 밑으로 가서 장난을 치기 시작했다.

"성주는……"

말을 꺼내다가 케요인은 얼른 입을 다물었다.

"히로타다는……"

그리고는 이내 말을 바꾸었다.

"네가 불쌍하다면서 요즘 내전에는 발도 들여놓지 않고 있어. 오히사에게도 얼굴을 보이지 않는다고, 이것은 로죠 스가가 정원에서 딴 첫감을 가지고 나한테 왔을 때 한 말이다."

"……"

"여자의 행복이란…… 그런 작은 것에 있지. 이 어미는 남편과 헤어지고 자식들과 이별할 때도, 진정으로 사랑을 받았다…… 이렇게 생각하며, 나 스스로를 위안했지."

"……"

"히로타다는 머지않아 몰래 너를 찾아올 거다. 그때 울어서는 안 된다. 너의 분별이 일족뿐만 아니라 타케치요 안위에 크게 영향을 미칠게다. 네가 아버지의 자식이라는 것을 명심해 부디 남의 웃음을 사지 않도록 해라. 오카자키와의 인연은 끊기더라도 모자의 인연은 끊을 수 없는 거야."

오다이는 갑자기 그 자리에 푹 엎드렸다. 무엇 때문에 어머니가 울타리 너머로 찾아왔는지 비로소 똑똑히 알았던 것이다.

3

이 집에 오다이를 맡기면서 히로타다는 말했다.

"내가 어째서 우타노스케의 집을 선택했는지 아마 그대는 알고 있을 거요."

헬쑥한 얼굴에 깊은 분노와 슬픔을 새긴 채 오다이의 어깨를 거칠게 흔들었다.

이미 오다이는 히로타다의 마음을 구석구석 알고 있었다. 히로타다는 카리야의 처남 미즈노 시모츠케가 오다 편에 가담했다는 것을 알았을 때, 냉정을 잃지 않고 다음에 닥칠 비극의 물결을 피하려 했다.

"그대는 타케치요의 어머니이자 나의 아내요. 그러한 아내를 내전에서 쫓아내는 내 심정을 이해하겠소?"

히로타다는 이마가와 쪽에서 압력을 가하기 전에 선수를 쳐서 오다이를 우타노스케에게 맡겼다. 자진해서 아내를 멀리 보냄으로써 이마가와에게 어떤 구실도 주지 않으려 했다. 오다이는 그 결단 속에 숨어 있는 남편의 사랑을 뼈저리게 느꼈다.

그리고 가 있을 곳을 우타노스케의 집으로 정한 것은 히로타다 자신이 오다이를 몰래 찾아올 날을 고려한 일인 것 같았다.

충성스런 노신은 두 사람의 은밀한 사랑을 누구한테도 누설할 염려가 없었다.

사실 오다이가 이곳에 맡겨진 뒤 히로타다는 닷새에 한 번, 이레에 한 번은 몰래 찾아왔었다.

내전에는 많은 시녀들의 눈이 있었으나 여기에는 나이 어린 시녀 하나밖에 없었다. 히로타다나 오다이로서도 이런 환경 속에서 자유롭게 안아보는 것은 처음이었다.

짓궂게도 인생의 파도는 언제나 슬픔과 기쁨을 함께 싣고 밀어닥쳤다. 오다이는 여기 와서 처음으로 몸과 마음이 슬프게 무너져내리는 가운데서도 여자의 행복이 무엇이란 것을 알게 되었다.

히로타다도 잠자리에서 그런 말을 했다. 장해를 넘어 몰래 만나는 애절함이 참다운 부부의 맛이라고.

"절대로 헤어지지 않아. 그대는 타케치요의 어머니, 그리고 이 히로타다의 아내요."

별채 주위에 대나무 울타리가 쳐져도 오다이는 별로 걱정하지 않았다. 슨푸의 사자에 대한 체면을 생각해서일 것이라고, 몰래 만나러 오는 히로타다의 불편을 마음속에 그리며 걱정하기조차 했다.

그런데 어머니는 뜻밖의 말을 했다. 아니, 뜻밖의 말이 아니었다. 자신도 모르게 언제나 두려워하고 있던 일이었다……

히로타다가 다시 아무도 몰래 찾아온다.

그때 울지 말라고 한다. 어머니는 오다이가 미즈노 타다마사의 딸이라면, 부부의 인연이 끊기더라도 추한 태도를 보여 웃음거리가 되어서는 안 된다고 한다.

해가 지기 시작하고 있었다. 그 마지막 남은 햇살이 강하게 내리쬐어 후피향나무 너머에 있는 어머니의 모습을 빛 속에 녹아들게 했다. 오다이 이상으로 이 소식을 가져온 어머니도 안타까울 것이리라.

이렇게 생각하고 있는 부부 사이를 무참하게 갈라놓는 것은 도대체 무엇일까?

이마가와 요시모토란 그렇게도 사람 사이의 정을 이해하지 못하는 사람일까.

"나는 이만 돌아가겠다."

잠시 후 케요인은 두건자락으로 눈물을 닦는 것 같았다. 본채에서는 점점 더 빠른 가락으로 두드리는 북소리가 들려왔다.

"네가 없더라도 나는 이 오카자키에 남아 있을 것이다. 타케치요는 내가 꼭 지키고 있을 테니 너는……"

이번에는 말꼬리가 주위를 개의치 않는 흐느낌으로 변했다. 오다이는 이때처럼 북소리가 가증스럽게 들린 적이 없었다.

4

케요인이 떠나려 한다는 것을 알고 오다이는 저도 모르게 일어섰다.

"어머니 —"

정신없이 부르는데 그때까지 억제하고 있던 감정이 한꺼번에 터지며 가슴 가득 차올랐다.

"어머니……"

얼떨결에 나막신을 더듬었다. 케요인은 넘어가는 석양을 등지고 걸음을 멈추었다. 그러나 자신의 젊은 날과 똑같이 고뇌의 길을 밟고 있는 딸을 돌아보지는 않았다.

"이 세상에선 두 번 다시 못 볼지도 모르겠네요……"

목소리도 말도 여느 때의 마님에서 열일곱 살 먹은 딸의 응석으로 돌아가 있었다.

케요인은 대답하지 않았다. 그렇다고 걸어가려고도 하지 않았다. 등을 돌린 채 묵묵히 딸의 숨소리를 마음에 새기고 있는 것 같았다.

아직 하고 싶은 말은 많았지만 입밖에 내어 말할 수 있는 성질의 것은 아니었다. 카리야의 시모츠케노카미가 분명히 오다 쪽에 가담하기로 거취를 정한 이상, 마츠다이라 가문에도 중립이 있을 리 없었다. 그러므로 오다이가 떠난다는 것은 다시 이 땅을 전쟁터로 만든다는 의미이기도 했다.

한 편은 남편과 자식, 한 편은 형제간. 이 비극적인 전쟁을 과연 딸은 견뎌낼 수 있을 것인가.

"어머니, 한 번만 더……"

완전히 혼란에 빠진 오다이의 말을 들은 케요인은 돌아보는 대신 앞가슴의 염주를 굴리며 말없이 울타리를 벗어났다. 오다이는 푸른 대나무 너머로 상반신을 내밀었다.

해가 졌다. 무기창고 지붕 위에서 연한 보랏빛 놀이 갑자기 주위로 퍼져나가고, 서원의 창만이 슬픔을 머금은 채 하얗게 드러나 있었다.

오다이는 울지 않으려고 입술을 깨물었다. 그리고 어머니의 모습 그대로 뇌리에 새겨두려고, 잊지 않으려고 필사적이었다.

이마가와의 사자는 그 이튿날 진시辰時(오전 8시경)에 배우들을 데리고 오카자키를 떠났다. 히로타다는 노신들을 거느리고 역참 어귀에서 이쿠타무라生田村 변두리까지 그들을 배웅했다.

작별인사를 나누기 전까지는 그런대로 명랑하던 히로타다였으나,

돌아올 때는 이마에 굵은 힘줄이 불거져나오고, 지나칠 정도로 흰 얼굴이 장밋빛으로 물들어 있었다.

"이 길로 그대의 집으로 가세."

이시카와 아키의 집에서 기다리게 한 카리야의 사자 스기야마 모토로쿠를 본성에는 들여놓지 않고 대면하려는 것이었다.

"성주님!"

"왜 그러나?"

"인내가 필요합니다."

아키가 충고했다.

"나는 참기 위해 태어났단 말인가?"

히로타다는 말을 탄 채 하늘을 뚫어져라 노려보며 내뱉듯이 말했다.

"그렇습니다."

"언제까지…… 언제까지 참으라는 말인가. 죽을 때까지인가?"

"그러합니다."

히로타다는 입을 다물었다. 노신들은 말없이 그 뒤를 따랐다. 역참 어귀에서 히로타다는 말을 내렸다.

"내가 잘못 생각했어. 카리야의 사자를 정중히 본성으로 안내하게."

충혈된 눈으로 아키에게 말했다.

어제부터 일기 시작한 바람은 아직도 자지 않아, 서북쪽 망루의 큰 지붕 위로 구름이 빠르게 흐르고 있었다.

5

히로타다와 카리야에서 온 사자와의 대면은 사자의 말을 일방적으로 듣는 것으로 끝났다.

무슨 말을 해도 히로타다는 오직 '음, 음' 하고 고개만 끄덕일 뿐, 대답은커녕 상대의 노고조차 치하하지 않았다. 어쩌면 머릿속에서 다른 것을 생각하고 있었는지도 모른다.

"성주님께서는 요즘 건강이 좋지 않으셔서 아직 기분이 쾌치 못하십니다."

입회한 이시카와 아키가 옆에서 듣기 좋게 말했다. 그제야 깨달았다는 듯이 히로타다는 사자에게로 눈길을 돌렸다.

"시모츠케 님에게 잘 말씀 드리시오."

그리고는 마지막으로 말했다.

"아무튼 이쪽에서도 사자를 보내어 드리고 싶은 말이 있소. 아키의 집에서 천천히 쉬어가도록 하시오."

스기야마 모토로쿠는 아키를 따라 그 자리에서 물러났다.

모토로쿠가 사라지자 히로타다의 이마에는 또다시 굵은 힘줄이 불거졌다.

"그대들은 왜 물러가지 않소. 아직 나의 인내가 부족하단 말이오?"

"아닙니다. 성주님의 심정 잘 이해하고 있습니다."

나이 많은 아베 오쿠라는 이렇게 말했으나, 오쿠보 신파치로가 바로 그 말을 받았다.

"성주님은 이 성의 늙은이들이 그렇게도 마음에 거슬리십니까?"

"뭣이 어째, 뭐라고 했어?"

"참는다는 말은 구실에 지나지 않습니다. 억지로 참아서는 안 됩니다."

"억지로 참지 않으면, 참을 수가 없어."

"참을 수 없으시면 노하심이 좋습니다. 성주님! 성주님이 노하신다면…… 노하셔서 전쟁을 벌이신다면 저희 오카자키 일족은 기꺼이 싸우다 죽겠습니다. 뜻대로 하십시오."

316

"이봐, 신파치로!"

형 신쥬로가 옆에서 가로막자 신파치로는 크게 고개를 가로저었다.

"형님, 알아요, 알고 있습니다. 저는 다만 성주님께 이마가와 카리야의 사자 따위에게 너무 마음을 쓰시지 말라고 말씀 드리는 것뿐입니다. 사자 네댓 명 따위는 하찮게 보시어 참는다는 생각을 거두시고, 이것을 일상적인 일이라 대범하게 생각하셨으면 해서 말씀 드리는 것뿐입니다."

히로타다는 이렇게 말하는 신파치로를 물끄러미 바라보았다.

"알았소이다, 신파치로. 그대의 말이 옳군. 나는 지나치게 마음을 쓰고 있어."

신파치로는 답답하여 고개를 쳐들었다. 대번에 드러나는 그 심약함을 간하고 있는데, 그것이 히로타다의 마음에는 잘 전달되지 않았다.

"성주님!"

"왜 그러나?"

"착잡하실 때는 온 성이 발칵 뒤집히도록 마음대로 하십시오. 늙은 이들이 깜짝 놀라 기겁을 할 정도로 말입니다."

"신파치로, 그만 하게."

이번에는 사카이 우타노스케가 옆에서 나섰다.

"성주님께서 피로하실 테니 우리는 그만 물러갑시다. 휴식을 방해하면 안 되오."

오다이가 갇혀 있는 대나무 울타리 앞에 히로타다가 나타난 것은 그날 저녁 다섯 점(오후 8시) 무렵이었다.

"칼을 다오."

히로타다는 시동에게서 칼을 받아들었다.

"난 들어가겠다!"

아우성치듯 부르짖으면서 울타리를 후려쳤다.

6

대나무 울타리에 칼을 내리친 히로타다의 얼굴은 창백했다. 손도 무릎도 부들부들 떨렸다. 그는 다시 칼을 휘둘렀다.

"에잇!"

바삭 하는 메마른 소리와 함께 십자로 동여맨 밧줄의 매듭이 비스듬히 잘려나갔다.

그 소리에 놀란 듯 창이 안에서 열렸다. 깜짝 놀란 오다이의 얼굴이 어둑어둑한 불빛에 떠오르고, 그 눈만이 반짝반짝 살아 있었다.

"신파치로 녀석, 온 성이 발칵 뒤집히도록 마음대로 하라더군, 건방진 녀석 같으니라구!"

"성주님!"

"나도 그러고 싶은 마음 태산 같아. 하지만 내가 멋대로 한다면 우리 일족과 백성들은 어떻게 된단 말인가!"

"성주님, 소리가……"

너무 크다고 하려 했을 때 히로타다의 칼이 세번째로 내리쳐졌다. 대나무 울타리는 그곳만이 네모로 길을 열고, 발 밑의 이슬이 불빛에 반짝거렸다.

"나는 이 울타리가 마음에 들지 않아. 마음대로 하라기에 칼을 휘두른 거야!"

오다이는 저도 모르게 눈을 내리깔았다. 미친 듯한 히로타다의 흥분이 어디서 왔는지 오다이는 이미 알고 있었다.

'가엾은 성주님……'

언제나 자신의 나약한 마음과 싸우고 가신들과 다투었다. 더구나 그 싸움을 계속하기에는 너무나 섬세한 히로타다의 신경이었다.

생각했다가는 후회하고, 후회했다가는 노하고, 노했다가는 다시 반

성을 하며 언제나 중압감에 휩쓸리고는 했다. 아마도 이곳에 울타리를 치게 한 것도 이마가와의 사자를 꺼린 히로타다의 지시였을 것이다. 그리고 이 나약함에 대해 스스로 화가 나서 지금 칼을 휘두르고 있을 것이다. 오다이는 그가 이렇게 한 뒤 다시 후회하게 되지나 않을까 하고, 이런 시대에 마츠다이라의 영도자로 태어난 히로타다의 비극이 가슴 아팠다.

히로타다는 칼을 시동에게 내주었다. 아직 손과 무릎이 와들와들 떨고 있었다. 경직된 걸음걸이로 성큼성큼 오다이가 있는 마루로 다가갔다. 그리고 뒤에서 조심스럽게 따라오는 시동에게 말했다.

"물러가라! 누가 따라오라고 했느냐!"

다시 한 번 온몸을 크게 떨면서 부르짖듯 꾸짖었다. 물론 그 소리는 우타노스케의 집까지 울려퍼졌을 것이 분명했다. 그러나 어디서도 딸그락 소리 하나 들리지 않았다.

쥐 죽은 듯한 정적이 이 젊은 성주의 마음속에서 몸부림치는 고민을 애도하고 있는 듯했다. 시동이 발소리를 죽여가며 사라졌다.

"오다이……"

그제야 히로타다는 눈앞에 고개를 숙이고 있는 오다이를 작은 소리로 불렀다. 운명에 대한 터질 듯한 분노가 가라앉고, 그 뒤에 끝없는 적막감이 안개처럼 솟아나기 시작한 모양이었다.

"나는 말이오, 오늘밤만은 당당하게 그대를 만나고 싶었소. 아무 거리낌 없이 활개를 펴고 만나고 싶었소."

"성주님! 저는 기쁩니다."

"잘 보아두시오. 이것이 미카와에서 선조의 유업을 이어받은 오카자키 성주가 내전에 들어가는 모습이오."

여기까지 말하고는 약간 소리를 낮추었다.

"타케치요라는 적자의 어머니, 이 세상에서 단 하나뿐인…… 사랑스런 그대한테 나타나는 모습이오."

"성주님······"

오다이는 저도 모르게 달려가 그 손에 안겼다. 이마에는 납빛 땀이 맺혀 있었으며, 그 손은 가냘프고 마음속에 스며드는 싸늘함이 있었다.

7

히로타다는 오다이에게 손을 잡힌 채 방으로 들어갔다. 어린 시녀는 옆방으로 물러가고 흔들리는 등불만이 두 사람의 그림자를 다다미에 떨구고 있었다.

뜰에서는 다시 벌레들이 울기 시작하고, 히로타다의 숨결도 차츰 잦아들었다.

오다이는 히로타다의 손을 놓기가 무서웠다. 한껏 거칠어졌다가는 끝없이 가라앉는 히로타다의 마음을 잘 알고 있었다.

"그대는······"

히로타다는 자기 손을 놓지 못하고 푹 고개를 숙인 아내에게 말했다.

"내 마음······ 알고 있겠지?"

"예."

"나는 그대와 맺어지기에는 너무 모자라는 사내였소."

"아닙니다. 분에 넘치는 분입니다."

"나는 내 자신이 얼마나 나약한지 잘 알고 있소. 그대는 여장부, 그대는 여장부, 내가 그대 눈에는 나약하게 보일 거요."

"아니에요! 아니에요!"

오다이는 거세게 고개를 저으면서, 그런 것에 마음쓰고 있는 히로타다가 애처로워 견딜 수 없었다.

"타케치요는 그대의 피, 그대의 기품을 타고났소. 나보다는 훨씬 강해. 녀석은 울지도 않아. 지난번에는 말이오……"

"예."

"정원 한구석 소나무 밑동에서 기어나온 매미새끼를 보고 마루에서 떨어졌다더군. 오사다가 깜짝 놀라 달려갔는데, 타케치요는 그쪽은 돌아보지도 않고 원하던 것을 잡고 나서야 비로소 오사다를 돌아보더라는 것이었소."

"어머나…… 울지도 않고."

"그뿐 아니라 방긋 웃더라고 합디다."

오다이는 어느 틈에 얼굴을 들고 조용히 히로타다를 쳐다보고 있었다. 타케치요를 만나지 못하는 슬픔은 컸으나 남편의 입을 통해 그런 말을 들을 수 있는 행복감에 어느덧 눈시울이 뜨거워졌다.

히로타다도 같은 생각인 모양이었다. 그의 왼손이 천천히 오다이의 어깨를 감싸안았다. 잡고 있는 오른손에 차차 온기가 돌아오고, 두근거리는 가슴의 고동이 함께 뛰었다.

"그대도 카리야의 시모츠케 님이 오다와 뜻을 통했다는 것을 알고 있소?"

"예…… 예."

"그 시모츠케가 사람을 보냈다는 것은?"

오다이는 고개를 가로저었다.

"스기야마 모토로쿠가 와서 나한테도 오다 쪽에 가담할 것을 권했소."

오다이는 꿀꺽 침을 삼켰다. 다시 히로타다가 흥분하지나 않을까 하여 눈길을 그 가슴으로 보냈다. 그러나 히로타다는 흥분하지 않았다.

"무리도 아니지."

더욱 조용한 목소리로 말한 뒤 머리 위에서 고개를 끄덕였다.

"뒤를 받쳐주는 후원자가 없으면 일어설 수 없는 세상이오. 오다냐 이마가와냐. 그러나 어느 쪽이 이기고 어느 쪽이 패할지는 나도 알 수 없소. 그렇다면 나는 선조 때부터의 의리를 지켜 함부로 움직이는 어리석은 짓을 삼가지 않으면 안 되오. 그대는 이러한 내 고민을 이해할 수 있겠소?"

"예…… 예."

"타케치요를 위해 가능하다면 이 성을 무사히 남겨두고 싶소. 무사히 남기는…… 이것이 내가 할 수 있는 일의 전부라고…… 요즘 그것을 생각하고 있소."

오다이는 가만히 흐느끼기 시작했다. 겨우 스무 살밖에 되지 않았는데도 벌써 자신의 무력함을 깨닫기 시작한 히로타다의 성숙함에 뭐라 대답할 말이 없었다.

8

"사람이 자기 뜻대로만 살아갈 수 있다면……"

히로타다는 다시 중얼거렸다. 오다이는 그것이 이 난세에 태어난 모든 사람의 진정한 소리라고 생각했다.

"나는 그대와 타케치요를 데리고 인적이 없는 산에서 살고 싶소!"

"저도…… 저도 그렇게 생각해요."

"하지만 그것은 불가능한 일, 그대는 알 수 있겠지요?"

"예."

"그리고…… 나는 그대와 헤어진 뒤의 고독을 견딜 수 있을지 어떨지 그걸 가끔 생각해요."

오다이의 눈썹이 꿈틀 움직였다. 드디어 히로타다는 이혼 이야기를 꺼내었다.

각오는 하고 있었지만 갑자기 피가 얼어붙는 듯했다. 어쩌면 히로타다가 오늘 저녁에 보인 난폭한 행동은 이 말을 꺼내기 위해 스스로를 채찍질한 허세였는지도 몰랐다.

"더 이상 자세한 사정은 설명하지 않겠소. 영리한 그대이니 이미 짐작하고 있을 거요…… 그렇지요?"

오다이는 대답하지 않았다. 다시는 울지 않으려 했고, 울지 않게 하려고 일부러 케요인이 찾아왔었다. 그러나 여자의 감정은 그렇지 않은 모양이었다. 자기가 매달려 있는 이 무릎에, 어쩌면 영영 안길 수 없게 될지도 모른다는 생각이 들자 그만 냉정함을 잃어버렸다.

히로타다가 조금이라도 자기에게 냉정하게 했더라면…… 오다이의 흐느낌이 거세어지자 히로타다는 홀린 듯이 말이 빨라졌다.

"왜 이렇게 분별이 없소? 슬픔은 이 히로타다가 그대보다 큽니다. 참아야 해요! 뜻대로 되지 않는 것이 이 뜬세상의 일 아니오. 오늘이 이승에서의 이별이 될지도 몰라요. 그래, 헤어짐이 될 거요. 그러나 내세가 있소. 저 세상이라는 곳이 있잖소. 그대가 떠나면 내 건강은 오래 가지 못할 거요. 하지만 죽은 뒤 극락이라는 연꽃받침 위에서 그대를 기다리고 있겠소."

갑자기 어조를 바꾸었다.

"이번 일에 가신들의 지시는 전혀 받지 않았소. 어디까지나 내 생각대로만 결정한 거요. 알겠소? 납득할 수 있겠소?"

오다이는 남편이 불쌍해서 더 울고 있을 수 없었다. 모든 것이 오다이를 타이르고 있는 듯하면서도 기실은 자신을 타이르고, 자신을 납득시키려는 히로타다.

"성주님!"

오다이는 고개를 들고 똑바로 히로타다를 쳐다보았다.

"저는 성주님의 모습을 눈에 새겨넣고 떠나겠어요."

"오, 나도 그대의 얼굴을 눈과 마음에 새겨두겠소. 내 마음을 헤아려주시오."

오다이는 고개를 끄덕였다. 그러면서 눈길은 돌리지 않은 채 말을 이었다.

"부디 몸조심하세요."

"오……"

"그리고…… 그리고…… 한 번만 더 성주님의 품에 안긴 타케치요를 만나게 해주세요."

"타케치요를……"

"만나게 해주세요! 한 번만 더 만나게 해주시면 절대로 울지 않겠어요. 성주님 말씀대로 잠자코 카리야로 돌아가겠어요. 성주님! 어째서 대답을…… 성주님……"

히로타다는 갑자기 오다이의 등에 얼굴을 묻고 소리죽여 울기 시작했다.

가을 천둥

1

쿠마무라에 돌아온 타케노우치 나미타로에게는 방문객이 잇따랐다.

맨 처음에 찾아온 것은 오다 킷포시를 데리고 온 히라테 나카츠카사인데, 그는 나미타로와 이 각二刻(4시간) 정도 밀담을 나누었다. 밀담의 내용은 비밀에 부쳐졌으나, 나미타로가 쿄토와 오사카 여행에서 얻은 지식을 상세히 얘기했으리라는 것은 상상할 수 있었다. 하지만 그와 같은 오다에 대한 접근으로 나미타로가 무엇을 얻으려 하고 무엇을 바라고 있는지는 알 수 없었다.

그는 밀담을 나눈 뒤 한동안 비워두었던 신전에서 밤을 새워가며 기도를 올렸다.

그 기도를 히라테 나카츠카사는, 나미타로가 오다 노부히데와 킷포시 부자를 통해 평화가 이룩되기를 기원한 것이라고 킷포시에게 설명했다.

"이 집 주인은 난쵸의 모든 것을 위탁받고 있는 수도자로, 조정의 위세를 도련님 위에 내려줍시사 하고 기도하고 있습니다. 그 기도에 귀를 기울이셔야 합니다."

킷포시를 신전에 데리고 가서 이렇게 설명했다. 그런데 나미타로는 킷포시와 단둘이 있게 되면 전혀 다른 말을 했다.

"킷포시 님은 지금 이대로도 오다의 가문을 이을 수 있다고 생각합니까?"

3년 동안에 키가 훌쩍 크고, 장난도 기질도 여간 거칠어지지 않은 매와 같은 눈매의 킷포시는, 열한 살짜리 소년이라고는 생각되지 않을 만큼 날카롭게 반문했다.

"내게 그만한 기량이 없단 말이오?"

나미타로는 웃는 것도 웃지 않는 것도 아닌 평소의 그 조용한 표정으로 가만히 고개를 가로저었다.

"그렇다면 어째서 그런 걸 묻나요?"

"지나치게 영리한 것 같아서지요."

"지나친 것은 모자라는 것과 같다는 훈계인가요?"

나미타로는 고개를 끄덕였다.

"도련님에겐 많은 형제분이 계십니다. 노부히데 님은 도련님을 후계자로 삼으려 하시지만 그것을 좋아하지 않는 사람도 있습니다."

"그러니 바보가 되라는 말인가요?"

"또 그렇게 앞질러 말씀하시는군요. 그러면 점점 더 적을 만들어 후계에 대한 것만이 아니라 목숨도 위태로워집니다. 바보가 되십시오. 무슨 일에나 생각이 미치지 않는 것처럼 행동하십시오."

킷포시는 잠자코 나미타로를 노려보았을 뿐 알았다고는 하지 않았다. 그러나 나미타로가 그를 위해 기도하는 동안 다른 때보다는 얌전했다. 그리고 기도가 끝나고 물러날 때 다짐하듯 말했다.

"어리석음을 가장하고, 또 그 어리석은 행동을 지금까지 어리석었던 자와는 다르게 하라…… 이런 말인가요?"

나미타로의 마음을 읽은 듯 덧붙였다.

"알았어요. 명심하지요."

그 킷포시가 나고야로 돌아가고 난 뒤 홀연히 괴승 즈이후가 나타났다. 즈이후도 이번에는 세상일에 대해서는 나미타로와 거의 이야기하지 않았다. 드디어 그는 자기 뜻대로 일본 전국의 무장을 불제자로 삼기 위해 길을 떠날 모양이었다.

오사카에서 만난 미즈노 토쿠로, 즉 오가와 이오리와 오토시의 사랑의 도피행각 따위는 잊어버린 모양인지 사흘을 묵었다가 다시 담담하게 어디론가 떠나갔다.

그 밖에 근방에 사는 그의 부하 같기도 하고 아닌 것 같기도 한 방문객 4, 5명이 찾아오고, 그 뒤 카리야의 성주 미즈노 시모츠케노카미가 오랜만에 보낸 사자가 왔다.

2

시모츠케노카미가 보낸 사자는 나미타로가 알지 못하는 30대 남자였다.

어쩌면 아버지 우에몬다이부가 세상을 떠난 후 맞아들인 총신인지도 몰랐다.

싸리나무가 많은 쿠마의 도령 집에 들어선 사나이는 성주의 체면을 생각해서인지 계속 옷깃을 여미었다.

서원에 안내되어 나미타로와 마주앉은 뒤 그는 거만하게 자기소개를 했다.

"아쿠타가와 토마芥川東馬라 하오. 잘 부탁 드리겠소."

그리고는 성주 시모츠케노카미가 얼마나 나미타로를 그리워하고 있는지를 누누이 설명했다.

"이전의 성주님과는 비교도 안 될 명군, 그런 명군의 총애를 받으니 행복하시겠소."

연하의 나미타로를 타이르는 투로, 시모츠케노카미가 일부러 나미타로를 성안으로 초대하여 보름날 같이 국화구경을 하고 싶어하니 고맙게 생각하라는 말을 했다.

나미타로는 도자기와 같은 싸늘한 표정으로 말했다.

"그날은 다른 손님도 있고 하니 다음 기회로 미루었으면 좋겠소. 이 말씀을 시모츠케노카미 님께 전해주시오."

사자의 눈이 휘둥그레졌다. 공물을 면제받고 있다고는 하나 영내 백성이 아닌가. 그런데 영주의 초대를 거절한다는 것이 사자로서는 납득할 수 없는 일이었다.

"뜻밖이군요. 성주님께서는 특별히 말씀 드리라고 일부러 나를 보내셨는데, 그것을 거절한다면 실례가 아니오? 선약 따위는 취소하면 되지 않소? 취소하시오."

나미타로는 쌀쌀하게 고개를 흔들었다.

"선약은 거절해도 실례가 안 된다는 말씀이오?"

"사람에 따라 다르지요. 이쪽은 성주님이시란 말이오."

"그렇다면 선약한 분께는 성주님의 명령이시니 취소해달라고 전하겠소."

나미타로는 손뼉을 쳐서 무녀를 불렀다.

"보름날 제사는 성주님의 명령으로 취소되었다는 것을 알리기 위해 사람을 보내야겠으니 곧 준비하도록."

사자에게 가볍게 목례하고 조용히 말을 이었다.

"사람을 보낼 곳은 후루와타리의 오다 단죠 노부히데 님. 그리고 안죠 성에 계시는 사부로고로 노부히로三郎五郎信廣 님 부자이다."

"옛!"

사자의 얼굴빛이 갑자기 변했다.

"잠, 잠깐만"

물러가려는 무녀를 불러세웠다.

"선약이란 단죠 님 부자였소?"

나미타로는 상대를 외면하며 정원의 싸리나무로 눈길을 보냈다. 그 싸리 사이로, 얼마 전에 미친 채로 아이를 낳았다는 여동생 오쿠니의 모습이 떠올랐다. 갑자기 자신이 싫어졌다. 이러한 빈정거림으로 오쿠니의 원한을 풀려는 자기가 너무나도 좁고 작게 생각되었다.

나미타로는 파랗게 질린 사자를 돌아보고 비로소 웃었다.

"오다 님 부자와의 선약을 시모츠케노카미의 명으로 파기했다고 하면 오히려 시모츠케노카미께서 난처하실 거요. 아마 시모츠케노카미 님은 내게 무슨 볼일이 있어 초대하셨을 테니 차라리 오늘 당장 성에 들어가겠소."

그리고는 무녀를 돌아보며 가볍게 말했다.

"이제 됐다, 볼일은 끝났다."

3

시모츠케노카미의 사자는 나미타로보다 한발 앞서 허둥지둥 성으로 돌아갔다.

나미타로는 말을 몰고 쿠마의 집을 나와 오랜만에 주위의 가을 경치에 눈길을 보냈다.

후지산富士山이 뚜렷이 보였다. 엷은 구름이 감청색 산허리에 걸려 아름답게 비쳐 보이고, 발 밑에는 들국화가 만발해 있었다.

'벌써 백 년이나 전쟁이 계속되고 있구나……'

거짓말 같은 생각이 들었으나, 가을 경치 속에 점점이 흩어져 있는 초라한 농가의 모습이 무엇보다도 정확하게 그것이 사실임을 말해주고 있었다.

백성들은 이제 이 세상에서는 전쟁이 끊이지 않는 것으로 생각하고 있었다. 헤이안平安 시대나 나라奈良 시대의 평화는 한낱 꿈에 지나지 않아, 그들은 지금의 세상을 고통의 세상이라 부르고 있었다.

이 세상이 고통의 연속이라면 아이를 낳는 것은 죄악이다. 태어나는 것은 재난이어야 한다.

나미타로는 말 위에 앉아 저도 모르게 탄식했다.

콘타이 사 숲에서는 끊임없이 새들이 지저귀고, 벼농사도 풍작이었다. 무사의 집 담장으로 내다보이는 소나무도 해마다 가지가 뻗어나고 가을의 풀들도 그 삶을 즐기고 있는 듯했다.

'오직 우리 인간만이 고통의 세상에 살아야 하는 것은 무엇 때문일 까……'

이상한 생각이 들었지만, 그러나 이상한 것은 아니었다. 인간들은 다른 동식물처럼 순순히 자연에 순응하지 않고, 어느 틈에 자기들이 자연에 의해 생명을 부여받은 사실조차 잊어버리고 있었다. 각자 제멋대로 계급을 만들고 영토를 정하여, 무고한 희생을 서로 강요해가며 탄식하고 있었다.

'도대체 인간들은 그 모순된 생각을 언제나 깨달을 것인가.'

그때까지는 전쟁이 끊이지 않으리라 생각하니 나미타로에게서는 다시 한숨이 나왔다.

부처님은 그 전쟁의 원인이 인간의 소유욕에 있다는 것을 갈파하고, 스스로 지위도 권력도 버리고 벌거숭이가 되었다.

일본 황실도 마찬가지. 신의 뜻에 따라 자연에 살 것을 제사를 통해 가르치고 있었다. 하지만 그러한 지혜는 이제 구름에 가려 흔적도 보이지 않았다. 인간들은 한치의 땅이라도 더 제것으로 하려고 싸울 뿐만 아니라, 자연이 평등하게 낳아놓은 인간까지도 자기 가신家臣으로 소유하려 하고 있었다.

세상에 부모형제의 관계는 존재할 수 있으나 주종관계란 있을 수가 없다. 초목에 주종이 있다는 말인가. 산에 주종이 있다는 말인가. 새에 주종이……

여기까지 생각했을 때 창을 든 무사들이 우르르 몰려와 나미타로 앞을 가로막았다.

"말에서 내려! 여기가 어딘 줄 아느냐?"

깨닫고 보니 그곳은 성의 정문이었다.

그곳에서 둘째 성곽을 지나고 셋째 성곽을 빠져나가 본성에 다다르려면 그 거리는 10정 가까이 되었다.

그의 아버지 우에몬다이부 시대에는 여기서 말을 내리라고는 하지 않았다.

'시모츠케노카미는 점점 오만해지고 있구나.'

만백성을 보배라 부르고 자식처럼 생각하던 고래의 도덕은 이제 무력 앞에 고개를 숙이고 말았다. 그리고 약자의 대부분은 자랑스럽게 그 무력을 섬기고 있었다.

'가련한 녀석!'

나미타로는 말에서 내려 고삐를 상대에게 건네고 유유히 앞자락을 걷었다. 해자를 향해 오줌을 누는 것이었다.

감히 이런 짓을 하는 자가 없었기 때문에 성문을 지키던 무사들은 서로 얼굴을 마주보며 잠자코 있었다.

4

시모츠케노카미는 새로 지은 큰 서원에서 나미타로를 맞았다. 쿠마의 집에 드나들 때의 노부모토보다 한결 더 살이 찌고, 말씨와 눈매에도 날카로움이 감추어져 있었다.

"오, 젊은 도련님. 조금도 달라지지 않았군 그래. 무슨 불로장생 묘약이라도 복용하고 있소?"

아주 반가운 듯이 눈을 가늘게 떴다가, 이번에는 엄한 표정으로 가까이 있는 사람들을 물러가게 했다.

"생각해보니 그 일이 있은 지 벌써 삼 년이 지났구려. 참 세월은 빠르기도 하지."

"그렇습니다."

"그때는 여러 가지로 폐를 끼쳤소. 나는 지금도 가끔 오쿠니를 생각합니다."

나미타로는 대답 대신 새로운 장지문에 그려진 푸른 박하 잎을 보고 있었다.

"가을은 사람에게 무엇을 생각나게 하는 계절이라 하는데, 나도 그대가 그리워서 오랜만에 같이 국화구경이나 할까 했소…… 그러나 선약이 있다니 어쩔 수 없는 일이지."

시모츠케노카미는 갑자기 목소리를 낮추었다.

"오쿠니는 가엾게 됐소!"

나미타로는 슬쩍 상대에게 눈길을 돌렸다. 미움도 연민도 드러내지 않는 거울처럼 차고 맑은 눈동자였다.

"어쨌든 나는 지금 이 성의 성주요. 조금만 더 행실을 바로 가졌더라면 지금쯤 성으로 맞아들였을 텐데. 아니, 그것은 오쿠니 혼자만의 잘못은 아니지. 토쿠로 녀석의 잘못도 있소."

나미타로는 시모츠케노카미가 불쌍하게 생각되었다. 이런 거짓말을 자꾸 쌓아올리다니, 도대체 마음의 위안은 어디서 찾으려는 것일까?

시모츠케노카미는 나미타로의 표정이 조금도 변하지 않는 것을 보고는 갑자기 사방침에서 몸을 불쑥 내밀었다.

"아니, 이 일에서 토쿠로를 탓할 수만은 없지. 그 아이는 나와 오쿠니의 관계를 몰랐을 것이 분명해요. 그렇다면 죄는 오쿠니의 미모에 있었다고나 할까."

"……"

"어쨌든 가엾은 일임에는 틀림없소. 나는 국화를 감상할 때마다 오쿠니의 모습을 떠올리게 됩니다. 희고 큰 꽃송이의 향기 속에 그녀의 혼백이……"

"시모츠케노카미 님."

"왜 그러시오."

"용건을 말씀하시지요."

"공연히 마음 아픈 이야기를 했군. 오쿠니에 대한 것은 우리 모두에게 가슴 아픈 일이오. 그런데 실은 오늘 하려는 이야기도 그 일과 전혀 관계가 없는 것은 아니오."

"그렇다면?"

"그대에게도 혈육은 소중할 테지. 나도 마찬가지요. 실은 오카자키로 출가한 오다이 말인데……"

시모츠케노카미는 한층 더 목소리를 낮추었다.

"오카자키와 인연이 끊어지게 된 모양이오."

나미타로는 다시 시모츠케노카미를 똑바로 바라보았다.

"이유는 내가 말하지 않더라도 알 테지요. 내가 오다 님과 가까워진 것이 오카자키의 마음에 들지 않은 때문이오. 그래서 그대에게 부탁이 있는데."

"……"

"그 이혼문제에 가담한 오카자키의 노신들, 겉으로는 자기네 탓이 아닌 것처럼 가장하고 우리 영내로 보낼 것이 분명한데……"

시모츠케노카미가 여기까지 이야기했을 때였다.

"거절하겠습니다!"

나미타로의 얼굴에 확 핏기가 올랐다.

5

"뭐, 거절?"

"그렇습니다."

"이것 참, 기이한 일이로군. 나미! 나는 아직 할말을 다 하지 않았소."

"말씀하지 않아도 알 수 있습니다."

"어떻게?"

"신의 계시로 ―"

"으음."

시모츠케노카미는 신음했다. 원래 성질이 급한 그였다. 조심조심 신경을 쓰면서 말하고 있는데, 그 말이 채 끝나기도 전에 거절을 당했으니 이대로 끝날 리가 없었다.

"그래, 신의 계시……라면 도리가 없겠지. 그대는 신을 모시는 몸이니까."

"그렇습니다."

"좋아, 어서 물러가시오! 하지만 나미, 그러면서도 나의 영내에서 살 수 있다고 생각하나?"

"애초부터 살고 있지 않습니다."

"뭐…… 뭐라고? 나의 영내에서 살고 있지 않다고?"

나미타로는 갑자기 큰소리로 웃기 시작했다. 오쿠니의 얼굴이 아른거리고 가슴속의 분노가 한꺼번에 폭발했으나, 생각해보면 점잖지 못한 일이었다.

신은 인류를 위해 땅을 내리셨지 개인을 위해 내리신 것은 아니다. 그것을 누군가가 제것으로 만들려고 하기 시작했을 때부터 그 신벌神罰로 '전쟁'이 주어지고 있다. 그렇다고 해서 이런 철리哲理를 지금 여기서 시모츠케노카미에게 설명해본들 무슨 소용이 있겠는가.

"제가 신을 모시는 곳은 오다 님도 공물을 면제해주시는 곳…… 그런 뜻에 불과합니다. 하하하…… 너무 친숙해서 그만 농담이 지나쳤습니다. 그럼."

나미타로는 정중하게 절하고 일어났다.

시모츠케노카미는 대들 듯한 눈으로 그를 노려보았다. 나미타로의 모습이 복도로 사라지자 비로소 으드득 이를 갈며 손뼉을 쳤다.

그리고는 측근무사가 나타나기 전에 벌떡 일어나 성큼성큼 마루로 나갔다.

"곤로쿠로, 게 없느냐? 곤로쿠로, 신발을 가져오너라."

정원 관리인인 아쿠타가와 곤로쿠로가 하인차림으로 마루 쪽으로 다가왔다.

"쿠마의 애송이를 그대로 돌려보내지 마라!"

짤막하게 지시하고는 말을 이었다.

"너는 귀가 밝으니 이야기를 들었겠지?"

아쿠타가와파 닌쟈는 태연한 얼굴로 고개를 끄덕였다.

"성주님, 잘못 생각하신 것입니다. 남에게 이야기할 것이 못됩니다."

"바, 바, 바보 같은 소리!"

무섭게 감정을 터뜨리려고 할 때 손뼉소리를 들은 측근무사가 이미 서원으로 들어오고 있었다.

시모츠케노카미는 당황하여 곤로쿠로 곁에서 떨어졌다.

"부르셨습니까?"

문 앞에 손을 짚고 엎드린 측근무사.

"불렀으니 온 게 아니냐!"

대뜸 꾸짖고는 큰 원을 그리면서 방안을 빙빙 돌았다. 이성을 잃은 모습을 결코 가신들에게 보여서는 안 된다 — 이렇게 생각하면서도 당장에는 융단 위에 앉아 있을 수 없는 시모츠케노카미였다.

'어떻게 하면 좋을까? 저 나미타로와…… 오카자키의 늙은이들을……?'

"어서 분부를 내려주십시오."

측근무사가 재촉했다.

6

시모츠케노카미는 한동안 방안을 서성거리면서 겨우 가슴의 분노를 가라앉혔다. 나미타로가 전처럼 고분고분 자기 명령에 따르리라 생각한 것은 잘못인 모양이었다.

'그때는 나미타로 녀석도 야심이 있었지.'

오쿠니를 이 성에 들여보내 일족으로서의 영달을 바랐던 것인데, 오쿠니의 죽음으로 그것이 안개처럼 사라져버렸다.

더구나 그 나미타로 녀석은 지금 이상한 힘으로 오다에게 빌붙고 있다. 신을 섬기고 신의 이름을 입에 올리는 간사한 인물이므로, 어쩌면 자기 이상으로 단죠 노부히데를 움직일 요령을 터득하고 있는지도 몰랐다.

'방심해서는 안 된다!'

냉정해질수록 나미타로의 존재가 비위에 거슬렸다. 화를 내는 일도 없고 주저하는 일도 없었다. 언제나 가만히 상대방의 마음속을 꿰뚫어 보고, 시원한 소리를 내며 흐르는 물과 같을 뿐이었다.

'무서운 놈이야!'

그런데 이 두려움은 마침내 오카자키에 대한 노여움에 또 하나의 기름을 붓는 결과가 되었다.

나미타로는 힘을 가지고 있다. 오다 단죠를 좌우하는 치밀한 두뇌와 앞을 내다보는 안목을 갖추고 있다. 그에 비해 마츠다이라 히로타다는 왜 그렇게도 어수룩한 것일까.

시모츠케노카미는 자신의 출세를 위해 히로타다의 중신들을 제거하려고 했던 일은 이미 잊어버리고 새로운 문제 때문에 초조해졌다.

자기한테 등을 돌리고 오다이와 이혼하겠다는 것이 분수를 모르는 불손으로 생각되고, 용납할 수 없는 무례라 여겨졌다.

"아직 거기 있느냐?"

시모츠케노카미는 비로소 툇마루에 비치는 밝은 햇살로부터 문 앞에 있는 측근무사에게 눈길을 옮겼다. 이미 목소리는 태연을 넘어 위장으로 돌아와 있었다.

"모토로쿠를 불러오너라. 스기야마 모토로쿠에게 할말이 있다."

측근무사는 엎드려 절하고 물러갔다. 그가 사라지자 시모츠케노카미는 다시 툇마루에 나와 석남꽃 덤불 너머를 향해 손짓했다.

"부르셨습니까?"

관리인으로 있는 닌쟈 아쿠타가와 곤로쿠로가 다시 태연한 표정으로 손을 비비며 나타났다.

"곤로쿠로."

"예."

"지금 모토로쿠를 불러 명령을 내릴 것이다."

"예."

"모토로쿠는 아버님이 총애하시던 겐에몬의 아들이다. 너는 그가 내 명령을 충실히 지키는지 잘 감시하라."

"알겠습니다."

"그리고 모토로쿠가 충실히 움직이더라도 실수가 있을 경우를 생각하고 그 대비도 철저히 하도록."

"그렇다면 혹 히로타다의 목이라도?"

시모츠케노카미는 깜짝 놀라 고개를 가로저었다. 아직 목을 베어야 할 만큼 히로타다에게 증오를 느끼고 있지는 않았다.

"너는 언제나 앞서 달리고 있어. 내가 모토로쿠에게 명령하는 것을 잘 듣고 나서……"

그러면서 시모츠케노카미는 하늘을 쳐다보았다.

"활짝 개었군. 잘 보아라, 곤로쿠로. 푸른 하늘이 그대로 흘러내려 도라지꽃이 되었어."

뒤에서 스기야마 모토로쿠가 다가오는 발소리를 의식하고 일부러 일곱 가지 화초가 심어진 정원으로 밝은 시선을 보냈다.

7

스기야마 모토로쿠에게는 시모츠케노카미의 말이 바늘처럼 예리하게 들렸다. 과연 하늘은 맑게 개어 있었다. 그러나 결코 활짝 개어 있는 것만은 아니었다. 정원에 돌을 쌓아 만든 산 왼쪽 하늘에 가을에는 보기 드문 소나기구름이 뭉게뭉게 피어오르고 있었다.

'어쩌면 천둥이 칠지도 모르겠어.'

다이묘 가에서 세대가 바뀌면 언제나 중신들은 방황하고는 했다. 총애를 받던 사람들은 배척되고 배척받던 사람들은 지금까지의 불만을 새로운 영주에게 호소했다. 섬기는 자로서는 그때마다 다이묘의 눈치를 살피지 않으면 안 되었다.

모토로쿠도 아버지 겐에몬이 중용되었던 만큼 이것저것 마음을 쓰지 않으면 안 되었다.

"성주님, 모토로쿠 대령했습니다."

아버지 겐에몬이 그대로 가장으로 있었더라면 물론 추방당했을 것이었다. 그러나 주인 쪽의 세대가 바뀌는 것과 동시에 겐에몬도 은퇴하고 모토로쿠가 뒤를 잇게 된 것은 이러한 폭풍에 대비한 호신책이었다.

"오, 모토로쿠. 이리 가까이 오도록."

시모츠케노카미는 성큼성큼 자리로 돌아갔다.

"오다이가 오카자키에 갈 때 그대의 여동생이 따라갔었지?"

"예, 그렇습니다."

"이름이 뭐였지?"

"코자사입니다."

"아, 그래, 코자사였어. 그 코자사도 오카자키에서 애처롭게 추방당했지. 그러나 추방은 코자사로 끝나지는 않을 모양이더군."

모토로쿠는 시모츠케노카미의 마음을 헤아릴 수 없어 다다미에 두 손을 짚은 채로 있었다.

"걱정할 것 없네. 나는 그대를 책망하는 게 아니야. 그대는 오카자키에 사자로 갔었어. 그러나 히로타다는 내 충고를 받아들여 오다 쪽에 가담하려고 하지 않았지."

모토로쿠는 주인의 어깨 너머로 흘끗 소나기구름의 움직임을 바라보았다. 무척 빨리 움직이고 있었다. 벌써 창의 절반은 음침한 납빛으로 물들어 있었으며, 거기에 빛이 어지럽게 비치고 있었다.

"나는 히로타다를 설득하는 자네의 방법이 잘못됐다고는 생각지 않아. 히로타다가 어리석었던 것이지."

"황송합니다."

"황송할 것은 없네. 하지만 그대도 분할 것일세. 아무리 생각해도 무례하기 짝이 없어."

"예…… 예."

"코자사를 추방하고, 사자로 간 그대의 위신을 짓밟았어. 그리고 이번에는 오다이의 이혼을 알려왔네."

"역시 이혼을……"

"그대의 분함은 곧 나의 분함, 이 일을 이대로 방치해도 좋다고 생각하나?"

모토로쿠의 어깨가 꿈틀 하고 거칠게 물결쳤다.

"그냥 내버려둘 수는 없겠지, 버릇을 고쳐주지 않으면 카리야의 체면은 땅에 떨어지고 말 것일세. 그래서 그대에게 큰 임무를 맡기려고 하네."

그릇이 큰 장수는 결코 그 부하를 죽음의 땅에 몰아넣지 않는다. 그런데도 시모츠케노카미는 우선 분하다는 말을 내세우고 나서 어려운 일을 명령했다.

'죽이라는 암시일까……?'

모토로쿠가 문득 이런 생각을 했을 때 시모츠케노카미는 소름이 돋을 만큼 목소리를 낮추어 명령의 내용을 전했다.

"잘 들어, 오다이를 배웅하면서 한 발짝이라도 나의 영내에 들어선 자가 있거든 용서하지 말라. 열 명이 들어오거든 열 명 모두 베어라. 백 명이 들어온다면 백 명 모두. 그것이 히로타다에 대한 나의 인사다. 만일 단 한 사람이라도 오카자키에 살려보낼 경우에는 그대의 가족이 몰살당하는 줄 알아라."

8

드디어 번개구름이 창을 가렸다. 아직 햇빛은 반쯤 고개를 내밀고 있으나, 날카롭게 번쩍이는 번갯불이 창을 두드리고 귀를 멀게 할 것 같은 천둥이 먼 하늘을 흔들고 있었다.

"예!"

스기야마 모토로쿠는 주인에게라기보다도 그 가을 천둥에 대답하듯 머리를 숙였다.

오다이가 오카자키에서 얼마나 인망이 높았는가 하는 것은 코자사의 말을 들어 잘 알고 있었다. 그 오다이가 어지러운 세상의 희생자가 되어 오카자키를 떠나게 되었다. 이별을 아쉬워하며 배웅하는 사람들은 분명 매우 많을 터였다.

"황송합니다마는……"

우선 경건하게 명령을 받아들이고 나서 모토로쿠는 자기 가족에게 닥칠 거센 바람을 생각했다.

"만약 그때 상대가 마님에게 위해를 가하려 하면 어떻게 처리할까요?"

"오다이에게 위해를…… 그러니까 오다이를 볼모로 삼고, 이쪽에서 죽이려 든다면 그쪽에서도 죽이겠다고 흥정할 경우 말인가?"

"황송하지만 그 자리에서는 아마도 그렇게 될 것 같습니다."

"그때는 사정을 보지 말라."

"예?"

"오다이는 일단 오카자키에 보냈던 사람, 사정볼 것 없다……"

"그러시면 마님이 위해를 당해도 그대로 상대를 없애라는 말씀입니까?"

"무인 집안의 자존심이다. 인정 따위는 필요 없어."

단호하게 말하고 나서 혈육에 대해 너무 냉혹하다고 생각했는지 슬쩍 덧붙였다.

"모토로쿠, 나의 분노를 이해하기 바란다. 오다이는 가엾어. 그러나 이대로 내버려두면 오카자키는 우리 카리야를 얕잡아보고 무슨 짓을 저지를지 몰라."

모토로쿠는 다시 한 번 공손하게 머리를 숙였다. 갑자기 소름이 끼치는 것은 오다이의 비극과 자기 가족에게 닥칠 불행이 함께 연상되었기 때문이다.

은퇴한 아버지에게 말하면 틀림없이 그 명령을 받아들여서는 안 된다고 할 것이다. 오다이는 전성주가 가장 사랑했던 딸이다.

"감옥에 갇혀도 어쩔 수 없다. 전성주님께 죄송하지도 않느냐?"

멀리 어딘가에서 아버지의 목소리를 들으면서 모토로쿠는 다시 황공한 듯 시모츠케노카미를 쳐다보았다.

"그런데 인원을 몇 명이나 데리고 갈까요?"

"이백 명쯤 데리고 가라."

"이백 명……"

"아니, 삼백 명쯤 동원해야겠지. 그들을 영내 경계선 전역에 매복시켜놓도록."

"예."

"그러나 너무 급하게 서두르면 안 돼. 되도록 깊숙이 유인한 뒤 일을 시작하라. 두 번이고 세 번이고 습격하여 살아남은 자들을 모두 경계선에서 깨끗이 처리하도록."

뚝뚝 빗방울이 떨어지는가 싶더니 금방 번개가 하늘을 찢고, 이어 귀청이 터질 듯한 요란한 소리와 함께 벼락이 떨어졌다.

두 사람은 저도 모르게 창 밖으로 눈길을 돌렸다. 처마 끝 낙수받이에 마취목이 옆으로 쓰러져 있었다.

"젠장, 스기야마 님이 놓친 송사리를 죽이는 게 그래 내 역할이란 말인가."

쓰러진 마취목 옆에서 아쿠타가와 곤로쿠로는 불만스러운 역할에 혀를 차고는 천천히 처마 밑으로 들어가 비를 피했다.

──2권에서 계속

◀ 도쿠가와 이에야스의 초기 가계도 ▶

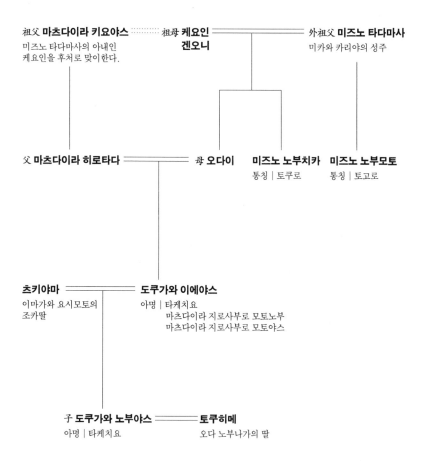

祖父 **마츠다이라 키요야스** ·········· 祖母 **케요인**
미즈노 타다마사의 아내인   **겐오니**
케요인을 후처로 맞이한다.

外祖父 **미즈노 타다마사**
미카와 카리야의 성주

父 **마츠다이라 히로타다** ═══════ 母 **오다이**

미즈노 노부치카
통칭 | 토쿠로

미즈노 노부모토
통칭 | 토고로

츠키야마 ═══════ **도쿠가와 이에야스**
이마가와 요시모토의   아명 | 타케치요
조카딸   마츠다이라 지로사부로 모토노부
                          마츠다이라 지로사부로 모토야스

子 **도쿠가와 노부야스** ═══════ **토쿠히메**
아명 | 타케치요   오다 노부나가의 딸

═══ 은 부부 관계

《 주요 등장 인물 》

마츠다이라 히로타다松平廣忠

오카자키의 성주로 마츠다이라 키요야스의 아들이다. 미즈노 타다마사의 딸인 오다이와 결혼하여 타케치요(훗날의 도쿠가와 이에야스)를 낳는다. 1547년 오다 노부히데의 공격을 받았을 때 이마가와 요시모토에게 원군을 청하며 적자 타케치요를 인질로 슨푸에 보내지만 모략에 걸려 노부히데에게 타케치요를 빼앗긴다.

미즈노 노부모토水野信元

미즈노 타다마사의 아들로 오다이의 이복 오빠. 오다이와 마츠다이라 가와의 혼담을 반대하여 마츠다이라 히로타다에게 시집가는 오다이의 가마를 납치하려다 실패한다. 통칭 토고로라고도 불렸으며 관직명은 시모츠케노카미下野守.

미즈노 노부치카水野信近

통칭 토쿠로라 불렸고, 오다이와 같이 미즈노 타다마사와 케요인 사이에서 태어났다. 형 노부모토의 계략에 의해 나미타로의 집에서 자객을 만나지만 구사일생으로 목숨을 건지고, 유랑 생활에 들어간다.

미즈노 타다마사水野忠政

미카와 카리야의 성주로 마츠다이라 키요야스에게 자신의 아내인 케요인을 후처로 들여보내고, 그 딸인 오다이마저 다시 키요야스의 아들인 히로타다에게 시집보낸다.

사이토 도산齋藤道三

마츠나미 모토무네의 아들로 쿄토 니시노오카에서 태어났다. 노부히데의 아들 노부나가에게 딸(노히메)을 시집보내고, 코지 2년(1556) 장남인 요시타츠와 후계를 둘러싸고 전쟁을 하다가 나가라가와 전투에서 패한 뒤 사망한다.

오다 노부히데織田信秀

오와리의 실권자로 오다 노부나가의 아버지. 1541년 미카와노카미에 임명되었고, 1544년에 미노의 사이토 전투를 통해 세상에 이름을 알린다.

오다이於大

미카와 카리야의 성주인 미즈노 타다마사의 딸로 1541년에 마츠다이라 히로타다와 결혼한다. 전형적인 정략 결혼이었지만 인자한 성품과 탁월한 미모로 이내 히로타다의 마음을 빼앗고 이듬해 타케치요(훗날의 도쿠가와 이에야스)를 낳는다.

이마가와 요시모토今川義元

이마가와 우지치카의 삼남. 신겐, 우지야스와 동맹을 맺고 미카와, 스루가, 토토우미 세 지방을 지배하며 토카이東海 지방에 큰 세력을 형성한다. 관직명은 지부노타유治部大輔이고, 미카와 아즈키자카에서 오다 노부히데를 공격하지만 패하고 돌아간다.

케요인華陽院

오다이의 어머니로 미즈노 타다마사의 곁을 떠나 마츠다이라 키요야스의 후처로 들어간다. 키요야스가 살해된 뒤에는 머리를 깎고 이름도 겐오니源應尼로 바꾸었다.

킷포시吉法師

오다 노부나가織田信長의 아명으로 오다 노부히데의 장남이다. 어려서는 상식 밖의 행동과 기발한 옷차림으로 천하의 멍청이라는 소리를 듣는다. 인질 생활을 하는 타케치요(훗날의 도쿠가와 이에야스)와 처음 만나게 되어 돈독한 친분 관계를 맺는다.

타케노우치 나미타로竹之內波太郎

쿠마 지방의 호족으로 통칭 쿠마 도령이라고도 불린다. 마츠다이라 가로 시집가는 오다이의 가마를 납치하려다 실패한다.

타케치요竹千代

도쿠가와 이에야스德川家康의 아명으로 오카자키의 성주인 마츠다이라 히로타다의 장남이다. 어머니는 미즈노 타다마사의 딸인 오다이. 후에 관례를 올리고 마츠다이라 지로사부로 모토노부라는 이름을 얻고, 다시 마츠다이라 지로사부로 모토야스로 개명한다. 오다 노부나가와는 오다 노부히데의 인질이 되었을 때 처음 만나게 된다.

《 일본의 시대 구분 》

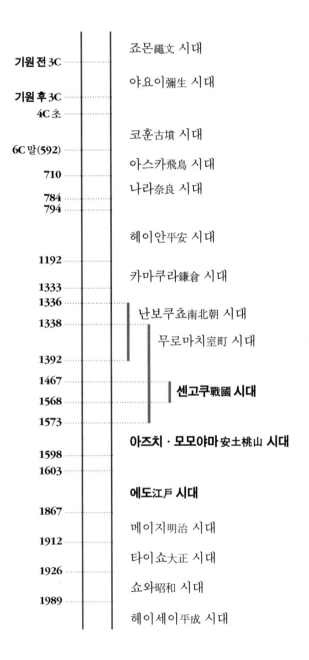

	죠몬繩文 시대
기원전 3C	
	야요이彌生 시대
기원후 3C	
4C 초	
	코훈古墳 시대
6C 말(592)	
	아스카飛鳥 시대
710	
	나라奈良 시대
784	
794	
	헤이안平安 시대
1192	
	카마쿠라鎌倉 시대
1333	
1336	
	난보쿠쵸南北朝 시대
1338	
	무로마치室町 시대
1392	
1467	
	센고쿠戰國 시대
1568	
1573	
	아즈치 · 모모야마安土桃山 시대
1598	
1603	
	에도江戶 시대
1867	
	메이지明治 시대
1912	
	타이쇼大正 시대
1926	
	쇼와昭和 시대
1989	
	헤이세이平成 시대

《 센고쿠 용어 사전 》

거거硨磲 | 거거과의 바닷조개. 껍데기는 부채를 펼쳐놓은 모양인데, 겉은 회백색이고 속은 광택 있는 젖빛임. 껍데기는 그릇 또는 어항으로 쓰이거나, 여러 가지 장식품으로 쓰이며 예로부터 칠보 중의 하나로 침. 산호초에 붙어서 사는데, 태평양이나 인도양의 난해에 분포함.

나가츠보네長局 | 궁중이나 바쿠후의 대전에서 길게 늘어서 있는 많은 궁녀들의 방.

노부시野武士 | 산야에 숨어살면서 패잔병 등의 무기를 빼앗아 무장한 무사나 토민의 무리.

노쿄겐能狂言 | 가면 음악극 노가쿠를 상연할 때 막간에 공연하는 희극.

닌쟈忍者 | 둔갑술을 쓰며, 암살과 정탐을 하는 사람.

다이묘大名 | 넓은 영지와 많은 부하를 둔 무사의 우두머리.

덴가쿠田樂 | 농악에서 발달한 무용의 일종. 본래 모내기 때의 가무음곡이 예능화된 것.

덴죠비토殿上人 | 궁정 출입이 허용되어 있는 지체 높은 벼슬아치.

렌가連歌 | 일본 고전 시가의 한 양식. 보통 두 사람 이상이 단가의 윗구에 해당하는 5·7·5의 장구와 아랫구에 해당하는 7·7의 단구를 번갈아 읊어 나가는 형식. 대개 백구百句를 단위로 함.

로죠老女 | 쇼군이나 영주의 부인을 섬기는 시녀의 우두머리.

마노瑪瑙 | 석영의 한 가지. 흰빛이나 붉은빛이 나며, 장식품을 만드는 데 쓰임.

모토유이元結 | 상투를 틀 때 사용하는 가는 끈.

바쿠후幕府 | 무신 정권 시대에 쇼군이 집무하던 곳, 또는 그 정권.

사루가쿠猿樂 | 일본의 중세 시대에 행해진 민중 예능. 익살스러운 동작이나 곡예를 주로 하였다. 차츰 연극화되어 노와 쿄겐으로 갈라짐.

사무라이다이쇼侍大將 | 사무라이의 신분으로 일군一軍을 지휘하는 사람. 무로마치 말기에는 사무라이 일조一組를 통솔한 사람.

사카야키月代 | 남자가 이마에서 머리 한가운데까지 머리카락을 반달형으로 깎은 부분.

삼관령사직三管領四職 | 무로마치 시대 중앙 관서의 3대 요직과 4대 지방관직.

서원書院 | 모모야마 시대에 완성된 주택 건축의 양식.

쇼군將軍 | 무력과 정권을 장악한 바쿠후의 실권자. 정식 명칭은 세이이타이쇼군.

슈고守護 | 지방의 치안 유지 담당관.

신기神器 | 왕위의 상징으로 신으로부터 받은 세 가지 보물. 즉 거울, 칼, 구슬.

신란親鸞 | 1173~1262, 정토진종 창시자.

아이기間着 | 겉옷과 속옷 사이에 입는 옷.

오닌應仁**의 난** | 1467년부터 1477년까지 쿄토를 중심으로 일어난 대란. 지방으로 파급되어 센고쿠 시대로 접어드는 계기가 되었다.

우란분재盂蘭盆齋 | 음력 7월 15일 조상의 영혼에 공양하는 불교 행사.

우치카케打掛け | 띠를 두른 여자 옷 위에 걸쳐 입는 긴 옷.

이가슈伊賀衆 | 이가 출신의 첩보 담당 무사들.

이세 이야기伊勢物語 | 와카를 중심으로 한 짧은 이야기 125대목으로 이루어진 헤이안 시대 설화집.

종규鐘馗 | 마귀를 쫓아낸다는 중국 귀신. 일본에서는 액막이로 5월 단오에 인형으로 장식함.

지토地頭 | 전국의 장원에 두었던 관직. 장원을 관리하고 조세의 징수, 치안 유지 등을 담당하는 벼슬.

카구라神樂 | 신에게 제사지낼 때 연주하는 일본 고유의 무악.

코가슈甲賀衆 | 게릴라 전법을 구사하는 자치 공동체.

코보弘法 **대사** | 9세기에 진언종眞言宗을 창시한 쿠카이空海의 시호.

코와카마이幸若舞 | 무사에 관한 노래를 부르며 부채로 장단을 맞추어 추는 춤.

코켄孝謙 **천황** | 나라 시대 후기의 여왕, 재위 749~758.

쿠란도藏人 | 궁중의 잡무를 처리하던 부서의 직원.

타이코太閤 | 왕을 대신하여 국정을 총괄하던 최고 실권자. 본디 섭정이나 다죠다이진의 높임말. 특히 도요토미 히데요시를 일컫는 말.

텐구天狗 | 하늘을 자유로이 날고, 깊은 산에 살며 신통력이 있다는, 얼굴이 붉고 코가 큰 상상의 동물.

텐슈天守 | 텐슈카쿠의 준말로 성의 중심부 아성牙城에 3층 또는 5층으로 높게 쌓은 망루.

하카마袴 | 일본옷의 겉에 입는 아래옷. 허리에서 발목까지 덮으며 넉넉하게 주름이 잡혀 있고, 바지처럼 가랑이진 것이 보통이나 스커트 모양의 것도 있음.

해자垓子 | 성밖으로 둘러서 판 못.

호마護摩 | 밀교에서 나무를 태워 부처에게 기원하는 의식.

히가시야마東山 | 아시카가 집안의 별장.

《 센고쿠 시대의 방위 · 시각표 》

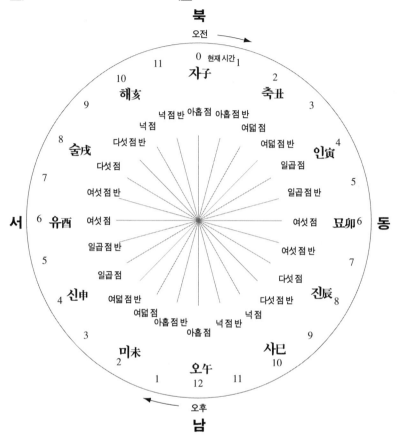

《 센고쿠 시대의 도량형 》

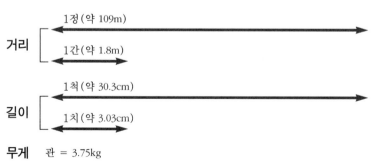

거리
　　1정 (약 109m)
　　1간 (약 1.8m)

길이
　　1척 (약 30.3cm)
　　1치 (약 3.03cm)

무게　　관 = 3.75kg

　　:: 무가 사회의 녹봉의 단위이기도 함. 1관은 10석石.

《 센고쿠 시대의 복식 》

노바카마野袴 | 옷자락에 넓은 단을 댄 무사들의 여행용 하카마.

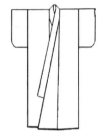

우치카케打掛け | 띠를 두른 여자 옷 위에 걸쳐 입는 긴 옷.

진바오리陣羽織 | 전쟁터에서 갑옷 위에 걸쳐 입는 소매 없는 겉옷.

카츠기被衣 | 신분이 높은 여자가 외출할 때 얼굴을 가리기 위해 머리에서부터 쓰는 홑옷.

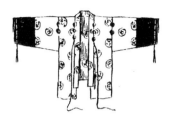

요로이히타타레鎧直垂 | 비단으로 화려하게 만들어 갑옷 안에 입는 옷.

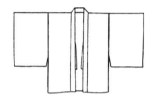

짓토쿠十德 | 칡 섬유로 짠 소맷자락이 넓고 옆을 꿰맨 여행복.

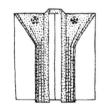

카타기누肩衣 | 어깨에서 등으로 걸쳐지는 무사의 소매 없는 예복.

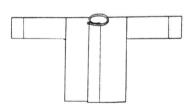

코소데小袖 | 옛날 넓은 소매의 겉옷에 받쳐 입던 속옷. 현재 일본옷의 원형.

하오리

하카마

하오리羽織 | 옷 위에 입는 짧은 겉옷.
하카마袴 | 일본옷의 겉에 입는 아래옷. 허리에서 발목까지 덮으며 넉넉하게 주름이 잡혀 있고, 바지처럼 가랑이진 것이 보통이나 스커트 모양의 것도 있음.

353

《 센고쿠 시대의 머리 모양 》

챠센(가미)茶筅(髮) | 남자 머리 모양의 한 가지. 머리카락을 뒤로 모아서 묶고, 끈으로 감아 올려 짧은 막대처럼 되게 한 다음, 그 끝을 흐트러 뜨린 것.

사카야키月代 | 남자가 관冠이 닿는 이마 언저리의 머리카락을 반달 모양으로 밀었던 일. 또는 그 부분.

나게즈킨投頭巾 | 두건의 일종. 사각의 주머니에 머리카락을 넣고 뒤쪽으로 접어 쓴다.

소하츠總髮 | 남자가 머리카락을 묶는 모양 중 하나. 이마에 사카야키를 하지 않고 머리카락 전체를 길러 묶었던 것.

치고와稚兒髷 | 소녀가 머리카락을 묶는 모양 중 하나. 머리 위에서 좌우로 높게 고리를 만든다.

《 센고쿠 시대의 관위표 》

관 ＼ 품	정일품	종일품	정이품	종이품	정삼품	종삼품	정사품		종사품		정오품		종오품		정육품		종육품	
							상	하	상	하	상	하	상	하	상	하	상	하
다이죠칸	다죠다이진	사다이진 우다이진	나이다이진	다이나곤	츄나곤	산기	다이벤		츄벤		쇼벤			소나곤	다이시			
나카츠카사칸		1587년 히데요시의 관위	1596년 이에야스의 관위				케이				타유		쇼유	지쥬	다이나이키 다이나이죠		쇼죠	
시키부쇼省 지부쇼省 민부쇼省 효부쇼省 교부쇼省 오쿠라쇼省 쿠나이쇼省								케이				타유 다이한지	쇼유	다이한지	다이죠		쇼죠	쇼한지
지방 — 대국														카미	스케			
지방 — 상국					1567년 이에야스의 관위									카미	스케			
지방 — 중국																카미		
지방 — 하국																		카미

다이죠칸太政官 | 국정의 최고 기관.
나카츠카사칸中務官 | 천황 곁에서 궁중의 정무를 통괄하는 관청.
쇼省 | 한국의 부部에 해당하는 행정 관청.
쿠니國 | 지방 행정 구획.

다죠다이진太政大臣 | 다이죠칸의 최고 장관.
다이진大臣 | 다이죠칸의 장관.
나곤納言 | 다이죠칸의 차관.
산기參議 | 다이진과 나곤의 다음 직위.
벤弁 | 다이죠칸 직속 사무국.
시史 | 문서와 사무를 관장하는 관리.
케이卿 | 조정의 고위 관직.
타유大輔 | 오품 관직의 통칭.
쇼유少輔 | 차관의 하위직.
죠丞 | 장관의 보좌역.
한지判事 | 소송의 심리, 판결을 담당하는 관리.
카미守 | 지방 관청의 장관.
스케介 | 4등급의 제2위 차관.

≪ 도쿠가와 이에야스 관련 연보(1534~1546) ≫

◈—서력의 나이는 도쿠가와 이에야스의 나이

일본 연호	서력	주요 사건
텐분 天文	3 1534	5월, 오다 노부나가가 오와리의 나고야 성에서 태어남. 아명 킷포시. 아버지는 노부히데.
	4 1535	12월 5일, 마츠다이라 키요야스가 오와리의 오다 노부히데를 공격하려고 오와리 모리야마로 출전했을 때 가신인 아베 야시치로에게 살해된다. 타케치요(히로타다)가 마츠다이라 가를 상속받는다.
	5 1536	정월 1일, 히요시마루(도요토미 히데요시)가 오와리 나카무라에서 태어남. 부친은 오다 노부히데의 아시가루인 키노시타 야에몬. 텐분 6년 2월 6일 탄생설도 있다.
	6 1537	2월 10일, 스루가의 이마가와 요시모토가 카이의 타케다 노부토라의 딸을 아내로 맞이한다. 이때부터 이마가와 씨는 호죠 씨와 단교하고, 타케다 씨와 동맹을 맺음. 6월 25일, 마츠다이라 타케치요(히로타다)는 스루가에서 미카와로 옮겨 오카자키 성으로 들어간다. 12월 9일, 미카와 오카자키의 마츠다이라 타케치요가 관례를 올리고 이름을 히로타다로 개명.
	9 1540	6월 6일, 오와리의 오다 노부히데가 미카와 안죠 성을 공격한다.
	10 1541	정월 26일, 마츠다이라 히로타다는 미카와 카리야의 미즈노 타다마사의 딸(오다이)을 아내로 맞이한다. 6월 14일, 카이의 슈고인 타케다 노부토라가 아들인 신겐에게 추방당하여 스루가의 이마가와 요시모토에게 간다.

일본 연호		서력	주요 사건
텐분 天文	11	1542 1세	8월 10일, 이마가와 요시모토는 오다 노부히데를 공격하지만, 미카와 아즈키자카에서 패하고 돌아간다. 12월 26일, 도쿠가와 이에야스가 마츠다이라 히로타다의 아들로 미카와의 오카자키에서 태어남. 어머니는 오다이. 아명은 타케치요.
	12	1543 2세	7월 12일, 미카와 카리야의 성주이자 오다이의 아버지인 미즈노 타다마사 사망. 8월 10일, 미카와 오카자키의 마츠다이라 히로타다가 숙부인 마츠다이라 노부타카를 미카와 미키 성에서 공격한다. 노부타카는 오와리의 오다 노부히데에게 간다.
	13	1544 3세	9월 23일, 오와리의 오다 노부히데는 사이토 도산을 미노 이나바야마 성에서 공격한다. 도산은 에치젠의 아사쿠라 노리카게의 도움을 받아 이를 격퇴한다. 9월, 미카와 카리야의 미즈노 노부모토가 오다 노부히데와 손을 잡는다. 미카와 오카자키의 마츠다이라 히로타다는 노부모토의 여동생인 오다이와 헤어지고 노부모토와 절교한다.
	14	1545 4세	8월, 이마가와 요시모토는 호죠 우지야스와 스루가에서 전투를 벌인다. 카이의 타케다 신겐은 요시모토를 구원한다.
	15	1546 5세	오와리의 오다 노부히데의 아들 킷포시, 관례를 올리고 이름을 노부나가라 개명한다.

옮긴이 이길진李吉鎭

1934년 황해도 출생. 1958년 서울대학교 사회학과를 졸업하였다.
일본 문학 작품 및 일본 문화에 관련된 많은 책들을 유려한 우리말로 옮겼다.
주요 역서로는 가와바타 야스나리의『설국』, 이마이 마사아키의『카이젠』,
오에 겐자부로의『사육』, 기쿠치 히데유키의『요마록』,
야마오카 소하치의『오다 노부나가』,『사카모토 료마』등이 있다.

| 부록의 자료 제공 및 감수는 고려대학교 일어일문학과 최관 교수님께서 해주셨습니다.

도쿠가와 이에야스 제1권

1판 1쇄 발행 2000년 12월 10일
2판 5쇄 발행 2023년 5월 1일

지은이 야마오카 소하치
옮긴이 이길진
펴낸이 임양묵
펴낸곳 솔출판사

주소 서울시 마포구 와우산로29가길 80(서교동)
전화 02-332-1526
팩스 02-332-1529
이메일 solbook@solbook.co.kr
홈페이지 www.solbook.co.kr
출판 등록 1990년 9월 15일 제10-420호

ISBN   979-11-86634-26-4   04830
ISBN   979-11-86634-22-6   (세트)

• 잘못된 책은 구입한 곳에서 바꿔드립니다.
• 책값은 뒤표지에 표시되어 있습니다.

나가시노長篠 전투(1575) 병풍도 뒷부분.
오다·도쿠가와 연합군이 타케다 군을 공격하는 모습.